黃易

尋秦記

◆修訂版

〈四〉

尋秦記〈修訂版〉卷四 目錄

第一章 驚悉陰謀

「卡嗦！」巨鎖被開啟的聲音，在寂靜的軒內響起，份外動魄驚心。

項少龍和善柔頭貼著頭伏在渾圓的巨大樑柱上，藉匕首插入柱內，穩定身體，除非有人爬上來看，否則這確是最安全的藏身之所。

橫樑承托著與它成九十度角的其他八根較細的桁柱，形成屋頂的架構，離地足有三丈。

項少龍和善柔把頭探出少許，朝下望去，見田單和李園各據一張矮几，而趙穆正探手到打開了的大鐵箱內取東西。

劉氏兄弟蹲跪在田單身後，其中一人還剛仰頭上望，嚇得兩人忙將頭縮回去。

趙穆走回自己的矮几去，把整疊效忠書放到几上，跟著傳來翻閱的聲響。

李園笑道：「侯爺真了得，竟想出這麼精采的方法，使這些人不得不為侯爺效命。」

田單也笑道：「這是否侯爺自己想出來的？還是你手下獻上的妙計？」

趙穆得意地笑起來，道：「只是小事一樁吧！」毫無愧色地把別人的計策據為己有。

項少龍放下心事，知道趙穆並沒有把自己的效忠書拿出來給田單看，否則這厲害人物會立即看出自己有問題。

趙穆對李園自是極為顧忌，因為若暴露董匡的「真正身份」，那等若把他自己與春申君的關係亦抖出來。

李園歎道：「想不到趙明雄竟是侯爺的人，一向只聽說他屬李牧、廉頗的系統，侯爺真有辦法。」

上面的項少龍駭得差點由樑上掉下來，趙明雄乃他的副將，自己和滕翼還對他非常欣賞，想不到竟是奸細。

趙穆得意洋洋道：「他不但是我的人，還有著血濃於水的親族關係，我安排他跟李牧辦事，原意本要對付李牧，豈知鬼使神差下，廉頗竟用他做樂乘的副將，我又故意多次排擠他，趙雅這賤人還蠢得為他向孝成王說項，真是可笑極矣！」

項少龍渾體出了一身冷汗，暗叫好險，那便像養隻老虎在身旁，若不防備，被咬死了都不知是怎麼一回事，同時也領教到趙穆深藏不露的厲害。

再想起今早和孝成王談過禁衛統領的問題，假若成胥出意外，趙雅極有可能提名趙明雄做繼任者。那城衛和禁衛兩大系統，均落入趙穆手內。

當項少龍恨不得李園繼續談論效忠者的名單時，田單微笑道：「晶后那邊情況如何？」

趙穆得意地道：「誰能識破我倆間的真正關係？孝成王不要說，連郭開和趙雅都給我們騙過。韓晶外冷內熱，一旦對男人動了真情，便再無反顧，若非她對我死心塌地，一直力勸孝成王不要把李牧和廉頗召回來，我恐怕現在難以坐在這裡和兩位說話。」

項少龍聽得更是目瞪口呆，難以相信聽到的是事實。

兩人是否一直在演戲呢？還只是趙穆一廂情願的想法？

李園道：「晶后真的可以控制董匡嗎？」

樑上的項少龍更是心房劇跳，連善柔也察覺出他的震驚。

田單道：「董匡此人表面率直粗豪，其實非常有智計，而且很懂趨炎附勢，只看他背著孝成王為晶后解決韓闖勾結信陵君一事，便知他下了重注在晶后身上，期待將來孝成王歸天，可以飛黃騰達，這種人絕不可留他在世上。」

李園冷然道：「我要親手對付他。」

趙穆淡淡道：「董匡仍有很大的利用價值，最妙是他懵然不知晶后和我的關係。哼！此人見利忘義，就算國舅爺不和他算帳，本侯亦絕不會放過他。」

項少龍此時冷靜下來，迅速盤算，知道是在韓闖一事上露出馬腳。最可恨是晶王后把他出賣給趙穆，由此可知她和趙穆確是互相勾結的姦夫淫婦。

田單的聲音傳來，油然道：「兩位似乎忽略了一個關鍵人物。」

趙穆和李園似同感愕然。

田單道：「那就是項少龍，樂乘之死定與他脫不掉關係，只是到現在我仍不明白他為何要先找樂乘開刀。」頓了頓續道：「若是孝成王派人做的，事後必有蛛絲馬跡可尋，例如他的親信裡會有人因死傷失蹤，現在既不見這種情況，顯非是他所為，此事真耐人尋味。」

上面的項少龍和善柔同時色變。

田單又道：「我曾提醒過董匡，著他派人調查樂乘手下裡是否有背叛的人，但他顯然沒有採取行動，又或查不出甚麼來。而我們又不可插手此事，以免打草驚蛇，壞了大事。」

李園道：「樂乘之死，最大的得益者是董匡，會否是他幹的呢？」

趙穆斷然道：「他根本不知自己可以當上城守，若非我指使晶后慫恿孝成王，何時輪得到他？」

項少龍腦際轟然一震，至此才明白晶王后為何會看上自己。

今晚全賴鬼使神差才聽得他們的密話，否則死了都要當隻糊塗鬼。

田單道：「董匡可以裝作傷病不起，但看他的手下無一傷亡，當知樂乘之死與他無關。」

趙穆歎道：「樂乘仇家遍天下，究竟是誰幹的，實在非常難以判定，來人只要有辦法迅速離城，我們就沒法查出是何方人馬。」

田單肯定地道：「定是項少龍做的，我還知道他正在城內，否則趙雅不會回復生機。剛才我在侯府外遇上她和董匡同行，那種神采飛揚的樣兒，只有受到男人的愛寵滋潤才會出現在女人的身上。」

李園冷笑道：「她是否愛上董匡？」

趙穆色變道：「田相說得對，定是項少龍回來了。我很清楚她的性格，與董匡只是逢場作戲，她心中始終只有項少龍一個人，說不定項少龍正藏在她府內。」

田單動容道：「此事可能性極高，不論事情真假，我們均可設法陷害趙雅，只要找到項少龍曾躲藏過的痕跡，任趙雅如何玲瓏剔透，勢將百辭莫辯。趁現在郭開、成胥急於在孝成王前立功，以免被董匡的光芒蓋過，定不會放過如此良機，侯爺明白我的心意嗎？」

趙穆大笑道：「田相果是智計超凡，算無遺策，我還有更好的提議，就由晶后吩咐董匡去辦這件事，只要放些飛針和血衣一類的東西在趙雅的房裡，搜出來時趙雅怎都脫不了關係；且可測試董匡對晶后的忠誠。哼！很久前我已想整治這賤人了。」

樑上兩人聽得面面相覷，冷汗直流。

下面三個大奸人想出來的，全是毒無可毒的奸計，就算清楚知道，一時仍難有化解之法。

田單長身而起道：「我們不宜在這裡耽擱太久，否則不像一般的晚宴。侯爺他日登上王位，可莫忘記田某人和國舅爺呢！」

趙穆連忙表示感激。

鐵箱關闔上鎖的聲音響過後，三人離軒去了。

府衛進來關上窗門和吹熄燈火，善柔湊到他耳旁道：「怎辦才好？」

項少龍回復了絕對的冷靜，輕輕道：「效忠書看不看不打緊，只要我們能安然離去，這場仗便算我們贏了。」

項少龍一覺醒來，精神煥發。

昨夜的疲勞倦累一掃而空，還少了很多心事。因為他終於清晰無誤地掌握自己眼前的處境以及趙穆、晶王后等人間的關係。

田貞這時步進寢室，見他醒轉，喜孜孜迎上來道：「董爺！讓小婢來伺候你。」

項少龍欣然起來，換衣梳洗後，來到廳堂與正等候著他的滕翼、趙致、善柔三人共進早膳。

滕翼昨晚與烏果扮的假董匡故意在指揮所耽至三更後才回來，現在與項少龍是自他偷入侯府後的首次碰頭。

項少龍道：「柔柔告訴你整件事的經過了吧？」

滕翼點頭道：「清楚，說到陰謀詭計，我們始終不是趙穆、田單等人的對手，若非給你們聽到他們三人的說話，今趟休想有人能活著回到咸陽。」

趙致擔心道：「他們要逼你陷害雅夫人，那事怎應付才好呢？」

項少龍暗忖這等於二十一世紀的間諜竊聽情報，最是管用。微笑道：「此事可見招拆招，目前對我們最有利的因素，是他們對我董匡的身份尚未起疑，只誤以為我是看風使舵之徒。更妙的是趙穆不敢揭穿我和他的秘密關係，憑著如此優勢，我們便可和這些奸人周旋到底。」

滕翼歎道：「想不到趙明雄竟是趙穆的人，枉我這麼看得起他。」

項少龍沉吟頃刻，道：「我始終不相信晶后會對趙穆死心塌地，這女人擅用手段，可能只是利用趙穆來達到目的，若我可以摸清楚她的真正態度，一切都好辦多了。」

善柔皺眉道：「你說了這麼多話，一副有恃無恐的樣子，究竟有甚麼方法應付他們？說不定待會晶王后便召你去逼你對付趙雅哩！」

項少龍瀟灑地一聳肩頭，匆匆吃掉手上的饅頭後，一拍滕翼肩膀，長身而起道：「我們去見雅兒，你們兩個乖乖的等本將軍回來。」

在善柔的嗔罵和趙致的叮囑聲裡，兩人離府而去。

並肩策馬長街時，滕翼道：「城防方面我們應否重新部署？」

項少龍搖頭道：「千萬不要這樣做，否則會惹起趙明雄和趙穆的警覺。二哥待會遣人把小俊召回來，看看他偵察齊軍一事有甚麼成績。」

兩人談談說說時，夫人府在望，項少龍仕找趙雅，滕翼則回指揮所去。

到了正午時分，趙穆派人來找他去見面，項少龍心知肚明這奸賊昨晚和田單、李園已擬好策略，故此才來找他。

在侯府的密室內，趙穆仍是那副視他如心腹的親切模樣，道：「李園中計哩！竟以為我趙穆肯與他合作。哼！我定教他沒命離開邯鄲。」

這時的項少龍再不相信此君的任何說話，表面卻不得不作大喜狀相詢。

趙穆露出一絲陰險的笑意，道：「這事遲一步再說，你與晶后和趙雅的關係怎樣，聽田單說他昨晚在街上碰到你和趙雅在一起。」

項少龍微笑道：「趙雅乃天生淫婦，只要能在榻上討好她，哪怕她不對我死心塌地。和晶后的關係更是漸入佳境，鄗人尚未有機會向侯爺報告，那批信陵君的武士實是韓闖勾引來的，我把他們幹得一個不留，既取信孝成王，又賣了個人情給晶后，一矢雙鵰，所以做起事來，哪還不得心應手。現在我正慫恿孝成王把另一半兵符交給我，那時我便可全權調動城內兵馬，侯爺還愁大事不成嗎？」

趙穆露出震動的神色，顯然想不到項少龍會向他說出此事。

項少龍心中暗笑，這奸賊之所以懷疑自己的「真誠」，皆因自己在此事上把他瞞著，使他以為自己投向晶王后，現在自己和盤托出，自是教他心意動搖，把持不定。

趙穆呆看他一會兒後，沉聲道：「此事你為何不早點向我說出來？」

項少龍若無其事道：「只是件小事，我本沒有想過要特別向侯爺作報告的，因侯爺問起鄗人與晶王后的關係，才順便說出來。眼前最關鍵的兩個人物是晶后和趙雅，只有她們的全力支持，孝成王才會不理郭開的反對，將兵權完全交進我手裡，那時邯鄲將是我們的天下。唉！只要能報答春申君對我的恩典，我董匡赴湯蹈火，在所不辭。」

趙穆神色數變，皺眉道：「樂乘被殺一事，究竟是否孝成王做的？」

項少龍心中更覺好笑，道：「絕不是孝成王幹的，田單曾提醒我去徹查樂乘的近衛，看看是否有人洩露出樂乘那晚的行蹤，從而追查到真正主謀者，但此事仍在調查中，應該很快有結果。照我看，那個項少龍的嫌疑最大。」

趙穆再不能掩飾震駭的神態，垂頭默思。

項少龍心中奇怪，為何自己如此坦誠相對，仍不能使趙穆回復對自己的信任，靈機一動，已知其故，壓低聲音故作神秘道：「侯爺不是想除掉成胥嗎？鄙人已給侯爺想出一條計中之計。」

趙穆愕然抬頭，問道：「甚麼計中之計？」

項少龍淡淡道：「鄙人把效忠書一事透露給孝成王知道，還保證可把這批效忠書偷到手上，所以只要侯爺能假造另一批效忠書，包括成胥在內，哪還怕孝成王不立即把他罷職，以免養虎為患。」

趙穆聽到他說出把效忠書的秘密透露給孝成王時，毫無驚異之色，顯然早由晶后處知道此事。

項少龍暗叫好險，若沒有押下此注，休想趙穆肯再次信任他。

果然趙穆疑色盡去，歎道：「王卓你以後再不可做了甚麼事而不說給我聽，免致生出重重誤會。」

項少龍故作茫然道：「甚麼？侯爺竟懷疑我的忠誠嗎？」

趙穆回復最初的態度，探手過去抓著他的肩頭道：「現在雨過天晴，甚麼都不須擺在心上，只要你好好照本侯指示去做，將來定富貴與共。」

頓了頓又道：「現在最重要是把孝成王手上另一半兵符弄到手內，再加上手諭，你即可隨意調動人馬……」接著沉吟起來，欲言又止。

項少龍立知他已通知晶王后，教她逼自己陷害趙雅，偏又說不出口來，免致暴露他和晶王后的關係，遂道：「侯爺有甚麼心事，儘管吩咐！」

趙穆放開抓著他肩頭的手，點頭道：「以後無論有任何行動，你先來和我商量，始可進行，千萬要切記此點。」

項少龍知他對自己仍未完全放心，故意任由晶王后向自己下令，好看看自己會否依命向他報告，答應後道：「侯爺召我來此，究竟有甚麼指示？」

趙穆尷尬起來，搪塞道：「主要是想問你近日的情況，唔！遲些再找你商量吧！」

項少龍知道彼此目的已達，告辭離去。

回到指揮所，處理一些事務後，找個機會把與趙穆見面的經過告訴了滕翼。

滕翼拍案叫絕，道：「假若禁衛和城衛兩股軍事力量都落進趙穆手內，晶王后又肯聽他命令，那他不用田單便可以操縱全局。現在我反奇怪趙穆為何不立即下手對付孝成王，有晶王后做內應，要毒殺孝成王應非太過困難吧？」

項少龍道：「對這點我也大惑不解，唯一的解釋是顧忌李牧。若孝成王忽然歸天，李牧定然生出疑心，甚至舉兵入城對付趙穆，那時連田單亦未必敢與李牧硬拚，趙穆就要好夢成空。唉！我始終不信晶王后這種女人會甘受一個男人控制，兼且她身負三晉合一的使命，又知趙穆是楚人派來的奸細，怎會仍是如此心甘情願地聽他的話。」

滕翼道：「這種長於深宮的女人，很難以常情去理解她的行為，看她的樣子，就算笑著說話，仍使人感到她心內的冰冷。或者趙穆恰好有方法滿足她的需求，才使她肯為趙穆不顧一切吧！」

項少龍心中一動，似乎捕捉到點對付晶王后的靈感，一時未能具體掌握。改變話題道：「城衛方面的情況如何？」

滕翼吁出一口氣道：「幸好趙明雄的身份發覺得早，今早他交了一份名單，提議各級將領職務上的安排。換了是以前，一來對他沒有疑心，二來他對下面的人比我熟悉，自然會信任他的提議，現在當然是另一回事。」

項少龍暗叫好險，道：「趙穆不是提過有四個將領是他的人嗎？這定是疑兵之計，我們偏要重用這四個人，那趙穆只好啞子吃黃連，有苦自己知了。」

滕翼拍案叫絕，道：「啞子吃黃連，這比喻非常傳神。三弟你確是妙語如珠，難怪紀才女會因你而動情。」

此時手下來報，韓闖派人找他。

兩人當然曉得是甚麼一回事，會心對視而笑後，項少龍匆匆去了。

果如所料，要見他的是晶王后。

她在內府一個幽靜的小軒接見他，還設酒菜招待，與他單獨相對，把盞言歡。

項少龍得滕翼提醒，留心觀察，發覺她縱是笑意盈盈，但眼神始終沒有多大變化，予人一種不大投入的冰冷感覺。難道她是天生冷感的人？

想起她曾多次向自己挑逗，但最後都是欲迎還拒，更肯定自己這想法。

既是如此，趙穆憑甚麼去征服她？

想到這裡，不由探手到腰囊去，抓著韓闖交給他用來陷害紀嫣然的春藥，心中明白過來。

上次與晶王后見面時，也想過以此來對付她，不過那只屬男人的狂想，限於在腦海內的滿足，絕不會付諸實際行動。現在形勢逆轉下，心態自是完全不同，

他的心臟不受控制地劇烈跳動起來。

晶王后卻誤會他，微笑道：「人家真的令你那麼緊張嗎？」

項少龍憑著單手，完成把少許春藥取出藏在袖內的連串複雜動作，又盤算著如何可在這種你眼望我眼的情況下，把春藥餵進豔后豐潤的香唇裡，乾咳一聲道：「晶后今天特別容光煥發，風采逼人。」

晶王后眼中閃過一絲項少龍往昔絕察覺不到的嘲弄神色，但因現在心中有數，再瞞不過他。

她親提酒壺，微俯向前，為他斟滿酒杯，拋了個媚眼道：「男人都是這樣的，但看多便不會覺得怎樣了！」

項少龍心中暗恨，知她以手段來媚惑自己，靈光一閃，先把酒杯拿起，送到鼻端一嗅，道：「晶后斟的酒，似是特別的香！」接著不經意地把酒杯移下至對方視線不及的几下處，迅速把袖內春藥滑進酒裡，才雙手舉杯道：「讓鄙人敬晶后一杯，祝晶后青春常駐，永遠都像眼前此刻般明麗照人。」

有哪個女人不歡喜男人哄讚，晶王后並不例外，欣然舉杯，道：「本后亦祝董將軍官運昌隆，

戰無不勝。」

項少龍故作粗豪地呵呵大笑，道：「晶后知否我們族例，凡對酒祝願，必須交臂共飲，願望才會成真。」

晶王后捧著酒杯奇道：「甚麼交臂共飲？」

項少龍膝行過去，移到她旁，微俯往前，拿杯的手伸了過去，送到她唇邊，微笑道：「手臂互纏，各自喝掉對方的酒，不剩半滴，夢想將會變成現實。」

晶王后俏臉微紅，暗忖此人真箇斗膽，但若不順從他意，會令對方看出自己對他毫無誠意，無奈下堆起笑容，手臂和他交纏一起，橫他一眼，道：「小心點哩！本后可不喜歡太急進的男人。噢！」

項少龍怕嗆了她，把酒溫柔地注進她小嘴裡，同時喝掉她手上的酒。

一杯既盡，項少龍把酒杯反轉覆在几上，抹掉唇邊酒漬，大笑道：「痛快！現在我董匡覺得無論為晶后做甚麼事，都是值得的。」

晶王后很少這樣整杯酒灌進喉嚨去，酒氣上湧，嫩滑的臉蛋升起兩朵令男人想入非非的紅暈，取出絲巾，以袖遮臉，抹掉酒漬後，放下袖來白了他一眼，道：「人家很久沒有這麼喝急酒，你這人真是……唔！」

項少龍趁機坐下，賴在她身旁，這時最怕她忽然溜掉，就不知會便宜哪個男人，搭嘴道：「晶后以前常常愛豪飲嗎？」

晶王后眼中抹過一絲悵然的神色，像回憶起一些久遠而令人神傷的往事，輕歎一聲，沒有說話，旋又眼中寒芒爍閃，露出怨毒的神色。

項少龍立時想起曾和她結有私情的信陵君，暗忖兩人間定是因愛成恨，否則晶王后不會有這種耐人尋味的神情。

他既不知只用韓闖所說的一半份量能否起得作用，亦不知藥力何時發作，發作時的情況又是如何？暗懷鬼胎下，沉默下來。

一時小廳內寂然無聲，只是外邊園林不住傳來雀鳥追逐鬧玩的鳴唱和振翼飛翔的聲音。

好半晌，晶王后冷冷道：「你是否在想別的女人？」

項少龍嚇了一跳，抬頭朝她瞧去，試探道：「晶后真厲害，鄙人確在想女人，卻不是想別人，而是晶后。」

晶王后俏臉再紅，瞟他一眼後，別頭望往窗外陽光漫天的林木處。

項少龍知是藥力逐漸生效，否則她不會這麼容易臉紅，神態更不應如此異常。

移近到她身後，想撫她肩頭，卻怕她會生出反感，只好輕輕道：「晶后有甚麼心事嗎？」

趙國之后幽幽一歎道：「有時我真不明白自己在做甚麼，為些甚麼大不了的事終日勞心費力，看看外面的樹木花兒，在陽光下無憂無慮，若我甚麼都不去想，多麼寫意。」

項少龍聽得目瞪口呆，照計她給餵食春藥，應是情思難禁，主動來向自己求歡才對，為何竟大發幽思，難道韓闖給錯藥，又或因過期故而藥性起變化。旋又醒悟過來，知道自己犯了大錯。

假若趙穆一直以春藥那類東西刺激她的春情，服用得多了，身體自然會生出抗力。就像吸毒的人，上癮後須不斷增加份量才能生出所追求的效果，可恨他還減少份量，現在又勢難逼她再多喝兩杯，怎辦好呢？

第二章 成敗關鍵

項少龍正進退兩難時，晶王后倏地起立，當他以為她要拂袖而去，她卻輕移玉步，直抵窗臺處，長長吁出一口氣，呆望窗外日照下的花草亭榭。

項少龍跟了過去，挨著窗臺，細看她輪廓分明的側臉。

她雖臉泛桃紅，俏目卻射出迷醉在逝去了的記憶中的神色，忽明忽黯，沉浸在正不住湧上心湖的喜怒哀樂中。

項少龍肯定藥力正發揮作用，激起她平時深藏和壓抑的情緒，才使她忘記召項少龍來是要逼他陷害趙雅的本意。

現在這位趙后的情況有點像是被催眠，又或像服食了能影響精神的藥物，表現出平時不會有的反應，自制力和戒備心均大幅下降。

項少龍大著膽子，探手過去，輕撫她柔若無骨的香肩，柔聲道：「晶后在想甚麼呢？」

晶王后似是一無所覺，輕搖螓首，幽幽道：「我恨他！」

項少龍愕然道：「誰人開罪晶后？嘿！要不要多喝杯酒？」

晶王后不悅道：「不開心時喝酒，不是更令人難受？」頭也沒別過來瞥他半眼。

項少龍心中有鬼，哪敢開罪她，放開了摟著香肩的手，點頭歎道：「是的！抽刀斷水水更流，酒入愁腸，嘿！化作相思淚。」

不自覺下，他唸出唐代詩仙李白傳誦千古的佳句，只不過因記憶所限，改接另一句，變得不倫不類。

晶王后喃喃唸道：「抽刀斷水水更流，酒入愁腸，化作相思淚。」驀地嬌軀劇震，往他望來，一對鳳目寒光閃閃。

項少龍立時手腳冰冷，暗罵自己扮的是老粗一名，怎能出口成詩？

晶王后眸子寒芒斂去，歎道：「想不到你能說出這麼深刻動人的詩句，音韻又那麼悅耳感人，這麼多年了，人家還是第一趟感覺心動呢！」說完俏臉更紅。

項少龍暗鬆了一口氣，知她剛才或因想起信陵君才美目生寒，看來信陵君當年定是傷害得她很深，使她多年後仍未能恢復過來。她和趙穆胡混，說不定亦是一種報復的行為。這麼看，韓闖勾結信陵君一事，她應是毫不知情的。

信陵君得到的是她的真愛，趙穆予她的卻可能是變態的滿足和刺激。

晶王后與他對望半晌後，神色愈轉溫柔，低聲道：「董匡！你是個很特別的人。」

項少龍試探伸出手去，拉起她修長纖美、保養得柔軟雪白的玉手。

晶王后轉過身來，任由尊貴的玉手落到他的掌握裡。

項少龍正要把她拉入懷內時，晶王后一震抽回玉手，秀眸露出醒覺的神色，冷然道：「董將軍知否本后何事召你來此？」

項少龍心中叫苦，知道藥力已過，這女人回復平日的清明，點頭道：「晶后儘管吩咐，鄙人定不會教晶后失望。」

項少龍離開韓闖的行館，往找趙穆，奸賊不在府內，他留下話後，趕回指揮所去，把事情告訴滕翼後歎道：「這叫始料不及，現在惟有靠兵符把事情拖著，我本以為若能挑起晶王后的春情，予她男女之慾的滋潤，或可解開趙穆對她的控制，怎知……唉！」

滕翼笑道：「她尚未把陷害雅夫人的證物交給你，到那時將春藥加重點份量不是行了嗎？」

項少龍搖頭道：「一來她未必會再和我把盞對酌，二來我終不慣用這種手段去對付女人。算哩！還是勸雅兒先離開邯鄲，好使我們少一個顧慮。」

滕翼道：「剛才紀才女派人通知我們，說已知會孝成王關於她明早回魏的事。照我看她的離去會惹起震動和揣測，尤其是李園和龍陽君兩人。」

項少龍明白他的意思，李園這種自私自利、不擇手段的人，自是不肯失去來到嘴邊的美食。而龍陽君則會懷疑紀嫣然離趙的目的，是要與項少龍會合。

所以紀嫣然的離去絕不會是順風順水的。

滕翼又道：「你不用擔心嫣然的事，我早有了妥善安排。」

項少龍擔心道：「你怎樣應付龍陽君和李園？」

滕翼道：「龍陽君絕不敢對紀才女動粗，只會派人暗中監視，充其量是通知魏境的將領密切注意才女的動靜。只要我們不讓他的人有機會回到魏境，便一切妥當。」

項少龍點頭稱善，現在他手握兵權，要除掉龍陽君派往通風報訊的人，確是輕而易舉。

滕翼續道：「照我估計，李園文的不成會來武的，但他總不能盡遣手下出城去幹這種卑鄙的事，惟有請田單幫忙。我會親帶一隊趙兵護送紀才女和鄒先生，抵城外再佈下假局，使他們改道往韓國去，那就甚麼問題都解決了。」

項少龍笑道：「嫣然絕非弱質女流，有足夠才智和力量保護自己，這事我看由大哥去辦已非常妥當，我還要你在這裡監視趙明雄等人。凡在趙明雄那張名單上的人，我們都要格外留神呢！」

滕翼道：「有件事到現在我依然想不通，就是趙穆何須引齊兵入城，那只會給人拿著把柄。假若晶王后真的唯他之命是從，孝成王一死，權力就落到他的手上，要除去李牧和廉頗亦非難事，更何況是郭開、成胥之輩。照我看，他始終猜疑晶王后，而你只是他想利用的棋子而已，他屬意的人應是趙明雄而非你這外人。事後他可誣諂是你開門讓齊人入城的，甚至他會藉此一舉把田單和李園除去，沒有人比趙穆更清楚齊、楚兩國對三晉的野心了。」

項少龍沉吟片晌，點頭道：「二哥之言很有道理，趙穆絕不會滿意我獨斷獨行的作風，不過情況太複雜，田單和李園自亦有瞞著趙穆的陰謀，現在我們只能兵來將擋、水來土掩，覷準一個機會立即擄走趙穆，所以目前最急切的是勸雅兒先離邯鄲，那就一切都好辦了。」

此時下人來報，趙穆親自來找他，兩人均感愕然。

滕翼避開後，親衛把趙穆迎入，陪他來的赫然是久違了的趙墨鉅子嚴平，還有八個項少龍見過的親信高手。

項少龍倒屣相迎，裝作不相識地和嚴平客氣施禮。想起初會嚴平時，正是在趙穆的侯府裡，現在當然猜到嚴平應是趙穆的人。

嚴平清減少許，但眼神更銳利，顯是敗於他劍下後，曾潛修苦練了一段時間，不但養好傷勢，武功還精進了。

項少龍不禁大感頭痛，若有嚴平和趙墨的人貼身保護趙穆，要對付這奸賊就更困難了。

三人坐好，手下奉上香茗，趙穆的親衛則守護四周。

趙穆乾咳一聲，道：「鉅子是本侯特別請來對付項少龍的人，他下面有三百徒眾，人人身手高強，項少龍不來則已，否則休想有命離去。」

項少龍忙裝出滿腔高興的模樣，道：「鉅子有甚麼用得上我董匡的地方，儘管吩咐。」

嚴平皮肉不動地笑了笑，沉聲道：「自從侯爺通知本子項少龍會來邯鄲一事後，我們便守著各處關口，待他投進羅網裡來，結果連他的影子都摸不著，此事奇怪之極。據消息說，項少龍目前確在邯鄲。」

趙穆插言道：「項少龍在邯鄲附近傷人逃走後，鉅子曾率人直追至魏境，卻沒有發現任何痕跡，所以鉅子推測項少龍仍在這裡，樂乘之死應與他有關係。」

項少龍心中懍然，難怪趙穆一直似對自己來邯鄲一事不大著緊，原來另有嚴平和他手下的人在對付自己。幸好趙穆對他回復信任，所以才肯讓他知悉嚴平的存在。

他實在太大意了，竟忽略嚴平這大仇家。

嚴平雙目寒若冰雪，冷然道：「我們曾遍搜城外附近的山野和村落，均發現不到項少龍的蹤影，唯一的解釋是他已到了城內，還有人包庇他。」

項少龍故作駭然道：「鉅子的推斷極有道理，不知鉅子心目中誰人最有嫌疑呢？」

嚴平望了趙穆一眼後，才道：「只有趙雅既有能力，亦有理由包庇項少龍，不過我曾多次進入夫人府，還是一無所得，可是本子深信趙雅嫌疑最大。」

項少龍道：「讓鄙人派手下日夜監視她吧！我才不信拿不著她的把柄。哼！還說只對我一個人好，原來是拿我作掩飾，暗裡和舊情人私通。」

趙穆道：「鉅子也這麼推斷，不過趙雅的事由鉅子處理好了，若用你的人，定瞞不過趙雅的家將。」

嚴平長身而起，道：「董將軍失陪，本人還有事去辦。」

項少龍陪著他往大門走去，嚴平低聲道：「項少龍絕不敢久留在此，我看他這幾天將會出手對付侯爺，只要我們安排得好，哪怕他不掉進陷阱裡來。」

項少龍唯唯諾諾，卻是心中叫苦，若嚴平十二個時辰的貼身保護趙穆，他的計劃便要難上加難了！

送走嚴平後，項少龍回到趙穆身旁，低聲說出晶王后要他陷害趙雅的事，皺眉道：「趙雅這種淫婦殺了都不可惜，問題在我終是由她推薦給孝成王，牽一髮動全身，若孝成王不肯將兵符交給我，又或欠她在孝成王跟前說話，致影響我們的大計，就非常不妙。」

趙穆顯然對他這麼聽話，把晶王后的事都告訴他，很感滿意，微笑道：「何時取得兵符，便何時對付趙雅，晶王后那處暫時拖著。哼！我已部署好一切，隨時可以把整個趙國接收過來，現在唯一的問題是孝成王防備得很嚴密，禁衛仍給他牢牢握在手上，不過文的不成來武的，總之在李牧回來前，定要送他歸天。」

項少龍聞言恍然大悟，明白了趙穆的詭計。

「文的」自是指以毒殺的手段，使孝成王像因病致死的樣子，那是上上之計。而趙穆和晶王后應是一直設法這樣做，只是到這刻仍未能成功。孝成王深悉趙穆用藥的手段，當然不會讓他那麼容易得逞。

「武的」是發動兵變，強攻入宮，殺死孝成王，再策立晶王后的兒子。

這本是下下之策，因那時他必須倚賴齊人做後盾，對付正帶兵趕回來的李牧。

趙穆壓低聲音道：「無論文來武往，我均想出萬全之策，遲些再和你說。你這幾天多見孝成王，他的耳朵很軟，說多幾句，說不定會把調兵遣將之權全交給你。」頓了頓續道：「聽說紀才女要回魏了，比龍陽君還要早，你知道此事嗎？」

項少龍裝作大吃一驚，失聲道：「甚麼？」

趙穆笑道：「對我們來說，這是個好消息，李園定不肯放走這天上下凡來的仙女，若他親自追去動粗，我們便有幹掉他的機會。事後還可推說是喪命於美人劍下，他做鬼也風流哩！」

項少龍聽得目瞪口呆，這才明白為何到現在孝成王亦不敢對趙穆輕舉妄動，因為這奸賊確有他的一套狠辣手段。

抵達夫人府後，趙雅把他帶到那難忘的小樓去。

項少龍見她秀眸紅腫，顯是剛哭過來，奇道：「發生了甚麼事？」

趙雅伏入他懷裡嗚咽道：「我剛和王兄大吵一場。」

項少龍勸得她平復下來後，趙雅才道：「今早你告訴人家晶后與趙穆暗中勾結的事後，我忍不住入宮見王兄，請他小心身邊的人，豈知他以為我怪他搭上郭開，大動肝火。人家一氣下痛陳他不懂知人善任，他卻說我仍忘情不了你。」

項少龍大叫不妙，緊張地問道：「你有沒有說出晶王后的事？」

趙雅搖頭歎道：「說出來有甚麼用？沒有真憑實據，他只會當雅兒要誣害那女人。」

項少龍今趟來訪本是要勸她離趙，但現在看她淒涼的模樣，怎說得出口，一時欲語無言。

趙雅抬起頭來，苦笑道：「今次吵得真是時候，雅兒剛回這裡，王兄的詔書便到，命雅兒代表他到大梁去，明天要立即起程，可與嫣然姊作個伴兒了。」

項少龍一呆道：「到大梁幹嘛？你不怕信陵君嗎？」

趙雅伸手撫上他的臉頰，愛憐地道：「幸好仍有你擔心人家，否則雅兒情願自盡。今趟我到大梁，表面是要將四公主送去嫁給魏國的太子，代替你的倩兒，其實卻是一樁交易，因為嫁妝裡指明要一份《魯公秘錄》的摹本。龍陽君今趟來，其中一個使命就是談這樁婚約。」

項少龍不解道：「為何你王兄要屈服呢？」

趙雅歎道：「他是逼不得已，齊、楚兩國對他施加很大壓力，若沒有魏安釐的支持，只靠韓國怎應付得來。他早想差人家去，可是人家知你回來，怎也不肯答應。現在撕破了臉，他再不理雅兒是否甘願。」

項少龍道：「那你中途溜往咸陽去吧！一了百了。」

趙雅淒然搖頭道：「雅兒想得要命，但此事關係重大，我怎都要完成此事才可放心到咸陽去，那時趙雅再不欠王兄任何親情債。唉！王兄以前並不是這樣的，自妮夫人慘死後，他的脾氣便轉壞了。」

項少龍想起玉殞香消的趙妮，心若鉛墜，歎道：「信陵君恨你入骨，說不定會設法害你。」

趙雅默然片晌後，輕輕道：「項郎知否晶后和雅兒的關係為何這麼惡劣？」

項少龍一震道：「是否為了信陵君？」

趙雅愧然點頭，幽幽道：「人家原不想再提起，信陵君對人家應是餘情未了，否則他的手下就不會在明知人家不在宮內時才動手，而且龍陽君曾親口保證我們的安全，他會與我們一同起行。」

項少龍一呆道：「後天你王兄不是為他餞別嗎？他怎可明天便走？」

趙雅苦笑道：「還不明白嗎？他不相信紀才女真的回大梁去，所以亦學她藉口奔喪，要和你的絕代佳人一道走，此事紀才女仍不知道。唉！少龍啊！嫣然她怎辦才好哩！」

項少龍的腦袋立時霍霍作痛，原本簡單之極的事，忽地變得複雜無比，紀嫣然若知此事，定要怨死自己。

他要應付的人和事實在太多，教他應接不暇。

趙雅又歎道：「想到我們要分開一段日子，還不知是否有再見之日，雅兒不想活下去了，做人為甚麼總是這麼痛苦呢？」

項少龍勉強壓下煩惱，提起精神問道：「孝成王還有別的兒子嗎？」

趙雅搖頭道：「只得一個太子，所以無論別人怎樣說那女人壞話，都動搖不了王兄。」

項少龍道：「他有沒有其他兄弟？」

趙雅忍不住「噗哧」一聲，破涕為笑道：「你問得真奇怪，問人家有沒有兄弟不就行嗎？是的！

趙雅還有兩位兄長，是武城君和高陽君。」

項少龍奇道：「為何從沒聽人提起過他們？」

趙雅帶點不屑地道：「有甚麼好說的，王兄一向不歡喜他們，還下旨不准兩人離開封邑，以圖眼不見為淨。我這兩位不爭氣的兄長，除花天酒地外，甚麼都不懂。」

項少龍道：「誰的封邑最接近齊國？」

趙雅愕然望向他，好一會兒才道：「當然是武城君，武城離齊境只有數天路程，快馬兩日可達，你不是懷疑他與田單勾結吧？」

項少龍臉色凝重起來道：「我始終不相信田單會這樣樂助趙穆奪權，若我是田單，沒理由相信趙穆能控制晶后，而晶后亦不會輕易除去支撐趙國的兩大名將。所以只有說動武城君，他便可藉此良機一股腦兒把趙穆、晶后和太子等全部宰掉，再把責任推到趙穆身上，又藉武城君的手害死李牧和廉頗，那你們的大趙勢成他囊中之物。這種情況下，田單定要設法先把我除掉，以他的厲害精明，絕不會信我肯為他賣命的。」

趙雅想了想，色變道：「少龍你這番話很有道理，我這兄長確是個見利忘義、利慾薰心的愚頑之徒，怎麼辦才好呢？」

項少龍笑道：「不理此事是真是假，田單可以誣害你，我們也可誣害他。千萬勿把此事告訴任何人，我自有把握應付。現在你拋開一切心事，明天乖乖的離開這裡，盡量留在大梁等我的消息，莫要回來。」

趙雅咬著唇皮道：「今晚你不陪人家嗎？」

項少龍吻了吻她臉蛋，笑道：「來日方長，這幾天乃成敗的關鍵，我實不宜耽於逸樂，你知否暗中有人在監視著你呢？」

當下把嚴平的事說出來，又安慰她一番後，立即進宮謁見孝成王。

哪知內侍說孝成王身體不適，回後宮休息去了，項少龍把心一橫，索性去見晶王后。

忽然間他醒悟到此回邯鄲之役的成敗，已繫在狡猾的趙國王后身上。

第三章　渾身解數

晶王后在御花園幽靜的小樓上接見他，賜坐後項少龍道：「雅夫人告訴我，明天出使大梁，所以若要依計對付她，今晚是唯一的機會。我只要找個藉口，便可到她的夫人府去行事，晶后預備好證物了嗎？」

趙國之后眼中閃過狠毒的神色，猶豫半晌後，才歎道：「算她走運，此事就此作罷吧！」

項少龍心中懍然，知道這貴婦和趙穆間必然存在隱密有效的聯絡方法，所以才這麼快知道事情起了變化。

心中正想著該如何提醒她關於武城君這個勾結田單等人的可能性時，晶王后淒然道：「酒入愁腸，化作相思淚！今天我心裡不斷馳想著這動人的句子，甚麼都提不起勁來。」

憑著各方面的資料，項少龍已可大致勾畫出一幅有關趙國第一夫人的圖畫。

她嫁入趙國為后，本是負有使三晉和平合一的使命，而她亦爭氣地為趙人生下唯一的太子。一切本應是美好圓滿，可是問題出自孝成王身上，因對男人的愛好冷落了她。

晶王后絕非淫蕩的女人，雖然孝成王沒暇管她，她仍是規行矩步，過著宮廷寂寞的生活。這類女人，往往一旦動情，比慣於勾三搭四的女人更是一發不可收拾。

使她動真情的是信陵君，他可能只是因利乘便，逢場作戲，又或含有政治目的，不得不敷衍她，真正歡喜的卻是趙雅。當晶王后發現此事後，遭受到直至此刻仍未恢復過來的打擊和創傷。

而趙穆則覷此良機，趁孝成王沉迷於各類性遊戲的方便，乘虛而入，藉各種藥物，刺激起她的春情，使她沉迷陷溺，自暴自棄，甘於為他所用。

晶王后本身對孝成王有很深的怨恨，加上她非是沒有野心的人，種種利害和微妙的男女關係，使她和趙穆私相勾結，同流合污。

無可否認趙穆是個很有吸引力的男人，對男對女均有一套，否則趙雅不會在愛上自己之餘，仍受不住他的引誘和挑逗。

假設他項少龍能把晶王后爭取過來，趙穆將失去唯一的憑藉，要佈局擒拿他亦容易得多。想到這裡，不由歎了一口氣，要在這時代安然和快樂地生存，只有不擇手段，無所不用其極了。

晶王后凝視他道：「你為甚麼歎氣？」

項少龍想到自己要不擇手段的心事，一時意興索然，頹然道：「我也不知道。」

晶王后想不到對方會如此答她，愕然道：「你倒坦白得很。」

兩人沉默下來，凝視頃刻後，晶王后有點抵敵不住他的灼熱眼神，垂頭道：「你真的肯聽我的命令去誣害趙雅？你不是歡喜她嗎？男人都愛她那種最懂在床上逢迎討好他們的女人。」

項少龍明白她的心態，行個險著，道：「要董某去陷害無辜，本人實是不屑為之，寧願一劍把她殺掉，落個乾淨俐落，頂多事後立即逃出邯鄲，以報答晶后提拔的恩情。」

晶王后一震往他瞧來，鳳目閃動著凌厲的神色，冷然道：「你敢不遵本后之命行事嗎？」

項少龍以柔制剛，再歎一口氣道：「我董匡這樣把事業甚或生命都送給了晶后，晶后還不滿意嗎？晶后和雅夫人間究竟有甚麼深仇大恨？」

晶王后玉臉一寒，怒道：「我和她之間的恩怨，哪到你來過問。」

見她不再指責自己抗命，項少龍知她已軟化下來，此時是勢成騎虎，若不以非常手段把她降伏，後果如何，確是難料。只看趙雅便知這類長於深宮的女人是多麼難以測度，不能以常理猜之。既不能動以男女之情，惟有以利害關係把她點醒過來。

晶王后愈想愈動氣，遽下逐客令，道：「若沒有其他事，董將軍給本后退下去！」

項少龍站起來，憤然走了兩步，背著她道：「晶后知否大禍已迫在眉睫？」

晶王后嬌軀微顫，冷笑道：「董將軍若危言聳聽，本后絕不饒你。」

項少龍瀟灑地一聳肩膊，毫不在乎道：「若是如此，請恕鄙人收回剛出口的話。由今天開始，董某人再不欠晶后任何東西，晶后若要取鄙人之命，儘管動手！」

晶王后勃然大怒，霍地起立，嬌喝道：「好膽！竟敢以這種態度和本后說話，信不信本后立即使人把你的舌頭連根勾出來。」

項少龍倏地轉身，眼如寒電般瞪視她，形相變得威猛無倫，回應道：「我董匡從不把生死放在心上，亦非任人魚肉之輩。我若要討你歡心，昧著良心說幾句偽話是輕而易舉。但是董某人騙誰都可以，卻不想騙對我青睞有加的晶王后，才吐出肺腑之言，不想卻只換來晶后的不滿。罷了！這城守不當也罷，初時還以為能為晶后做點事，可惜事與願違。我這便往見大王，交出兵符，邯鄲的事我再不想理了。」

晶王后何曾給人這麼頂撞責怪，一時目瞪口呆，但看到他慷慨陳詞的霸道氣勢，竟心中一軟，只緊繃著俏臉，道：「好吧！看你這麼理直氣壯，給我把所謂肺腑之言說出來！本后在洗耳恭聆。」

項少龍心中暗喜，適可而止地頹然一歎道：「現在鄙人心灰意冷，甚麼都不想說了，晶后喚人來吧！我絕不會反抗。」

晶王后愕然片刻，離開几子，來到他身前，微仰俏臉細看他好一會兒後，柔聲道：「為甚麼對人家發那麼大脾氣呢？就算你不顧自己的生死，亦應為隨你來邯鄲的族人著想。以下犯上，大王都護不住你。」

項少龍知是時候，眼中射出款款深情，搖頭道：「我也不明白為何控制不了情緒，只覺得若給晶后誤會，便……嘿！鄙人不知怎麼說了。」

晶王后先是一呆，接著發出銀鈴般的嬌笑，探出雙手按在他寬闊的胸膛上，白他一眼，道：「你不用解釋，人家當然明白是甚麼一回事。」

感覺到她那對尊貴的手在溫柔的撫摸，項少龍一陣刺激，舒服得閉上眼睛，低聲道：「晶后請勿如此，否則鄙人忍不住要侵犯你哩！」

晶王后「噗哧」笑道：「剛才不是凶霸得想把人吃掉嗎？為何現在又戰戰兢兢，誠惶誠恐？噢！唔……」

項少龍等候如此良機，感覺上已足有數個世紀的漫長時間，哪還客氣，略帶粗暴地一把將她摟個滿懷馨香，重重吻在她香唇上。

晶王后哪想得到他如此狂野大膽，還以為他會像以前般規矩，想掙扎時，早迷失在這男人的魅力和侵犯下。

項少龍熱烈地痛吻第一夫人，一對手在她臀背處肆無忌憚地活動著，摟擠得她差點透不過氣來。

只有打破男女間的隔閡，他始有機會減低趙穆對她的控制，那有點像與趙雅的關係相似。這些宮廷的驕貴婦女，一切無缺，但正因物質太過豐足，無不感到心靈空虛，若自己能彌補她這方面的缺陷，等若征服她的芳心，做起事來便有天壤雲泥之別。雖說有欺騙成份，但對方何嘗不是以色相手段媚惑他。對他來說，這是另一個戰場罷了！

不旋踵，晶王后熱烈地反應著。

項少龍慾火大盛，尤其想起她貴為一國之后至高無上的身份。但亦知她因精神飽受創傷，不宜操之過急，吻得兩人均喘不過氣來之時，低聲道：「晶后知否武城君與田單和趙穆勾結？」

雙手仍緊纏著對方的晶王后嬌軀劇震，鳳目內慾火一掃而清，瞪著他失聲道：「甚麼？」

項少龍摟她的手緊一緊，柔聲道：「晶后太低估田單和趙穆了，你以為他們想不到太子登位後，權力便全集中到你手上嗎？設身而處，誰都知你不會蠢得自毀城牆，毀掉李牧和廉頗這兩根國家棟樑，那時田單等豈非白辛苦一場。正因他們另有陰謀，所以才有十足把握可以從中得利。」

兩人雖仍保持在肢體交纏的狀態裡，但晶王后立時完全回復清醒，冷靜地道：「這個消息你是從何處得來的？」

項少龍打醒精神，道：「田單由第一次見我開始，一直想收買我，自晶后有意提拔鄙人做城守後，鄙人找田單密談，假作想效忠於他，看他有甚麼陰謀，才由他處得悉這秘密。」

晶王后眼中射出銳利的光芒，一瞬不瞬地凝視著他，項少龍一點不讓地回望著。這美女帶點嘲諷的口氣道：「想不到董馬癡這麼懂騙人，噢……」

原來又給項少龍封著小嘴。

今趟項少龍是淺嘗即止，豪氣干雲地道：「為了晶后，騙騙人有甚麼打緊。但董某卻有一事不解，大王身體這麼差，怕沒有多少時日，晶后為何不耐心等待一段時間，不是勝似行此險著？」

晶王后給他吻得渾體發軟，喘著氣道：「再等幾年，趙國怕要在這蠢人的手中亡掉。」

項少龍恍然大悟，原來她有此想法，難怪肯與趙穆合作。

晶王后帶點哀求的語氣道：「放開人家行嗎？還有很多事要和你商量哩！」

項少龍暗忖一不做、二不休，若不趁此機會征服她，以後只怕良機不再，正要乘勢猛攻時，宮娥的聲音由樓梯處傳來，道：「內侍長吉光來報，大王要在內廷接見董將軍。」

兩人作賊心虛，駭然分開。

晶王后勉強收攝心神，應道：「董將軍立即來，教他稍等一會兒。」

白他一眼後，低聲道：「剛才的事，千萬不要讓大王知道，黃昏時到韓闖那裡，我有要事和你商量。」

項少龍想不到飛到唇邊的趙國王后仍無緣一嘗，大叫可惜，悵然離去。

內侍長吉光伴著他朝內廷那幢巍峨的建築物走去，低聲道：「大王剛睡醒，聽得將軍候見，立即命小人請將軍去見他。」

項少龍知他為自己瞞著到晶王后處一事，連忙表示感激。

吉光道：「現在宮內上下無不敬重董將軍，若非將軍迅速拿到兇徒，我們不知還有多少人要遭殃呢！」

項少龍謙虛兩句後，乘機問道：「宮內禁衛裡除成將軍外，誰人最可以管事？」

吉光聽到成胥之名，露出不屑的神色，答道：「當然是帶兵衛趙令偏將，他資歷聲望均勝過成將軍，只是不懂得逢迎郭大夫，所以才沒有被重用吧！」

項少龍想不到他肯交淺言深，訝然望向他，點頭道：「內侍長你很夠膽識。」

吉光哂道：「小人只是看人來說話，誰不知現在邯鄲城內，董馬癡不畏權勢，英雄了得。我大趙若再多幾個像董將軍般的人，何懼虎狼強秦。」

項少龍拍拍他肩頭，道：「內侍長這朋友我董匡交定了，這兩天可能還有事請你幫忙。」言罷跨過門檻，經過守立兩旁的禁衛，入內廷見孝成王去也。

行罷君臣之禮，分上下坐好，不待他說話，孝成王早吩咐侍衛退往遠處，低聲道：「效忠書的事是否有眉目？」

項少龍細看他臉容，雖疲倦了點，卻不若想像中那麼差勁，應道：「侯府的保安忽然大幅增強，田單又送他十多頭受過訓練、眼耳鼻均特別靈敏的猛犬。除非強攻入府，否則實在無計可施。若我猜得不錯，或是有人把消息洩露出去，趙穆可能對我開始起疑。」

孝成王愕然片晌，露出思索的神色，好一會兒道：「知道此事的只有寥寥數人，寡人又曾嚴令他們守密，誰敢違背寡人的旨意？」

項少龍道：「或者是我多疑，趙穆亦可能只因形勢日緊，適在此時加強防衛也說不定。」

孝成王神色數變，沉聲道：「大將軍還有幾天便回來，趙穆若要造反，必須在這幾天內行事，董將軍有沒有收到甚麼風聲？」

項少龍道：「他曾透露須借齊人之力方可成事，如此看來，他應有一套完整計劃，讓齊人可輕易潛進城來，噢！不妥！」

孝成王大吃一驚，道：「董卿家想起甚麼事？」

項少龍這時想到的是趙明雄這內奸，有他掩護，要弄條穿過城牆底的地道應非難事，難怪當趙穆等「以為」他背叛他們時，仍是一副有恃無恐的樣子，此事真的大大不妙。

雖想到這點，卻不敢說出口來，胡謅道：「照我看趙穆今晚會發動連串襲擊行動，好殺害反對他的大臣將領，擾亂軍民之心，鄙人定要做好準備。」

這亦是大有可能的事，想到這裡，他更是坐立不安，但話未說完，不敢貿然告退。

孝成王臉色轉白，駭然道：「先發制人！現在顧不得那麼多，董卿家立即調動人馬，把趙穆擒殺，他不仁，我不義，誰也不能怪寡人無情。」

項少龍雖心焦如焚，仍不得不耐著性子解釋道：「大王所言甚是，這實在是最直截了當的方法，問題是到現在我們仍不知城衛和禁衛裡有多少人是奸黨，假若趙穆收到風聲，反先動起手來，又有田單、李園裡應外合，勝敗仍是未知之數。今天趙穆給我引見鉅子嚴平，只是這批精擅攻防之道的墨氏行者，可教我們非常頭痛，加上趙穆的數千家將，形勢並不樂觀。」

聽得田單、李園、嚴平這些名字，孝成王臉若死灰，手足無措地責道：「難道我們就這樣呆等著他們起兵造反嗎？」

項少龍暗忖趙穆的勢力根本是你本人一手培植出來的，現在卻來怪我，冷靜地分析道：「鄙人雖當上城守之位，但只是負責例行的城防之責，既不能調兵遣將，亦無權調動駐紮城外的兵馬。假若大王賜鄙人軍符，鄙人可全面加強城防，把兵馬集中城內，各處城門要道均換上鄙人相信得過的人看守，那我們便不懼城外的齊軍，說不定還可以順手宰掉田單和李園。」

孝成王沉吟片晌，顫聲道：「田單、李園分為齊、楚重臣，在我和廉、李兩位大將軍商量過此事前，萬勿輕舉妄動。」

項少龍暗叫可惜，知他只是託詞，更明白晶王后為何指他是會亡國的昏君，成大事哪能畏首畏尾，出爾反爾。

孝成王霍地起立，道：「好！寡人立即賜你軍符，俾可全權行事。」

項少龍忙叩頭謝恩。

此時他對這趙國之君的仇恨已非常淡薄，代之而起的是憐憫和歎息。

第四章　證據確鑿

項少龍匆匆返回指揮所，荊俊剛由城外趕回來，正與滕翼在議事廳密談。

滕翼臉色凝重，見到他回來，道：「三弟先聽小俊的報告。」

項少龍本以為荊俊溜去陪他美麗可愛的小村姑，原來是辛勤工作，喜道：「讓我看小俊有甚麼成績？」

荊俊興奮地掏出一卷帛圖，攤開在几上，只見上面畫著齊軍佈營的形勢圖，雖簡陋一點，但何處是高山，何處是叢林，均能一目了然。

滕翼玩味半晌後，讚道：「旦楚不愧齊國名將，只看他依著後面的高山，分兩處高地紮營，便可知他確有真材實學。」指著中間主營後的瀑布道：「設營最緊要有水源，現在他們控制了源頭……」手往下移，來到三處營帳間的草原和叢林處續道：「又有草可供戰馬食用，若再在樹林中有適當部署，儘管軍力比他們強上數倍，要攻陷他們仍是非常困難，營側的亂石堆作用更大，可攻可守，旦楚真不簡單，我們萬勿輕敵。」

項少龍道：「有沒有發現地道那類的東西？」

荊俊得意地道：「這卻沒有，但我曾問過附近的獵民，他們說營後這座山叫背風山，剛好擋著北方吹來的冷風，紮營處有個深進山內的天然石洞，出口在山側一密林處，於是我摸到那裡一看，果然有齊人防守，難怪駐在附近的一些趙兵毫無所覺了。」

滕翼指著山側的密林，道：「是否指這裡，你入林看過沒有？」

荊俊道：「正是這裡，這片樹林連綿十多里，直至離邯鄲城西北角五里遠近，若不知洞穴一事，給人來到城邊仍懵然不知。」

項少龍長身而起，道：「來！我們到城牆看看，總勝過空言談兵。」

三人登上北城牆的哨樓時，守兵們均肅然致敬，負責這裡的裨將陳式連忙趕來，聽候吩咐。

項少龍裝作若無其事地巡視一番，找個藉口遣開陳式，低聲向兩人道：「若只靠內奸開門迎入城內，終是有點不妥當，因為城衛中大部分均是忠心的人。兼且齊人在軍力上始終稍嫌薄弱了點，這樣萬多人擠著進來，既費時失事，若惹得城外的駐軍來個內外夾擊，對齊軍更是不妙，所以齊人定有秘密潛進城內的方法，那時只要守穩幾個戰略據點，再攻入王宮，邯鄲城將在田單的控制之下。」

滕翼動容道：「三弟之言甚有道理，這麼強來，定將激起邯鄲軍民義憤，誓死抵抗時，區區萬多齊軍亦不能討好。」

荊俊道：「若我是田單，可把手下扮成趙人，換上禁衛的服裝，只要配合趙穆，推說郭開、成胥起兵叛變，再由趙穆和晶王后出面鎮壓大局，那時孝成王已死，三哥又是他們的人，哪還怕其他人不乖乖聽話嗎？」

滕翼霍然動容。

項少龍望著城外遠處那片密林，淡淡道：「田單絕不會蠢得熱心玉成趙穆和晶王后的好事，更不會相信我董馬癡，只要他能利用趙穆入城，第一個要對付的人是我，然後輪到趙穆、晶后和太子。猝不及防下，城外的駐軍趕不及回防，他確有控制大局的本領。軍心散亂下，加上邯鄲城衛佔了一半是老弱殘兵，根本沒有頑抗之力。」
滕翼皺眉道：「但他憑甚麼可長期佔領邯鄲？李牧回來肯放過他嗎？」
項少龍把對武城君的猜測說了出來，道：「出頭的將是武城君，只須由他率領手下和齊人假扮的趙軍，充作勤王之師，幹掉趙穆還可振振有詞地把殺死孝成王、晶后與太子的事一股腦兒推在奸賊身上。縱使李牧回來，但武城君早登上寶座，又有齊、楚在背後撐腰，李牧亦難有作為。假若趙國內亂，田單還出師有名，索性率大軍來攻城掠地，那時廉頗被燕人牽制，李牧獨力難支下，亡趙絕非難事，田單將可完成夢想。」
夕陽西下，在遼闊的草林山嶺上散射千萬道霞彩。
滕翼呼出一口氣道：「幸好我們猜出其中的關鍵，否則必然一敗塗地，到了地府仍不知是甚麼一回事。」
回頭指著城內一座建築物，道：「那是北城的城衛所，乃趙明雄的大本營，若我所料不差，裡面必有通往城外的地道，此事不如交由小俊負責，探清楚出入口的所在。」又向項少龍道：「軍符拿到手沒有？」
項少龍一拍腰囊，欣然道：「軍符、詔書全在這裡，便讓我們秘密調兵遣將，與田單、趙穆等一決雌雄，說不定他們今晚就會動手哩！」
滕翼搖頭道：「我看地道仍在日夜趕工中，尤其他們挖地道時必是小心翼翼，不敢弄出任何聲響，免致欲速不達，否則何須拖延時日，因為愈可早日控制邯鄲，便愈能應付李牧，所以只要準確計算出地道完工的日子，將可把握到他們動手的時間。」

荊俊低聲警告道：「小心！有人來了！」

趙明雄的聲音在身後登上城樓的石階處傳來，道：「末將參見城守，不知城守此來，有何吩咐？」

項少龍笑道：「大王剛把軍符交予本人，重任在身，所以四處巡視，看看可如何加強城防罷了！」

趙明雄知他兵符到手，臉上露出喜色，道：「有甚麼用得著末將的地方，儘管吩咐。」

項少龍把這燙手山芋推給滕翼，閒聊兩句後，與荊俊離開。

步下城樓後，荊俊趁黑去查地道的事，他則趕往韓闖處與晶王后見面。

現在雙方均與時間競賽，誰能早一步佈好陷阱，那一方便可得勝。

今次韓闖沒有把他帶往內宅，改由左側穿過花園，經過後園信陵君手下藏身的糧倉，到達一間似是放置農具雜物的小屋前。

項少龍大訝道：「晶后怎會在這種地方見我？」

韓闖高深莫測地笑了笑，搭著他肩頭道：「董將軍進去自會明白一切。」

木門倏地打開來，裡面燈光暗淡，人影幢幢。

項少龍戒心大起，提高警覺才跨入門檻去。

晶王后赫然在內，四周散佈著她的親衛和韓闖的心腹手下。

在燈火照耀下，一個昏迷不醒、衣衫滿是血污的人給綑著雙手吊在屋中，頭臉傷痕纍纍，身體有被燒灼過的痕跡，顯是給人剛施過酷刑。

晶王后頭也不回，冷冷道：「除侯爺和董將軍外，其他人給我退出去。」

眾人紛紛離開。

晶王后淡淡道：「董將軍，你知他是誰嗎？」

項少龍移到她旁，搖頭道：「這是甚麼人？」

後面韓闖插言道：「他是武城君的家將，前天才到達邯鄲，押送來一批供郭縱鑄造兵器的銅礦。」

項少龍心中恍然，壓下心中的憐憫，沉聲道：「問出甚麼來了嗎？」心臟不由霍霍狂跳，假若此人矢口不認，那就糟透了。

晶王后倏地歎道：「董將軍說得不錯，武城君這蠢材確是不知自愛，勾結了田單，陰謀造反。」

項少龍暗中鬆一口氣，暗讚自己的運氣。

韓闖道：「起始時他還矢口否認，但我們卻誑他說有人親眼在齊人營地裡見到武城君，他才俯首招供。」

項少龍剛放下的心，又提上半天，皺眉道：「這樣做不怕打草驚蛇嗎？他還有其他隨從哩！」

晶王后聲音轉柔，別過頭來瞧他，秀眸充盈著感激，輕輕道：「放心好了，我們會安排他似是臨陣退縮，不敢參加叛變，悄悄逃走。董匡！本后以後應怎辦哩？」

韓闖道：「王姊和董將軍先回內宅，這裡的事由我處理好了。」

項少龍知他要殺人滅口，暗歎一聲，陪著晶王后返回宅內去。

到了上次會面的小廳，親衛守在門外，還為他們關上廳門。

晶王后臉寒如冰，在廳心處站定。

項少龍來到她身後，貼上她香背，伸出有力的手，緊摟她小腹。

晶王后呻吟一聲，玉容解凍，軟靠入他懷裡，幽幽道：「董匡！你會騙我嗎？」

項少龍體會出她的心境，先後兩個男人，信陵君和趙穆都欺騙她，使她對自己完全沒了信心。其實武城君的事，趙穆都給蒙在鼓裡，只是在這情況下，晶王后哪能分辨，只好信了項少龍的謊話。

晶王后表現出她女性柔弱的一面，輕輕道：「親我！」

項少龍哪還客氣，熱吻後，晶王后似稍回復了平日的堅強，離開他的懷抱，拉著他到一角坐下，沉聲道：「他們準備怎樣對付我們母子？應否把此事告訴大王？」

項少龍沉吟半晌，把複雜無比的事大致理出一個頭緒後，搖頭道：「若要告訴他，應在向武城君的家將施刑之前，何況大王知否此事並沒有分別。如有風聲洩露到趙穆處，更是有害無利。惟今之計，是先把握田單和趙穆的陰謀，覷準他們動手的時間，予他們迎頭痛擊，一舉把叛黨清除。」

晶王后垂下頭去，輕輕道：「聽你的語氣，像很清楚人家和趙穆的關係似的。」

項少龍探手過去，捉著她的柔荑，溫柔地道：「甚麼事都不要多想，晶后裝作一切如舊，與趙穆繼續合作，其他的事交給我董匡去辦好了。」

晶王后擔心地道：「你有把握應付田單嗎？我從未見過比他更陰沉厲害的人。若我是他，第一個要殺的人是你。」

項少龍微笑道：「到這一刻，鄙人才首次感到晶后真的關心我。」

晶王后俏臉微紅，橫他一眼後站起來，道：「我會通過吉光和你保持聯繫，他與趙穆和郭開兩方的人都沒有關係，對太子最忠心，是個靠得住的人。」

項少龍知她不宜久留，而自己更是諸事纏身，道：「我先走一步，若趙穆有任何消息，就算看似無關痛癢的事，最好也通知我一聲。」

晶王后把嬌軀挨入他懷裡，柔聲道：「你是否急欲得到那批效忠書的名單？說不定我有方法看到。給了個天讓趙穆作膽，現在尚不敢開罪我。」

項少龍輕擁了她一下，親個嘴兒後道：「那我就更有把握，你信任董匡嗎？」

晶王后微微點頭。

項少龍欣然去了，能否爭取晶王后到他這方來，實是成敗的關鍵。

還未回到指揮所，半路給蒲布截著，隨行的還有十多名侯府的武士，兩人只能打了個眼色，便往見趙穆。

項少龍心知肚明這兩天內田單和趙穆必會動手，所以急於安排一切，只不知趙穆對自己的信任，究竟增加至甚麼程度而已。

入府後項少龍細心留意，果發現有嚴平的人混雜府衛裡，這些人麻布葛衣，又赤著腳，非常易認。

暗忖若非自己當上城守，又成為孝成王的心腹、晶王后的半個情人，單憑手上的力量，正面硬碰硬確非趙穆對手，心中禁不住叫了聲僥倖。

趙穆親自出迎，把他領入密室後，喜動顏色道：「孝成王頒下詔告，把另一半軍符賜予你，許你全權調動兵馬，加強城防。」

項少龍謙虛的道：「全賴侯爺洪福齊天，鄙人幸不辱命。」

趙穆道：「事不宜遲，李牧這幾天內便到，我們定要先發制人，否則會錯失良機。」

項少龍道：「全聽侯爺指示。」

趙穆嘴角掠過一絲陰冷的笑意，淡淡道：「郭開和成胥正密切監視著你的一舉一動，希望能找到你的把柄……」

項少龍故意道：「不若就由我對付他們，保證乾淨俐落，一個不留。」

趙穆道：「我還有更重要的事須你去完成，我始終信不過田單。」

項少龍愕然道：「侯爺不是著我打開城門，讓齊人入城助陣嗎？」

趙穆道：「田單要我事成後把武城、觀津、武遂、武恆、徐州、扶柳六個大河之東的大邑割讓給他，這條件怎能接受？所以我決定獨力行事，有你助我，沒了田單亦不是問題。」

這回連項少龍亦弄不清楚這番話孰真孰假，皺眉道：「城衛裡除去老弱婦孺，可用之兵只在萬人之眾，還不是每個均肯為我們賣命，怎應付得了成胥的禁衛軍呢？」

趙穆道：「要弄死孝成王，盡有各種方法，這方面由我負責。現在我要你藉調動兵將之便，把主力移往城外監視齊人，其他人我都信不過，你須和龍善兩人親自負責此事。」

項少龍心內冷笑，明白趙穆始終對自己不是推心置腹，只是在利用自己。點頭道：「侯爺吩咐，鄙人自然遵從，可是若我這樣離城，定會惹人懷疑，城中的守兵又靠誰指揮呢？」

趙穆笑道：「我早給你找到藉口，就是我會找人假扮項少龍在附近現身，那你可大條道理追出去緝兇。況且只是一晚的事，天明時孝成王早歸天哩！」

頓了頓續道：「至於城內的事，儘管父給那個趙明雄，他是趙雅和李牧的人，與郭開和成胥的關係更不錯。你們既到城外去，他自可名正言順暫代你的職責，誰都不會為此懷疑的。」

項少龍暗叫厲害，若非知道趙明雄的真正身份，又探出齊人有秘密通道，說不定真會墜進趙穆的陷阱中。

這樣看來，打從開始趙穆便對自己不安好心，又或是自己行事的作風惹起對方的疑慮，這奸賊一直在利用他。

趙穆再壓低聲音奸笑道：「孝成王有事時若你不在場，你更不會被人懷疑了。」

項少龍皺眉道：「侯爺有把握控制晶王后嗎？」

趙穆點頭讚道：「你的思慮確是縝密，晶后為本身利益，不得不和我合作，毒殺孝成王將由她親自下手，我則負責殺死郭開和成胥，換上我們的人，那時誰還敢與我趙穆作對？」

敲門聲響。

趙穆不悅道：「誰敢在這時候來煩我？」

項少龍道：「定是有急事要稟上侯爺的。」過去把門拉開。

趙穆的一名手下匆匆來到趙穆旁低聲說了兩句話，這奸賊愕然半晌，驀地站起來道：「一切依照我的話去做，董將軍先回去吧！」

項少龍離開侯府，仍是一頭霧水，不知何事須趙穆要立即去應付。

第五章　舌粲蓮花

項少龍回到指揮所時，肚子響叫，才記起晚飯尚未有著落，告訴滕翼，要他使人弄飯祭祀五臟廟。

滕翼拉著他往大門走去，道：「三弟多捱餓片刻，你的夫人們幾次派人來催你回去。順帶提醒你，由現在到明晚，最緊要小心飲食，假若給趙穆下毒害死，那才冤枉呢！我已著人特別留意食水，又把塘魚放進井內去作測試，小心點總是好的。」

項少龍聽得心中懍然，點頭答應，順口問道：「小俊是否有消息？」

滕翼道：「沒有人比小俊更有資格做探子，不到兩個時辰，就把地道找出來，一端確是在趙明雄的大本營裡，另一端則在北城牆之旁，長約三十丈，兩端都打通了，現在正以木板和撐柱做固土的最後功夫，明晚應可派上用場。」

兩人來到廣場處，自有人牽馬過來。上馬後，近五百名親衛擁著他們開出大閘，聲勢浩大。

項少龍見隨從裡只有十多人是精兵團的兄弟，愕然道：「這批人是怎樣揀來的？」

滕翼笑道：「我把自己兄弟安插到各個崗位去，好能控制城衛的主力。這批人則是由各單位精挑出來，當然避開與趙明雄有關係的人，亦查過他們的出身，應該沒有大問題。現在邯鄲危機四伏，加強實力是必須的。」

項少龍低聲說出趙穆的事，滕翼道：「有這麼準確的情報，要應付田單和趙穆絕非難事，難的只是如何殺死田單、活擒趙穆，再從容逃回咸陽，那才是最考驗功夫。」

項少龍歎道：「我們實在沒有能力同時完成兩件事，田單定不會親自參與行動，孝成王這昏君臨陣退縮，更明令我不准碰李園和田單，明晚的行動，必須有孝成王的合作才行，否則敵我難分下，會鬧出岔子。」

滕翼點頭同意道：「我明白三弟的難處，幸好尚有一晚時間可以從長計議，小俊現正監視地道的情況，若有異樣，可立即做出迅速的反應。其他地方我派人查過，北牆的地道應是唯一的入口，不過敵人若要由此潛入城來，無論行動如何快捷，就算有幾個時辰，頂多僅能得三、四千人通過秘道，只要我們不讓趙穆的人與齊人會合，我有把握盡殲潛進來的齊人。」

項少龍欣然道：「若非有二哥打點，我真要手足無措哩！」

談談說說時，返抵行館。

踏入內堂，赫然發覺趙雅和紀嫣然芳駕全在，正和趙致、善柔姊妹說話。

眾女見他進來，眼光全盯上他。

趙致道：「滕二哥呢？」

項少龍坐到趙雅和紀嫣然之間，答道：「他去安排人手，在外府各處佈防，免得給覬覦我致姑娘美色的狂蜂浪蝶闖進來採摘這朵鮮花。」

眾女聽他說得新鮮有趣，蜂蝶採花更是生動逗人，均哄笑起來，一掃離愁別緒的壓人氣氛。

項少龍惴然望向紀嫣然，道：「嫣然知道哩！」

紀嫣然玉臉一寒，道：「龍陽君若夠膽跟著我，本姑娘一劍把他殺掉。」

善柔問道：「要不要再去偷那些效忠書？」

趙雅道：「武城君的事證實了嗎？那女人是否相信？」

三女各問各話，項少龍惟有把最新的發展和盤奉上，聽得她們目瞪口呆，想不到錯綜複雜至此。

項少龍接著道：「雅兒到大梁一事已成定局，因有協議龍陽君必須陪行，所以嫣然只要待他們起程後才動身，龍陽君便沒法跟著你了。」

趙雅笑道：「我早告訴嫣然不用擔心，你這城守豈是白當的，照我猜龍陽君這傢伙定會請少龍代他監視嫣然，好讓他擒拿自己。」說完掩嘴偷笑。

項少龍大奇道：「為何你像很開心的哩？」

趙雅道：「對付趙穆和田單的事，你已勝券在握，人家當然煩憂盡去嘛！何況今趟大梁之行，還有位女保鏢陪人家哩！」

項少龍愕然望向善柔，後者指指乃妹道：「不是我！是致致！」

趙致欣然道：「雅姊一個人到大梁那麼淒涼，所以我自動請纓陪她一道去。」

項少龍大喜道：「這就更好了，我本還想勸你和鄒先生一道走。」

轉向紀嫣然道：「李園知你回大梁，可有甚麼反應？」

紀嫣然不屑地道：「哪到他來管我，說來說去不外那些癡心妄想的話，我早聽厭了。」

項少龍道：「防人之心不可無，今晚我將加強嫣然住處的防守，嫣然亦要吩咐下面的人小心點，明天由烏卓大哥親自護送，途中嫣然變成個美麗的小兵溜回城裡，我還有重要任務派給你哩！」

紀嫣然眉開眼笑地撒嬌道：「甚麼任務快給我說出來，人家急想知道呢！」

項少龍道：「當然是和柔姊陪我一起睡覺。哎呀！」
原來是善柔在几下重重踢他一腳。
趙雅歎道：「羨慕死趙雅了。」
紀嫣然還是首次被男人當眾調戲，俏臉火般赤紅，狠狠瞪他幾眼，偏又芳心竊喜。
善柔戟指嗔道：「誰陪你睡覺？摟著個枕頭都勝過摟著你呢！」旋又「噗哧」失笑，嬌媚橫生。
滕翼這時走進來，道：「內侍長吉光來找你。」
項少龍劇震一下，剎那間知道使趙穆忙於去應付的人，正是晶王后。

項少龍當著吉光，扭開以火漆封蓋的竹筒，取出帛書密函，上面寫滿秀麗的字體，沒有署名，列著二十多個人名，還註明了官職。
排第一的赫然是城守董匡，接著是趙明雄，看到第三個時，嚇了一跳，原來是今早吉光提過僅居成胥之下的帶兵衛趙令。
項少龍一口氣看完，順手遞給滕翼，瞧著吉光道：「宮內保安的情況如何？」
吉光道：「自從信陵君的人偷入宮內殺人放火後，大王把軍權拿回手裡，成將軍成了個發佈命令的傳令人，凡有十人以上的調動，均須有大王手諭。現在全體禁軍一萬八千人均在宮內和宮外的四個軍營候命，輪番把守王宮，在防禦上應該沒有問題。」
項少龍暗忖信陵君確害苦趙穆，使他想不借助齊人的力量也不成。再問道：「大王本身安全的情況又如何？」

吉光道：「這方面更可放心，大王重組親兵團，大多均是王族裡的子弟兵，忠心方面絕無疑問，又把王宮內幾處地方劃為禁區，闖入者立殺無赦，飲食方面更是小心翼翼，膳房、水井十二個時辰均在嚴密監視之下。」

這時滕翼冷哼一聲，把帛書遞回給項少龍。

吉光看著項少龍手內的帛書道：「晶后有命，這卷帛書須由董將軍在小人眼前焚燬，半片都不可留下來。」

項少龍暗讚晶王后心思細密，又細看一遍，才打著火石把帛書焚燬。

吉光看著帛書冒起的煙焰，誠懇地道：「小人知道形勢非常危急，將軍有用得到吉光的地方，請吩咐下來。」

項少龍望向滕翼，後者會意，點頭道：「城衛方面，由下屬負責，禁軍方面，則須將軍親自向大王陳說。」

項少龍長身而起，向吉光笑道：「當然有借重內侍長的地方，現在我要立即進宮見大王，路上再說吧！」

孝成王知道項少龍來了，忙在寢宮的後堂接見，緊張地道：「是否有好消息？」

項少龍道：「不但有好消息，還是天大喜訊，鄙人有十足把握把奸黨一網打盡。」

孝成王大喜道：「是否把效忠書拿到手上？」

項少龍微笑道：「大王明鑒，若把效忠書拿來，不是教趙穆知道事情敗露嗎？」

孝成王心情大佳，不以為忤，笑道：「寡人興奮得糊塗了。」接著皺眉道：「你不是說他的府第守衛森嚴，無法進去，為何現在又可偷看效忠書？」

項少龍早有腹稿，把那晚由水道潛進去的經過說出來，道：「鄙人搭通侯府內一些仍忠於大王的人，發覺這幾天趙穆回府後，均先到臥客軒走上一趟，從而推知效忠書必收藏在那裡，託大王洪福，果然找到效忠書，不過看了大半時，有巡衛來，鄙人不敢久留，只好立退遁走。」

孝成王皺眉道：「那豈非仍未可立即採取行動？」

項少龍心中暗笑，忖道若立即行動，怎還可進行老子我的陰謀，肅容道：「趙穆現正嚴陣以待，若我們這樣去拿人，傷亡必重，最上之策，莫如待他傾巢而出，起兵叛變時，才以伏兵迎頭痛擊，那就萬無一失了。」

孝成王沉吟片晌，點頭道：「卿家言之成理，究竟誰是奸黨？」

項少龍由懷裡掏出由滕翼在出門前默寫下來的名單，跪前奉上，孝成王接過後急不及待打開一看，立時色變，失聲道：「甚麼？趙明雄竟是趙穆的人，他還是寡人心中城守人選之一，董卿家有沒有看錯？」

項少龍胸有成竹地道：「鄙人怕那批效忠書是趙穆假造出來的疑兵之計，所以挑趙明雄這最重要的人物來調查，竟發現他暗自在城北的官署下掘了一條地道，通往北牆之外。此事可以查證，大王立即派人隨鄙人的手下到地道附近，以銅管插入地內，當可聽到地道內傳來的聲音，請大王這就下令。」

孝成王凝望他半晌，道：「寡人非是信不過董卿，而是事關重大，證實後寡人才能安心，但此事須小心進行，不要讓賊子知道了。」

說罷舉手召來兩名近衛，由項少龍陪往殿外，吩咐烏果領他們去。

他回轉來時，孝成王早看完名單，長長吁出一口氣道：「名單應該沒有問題，除趙明雄和趙令兩人令人驚異外，其他的都是寡人一直懷疑與趙穆有勾結的人，董卿今次立此大功，寡人會清楚記著。」

接著雙眼凶光連閃，道：「地道定是為齊人開鑿的，董卿立即把它封了，然後以迅雷不及掩耳的方法拿下奸黨，再把侯府包圍，待大將軍回來後，由他攻打侯府，那就萬無一失。」

項少龍早知他有這個想法，低聲道：「鄙人還有一個重要消息，趙穆為堅定鄙人對他的信心，所以透露給鄙人知道勾結了武城君，刻下武城君正在齊人的營地裡。」

孝成王色變道：「甚麼？」

項少龍道：「到此刻鄙人才明白趙穆憑甚麼造反，只要他能……嘿！那武城君可登上王座，齊人亦可得到大河以東我們大趙的土地……」

孝成王不耐煩地打斷他，喝道：「寡人明白，董卿有何妙策？」

項少龍以充滿信心的語調肯定地道：「假若我們先發制人，對付奸黨，卻是勝敗難料。最大的問題是我們尚未能把奸黨一網打盡，若有人開門把齊人迎入來，我們縱能獲勝，也不知多少居民生命會被戰火波及。那時既要保護王宮，又要圍困侯府，變成幾面作戰，形勢不利，如由得齊人由地道潛進來，鄙人反有把握打一場漂亮的勝仗。」

又壓低聲音道：「不若我們趁田單仍在宮內，把他幹掉，不是一了百了？」

孝成王頹然道：「這消息來得太遲，田單於黃昏時分，藉口回營地視察，離城去了。」

項少龍愕然道：「為何鄙人不知道的呢？」

孝成王苦笑道：「他正是由北門離開，趙明雄自然不會通知你哩！」

這時孝成王派去的兩名親衛匆匆回來，向孝成王稟告「聽」回來的事實。

孝成王至此對項少龍更絕對地信任，商量大半個時辰，項少龍才離開王宮。

當踏出殿門的一刻，他知道整個局勢的主動權已操縱在自己手裡，任田單、趙穆和李園如何厲害，休想翻出他的手心。

第六章　精心佈置

回到指揮所，見不到滕翼，卻見到正等待他的龍陽君，兩人已異常熟絡，不再客套，支開手下後，龍陽君道：「現在我安心哩！我王派來一師五千人的精兵，由奴家的心腹大將魏柏年率領，今晚應到達番吾，明天可與奴家回魏的隊伍會合，再不怕田單和李園弄鬼。」

項少龍道：「有一事想請君上幫忙……」

龍陽君欣然道：「董兄請吩咐，奴家必盡力而為。」

項少龍道：「請君上照拂雅夫人，讓她可安然回來。」

龍陽君一呆道：「董兄不是真的愛上她吧！」

項少龍淡然道：「我也弄不清楚，不過一夜夫妻百夜恩，她表示甘心從董某人，我自然不想她有任何不幸。」

龍陽君似嗔似怨地橫他一眼，幽幽歎了一口氣，無奈道：「董兄放心！只要有這句話，奴家怎也護著她，保她安然無恙。」再歎道：「董兄卻怎樣應付田單、李園和趙穆呢？」

項少龍微笑道：「謀事在人，成事在天，董某自會盡力而為。」

龍陽君蹙眉不樂道：「奴家知道很難勸將軍放下邯鄲的事不理，但不要忘記奴家的提議，若知事不可為，立即逃來我國，奴家會打點邊防守將，教他們接應你的。」

項少龍有點感動，道了謝意。

這美麗的男人話題一轉，道：「董兄是否想立個大功？照我猜想，紀才女今次只是藉回魏奔喪為名，實則是去和項少龍會合。奴家現在自身難保，又要陪雅夫人回魏，實在沒有能力和閒暇去理會她。」

項少龍心中一動道：「君上是否知道嚴平此人？」

龍陽君道：「你說的是墨門鉅子嚴平吧！奴家不但認識他，還頗有點交情，此人精於兵法，是個難得的人才，只是生性高傲，很難相處。」

這麼一說，項少龍立知嚴平是龍陽君招攬的目標之一，可見魏人亦對趙國有著野心。微笑道：「君上可否把對項少龍和紀才女的想法，設法洩露給嚴平知曉。此人與項少龍有深仇大恨，必然會不顧一切追躡著，好對付項少龍，那我就不用分神來辦這件事。」

龍陽君笑道：「你不但不用分神，還可大幅削弱趙穆的實力哩！」

項少龍給他戳穿心意，尷尬笑道：「真的很難瞞過君上。」

龍陽君欣然道：「此事包在奴家身上，我還可誇大其詞，好幫上董兄這個小忙。唉！此刻一別，不知還否有再見董兄之日。」

項少龍灑然道：「明天的事，誰可以預知，人生不外區區數十年光景，只要我和君上曾有著過命的交情，其他的均不用斤斤計較了。」

龍陽君欣然起立，笑道：「董兄確是非凡人物，想法與眾不同。」

項少龍把他直送出門外，剛回所內，趙霸來訪。

客套兩句後，趙霸道：「大王密令趙某來見將軍，聽候將軍差遣。」

項少龍暗喜孝成王果然合作非常，肯依計行事。謙虛一番，把趙霸捧上半天，待他飄飄然時，道：「鄙人今趟與館主說的話，乃最高機密，館主千萬勿透露與任何人知道，尤其是郭縱，館主當明白郭先生和李園的關係吧！」

趙霸露出忿然之色，道：「老郭真是糊塗，竟要與李園這種人面獸心的小賊搭上姻親的關係，氣得我這些日來都沒有見他，將軍放心好了。」

項少龍道：「今次請館主幫忙，皆因趙穆暗裡勾結田單、李園，陰謀不利於大王……」

趙霸色變道：「甚麼！田單和李園竟如此斗膽？」

項少龍道：「我奉大王之命，不能說出詳情，不知館主的武士行館裡，有多少身手高強，且忠心方面又絕無疑問的人可用呢？」

趙霸拍胸道：「精挑五、六百人出來絕無問題，是否要攻打侯府？」

項少龍道：「這要看情況而定，館主可否找個藉口，例如以操演為名，明天把這批精兵秘密集中到趙雅的夫人府內，進府之後，不准任何人離開，以免洩露消息。」

趙霸本身乃好勇鬥狠之人，興奮地答應。商量一番後，欣然離去。

此時已是初更時分，項少龍正猶豫著應否回府休息時，滕翼回來，輕鬆地道：「幸好得到那份名單，否則就危險極了，原來守南門的兩個裨將甘竹和李明均是趙穆的人，趙明雄故意把他們編到那裡去，不用說是存心不良。」

項少龍雖看到名單上有這兩個人，卻不知他們駐守南門，抹了一把冷汗，道：「趙穆確是慣玩陰謀的專家，先讓田單的人由地道潛進一批過來，等城內亂成一團時，再分別打開北門和南門迎入齊人，在那種情況下，由於敵人兵力集中，又有計劃，趙人縱是多上幾倍也發揮不到作用，這計策確是狠辣之極。」

滕翼笑道：「可是他仍非三弟對手，否則就不會有這批效忠書的出現了。」一拍他肩頭道：「三弟先回去，這裡由我應付。小俊率人往城外監視齊人動靜，三弟可放心陪伴諸位嬌妻。」

項少龍道：「此仗我們至緊要保存實力，自己的兄弟只用來對付趙穆，二哥有沒有方法秘密集結一隊精銳的城衛，進駐城內幾個據點，好在事發時大收奇兵之效？」

滕翼道：「全賴三弟手中的兵符，剛才我找趙明雄商量人手調動的事，小賊正中下懷，作出種種提議，二哥我也是正中下懷，照單全收。可知他定把屬於他那方的人全集中到北門和南門，反使我可毫無顧慮由其他地方抽調人手，現在我精選近二千人出來，至於老弱殘兵，則用來騙趙穆去看守齊人，好過在城內礙手礙腳。」

兩人對望一眼，捧腹開懷大笑起來。

回到家中，紀嫣然早領著田氏姊妹離開。趙雅則和趙致返回夫人府，只有善柔撐著眼皮子在苦候他，見他回來，怨道：「這麼晚才回來，人家有話和你說啊！」

不知是否因眼睏渴睡的關係，此刻的善柔特別嬌癡。

項少龍把她攔腰抱起，走進房內去。尚未跨過門檻，善柔露出本色，一口咬在他肩頭上。

項少龍強忍痛楚，把她拋往榻上。

善柔得意嬌笑，翻滾到另一邊，舒適地仰臥著，閉上美目，一副任君採摘的模樣。

項少龍確須美女來舒緩拉緊的神經，脫掉靴子，爬上善柔身上。她出奇地合作和熱烈，讓項少龍享盡溫柔。

雲收雨歇，兩人相擁而眠。

善柔低聲道：「這是我們最後一晚的相處，以後你再不須受善柔的氣。」

項少龍本疲極欲眠，聞言一震醒來，道：「原來你並非只是說說，竟真要和我分手？」

善柔歎道：「人家也很矛盾，但現在看情況田單老賊還氣數未盡……」

項少龍截斷她道：「你若再冒險去刺殺他，教我怎能放心。」

善柔情深地道：「我會比以前更小心的，絕不會白白送死。而且殺不了他便自盡，死有甚麼大不了。」

項少龍知她心意已決，柔聲道：「千萬不要魯莽逞強，若知事不可為，來咸陽找我吧！你不想見善蘭嗎？」

善柔不屑道：「知道哩，囉唆鬼！」

天尚未亮，給善柔弄醒過來，嚷道：「快起來，你身為城守，也敢這麼懶惰？」

項少龍知她因今天是「大日子」，興奮過度，啼笑皆非下被她硬扯了起來。

善柔扮作他的親衛，一本正經地道：「今天本姑娘破例聽你差遣，但怎也要跟定你的。」

項少龍記起請龍陽君騙嚴平的事，不敢怠慢，匆匆梳洗更衣，塞了點東西入肚，和烏果等大隊人馬趕回指揮所去。

走到一半時天色才大白，回到指揮所，滕翼正忙個不休，看精神卻非常旺盛，不愧是個能打天下的鐵漢，教項少龍稱奇不已。

滕翼看到善柔那認真的樣兒，笑著逗她兩句，向項少龍報告昨夜擬好的計劃，道：「今天我會由城外、城內調出約三千人來，作我們克敵制勝的主力，我已研究過敵人進退的路線，保證可予他們迎頭痛擊，殺他個措手不及。趙霸那批人更是有用，因為敵人絕想不到我們有此一著。」

項少龍道：「屆時孝成王會把一批五千人的禁軍精銳交我們調遣，這樣我們手上的實力肯定可達萬人之眾，清理叛黨後，餘下的城衛分作兩組，一組負責城防和扼守各處街道，另一組則由詐作監視齊人改為鎮守城外的區域，讓田單知道我們準備充足，不敢輕舉妄動。」

善柔忍不住問道：「我們怎樣脫身呢？」

項少龍故意戲耍她道：「你不是個只知聽命行事的小兵卒嗎？長官說話，哪到你來插嘴？」

善柔氣得嘟起小嘴，又狠狠盯了旁邊正在偷笑的烏果幾眼，一副遲些本姑娘找你這傢伙算帳的惡模樣。

滕翼顯是心情輕鬆，忍著笑道：「要脫身還不容易，就在攻打侯府一役裡，我等全體轟轟烈烈與敵偕亡，不是甚麼都解決了？」

善柔和烏果同時聽得目瞪口呆，說不出話來。

項少龍道：「今天第一件事是聯絡上蒲布，若沒有他做內應，很多事不易辦妥。」

滕翼答應後，項少龍把嚴平的事說出來。

滕翼笑道：「上趟定是教訓得他不夠，今次就教他全軍覆沒，順便為元宗先生報仇。」

研究細節後，項少龍領著善柔，到王宮為龍陽君和趙雅、趙致送行。

宮內的保安更嚴密，吉光見到他們，欣然迎上道：「大王和晶后正與龍陽君、雅夫人、致姑娘和郭大夫共進早膳，吩咐若將軍駕到，立即去見。」

項少龍向烏果、善柔等打了個眼色，著他們在外宮等候，自己則隨吉光深進內宮。

吉光低聲警告他道：「成將軍知道大王和將軍有事瞞他，非常不高興，要小心他一點。」

項少龍心中一懍，暗忖忽視他終是不妥，說不定會出岔子。

說到底這小子雖然勢利，仍不算是個壞人，想到這裡，成胥在一批禁衛簇擁下，由長廊另一端迎面走來。

吉光乾咳一聲，停止說話。

項少龍隔遠便向成胥打招呼，對方勉強應一聲，項少龍已來至他身前，向吉光打了個眼色後，朝驚異不定的成胥道：「成將軍，可否借一步說話？」

成胥愕然點頭，與他離開長廊，來到外面的御花園裡。

項少龍低聲道：「叛黨謀反在即，成將軍有甚麼打算？」

成胥冷笑道：「這事有董將軍一手包辦，末將有甚麼須擔心的？」

項少龍微笑道：「成將軍言重了，董某有個提議，假若我們緊密合作，化解這個大危機，無論在公在私，均有利無害，成將軍以為如何？」

成胥顯然頗為心動，但想起眼前的處境，苦笑道：「現在我這禁衛統領有兵無權，事事均要大王點頭，董將軍不若直接和大王商量好了。」

項少龍道：「大王總不能自己披甲上陣，最後還不是由成將軍指揮大局，現在董某先去謁見大王，然後再找將軍商議。」

接著歎道：「我董馬癡終是不慣當官的人，此事一了，怎樣也要向大王辭去城守一職，好專心養馬，若成將軍能在此役立下大功，城守一職非將軍莫屬的了。」

伸出手來，遞向一臉難以置信神色的成胥道：「若董某只是虛言，教我不得好死，祖先亦要為此蒙羞。」

想起當日兩人同甘共苦的日子，眼中不由透露出誠懇的神色。

成胥看得心中一震，猛地伸出手來和他緊握在一起，羞慚地道：「董將軍大人有大量，末將……」

項少龍與他緊握一下，才放開他，拍拍他肩頭，轉頭回到吉光處，揮手去了。

成胥仍呆立在陽光裡，不敢相信世間竟有這種不愛權勢的人物，心想難怪他叫馬癡了。

到達內宮，早膳剛完，孝成王和晶王后殷勤把龍陽君送往大隊人馬等待著的廣場。

項少龍及時趕至，趙雅、趙致和晶王后均對他美目深注，卻是神色各異。

晶王后多了幾分溫柔和情意，趙雅等兩女自是充滿別緒離情。

項少龍知此非密話時刻，來到孝成王和龍陽君前，行過大禮後，向龍陽君道別。

龍陽君眼中的怨色絕不遜於兩女，在孝成王身後的郭開堆起奸笑道：「董將軍若出使大梁，必是最受君上歡迎的貴賓了。」

孝成王顯然不知道龍陽君和項少龍間的曖昧關係，聞言愕然朝項少龍望去。

雖明知今晚後再不用見到孝成王，項少龍仍是給他看得渾身不自在。

擾攘一番後，龍陽君等登上馬車，由陞為帶兵衛的老朋友查元裕領五百禁軍護行。到達城門處，會再與項少龍派出的一隊城衛會合，才動程前往魏境，途中又有魏軍接應，安全上應沒有問題。田單等更不會節外生枝，在這種關鍵時刻去對付龍陽君。

登車前龍陽君覷個空告訴他道：「今次嚴平定會中計，當我告訴他紀才女不肯同行後，他便立即藉詞離開。」

項少龍不敢多言，與趙雅等兩女依依惜別，正要離去時，給孝成王召回書齋商議，郭開則被拒於齋外。

等侍衛退往門外後，孝成王道：「武城君一事果然不假，寡人把麗夫人召來嚴詞詢問，她終於承認武城君一個月前曾秘密來過邯鄲，逗留幾天才走，不用說是為聯絡一些與他關係密切的人。」

項少龍不知麗夫人是誰，想來應是王親國戚一類的人物，因與武城君關係良好，故捲入漩渦裡。

孝成王親自印證此事自是最好，想起成胥，順口道：「大王現在一舉一動，定為奸黨密切注視著，有甚麼風吹草動，均會惹起他們警覺，在這種情況下，成胥將軍反變成一著奇兵，若大王秘密下旨，授他部分指揮權力，可與鄙人緊密合作，一舉粉碎敵人陰謀。」

孝成王大感愕然道：「將軍認為他不會壞事嗎？」

項少龍道：「至少我可肯定他不是趙穆的人，否則趙穆不會教我去陷害他，好讓趙令坐上他的位子。大王放心！成將軍是個人才，那趙失職，實是非戰之罪，說不定正是趙穆把宮內秘密洩露給信陵君的人知道，好令大王革去成將軍之職。」

孝成王一想也是道理，使人召成胥進來，訓諭一番後，命他與項少龍緊密合作，若能立功，重重有賞。

成胥至此哪還不感激涕零，三人仔細研究今晚對付敵人的細節後，項少龍馬不停蹄，趕往紀嫣然寄居的劉宅去。

第七章　攻守兼資

尚未抵達劉宅，項少龍等便嚇了一跳，原來宅前車馬不絕，此來彼往，來送別者的座駕排滿街道的兩旁，還有聞風而至的平民百姓，把對著宅門的一截街道擠得水洩不通。

項少龍出現時，人人爭相指著他低議道：「那就是董馬癡了。」

亦有人高呼道：「這才是真正的英雄好漢呢！」

項少龍搖頭苦笑，領眾人跳下馬來，今次善柔先發制人，道：「我才不在外面等候你，說甚麼都沒用的。」

項少龍哪鬥得過刁蠻女，吩咐烏果在宅外維持秩序，與善柔擠進去。

劉府的僕人早得吩咐在此迎他，把他引進內宅，正等候出發的田氏姊妹見他來到，大喜過望，投進他懷裡，放聲大哭。

項少龍手忙腳亂地安慰二女時，紀嫣然不知憑甚麼仙法，竟成功溜進來見他，抱怨道：「真煩死人家！」見到三人旁邊站著個親兵，定睛細看，才認出善柔。

田氏姊妹不好意思地離開項少龍的懷抱，兩對俏目早哭得紅腫。

善柔表現出她溫婉的一面，拉著田氏姊妹到一旁加以勸解撫慰。

項少龍笑道：「你怎麼脫身來的？」

紀嫣然沒好氣道：「讓乾爹去應付他們好了，人家才沒有那個精神。」

接著低聲道：「韓闖剛才告訴我，李園率領著五百多名家將要送我到魏境去，他們刻下正在城外等候人家，怎樣應付才好？」

項少龍冷笑道：「放心吧！他只是藉送你為名，趁機離開邯鄲，好與今晚城內發生的事劃清界線，事後才返來查看結果。」接著迅速說出嚴平一事。

此時手下來催促，起程的時間到了。

紀嫣然先使人帶田氏姊妹秘密登上馬車，始由項少龍、烏果等領著數百名城衛前後護駕，開往東門。

午前時分，車馬隊穿門出城，朝西面韓境而去，城衛的人數增加至千人之眾。

項少龍吩咐烏果如何應付李園後，與善柔躲上田氏姊妹的馬車，隨隊出發。

走約半里許路，守候在西門的李園率領五百多名家將，旋風般趕上來。

紀嫣然吩咐車隊停下，等李園策馬來到車旁時，不悅道：「國舅爺追來有何貴幹？」

李園跳下馬來，到車窗旁道：「這一條路上常有毛賊出沒，李園放心不下，想親送小姐一程，咦！小姐不是要返魏國嗎？方向有點不對呢？」

後一架馬車內的項少龍偷看出去，見到李園一臉憤慨的神色，顯是認為紀嫣然存心騙他。

紀嫣然甜美的聲音溫柔地在車內響起，道：「國舅爺誤會了，嫣然先要送鄒先生到韓國，才再由那裡取道回魏，國舅爺請回去吧！嫣然懂得照顧自己的了。」

李園冷笑道：「紀小姐此去，目的地真是大梁嗎？」

紀嫣然聲音轉寒，冷喝道：「紀嫣然的事，哪到你來管。人來！」

烏果高應一聲，拍馬而至。

紀嫣然平靜地道：「若有人敢跟來，給紀嫣然立殺無赦。」

李園色變道：「小姐！」

烏果一聲領命，打出手勢，著車隊繼續上路，自己則領一隊人馬攔著李園和他的家將。

李園飛身上馬，勃然大怒，道：「即使是你們大王見到本人，亦要恭恭敬敬，誰敢攔我？」

烏果哪將他放在心上，冷笑道：「國舅爺儘管試試，若再跟來，休怪末將手上兵器無情。」

李園氣得俊臉陣紅陣白，只是見對方神情堅決，人數又比自己多上一倍，動起手來何來把握。

紀嫣然等逐漸去遠，烏果一聲呼嘯，護後的近千名騎兵隨他往車隊追去，剩下李園和手下們對著馬蹄踢起的沙塵，呆在當場。

忽然間，李園知道自己已永遠失去這位絕代佳人。

半個時辰後，往韓的官道偏離草原，進入林木區，項少龍摟著田氏姊妹，道：「路途上乖乖的聽鄒先生的話，很快你們便可到咸陽，那時我們又可以在一起生活了。」

兩女含淚點頭，此時馬隊速度轉慢，最後停下來。

項少龍和善柔離開馬車，扮成親兵的紀嫣然早在烏果等掩護下，落了馬車。

項少龍來到鄒衍的座駕旁道：「先生珍重。」

布簾掀開，鄒衍哈哈一笑道：「天下間，怕沒有你做不來的事了。」

馬車隊再開動，改由一名精兵團的頭領率軍，同行還有另五十名精兵團的成員，以護送他們到咸陽去。

項少龍早為他們預備通行趙境的文書關牒，不用進入韓境，便可大模大樣到趙、秦兩國交界處，那時只要避開關塞城堡，可輕易回到咸陽。

就算在二十一世紀，要越過邊界亦非難事，更何況在這地大人稀的時代。

護送的千名城衛留下來，在烏果一聲令下，隱伏密林裡，佔據各戰略要點。

項少龍等藏身密林頃刻，烏卓找上來，道：「三弟猜得不錯，嫣然公然由東門出城，大出嚴平意料之外，現在他們正全速趕來，快要到達了。」

紀嫣然笑道：「任他們怎麼想，也猜不到趙人竟會對付他們，還得到孝成王的同意。」

善柔道：「李園這小子有沒有回城？」

烏卓笑道：「他自己往齊人營地去，只派十多人來追蹤嫣然，全給我們宰掉。」

此時蹄聲隱隱從草原的方向傳來，項少龍沉聲道：「我們要殺得他們片甲不留，絕不留情。」

烏卓道：「放心吧！千多人去伏擊三百人，又是出其不意，他們哪有活命的機會，就算有人逃掉，回城亦只是送死。」

善柔低呼道：「來了！」

烏卓移了開去，指揮大局。

項少龍等紛紛取出強弓勁箭，埋伏在叢林間，靜候嚴平和他的墨氏行者。

紀嫣然湊到他耳旁，喜孜孜道：「嫣然的苦難終於過去，由今天開始，和夫郎並肩作戰，同進共退，生死不渝。」

項少龍得佳人垂青，說出綿綿情話，心頭一陣感激，忍不住親她一下臉蛋。

太陽高掛中天，把林間的官道照得清晰若一個夢境。

塵頭滾起，大隊人馬風馳電掣而至。

當整隊騎士進入伏擊的範圍，號角聲起，千多枝蓄勢以待的勁箭由強弓射出，雨點般往敵人灑去，一時人仰馬翻，血肉橫飛，大半人摔下馬來。

到第二輪勁箭射出時，再沒有一個人留在馬上。

嚴平和他的手下，甫接觸便死傷過半，亂成一團，倉皇四散。

項少龍知是時候，拔出血浪寶劍，往敵人殺去，善柔和紀嫣然變成兩頭雌虎，傍在左右，見人便殺，當者披靡。

本是平靜安詳的林野，化作血肉屠場。

這批趙兵最近被滕翼日夜操練，加上趙人向以勇武名震當世，人人一手持盾護住身形，另一手以長矛、重劍等兵器猛攻敵人，趙墨的人雖是人人武技強橫，但一來洩了銳氣，又兼負傷者眾，人數更不成比例，哪還有招架之力。

項少龍閃身避過敵劍，振腕砍翻一名敵人後，見到嚴平在十多名行者護持下，硬往林中搶去，意欲逃生。

想起元宗的仇恨，項少龍雄心陡奮，向兩女打個招呼，猛虎般撲了過去，往最外圍的一人舉劍疾劈。

那人勉力擋格，只覺敵劍勁道強絕，一條手臂被震得全麻木了，人更被劍勢衝得踉蹌橫跌，善柔衝前乘機一劍了結他。

另一邊的紀嫣然一改平時的溫文婉約，嬌叱一聲，人隨劍走，精芒連閃時，又有兩個敵人中劍倒地。

項少龍飛腳踢飛另一名被他硬斬斷長劍的敵人後，剛好和回過頭來與他打個照面的嚴平四目交觸。

嚴平厲喝道：「董匡！這算是甚麼一回事？」

說話間，嚴平身旁再有三人濺血倒地，可知戰況之烈。

項少龍大笑道：「鉅子不知自愛，竟與趙穆合謀造反，大王命本將軍來取爾之命。」

嚴平擋開左右攻來的兩劍，發覺己方再無一能站起來的人，四周給重重圍困，知道大勢已去，暴喝道：「董匡！是英雄的就憑手中之劍來取本人之命。」

項少龍正中下懷，把手下喝退，仗劍欺前喝道：「鉅子既有此意，讓董某人成全你。」

劍芒閃動，狂潮怒濤般湧過去。

嚴平早力竭身疲，哪抵擋得住，劍刃交擊中，節節後退。

項少龍忽地凝立不動，血浪微振，但人人都感到他人劍合一，透出一股森寒冷厲的殺氣。

嚴平終是高手，藉此喘過一口氣的良機，改退為進，一劍掃來，帶起呼嘯風聲，勁厲刺耳。

項少龍早清楚他的劍路，夷然不懼，竟使出墨氏三大殺招裡最厲害的「攻守兼資」。

上次比武，嚴平就是在這招下吃大虧。

不知是否元宗顯靈，嚴平見他使出這招，心頭泛起熟悉的感覺，心神劇震，驀地認出眼前的董馬癡就是項少龍，張口欲叫時，眼前劍芒爍閃，項少龍的劍勢有若銅牆鐵壁般當頭壓來。

嚴平哪還敢開口，使出巧勁，勉強撥開敵劍時，小腹一陣劇痛，原來給對手膝頭重重頂撞了一記。他馬步沉穩，沒有跌退，咬牙迴劍劈敵，再不顧自身安危。

項少龍一聲長笑，運劍架開敵刃，「噹」的一聲大響，震耳欲聾。就趁剎那的空隙，血浪奔雷掣電般插入嚴平的胸膛裡。

嚴平長劍脫手墜地，全身劇震，不能置信地看著胸前直沒至柄的敵刃，鮮血正由血槽滾滾流出，呻吟道：「你是……」

項少龍哪容他叫出自己的名字來，低聲道：「這一劍是元宗送給你的。」猛地抽出長劍。

林內歡聲雷動，士氣大振。

項少龍看著仇人仰跌身前，仰天默禱道：「元兄！你在天若有靈，好該安息。」心中卻在苦笑，這麼把墨門在趙國的勢力連根拔起，也不知元宗究竟是否真的高興。

項少龍回到城內指揮所，離太陽下山只有個把時辰，一切平靜如昔，表面上絲毫看不出正在暗裡洶湧澎湃的怒濤。

眾人聚集在幽靜的宗卷室內，聽取滕翼的最新報告。

滕翼首先提起蒲布，說已聯絡上他，屆時自會依計行事，接著道：「今天城衛大批調動，我故意弄得亂成一團，其實亂的是趙明雄他們的人馬，我們的人都迅速聚集到指定的地點。更由於我故意把大批兵卒調往城外，除我之外，沒有人可弄清楚真正的分佈。」

紀嫣然笑道：「有二哥指揮大局，沒有人會不放心的。」

滕翼道：「天一入黑，我們立採行動，把叛黨所有將領擒下，又藉口三弟來了，實施全城戒嚴，以免發生事時誤傷無辜的老百姓。」

項少龍皺眉道：「為何尚未有我出現的消息傳來？」

眾人啞然失笑。

滕翼笑道：「荊俊已摸清楚北面秘道的情況，趙明雄把出口所在官署的人全調出來，改由自己的親兵把守，他本人坐鎮北門兵衛所，就算我們把趙明雄宰了來吃，他在官署的手下怕仍懵然不知。」

舉凡這時代的城市，城門處均是軍事重地，設有兵衛所以及各類供將領住宿辦事的官署和兵營一類的建築物，長期駐有重兵。

邯鄲城最大的兵衛所設在東門，便是他們現在身處的指揮所。

項少龍道：「小俊尚有甚麼消息？」

滕翼道：「午後起，齊人開始穿過背風山的洞穴，悄悄潛入林區，小俊不敢冒險入林探查，但可以想像入黑後他們會在趙明雄的掩護下，渡過護城河，由秘道潛入城內。」

紀嫣然失笑道：「若齊人發覺掩護他們的竟全是我們的人，不知會有何感想？」

項少龍道：「定然深感榮幸！」

烏果這時推門而入，大嚷道：「趙偏將傳來消息，發現項少龍的蹤跡。」

眾人先給他嚇了一跳，再又大笑起來。

第八章　翻手為雲

大隊人馬由東門開出，在草原斜暉的襯托下，壯觀非常。

項少龍和滕翼親自領隊，出城後朝消息中項少龍出現十五里外的打石村馳去。

這批近五千人的城衛，只是作個幌子，到了有林木遮掩行藏的地方，會駐守各處，入黑後再繞到指定地點，由烏果指揮伏擊從南門入城的齊軍。

項少龍和滕翼等則掉頭潛返城裡，在暗裡操持大局。

他們躲在宗卷室內，聽取雪片般飛來的情報。

太陽緩緩沒入古城外蒼茫的大地之下，邯鄲城燈光處處，一切如常。

項少龍出現的消息傳到孝成王耳內，他立即依計行事，命趙明雄往指揮所代替項少龍負責城防，禁衛軍則在成胥指揮下實施全城戒嚴，人人均知孝成王對項少龍已是驚弓之鳥，沒有人懷疑孝成王是將計就計，另有目的。

由這刻起，趙穆對外的聯絡完全被截斷，無論趙明雄等人發生甚麼事，他都不會知道。

趙明雄不虞有詐，領著百多名親衛來到指揮所，當他進入大堂，忽地發覺所有隨從均被截在門外，大門「砰」的一聲在身後關上。

趙明雄愕然喝道：「甚麼事？」

旁邊的衛士一擁而上，十多枝長矛抵在他身上各處要害，外面傳來弩弓發射聲和慘叫聲。

項少龍、滕翼兩人悠然由側門步出，來到他面前。

趙明雄臉上血色立時褪盡，怒道：「董將軍！這是怎麼回事？下屬並沒有犯錯。」

滕翼冷喝道：「與趙穆勾結齊人，密謀造反，算不算犯錯？」

趙明雄臉色更加難看，顫聲道：「你們莫要誣害我！」

項少龍好整以暇道：「你的官署下面新近建成一條宏偉的地道，趙明雄你不會說不知道吧！」

趙明雄想起家中的嬌妻愛兒，兩腿一軟，跪了下來。

滕翼最鄙視沒骨氣的人，冷喝道：「把他綁起來！」

四周的精兵團員挪開長矛，一擁而上，把他綁個結實。

項少龍來到跪在地上的趙明雄前，冷然道：「若你肯乖乖和本城守合作，我會放你一條生路，送你與家人逃出城外。若我有一字虛語，教董馬癡不得好死。」

趙明雄劇震抬頭，不能相信聽到的話般瞪著眼前凜若天神降世的大漢。

滕翼道：「但你須把與趙穆通訊的方法交代清楚，只要我們發覺所言屬實，立即讓你由東門逃出城外，還贈予糧食、馬匹和通行關文，人來！給我開門。」

大門倏開，趙明雄的家人婢僕男女老幼百多人被押進來，人人神色倉皇，最妙是都換上遠行裝束，背著大小包袱。

趙明雄激動地道：「大恩不言謝，小人服哩！無論董城守有任何吩咐，小人無不遵從。」

項少龍知道心理攻勢奏效，道：「立即放了趙兄！」

綁著趙明雄的繩索立被割斷。

趙明雄站起來時，滕翼笑道：「先把趙夫人、公子等送上馬車，護往城外密林處，不得無禮，以免驚嚇了夫人。」

眾衛一聲應諾，把趙家的人押出去。

項少龍取出預先準備的通行關文，交到趙明雄手上，誠懇地道：「這幾天邯鄲自顧不暇，只要趙兄連夜趕程，離開趙境，定可安度餘年，趙兄該不用本人教你怎麼辦吧！」

趙明雄感激涕零，道：「小人當知無不言，言無不盡。」

項少龍和滕翼對視一笑，有深悉趙穆陰謀的趙明雄全心全意合作，哪還怕趙穆和齊人不掉到他們精心佈下的陷阱裡去。

趙明雄在項少龍等人的挾持下，來到北門兵衛所，把與他同謀的兵將近百人全召到座前，宣佈改向項少龍效忠。

這些人哪還不知事敗，跪滿地上，叩頭請罪。

項少龍道：「若爾等能帶罪立功，只要本城守不向大王說出來，誰都不知你們意圖謀反，但必須絕對聽從本人之命，否則不但人頭不保，更禍及家人親族。」

眾人忙稱效命。

一路行來北門時，趙明雄已把整個謀反計劃和盤托出，現在重新控制北門，可說更是勝券在握。

這批叛將均知家人全落到項少龍手內，又見他們人人士氣如虹，計劃周詳，知大勢已去，誰還敢不乖乖合作，在趙明雄的吩咐下，分頭辦事去了。

項少龍請滕翼留守北門，領著紀嫣然、善柔和清一色的精兵團團員近百人，離開北門，押著趙明雄走上邯鄲大戰前氣氛緊張的寂靜街道上。

才轉入另一條長街，荊俊領著百多人迎頭馳來，兩隊人馬在街心會合。

荊俊興奮地道：「甘竹、李明、趙令等三人均被成胥率領禁軍擒下，現在全城已在我們掌握裡。」

這正是項少龍和滕翼聰明之處，若把所有事情均攬到身上，說不定會惹起孝成王的疑懼，但若把任務分出一半去給其他禁衛負責，孝成王便少去這個憂慮。

趙明雄見他們著著佔先，不禁心中後悔，他所以肯為趙穆賣命，固然因心恨董匡搶去他城守之位，更重要是認為趙穆的陰謀萬無一失，豈知竟一敗塗地至此。

項少龍的聲音在他耳旁響起，道：「現在本城守會使人護送趙兄出城與家人會合，當第一枝訊號火箭沖上天空時，我的人自會放趙兄離去。」

趙明雄羞慚地道：「不能在董將軍帳下用命，實是趙明雄一生人最大的遺憾。」

項少龍親切地一拍他肩頭，微笑道：「趙兄保重了，一路順風。」策馬而去。

紀嫣然追在他旁，心悅誠服地道：「董將軍的奇謀妙計，令嫣然大開眼界，欽佩不已。」

另一邊的善柔嘟起小嘴道：「這人不過有點鬼門道，嫣然哪須佩服得他五體投地的樣兒。」

項少龍與紀嫣然交換深情的一瞥，會心而笑。

在風燈的映照下，古城的長街一片肅殺，只有蹄起蹄落的清音，使人份外有種夜深詭秘的感覺。

兩美陪侍在側，更使項少龍感到眼前一切如夢似幻，當日初到邯鄲，哪曾想過邯鄲竟會全落到他的指掌裡，由他決定這美麗古城的命運。

不由又想起二十一世紀的「過去」，神思迷惘間，足音把他驚醒過來。

趙霸由暗影處大步走出向他打招呼。

項少龍躍下馬來，笑道：「館主你好！」

紀嫣然怕給他認出來，由另一邊下馬，藏起嬌軀。

趙霸哪會在意，欣然道：「一切部署妥當，侯府已被重重圍困，保證半個人都走不掉。」

項少龍道：「進攻侯府的事，交由館主全權負責，當第一枝訊號火箭在城北射上天上時，趙穆的人將會傾巢而出，與齊人分頭攻打王宮，那時才予他迎頭痛擊。但無論形勢如何發展，未見我發出約定的火箭訊號，亦切勿攻打侯府，因為我奉有大王之命，要親身潛入府內，生擒趙穆這個奸賊。」

趙霸知道自己成了總指揮，等若項少龍硬把功勞塞入他手裡，大喜應命。

項少龍道：「今夜的口令由『秦人必敗』改作『吾王萬歲』，切勿放過敵人，好了！時間差不多，讓我們戴起標記。」

打個手勢，手下們由懷中取出準備好的紅布，紮在右臂處。

趙霸亦照辦無誤後，欣然去了。

項少龍等步行來至可遠眺侯府的地方，此時三千精銳城衛，加上趙霸的數百手下，全進入蓄勢以待的戰略位置，把侯府重重圍困，主力則擺在通往王宮的街道上。

人人均在右臂纏上紅布，以資識別敵我。

項少龍心中歎道：「今趟看你趙穆能飛到哪裡去。」

雄心陡奮，下令道：「小俊！」

荊俊躬身道：「城守請吩咐！」

項少龍忍俊不住笑了起來，道：「去吧！」

荊俊一聲應諾，領著十多名精兵團團員去了。

這時趙霸亦安排妥當，來到他身旁細議，嚇得紀嫣然只好躲進人群裡去。

趙霸得意洋洋地道：「我們準備好兩架攻城車，保證幾下子即可撞破趙穆的圍牆，那時他們想死守都辦不到。」

項少龍怕他求勝心切，再三叮囑他要依訊號行事。

趙霸這時早佩服得五體投地，不覺其煩，點頭答應。

個多時辰後，項少龍見時間差不多，命趙霸緊守崗位，領著其他精兵團團員，摸往那晚和善柔潛入侯府，位於府外密林的水道入口處。

荊俊等人正忙於把預備好的沙包拋入溪流，堵截溪水，又把溪水引往別處，使不能流進府內。

項少龍想像著府內池水正不住降低的情況之時，「砰」的一聲，城北處一枝火箭直沖上天，爆開一朵金黃的煙花，然後點點光雨灑下來，在夜空裡燦爛美麗之極。

紀嫣然仰望著重歸黑暗的夜空，吁出一口氣道：「齊人的先頭部隊來了。」

一陣異響，濕了半邊身的蒲布由水道鑽出來，荊俊等忙把他拉上來。

蒲布道：「趙穆中計哩！一點不知道外間發生了甚麼事。」

項少龍問道：「他會否親自率人進攻王宮呢？」

蒲布不屑地道：「這膽小鬼怎敢親身犯險，否則不用龜縮在後宅處，那裡有秘道可逃出府外。」

善柔道：「水道出口那邊是否有人把守？」

蒲布道：「所有人全集中到廣場處，準備攻打王宮，現在池塘旁完全沒有人把守。」

項少龍道：「各位兄弟情況如何？」

荊俊過來遞上乾衣，讓蒲布換上，嚇得兩女忙轉過身去。

蒲布一邊換衣，一邊道：「他們都曉得怎樣應變的了，最妙是趙穆把他們編成一組，由我和劉巢指揮，進退均非常容易。」

侯府內雖聲息全無，但眾人都知趙穆的大軍已經出動，步行往不遠處的王宮，這批人換上禁衛的軍服，定下周詳的進攻策略，若非早有防備，加上內應，成功的機會確是非常高。

項少龍見溪水被阻截，露出河床，下令道：「進去吧！」

荊俊苦候良久，聞言一馬當先，鑽將進去，其他團員亦魚貫而入。

蒲布看見人人身手敏捷，讚歎不已。

善柔嬌哼一聲，搶著去了。

項少龍伸手摟著紀嫣然的蠻腰，笑語道：「紀才女有否想過要陪我項少龍鑽水渠呢？」

蒲布這時方知道這小兵是誰，借點月色目瞪口呆地盯著紀嫣然。

這美女溫柔應道：「上刀山、落槍坑全都沒有問題，何況只是舒服地鑽地洞。」

項少龍默計時間，知道趙穆的人步進趙霸佈下的天羅地網內時，剛好是他們全體潛進入府內的時刻，鬆了一口氣道：「該輪到我們哩！」

忽地城北方向殺聲震天響起，不用說自是成胥的禁衛軍和滕翼的城衛正前後夾擊由地道潛進來的齊人，只不知那些齊兵是否由旦楚率領，假若如此，田單將要痛失愛將了。

今晚的行動，除擒拿趙穆外，他的精兵團並沒有直接參戰，能如此不損一兵一卒，活擒趙穆回咸陽去，真是連自己亦始料不及。

紀嫣然推他一下，才醒覺過來，收拾心情，跳下河床去。

紀嫣然和項少龍先後鑽出乾涸的池塘時，眾人早蓄勢以待，弩箭裝到弩弓上去。劉巢等五十多名兄弟正恭候他們，人人神情振奮。

項少龍已成天下著名的人物，能追隨得如此良主，他們自是歡天喜地。

善柔不耐煩地道：「快點！」

項少龍正要說話，王宮的方向傳來喊殺之聲，像潮浪般盪漾。

長話短說，項少龍下令道：「不准殺害婢僕婦孺，蒲布領路，去吧！」

蒲布拔出長劍，一馬當先，領項少龍往內府衝去。

才轉入穿過花園的長廊，牽著惡犬守在那裡的十多名家將忽見來了這麼多人，駭然大驚時，弩箭早雨點般灑去，人犬不留。

百多人佈成陣勢，有如破竹般殺往趙穆藏身所在的內府。

守衛猝不及防下，紛紛中箭倒地，連反擊的機會都沒有。

婢僕因奉趙穆之命，留在宿處，反使他們少掉很多顧慮。

他們見人便殺，行動又迅速之極，守在內府的二百多人被他們斬瓜切菜般除掉。

正在府內苦候勝利捷訊的趙穆仍不知危險已至，見到一群如狼似虎的大漢在蒲布率領下擁入廳內，驚惶失措地站起來時，廳內的十多名親衛已在弩弓機栝響聲中，紛紛倒地，無一倖免。

趙穆慌忙拔劍，善柔仇人見面份外眼紅，竄了上去，乘他驚魂未定，以巧勁挑飛他的長劍，飛起一腳，把他踢翻地上。

五、六名精兵團員撲將過去，將他綁個結實。

「啪啪！」善柔賞他兩記耳光，戟指罵道：「奸賊認得本姑娘是誰嗎？我就是齊國善大夫之女，記得你害得我家破人亡嗎？」

趙穆雙頰現出鮮紅的掌印，嘴角溢血，迷迷糊糊地看著善柔。

項少龍移到他身前，欣然笑道：「侯爺別來無恙？」

趙穆渾身劇震，狂怒道：「董匡你好！」

項少龍淡淡道：「我並不是董匡！」

趙穆「哎呀」一聲，又給善柔狠踢一腳，狼狽之極。

「王卓！我早知你是見利忘義的卑鄙之徒！」

項少龍悠然一笑，用回本來的聲音道：「我也不是王卓！」

趙穆愕然盯著他，顫聲道：「你是……」

項少龍伸手撕下假面具，遞給身旁的人，吩咐道：「依計行事。」

趙穆見到他的真面目，慘哼一聲，再說不出話來。

項少龍冷笑道：「當日你姦殺我項少龍的女人時，曾否想過有今朝一日？」

荊俊上前，一拳抽在他肚皮上，痛得他跪跌地上。

紀嫣然在一角叫道：「找到地道的入口了。」

項少龍向荊俊道：「你先行一步，探清楚沒有問題，我們才來，還不脫下面具。」

「砰！」趙穆又中了善柔一腳，滾落地上，神情猙獰可怖。

荊俊脫下面具，遞給手下，領著十多人進入地道。

項少龍拉著善柔，阻止她再毒打趙穆。

善柔一聲悲呼，撲入他懷裡，放聲大哭起來。

項少龍明白她的心情，愛憐地撫她香肩，向手下吩咐道：「將兩塊面具找兩個身形酷肖我和俊爺的人戴上，然後放火把內府焚燒，須小心守在牆外的敵人會回來動手。」

手下們應命去了。

善柔哭聲漸止，低聲道：「我想殺趙穆。」

項少龍呆若木雞時，善柔「噗哧」笑道：「看你的樣子，人家只是嚇唬你來玩兒的。」一掙離開他的懷抱，臉紅紅有點因失態而尷尬。

紀嫣然回到項少龍旁，與他共同傾聽王宮方面傳來震天的廝殺聲。

劉巢等熟門熟路，不一會兒搬來大批柴草，堆放各處，只要火起，休想有人能闖進來又或救火。

此時荊俊派人來報，地道暢通無阻。

項少龍哈哈一笑，命人先把趙穆的口塞著，才把他運進地道裡去。

一聲令下，眾人把點燃的火把拋到數十堆乾草木柴處，這時代的建築物均以木材為主，如若起火，大羅神仙亦無法挽救。

進入地道前，項少龍發出訊號火箭，通知趙霸攻打侯府的時間到了。

當趙霸率人攻入府內時，會發覺內府全陷進火海裡，事後將搜出數百具屍體，難以辨認是否有趙穆在內。

又或從屍首中找出似是董匡和小俊的屍體，誤以為他們被困火場，故與趙穆同歸於盡。

至於為何火勢會如此一發不可收拾，當然是趙穆在府內預先放置柴草，造反不成，自焚而死，哪知卻禍及董匡和手下們，以致一個不留。

邯鄲上下均會懷念他，但不是項少龍，而是叱咤一時的「馬癡」董匡。

假若有一天趙人知道真的「董匡」仍在楚國，怕他們都不肯相信。

至於滕翼，亦會藉替身扮成戰死沙場的樣子，除非有人敢對屍體不敬，硬去扯替身的面皮，否則永不會被揭破真相。

地道的出口在附近另一無人宅院的後園處，眾人興興頭頭地依著早先定下的路線，避過城北和王宮外的兩個戰場，神不知鬼不覺地抵達北門。

滕翼領著數十名兄弟在城門處接應，見擒來趙穆，笑道：「侯爺真有心，還有閒情來探望我們。」

領著眾人，上馬直出城門，還向守城的將領道：「你們守穩城門，我帶人出去搜捕敵人。」

大隊人馬，浩浩蕩蕩放蹄馳進廣闊的草原裡。

天上繁星廣佈，令人胸懷開朗，只有高聲狂嘯，才能洩出心中舒快之情。

出了平原，眾人望西而去，正是秦國的方向。

走過五、六里路，項少龍登上一座隆起的小丘，回頭望往邯鄲的方向。城內多處起火，染紅了半邊天。

此時蹄聲響起，烏卓和烏果領著餘下的數十名兄弟，及時趕來與他們會合。

見到像糭子般被綁緊在一匹馬上的趙穆，均歡聲雷動。

項少龍與眾人對視一笑，揚聲道：「人聚齊了沒有？」

各人均歡報安全趕至。

項少龍大笑道：「讓我們回家吧！」

馬鞭揚起，輕輕抽在馬股上，戰馬應鞭奔下山丘。兩女嬌呼連聲，緊跟而去。眾人亦齊聲呼嘯，策馬狂追。

人馬迅速沒入美麗星夜覆蓋下的原野深處。

第九章　凱旋而歸

秀麗的羊腸山鬱鬱葱葱，匹練似的汾水飄然東去。

項少龍目送善柔的孤身單騎，逐漸消失在蒼茫草野中，心中暗暗為她祝禱。

他左旁的紀嫣然輕歎道：「柔姊是個非常堅強和勇敢的女子，嫣然自問沒有她的勇氣。」

右方的滕翼點頭同意，道：「希望她一路平安，有一天到咸陽來找我們吧！」

紀嫣然另一邊的荊俊擔心地道：「三哥去追她回來好嗎？求求她說不定她會回心轉意。」

項少龍微微一笑，道：「每一個人也應有權去追求自己的理想，選擇歡喜的生活方式，否則哪有痛快可言。」

當紀嫣然訝然往他望去，項少龍一聲長嘯，策馬掉頭，向小丘西坡馳去。

紀嫣然等紛紛催馬追隨，接著是精兵團的兒郎和被押解的奸賊趙穆。

塵土像龍捲風般在他們整齊的隊伍後揚上天際，歷久不散。

眾人兼程趕路，只一日就趕上鄒衍的車隊，雖是短短十多個時辰，已有恍如隔世的感覺。

田氏姊妹歡喜若狂，想不到這麼快又可見到項少龍，想起離別時哭得昏天昏地，都有些赧然不好意思。

眾人大功告成，自是心情暢美，談談笑笑，度假似的遊山玩水，兩個多月後終抵達咸陽。

呂不韋聞報，率領圖先和肖月潭親到城郊迎迓，見到鄒衍和紀嫣然時，原來三人間早有數面之緣。

呂不韋當年在各地大做生意，低買高賣，足跡遍天下，又愛結交奇人異士，當然不會放過像鄒衍這種名家和天下聞名的紀才女。

一番客套說話後，車馬隊往咸陽開去。

呂不韋和項少龍共乘一車，由項少龍作出詳細報告。

項少龍正奇怪烏應元等為何沒有來時，呂不韋道：「今趟少龍最厲害處，是沒有讓人識破真正身份，此事對出征東周大大有利，趁現在六國亂成一團，正是用兵的最佳時機。」

項少龍恍然道：「原來呂相已做好滅周的部署，嘿！為何不見我的丈人呢？」

呂不韋比以前更神采飛揚，滿懷信心。高深莫測地笑了笑，才道：「少龍的歸來，乃屬高度機密，趙穆的事更不能宣揚出去，就當來的只是鄒先生和紀才女好了，否則必讓六國的奸細猜到少龍和他們的關係。只有把六國蒙在鼓裡，我們才能以迅雷不及掩耳的手法，藉口東周君對我大秦圖謀不軌，把他拔除。」

項少龍心中明白，秦國最重軍功，呂不韋在這方面全無建樹，自是急於立威，以遂晉爵封侯的宏願。

東周的國力雖不值一哂，名義上終仍是共主，七國則屬諸侯的身份，假若呂不韋公然出征東周，說不定六國會暫時壓下互相間的爭執和矛盾，聯手伐秦護周，那就大大不妙，所以必須攻其無備，還要速戰速決，以免夜長夢多。

呂不韋道：「滅周在軍事上只是小事一件，卻牽連甚廣，一個不好，可能惹來六國聯手來攻之禍。所以我們須在軍事、外交兩方面雙管齊下，才可安享戰勝的成果。」

項少龍暗叫厲害，呂不韋果是雄才大略的人，難怪日後權傾強秦十數年之久，順口問起咸陽秦廷的情況。

呂不韋露出一個冷酷的笑容，沉聲道：「以陽泉君為首的一群秦人，四出散播謠言，誣指本相毒害先王，又說太子乃我和王后所出，現正密謀改立大王次子成蟜。哼！我要教他們死無葬身之地，妻妾女兒全體淪為供人蹂躪的歌姬娼妓，始可洩得我心頭這口惡氣。」

項少龍聽得背脊生寒，得罪他確不是有趣的事。但回心一想，若呂不韋或自己落到陽泉君手上，遭遇還不是一樣。這根本是個人吃人的時代，誰心軟誰就要吃虧。

呂不韋續道：「幸好大王對我鼎力支持，又有王后在他面前說項，現在你更擒得趙穆回來，待我滅掉東周後，便一舉把陽泉君等除掉，那時大秦還有誰敢不看我呂不韋的臉色行事。」

項少龍心中暗歎，正是這種心態，最終逼得小盤的秦始皇不得不排斥他，而那時自己只好和他對著硬幹。想起目前他把自己當作心腹親信，將來卻要反目成仇，不禁大生感觸。

呂不韋還以為他在擔心自己的事，欣然道：「旅途辛苦，少龍好好到牧場休息，養足精神後，我還有極為重要的任務要你去辦。」

項少龍追問是甚麼任務，呂不韋卻沒有說出來，這時車隊剛進入咸陽城的東門內。

鄒衍和紀嫣然被送往烏府，他們則押著趙穆直赴王宮。

項少龍只感心疲力累，同時知道已被深深捲入秦廷的權力鬥爭中。而為了小盤，他更不得不助呂不韋應付陽泉君等人的陰謀。

想到這裡，返家的喜悅大為消減，唯一令他安慰的，是很快可以見到烏廷芳、趙倩和婷芳氏等諸女。

趙穆臉色蒼白有若死人，雙手反綁身後，腳繫鐵鍊，被兩名如狼似虎的秦宮衛士押到莊襄王龍座之前，硬逼他跪在地上，還扯著他的頭髮，令他仰起臉孔。

莊襄王大笑道：「趙侯別來無恙！」

坐在右首的朱姬雙目亮起來，她身旁的小盤則燃燒仇恨的火焰。

項少龍雖對趙穆深惡痛絕，但見他陷至如此田地，比對起他以前的威風八面，令人嗟歎。

趙穆一言不發，眼中射出怨毒的光芒。

朱姬嬌笑道：「侯爺清減哩！」

趙穆把心一橫，驀地破口大罵道：「你這賤……」

項少龍怕他當眾說出與朱姬有染的事，手按几子，飛身而出，一腳踢在他嘴巴處，奸賊登時齒碎血流，臉頰腫起老高的一塊，痛不成聲。

項少龍喝道：「竟敢辱罵王后，哼！」

他動作之快，那兩名侍衛都來不及反應。

朱姬聰明剔透，自然明白項少龍出腳的作用。感激地看了返回左方呂不韋下席的項少龍一眼，向莊襄王撒嬌道：「大王！哀家要親自處理這個奸賊。」

莊襄王顯是對朱姬愛寵日增，欣然道：「就如王后所請。給我把這奸賊押下去，等待王后處置。」

衛士領命，把趙穆像頭牲畜般押出去。

項少龍乘機打量小盤，不見大半年，他長得更粗壯，雙目閃閃有神，氣度深沉，頗有不怒而威之氣概，瞧得連項少龍都有點心驚。

小盤年紀雖小，但是喪母後歷盡艱辛，又要提防身份被拆穿，沒有城府也要變得心懷城府。

兩人眼光一觸，同時避開。

莊襄王望往項少龍，龍顏大悅道：「太傅先送回樂乘首級，又擒來趙穆，大大洩了寡人鬱在胸口的怨氣，呂相國認為寡人該怎麼獎賞他呢？」

項少龍忙謙讓道：「今趟之能出師告捷，全賴呂相國奇謀妙算，使人為我們造了四塊假面具，才能馬到功成。呂相國方是真正立大功的人，少龍只是依命行事吧！」

呂不韋見他居功不驕，還謙抑相讓，把功勞歸於自己身上，大為高興，笑不攏嘴，道：「大王！我大秦得少龍如此人才，實乃大王之福，不過樂乘、趙穆之事仍須保密，故不宜在此時重賞少龍，還要裝模作樣，責他辦事不力，好掩人耳目，請大王明鑒。」

莊襄王皺眉道：「寡人雖明知事須如此，可是見到少龍，心中只有歡喜之情，怎忍責他呢？」

呂不韋笑道：「這事由老臣去辦，大王毋須勞神。」

項少龍見莊襄王不喜作偽，更生好感。唉！可惜他只剩下兩年許的壽命。

朱姬插言道：「項太傅回來，最高興的是王兒，別人教他劍術、兵法，他都不屑學習，說要由項太傅指導才行呢！」

項少龍微感愕然，往小盤望去。後者正向他望來，本是冰冷的眼神，現出感激熾熱的神色。

呂不韋道：「政太子恐怕要失望，項太傅稍作休息後，立即要出使六國了。」

項少龍、朱姬和小盤同感愕然。

莊襄王歎道：「寡人也捨不得少龍，不過相國說得對，若要亡周，必須軍事、外交雙管齊下，才不致惹出禍事。」

朱姬蹙起黛眉道：「大王和相國忍心讓項太傅馬不停蹄地奔波勞碌嗎？累壞了怎辦哩？」

呂不韋賠笑道：「王后放心，出使的事，必須配合出兵的日期，太傅至少有一個月的時間可好好休息。」

項少龍不解道：「我大秦人才濟濟，微臣在這方面既缺乏經驗，兼之與魏、趙勢成水火，可能……」

呂不韋呵呵笑道：「經驗是培養出來的，少龍文武兼資，足可勝任有餘。至於以前的嫌隙，更屬小事，少龍有我大秦在後面撐腰，誰敢不敬。現在六國給少龍巧施妙計，破壞合縱之議，正是人人自危，惟恐我們拿他們開刀，巴結都來不及哩！此事就此作實，少龍莫要謙辭了。」

項少龍知道欲拒無從，暗歎一口氣，扮作欣然地接下這塊哽難下咽的骨頭。

接著項少龍把在趙國的遭遇，繪影繪聲地說出來，聽得莊襄王等不住動容變色，說到緊張刺激處，朱姬拍著酥胸，小盤則目射奇光。

到黃昏時分，才肯放他回烏府。呂不韋親自送他回去。

項少龍望出車窗外，看著華燈初上的咸陽城黃昏景色，也不知是何滋味。

旁邊的呂不韋道：「少龍，不要怪我使你東奔西跑，馬不停蹄。我實是一番苦心，希望能把你培植為我最得力的助手。六國均有與我互通聲氣的人，現既定下由你出使，我會先派人前往打點，為你鋪好前路。」

項少龍只好發出違心之言，道：「相國厚愛，我項少龍縱使肝腦塗地，都報答不來。」

呂不韋滿意地點頭，道：「現在對我來說，最緊要是爭取時間，先安內，後攘外。只要有一天我在這裡站穩陣腳，便可開展大業。今次少龍的出使非常重要，務使六國間加深成見，難以聯手來動搖我們。天下人人貪好財貨，無有例外，只要我們不惜財物，賄賂列國大臣，定可破壞他們本國的計謀。少龍明白我的意思嗎？」

項少龍想起烏家正是他這種懷柔手段下的投誠者，確是非常奏效，難怪他視為絕妙良方，但項少龍自己卻對這種陰謀手段頗為厭倦，情願明刀明槍和敵人在沙場上分出勝負。

思索間，呂不韋又道：「對六國的策略亦各有不同，基本上是包圍三晉，聯結齊、楚，孤立燕人。只要三晉淪亡，其他三國不攻自破，天下便可達致大一統的局面，結束數百年來群龍無首的僵局。」

說到最後，這從一個商人躋身而為手握國家權柄的厲害人物，銳目閃爍出憧憬美滿將來的懾人光輝。

項少龍暗忖你確是所料不差，只不過料不到統一大業是由小盤完成，而不是你呂不韋。

呂不韋所用策略，仍是范雎「遠交近攻」的延續，以兼併鄰國的霸地政策為骨幹，如今第一個祭品就是東周君。

歷史亦證明了此為最聰明的策略。

車馬隊來到烏府，呂不韋搭著他肩頭親切地道：「我不陪你入府了，好好休息，明晚到相府來，讓我們喝酒作樂，祝賀你今次大勝而回。」

呂不韋在親衛簇擁中，離開烏府。

項少龍掉頭正要走入府內，烏廷芳和趙倩兩女哭著奔出府門，撲入他懷裡，後面跟隨的是烏應元、陶方、滕翼等人，人人的臉色都有些深沉，似在強顏歡笑。

他摟著兩位嬌妻，不解道：「婷芳氏呢？」

兩女哭得更厲害。

項少龍立時手足冰冷，泛起非常不祥的感覺，朝岳丈烏應元望去。

烏應元歎了口氣道：「少龍最重要的是放寬懷抱，婷芳氏三天前病死了，唉！她竟等不到你回來。」

項少龍呆立在穿上殮服的婷芳氏遺體之旁，見她除臉容清減些許外，宛若熟睡過去，心中湧起深沉的悲哀。

烏應元在背後歎道：「自你離去，她鬱鬱不歡，終日苦思著你，兼之一向身體不好，沒有一個月便病倒，從此時好時壞……」

項少龍熱淚狂湧而出，視線模糊起來。

這命途坎坷、一生受盡男性欺壓的美女，還沒享過多少天幸福，就這麼撒手而去。椎心的痛楚和悔疚，噬蝕他的心靈。

生命究竟是甚麼東西？為何三天前她仍是一個活著能說能動的人，這一刻卻變成了一具沒有半點生機的冰冷屍體？

另一邊的滕翼來到他旁，伸手擁他肩頭，沉聲道：「不要太過悲痛，會傷身體的。」

項少龍勉力使聲音保持平靜，緩緩道：「我想把她葬在牧場隱龍別院附近，她最歡喜那裡，同時為趙妮、舒兒和素女她們立塚……」

說到這裡，再沒法說下去，失聲痛哭起來。

葬禮在三天後舉行，呂不韋和蒙驁親來參加葬禮，莊襄王則遣內侍臣來弔唁。

項少龍再沒有哭，每天起來，都到墓前致祭默哀。

過了十天，他的情緒逐漸平復過來。

這天早上，紀嫣然、烏廷芳和趙倩三女如常陪他到墓地獻上鮮花。祭祀後偕三女在原野中漫步解愁，但心中偏是感觸叢生，難以排遣。

紀嫣然柔聲道：「少龍！不要這麼傷心，好嗎？」

項少龍輕擁了她一下，放開手道：「黯然銷魂者，惟別而已矣！生有生離，死有死別，為何人生總有這麼多不如意的事，是否我的殺孽太重？」

另一邊的烏廷芳道：「項郎！不要說這些話好嗎？廷芳害怕聽哩！」

想起很快又要離開她們，頹然道：「呂相國要我出使六國，推行他的外交政策……」

三女同時色變。

項少龍更是心痛，把心一橫，道：「不要擔心，我怎也要把你們帶在身旁，永不分離。」

三女舒了一口氣，心情轉佳。

紀嫣然道：「有邯鄲來的消息，少龍有興趣聽嗎？」

項少龍振起精神，拉著三女到附近一個山谷的清溪旁坐下。

紀嫣然道：「你走後，邯鄲亂成一團，田單和李園均知陰謀敗露，連夜匆匆逃返齊、楚。孝成王以為你們全體壯烈犧牲，非常悲痛惋惜，祭祀你的亡魂時暈倒當場，現在仍抱病不起，朝政由晶王后和郭開把持。」

項少龍往趙倩瞧去，趙國的三公主黯然垂首，顯是對孝成王仍有父女之情，因而傷感。

項少龍長長吁出一口氣，看著谷坡上蓊鬱古木，其中不乏粗逾十圍的大樹，當風挺立，華蓋蔽天，縱在冬寒時節，仍沒有半點衰頹之態。

在綠樹林蔭後是聳出雲表的拜月峰，亦為此地的最高山峰，突兀崢嶸，令人歎為觀止。

項少龍心中一動，道：「我想登上拜月峰看看，倩兒你行嗎？」他必須做點事情，予自己一個目標，才可從哀痛中擺脫出來。

三女先是一愕，接著趙倩點頭道：「倩兒每天都和廷芳練習騎射，操練得不知多麼好哩！怎會有問題呢？」

烏廷芳見丈夫這十多天來，還是首次有興趣去做一件事，振奮地跳起來，嚷道：「芳兒去找人牽馬來，好省去點腳力。」言罷欣然奔往谷口。

當豔陽高掛中天，他們登上拜月峰，離峰頂卻仍有半里許的路程，但因山勢險峻，惟有作罷。由這裡朝下望去，只見烏家牧場盡收眼底，萋萋芳草，清溪流泉，牛、馬、羊或聚或散地分佈草原上。

院落樓房在林木中掩映，風光如畫，教人心爽神馳。

寒風呼呼中，層巒疊翠，群山起伏，遠近田疇，歷歷在目。

項少龍一聲長嘯，把鬱結的心情抒發出來，心情轉佳，道：「旦楚死了沒有？」

紀嫣然正看得心曠神怡，聞言笑道：「率兵入城的並不是他，所以執回了一條小命。聽說晶王后對你的『死』非常哀痛，連續三天不肯吃東西呢！」

項少龍心頭一陣悸動，沉默半晌，再又問道：「有雅兒和致致的消息嗎？」

紀嫣然道：「尚未有消息，但滕二哥派了人到大梁聯絡她們，假若我們第一站是魏國，很快可以公然與她們會面。」

項少龍搖頭苦笑，當日逃離大梁，若有人告訴他可再大搖大擺返回大梁，打死他都不肯相信。

紀嫣然道：「呂相遣人來請嫣然和乾爹到相府小住，嫣然要陪你，當然不肯去，只好乾爹一人去了。」

趙倩道：「最活躍是小俊，回來不久便領劉巢和蒲布他們到城裡胡混，真怕他惹事生非呢！」

項少龍苦笑道：「就算他們不去惹人，也會有人來惹我們，怎都避不了。」

烏廷芳欣然道：「四哥遣人由北疆送來一批上等的何首烏，說要給項郎浸酒補身，聽爹說他最近大敗匈奴，戰績彪炳哩！」

項少龍暗忖總算聽到一個好消息。

他對王翦自是信心十足，戰國四大名將「起、翦、頗、牧」，就是白起、王翦、廉頗和李牧，秦、趙各佔一半。

若非孝成王走錯長平之戰那步棋，以只擅「紙上談兵」的趙括代替廉頗，秦、趙勝敗之數，仍是難以逆料。

現在廉頗垂垂老矣，雖有不世將才的李牧鎮守大局，一來無可用之兵，更因朝政落到郭開這不能容物的奸人手內，處處受制，恐亦有力難施，在這種情況下，趙國哪還有振興之望？

白起已死，這天下將屬於王翦的了。

第十章　無可奈何

歸途上，項少龍有著精神煥發的感覺。

死者已矣，每個生存著的人都須堅強地活下去，應付生命中層出不窮的挑戰。

終有一天他也會在這個古戰國時代死去，沒有人知道他是來自二千多年後的人類。

紀嫣然見他心情轉佳，趁機道：「隨嫣然來的族人，全是鑄劍造弓的好手，少龍可否做出安排，讓他們繼續在這方面大事發展？」

項少龍記起她和族人均來自滅亡了的越國，在這時代裡，越國的鑄造術天下稱冠，名劍如越女、干將、莫邪等均出自越人之手，埋沒人才實在可惜，點頭道：「這個包在我身上，回去後立即向岳丈提出。牧場這麼大，開礦都行，應該沒有問題的。」

紀嫣然大喜道謝，又撒嬌地道：「少龍你也是高明的巧匠，想到甚麼利器，儘管交給他們去製造好了。要不要和清叔談談，他家世代都是我國最出色的匠人哩！」

項少龍心中一動，想起以前曾上過有關武器、火藥製造的基本課程，雖然大部分已遺忘，但仍依稀有點印象，要造柄手槍出來雖不可能，但只要把意念說出，例如合成金屬一類的意念，說不定可造出比干將、莫邪更厲害的劍刃，欣然道：「你今晚找清叔來見我，讓我和他好好談談。」

紀嫣然笑靨如花道：「少龍啊！你對人家真好，嫣然愛煞你了！」

項少龍振起頹唐和失落近半個月的意志，領頭往隱龍別院馳去。

晚膳時，別院的主廳內自這十多天來首次聽到歡笑的聲音。

滕翼、烏卓、烏果和陶方四人亦有出席。

項少龍先把紀嫣然的提議告訴陶方，讓他負責處理，問起荊俊時，滕翼笑道：「這小子最愛和相國府的人廝混，呂相府現在成為天下奇人異士的樂園，每天都有人慕名往投，人數已過四千，這情況還會持續下去呢！」

項少龍心中暗歎，呂不韋這種不斷招攬外人的做法，怎會不招秦人之忌，若沒有莊襄王的支持，只怕他一天都耽不下去。

這時田氏姊妹來為他斟酒。

項少龍探手摟著田貞的蠻腰，問道：「是否已習慣這裡的環境？」

田貞含羞點頭道：「這裡既安靜又美麗，各位夫人又很疼愛小婢，很好……貞貞真的很好。」

那邊伺候陶方的春盈笑道：「貞貞剛學會騎馬，不知玩得多麼開心哩！」

項少龍忽又想起婷芳氏，幸好陶方恰於此時打斷他的思路，道：「老爺吩咐，待少龍你精神好點時，便回咸陽城，大王和呂相想見你呢！」

項少龍苦笑應了，膳罷，各人散去。項少龍回到內宅，紀嫣然正和清叔閒聊，介紹兩人進一步認識後，故意離開，只留下兩人詳談。

一個時辰後，當紀嫣然回來時，清叔正聽得目瞪口呆，問道：「那怎樣把這種叫『鉻』的東西加工到劍身上去呢？」

項少龍眉頭大皺，道：「那須用一種特別的東西配合才行，不過仍可做到，屆時由我來辦吧！」

紀嫣然訝然道：「少龍你真教人吃驚，我從未見過清叔這副模樣的。」

項少龍心想幸好小弟只是遷就著來說，否則恐怕要把這巧匠嚇暈過去哩！

接下來的五天，項少龍拋開一切，終日和妻婢遊山玩水，極盡賞心樂事，到離開牧場，雖仍有惆悵之情，但精神已大是不同。

返抵咸陽的第二天晚上，呂不韋在相府設宴款待他們，烏應元、滕翼、荊俊和紀嫣然均有出席。陪客則有蒙驁和他兩個兒子、圖先、肖月潭和正在那裡作客的鄒衍。

美女總是最受歡迎的，何況是紀嫣然這種才藝均名懾眾生的絕代佳人，方步入廳堂，便成了呂不韋等大獻殷勤的對象，高踞上座。

蒙驁這兩個兒子蒙武和蒙恬，年紀比荊俊小了點，均生得虎背熊腰，英偉不凡。

酒過三巡後，蒙驁忽命兩個兒子出來以真劍對打助興，只見龍騰虎躍，劍氣生寒，在爆竹般連串金鐵交鳴的清音中疾走數十回合之後，才分了開來，仗劍向席上各人施禮，臉不紅、氣不喘的返回父親的一席。

眾人轟然叫好，荊俊與他們混慣了，叫喊得最厲害。

項少龍想起蒙恬乃繼王翦、王賁父子後的秦室名將，更是特別留神。

與紀嫣然對席而坐的呂不韋笑道：「少龍看兩個小子還可以嗎？」

項少龍衷心讚道：「蒙將軍兩位公子英武過人，將來必繼將軍之後成為一代名將，少龍敢以項上人頭包保必是如此。」

蒙驁大喜向兒子喝道：「你們兩個還不拜謝太傅！」

蒙武、蒙恬立時走出來，在項少龍席前叩頭拜謝，累得項少龍忙離席而起，扶著兩人，心中隱隱感到事情並非如此簡單。

回席坐好後，果然呂不韋道：「這兩個小子十三歲隨蒙將軍出征行軍，不過蒙將軍仍嫌他們只懂舞劍弄槍，見識不廣，更不通兵法謀略，所以希望把他們付託少龍管教。」

蒙驁誠懇地道：「本將閱人千萬，從未遇過像太傅般的超凡人物，若不見棄，太傅今次出使六國，就讓小兒們做個隨從吧。」

項少龍知道推辭不得，笑道：「蒙將軍厚愛，少龍敢不從命？」心中同時想到呂不韋正全力培育人才，顯然不只是想當個相國那麼簡單。

蒙武、蒙恬兩人叩頭後，事情就這麼定下來。

呂不韋正要說話，忽有一名家將匆匆進來，到呂不韋耳邊說了幾句話，引得人人側目。

呂不韋聽得不住動容，失聲道：「趙孝成王病死哩！」

一時廳內靜至極點。

當晚眾人回到烏府後，隨他們回來的鄒衍找項少龍去說話。

在寧靜的偏廳裡，閒話兩句後，鄒衍道：「呂不韋現在對少龍倚重之極，少龍有何打算？」

項少龍知他學究天人，眼力之高，當世不作第二人想，語出必有因，沉吟片晌，歎道：「我很矛盾……噢！下雪哩！」

窗外黑夜裡雪花紛飛，說不盡的溫柔飄逸。

鄒衍站起來，走到漏窗前，負手欣賞遲來的初雪，有若神仙中人。

項少龍來到他旁，鄒衍雅興大發，提議到園內的小亭賞雪。

兩人迎著雪絮，到小亭處並肩而立。

鄒衍長長吁一口氣，道：「這七、八天呂不韋終日扯著老夫，詢問有關氣運之說，又希望老夫為他先父找尋福地遷葬遺骸，此人野心極大，少龍小心點。」

項少龍打從心底佩服起他來，不用說呂不韋對鄒衍的千言萬語，不外是想知道自己是否真命天子，而鄒衍卻看出他只是條假龍，所以才有此警告，怕自己日後給他牽連。

鄒衍又油然道：「呂不韋數次出言央我主持他《呂氏春秋》的編纂，均被老夫以堂皇的藉口拒絕，少龍知道是甚麼原因嗎？」

項少龍知這智者正以旁敲側擊的方法點醒自己，謙虛道：「乾爹請說。」

鄒衍笑道：「你還是第一次主動喚我作乾爹，會否有點不習慣？」

項少龍尷尬一笑時，鄒衍續道：「呂不韋絕非肯聽人說話的人，他雖看似禮賢下士，事實上所有人都只是他的工具，好去完成他心中的美夢。以《呂氏春秋》為例，他僅是希望反映出個人的想法罷了。」

項少龍雖曾聽李斯說過有關這給小盤參考的古代百科全書的內容，但只是水過鴨背，怎都記不牢，順口問道：「他那一套究竟行不行得通？」

鄒衍不屑地道：「甚麼『德治仁政』為主、『刑賞』為輔，還不是孔丘不切實際的一套。那是倒退，而非進步；只有進步，才可脫穎而出。秦國自商鞅以來，崇尚法治戰功，與呂不韋這一套可說是南轅北轍，將來定會出問題，少龍小心了。」

項少龍低聲道：「乾爹果是高瞻遠矚，若我所料不差，呂不韋將來必出亂子，不得好死。」

鄒衍身子劇震，往他望來，沉聲道：「原來少龍早看出此點，老夫是白擔心了。」

項少龍暗歎一聲，正是因為知道未來的發展，才使自己享受不到眼前的富貴榮華，命運還是不知道的好。

雪愈下愈大。

次晨，呂不韋召項少龍到相國府去，在書齋內接見他，劈頭道：「待會少龍和我入宮見大王。唉！我為你推搪十多天，差點給姬后怨死。」接著正容道：「姬后雖對你頗有好感，但記緊千萬不要沾上她半根指頭，否則連我都護你不住。」

項少龍苦笑道：「相國放心好了！」

呂不韋點頭道：「我也相信你把持得住，只因過於關心，忍不住提上一句。」

沉吟半晌後道：「我決定親自出征東周，以蒙驁為副將，少龍抵達韓境時，東周應已雲散煙消，正式結束周室的統治。由那刻開始，天下就是群雄爭霸的局面了。」

頓了頓續道：「孝成王一死，趙國權力落入韓晶和郭開手內，政局不穩，我要重新部署策略，好把握這個機會。陽泉君授首之日，將是我大秦開展霸業之時，所以少龍定要在這之前為我穩住六國，若因滅周而惹得六國聯手，對我大大不利。」

項少龍暗歎一聲，眼前若對呂不韋不利，等若對自己不利。暫時來說，他和烏家的命運已和呂不韋掛鉤，若有禍事，必受株連。假若陽泉君成功改立成蟜，連朱姬和小盤都要沒命，惟有點頭答應。

且再加思量，六國的統治階層中誰不是自私自利、損人利己之輩，與他們講仁義，只是自討虧吃罷了。

呂不韋雙目閃著銳利的精芒，思索道：「此行除在上回有面具掩護相貌的人外，必須全數換過新人，否則只要有一個人被辨認出來，會給人聯想到你乃董馬癡，徒使事情更為複雜。幸好人手方面不成問題，我會由家將裡撥一批忠貞不貳和劍法超凡的高手做你親隨，配以一隊千人的精銳騎兵，足可應付旅途的凶險，肖月潭亦會同行為你打點。」

項少龍心中懍然，在某一角度上看，這些來自呂不韋的心腹家將，亦成了監視他的眼線。心中一動道：「呂相可否在隨從名單上，加上李斯先生？」

呂不韋奇怪地看他一眼，遲疑片刻才道：「既然少龍有此提議，便如你所請。好了！現在我們入宮覲見大王吧！」

表面雖看不出甚麼來，但從他略有遲疑的態度看，呂不韋其實是心中不喜。至於原因是他不喜歡李斯，還是不喜歡他項少龍自作主張，就很難肯定了。

透過車窗，咸陽變成純白色的美麗世界，雪花仍是永無休止地灑下來。

第一次下雪總是教人歡喜的，況且天氣仍不大冷，有些小孩跑到街上玩雪嬉戲，轉入咸陽宮的大道時，更看到有群年輕的女子擲雪球為樂，甚麼三步不出閨門的情況，在這時代完全派不上用場，可見是漢代崇儒以後，女性才被自私的男人進一步壓制她們的自由。而在戰國，若論開放程度，又要數剛擺脫蠻夷身份的秦國最厲害。

呂不韋沉默起來，兩人各有所思。

項少龍忽然想到呂不韋於此時出兵，實在大有深意。

風雪原為軍事行動的大忌，但對付東周這等弱小的國家，卻有兩大好處。

首先是令人意想不到，由於有風雪掩護，可能兵臨城下東周君才知道是甚麼一回事。

其次轉眼隆冬，行旅絕跡，等若隔斷消息，到六國知道此事時，已是事過境遷。就算早一步風聞消息，亦惟有望雪興歎，難施援手。

只由策略去看，呂不韋這人是既大膽又好行險，將來反目成仇，須留神他這種性格，否則必吃大虧。

呂不韋到達秦宮，像回到自己的家裡般，直入內廷。至內外廷間的御花園才下車，不用通傳領路，在十多名身形驃悍的親衛簇擁下，大搖大擺朝後宮走去。

比之項少龍大半年前離秦赴趙時，呂不韋在秦宮的地位又大大提高。

莊襄王那種崇義重情的性格，遇上呂不韋這心懷叵測的野心家，想不被他控制擺佈，是沒有可能的。

迴廊前方隱約傳來木劍交擊的聲音。

呂不韋臉上現出一個欣慰的笑容，道：「太子在練劍。」

項少龍看到他的神情，真想告訴他小盤並非他的兒子，好看他會有甚麼反應。

迴廊盡處，豁然開朗。在兩座王宮的建築物間，一個小廣場上，雨雪飄飛下，小盤正與另一名年紀相若的小孩以木劍對拚著。

在旁觀戰的除莊襄王和朱姬外，還有秀麗夫人和王子成蟜，此外是十多名內侍宮娥、兩個看似是劍術教練的武士和一位相貌堂堂的大臣。四周還滿佈禁衛，氣氛莊嚴肅穆。

莊襄王等尚未看到兩人時，呂不韋低聲對項少龍道：「陪太子練劍的是王翦的兒子王賁，宮內同年紀的孩子裡，沒有人是他的對手。」

項少龍心中一動，仔細打量未來的無敵猛將，果是生得非常粗壯，樣貌精靈，有點和王翦相肖。行動進退間極有分寸，處處留有餘地，若是三歲可定八十，則這十一、二歲許的孩子這時便有大將之風了。

他仍不明白王宮內的情況，例如為何王賁竟能有此陪小盤練武的殊榮，不過此事應出自呂不韋的主意，是他籠絡王翦這新一代名將的手段。

此時莊襄王見到他們，欣然召他兩人過去。

項少龍看到莊襄王的歡喜神情，心生感觸，好人是否永遠要吃虧呢？

莊襄王全心全意厚待這把他扶作一國之主的大恩人，有否想過是在養虎為患？

不過此時不暇多想，收拾心情，朝莊襄王走去。

「噗」的一聲，小盤的木劍被小王賁掃得盪開去，空門大露。

小王賁收劍急退，跪倒地上，嚷道：「政太子恕小賁魯莽。」

小盤見到項少龍，哪還有興趣打下去，竟懂得先上前扶起小賁，在他耳邊親熱地細語，只不知在說甚麼。

項少龍也不知應高興還是心寒，這未成年的小秦始皇，這時已懂得收買人心了。

第十一章　華陽夫人

項少龍和呂不韋趨前向莊襄王等施禮後，呂不韋呵呵笑道：「少龍尚未見過徐先將軍吧！」

徐先是典型秦人的體格，高大壯碩，只比項少龍和呂不韋矮上少許，穿的雖是文臣的官服，但若換上甲冑，必是威風凜凜的猛將。

此人眼睛閃閃有神，只是顴骨略嫌過高，削弱了他鼻柱挺聳的氣勢，使人看上去有點不大舒服。年紀在三十許間，容色冷靜沉著，恰到好處地與項少龍客套兩句後，淡淡道：「聞太傅之名久矣，惜小將駐守邊防，今天始有機會見面。」

項少龍感到對方語氣冷淡，說話前掠過不屑之色，對呂不韋沒有恭順之狀，心知肚明是甚麼一回事，也不多言。

朱姬尚未有機會說話，那姿色略遜她少許、風情卻拍馬難及的秀麗夫人微笑道：「徐將軍乃我大秦名將，與王齕將軍和鹿公，被東方諸國稱為西秦三大虎將。」

徐先連忙謙讓，神色間不見有何歡悅。

項少龍見狀，心中已有計較，卻不知鹿公是何許人也。

徐先似非陽泉君和秀麗夫人的一黨，但對呂不韋顯然沒有多大好感，連帶鄙視自己這頭呂不韋的走狗，真是冤哉枉也。

呂不韋表面對徐先卻非常尊重，笑道：「識英雄重英雄，不若找天到本相處喝杯水酒，好讓少龍能向徐將軍請益。」

徐先微笑道：「呂相客氣了！」轉向莊襄王請准告退，對呂不韋的邀請不置一詞就溜掉。

項少龍暗對這不畏權勢的硬漢留上了心。

這時小盤扯著小賁來向他這太傅請安，後者叩頭後，歡喜地道：「爹對項太傅讚不絕口，不知項太傅可否在教政太子劍術時，准王賁在旁觀看。」

聽得眾人都了笑起來，只有那成蟜不屑地瞥項少龍一眼後再不看他，顯然聽慣身邊的人說他壞話。

這時忽有內侍到來，傳話說太后要見小盤。

莊襄王忙著小盤隨內侍往見華陽夫人，小盤雖不情願，亦是別無他法，悵然去了。

莊襄王向王后和愛妃交代兩句後，便與呂不韋和項少龍到書齋議事，這時項少龍才知道今趟入宮非是只談風月那麼簡單。

在書齋分君臣尊卑坐好後，侍衛退了出去，只剩下三人在齋內。

居於上首的莊襄王向席地坐在左下方的項少龍微笑道：「少龍確是情深義重之人，寡人雖渴想和你飲酒談心，亦惟有耐心等候，現在精神好了點嗎？」

項少龍對莊襄王更生好感，他那種關心別人的性格，在戰國的國君裡應是絕無僅有，連忙告罪謝恩。

呂不韋出奇地沉默，只是含笑看著項少龍。

莊襄王眼中射出回憶的神情，輕歎道：「寡人長期在趙國做人質，命運坎坷，不過亦讓寡人體會到民間疾苦，現在當上國君，每天都在提醒自己必須體察民情，為政寬和。唉！寡人本不願登位未久便施征伐，不過呂相國說得對，你若不犯人，人便來犯你。在這眾國爭霸的時代，唯一生存之道，是以武止武。唉！」

項少龍心中一陣感動，暗忖若不是呂不韋的慫恿，莊襄王絕不會對東方用兵。而呂不韋之所以能把他說服，皆因東周約從諸侯，密謀滅秦。無意間，自己幫了呂不韋一個大忙。

呂不韋插言道：「這是無可奈何的事，東方諸國均有亡秦之心，絕不可任其凶焰日張。東周雖只擁有區區河南、洛陽、谷城、平陰、偃師、鞏和、緱氏七縣之地，卻擋住我們往東必經之路，我不亡它，它便來亡我，請大王明察。」

莊襄王嘴角洩出一絲苦笑，沒有說話，氣氛沉重起來。

呂不韋正容道：「一念興邦，一念亡國，大王在此事上萬勿猶豫。趁現在孝成王剛身故，韓人積弱，實乃千載一時的良機，若平白錯過，其禍無窮。」

莊襄王淡淡道：「這點寡人早明白，滅周的事，相國放手去辦。」

轉向項少龍道：「寡人和呂相國商量過，滅周的事，對韓桓惠王有切膚之痛，空口白話，休想能安他的心，不如省點氣力，把目標放在其他各國處。寡人知道少龍才智過人，故此任你權宜行事。」

呂不韋提醒道：「五國中，燕、趙正在交戰，自顧不暇，可以不理。其他三國，尤其齊、楚兩國，我們必須說服他們相信滅周一事只是自保，非是外侵的前奏。而齊、楚兩國中，又以楚人較易對付。少龍可向考烈王示好，若能結成聯盟，更是理想。政太子年紀漸長，亦好應為他定下親事，聽說考烈王幼女生得花容月貌，只比太子長上兩、三歲，如可定下婚約，那就更能安楚人的心。」

項少龍雖點頭應是，心中卻叫苦連天，這豈非明著去害楚國小公主嗎？

而且這種睜眼睛說謊話，目的又是去害對方，雖說自己不是純潔得從未試過害人，但以前卻都有著正確的理由和目標，例如擒拿趙穆，又或為了自保，不像現在這種主動出招的情況。

旋又安慰自己，田單、李園、信陵君、韓闖、龍陽君之輩，誰不是為己國的利益，每天都在害人利己？想到這裡，不由苦笑起來。

莊襄王一直在留意他的神色，見狀歉然道：「寡人知道少龍英雄了得，非不得已，不愛施陰謀詭術，只恨際此非常時勢，你不坑人，人來坑你，唉！有很多事寡人並不想做，可是卻仍不得不為之。」言罷長長歎了一口氣。

呂不韋皺眉道：「大王是否想到陽泉君哩？」

莊襄王臉上現出無奈的神色，點頭道：「說到底他終是太后的親弟，當年若非有他出力，太后亦未必會視寡人為子，說動王父策立寡人為嫡嗣，現在寡人卻要對付他，太后定會非常傷心。」

呂不韋移出坐席，下跪叩首道：「大王放心，不韋定會小心處理此事，除非左相國真的謀反，否則不會先動干戈，還會設法勸導化解，務必以和為貴。縱然避無可避，不得不兵戎相見，亦會保左相國之命，讓他安享晚年。且說不定能把太后瞞過，不擾她寧和的心境。」

項少龍見狀惟有陪他跪伏莊襄王前，心中暗呼厲害，呂不韋懂得如此鑒貌辨色，投莊襄王之所好，難怪他能保持與秦君的良好關係。

他當然知道呂不韋正在說謊話，以他的手段，必有方法逼得陽泉君造反叛變，只要到時褫奪了陽泉君的一切權力，殺不殺他已是無關痛癢。

莊襄王果然龍顏大悅，著兩人平身回席，欣然道：「有呂相國這幾句話，寡人放心多了。」

呂不韋向項少龍道：「少龍到此雖有一年多，但因留在咸陽的時間不長，所以未知目前的情況，不過現在不宜為此分神，我已為你預備好一切，三天後你立即動程赴魏，好配合我們征伐東周的大計。」

項少龍心中暗歎，連忙答應。

此時有內侍來報，說太后華陽夫人要見項少龍，三人同感愕然。

項少龍在內侍的引領下，到秦宮內廷東面的太后宮，步進太后所在的小偏殿時，赫然瞥見除小盤外，美貌與紀嫣然各擅勝場的寡婦清竟陪侍在太后華陽夫人的右側，忙跪倒參見。

華陽夫人年在四十五、六歲間，華服襯托下更見高貴雍容，雖是美人遲暮，脂粉亦蓋不過眼角處的皺紋，但仍可使人毫無困難地聯想到當年受盡愛寵時，那千嬌百媚的風韻。

她右旁的琴清仍是一副冷漠肅穆，似對世上事物毫不關心的樣子，項少龍的到來，沒有惹起她半分情緒波動。

華陽夫人溫柔慈和的聲音道：「太傅請起！」

項少龍一顆心七上八落的站起來，茫然不知這改變秦國命運的太后為何召見自己。只恭敬地俯首垂頭，不敢無禮的與她對望。

令人不安的沉默後，華陽夫人柔聲道：「太傅請抬起頭來！」

項少龍正中下懷，仰面望往高踞石階之上的華陽夫人，卻故意不看寡婦清和小盤。

兩人目光相觸。

華陽夫人雙眸亮了起來，歎道：「如此人才，確是人中之龍，莫要以為我是以貌取人，有諸內乃形於外，心直者眼自正，當年我見到大王時，便知他宅心仁厚，會是愛民如子的好君主，遠勝先王原欲策立驕狂橫蠻的子傒，遂向先王進言，道：『妾幸得充後宮，可惜無子，願得子楚立以為嫡嗣，以託妾身。』先王遂與我刻玉符，約以子楚為嗣。旁人卻以為我只因私利，豈知我實是另有深意。」

項少龍聽得目瞪口呆，想不到華陽夫人是位饒有識見的女中豪傑，而她亦選對了人。唯一問題是忽略呂不韋這對統一天下有利，卻對秦廷不利的人物存在。

華陽夫人道：「項太傅請坐。唉！三天後是先王忌辰，所以哀家特別多感觸，教項太傅見笑了。」

項少龍愣兮兮的在下首坐下來，自有宮娥奉上香茗，偏殿一片安寧祥逸的氣氛，外面是被白雪不住淨化的天地。

琴清這充滿古典高雅氣質的絕色美女，一直垂首不語，尤使人感覺到她不須任何外物，便安然自得的心境。

她像一朵只應在遠處欣賞的白蓮花，些許冒瀆和不潔的妄念，亦會破壞她的完美無瑕。

到此刻項少龍仍弄不清楚華陽夫人為何要召他來見，忍不住往小盤望去，後者正瞪著他，見他望來，微一搖頭，像是教他不用擔心的表情。

殿內靜得令人不想弄出任何聲響去破壞氣氛。

項少龍正縱目欣賞殿內雕樑畫棟的美觀環境，華陽夫人輕輕道：「今天哀家見太傅，主要是想看看能給跟琴清齊名的紀才女看上眼的男人，究竟是怎樣的一個人物，現在終得到滿意的答案了。」

項少龍暗忖原來如此，連忙謙讓。

一直沒有作聲的琴清以她比出谷黃鶯更好聽的聲音發言道：「紀小姐來此十多天，琴清仍無緣一見，項太傅可否安排一下？太后亦希望可與紀小姐會面。聽說鄒衍先生學究天人，若他也能抽空一行，琴清必竭誠款待。」

只聽她代華陽夫人說出邀請，可知她在太后宮的超然地位。

項少龍忍不住往她瞧去，兩人目光首次交觸，美女淡然不讓地與他對視著。

項少龍心中有氣，微微一笑道：「只不知琴太傅款待的客人裡，有否包括鄙人在內？」

琴清呆了一呆，俏臉掠過一絲不悅，避開他的目光，垂下頭去。

華陽夫人笑起來，道：「項太傅勿怪清兒，自喪夫以後，清兒從不接觸年輕男子。」

項少龍歉然道：「那真是多有得罪了，請琴太傅原諒則個。鄙人尚要回家準備出使外國一事，太后若沒有其他吩咐，少龍告退了。」

華陽夫人神情一動，道：「項太傅何時起程？」

項少龍說後，華陽夫人沉思半晌，道：「項太傅行程裡有否包括楚國在內？」

項少龍想起她原是楚國貴族，當年莊襄王初見她之時，呂不韋便著他身穿楚服，以打動她的故國情懷，莊襄王由異人改名子楚，亦為此因。表示會途經楚國。

華陽夫人道：「這兩天我會使人拿點東西給太傅，太傅到楚後，請代我送給秀夫人，唉！若非身體支撐不來，我真希望能回楚一行。」

項少龍答應後，告辭離去，再沒有瞧琴清半眼。

甫出殿門，走了十來步，小盤從殿內追出來，累得負責他安全的親衛氣喘喘地追著來。

小盤向十多名親衛喝道：「站在那裡，不准跟來！」

眾衛果然全體立正，指頭不敢動半個。

小盤發威後，若無其事扯著項少龍橫移入園林間，兩眼一紅道：「師父！我殺了趙穆哩！不要怪責我，這是小盤最後一次喚你作師父，以後不敢了。」

項少龍正為未來秦始皇的威勢暗暗驚心，聞言一呆，道：「你殺了趙穆？」

小盤出奇地忍著熱淚，冷靜地道：「我在他耳旁說出我是誰，殺他是為母報仇後，便一刀刺入他的心房，項太傅不是說過那處中劍必死無救嗎？哼！他死時那驚異的樣子，真是精采，娘應可死而瞑目了。」

項少龍暗冒寒氣。

小盤離開邯鄲時不過十三歲，現在應是十四歲吧！不但有膽殺人，還清清醒醒地知道怎樣可致人於死，雖說是對付殺母仇人，但他那種冷狠，和事後漫不經意描述經過的神態，確是教人心寒。

小盤見項少龍默然不語，還以為項少龍怪他，忙道：「太傅不用擔心，殺他後，我投進母后懷裡，哭著說我為她報仇，包保沒有人懷疑，他們還以為我那麼疼愛母后呢！」

項少龍更是瞪目結舌，無以為對。

小盤低聲道：「但我真的很疼愛母后哩！」

項少龍這時才懂說話，道：「我們不要耽擱太久，你父王、母后和相國都在等著我們吃午膳……」

小盤一把扯著他衣袖，道：「太傅！仕你出使前，可否再來看我？」

項少龍點頭答應後，小盤才肯隨他離開太后宮。

項少龍返回烏府，已是黃昏時分。

剛下馬車，下人報上李斯來找他，正在偏廳等候，忙趕去見他。

一番客氣，坐好後李斯感激地道：「今趟李斯能追附太傅驥尾，出使六國，全賴太傅提攜，李斯也不知該怎樣才可謝過太傅的恩德。唉！相國府的生活差點把我悶出鳥來。」

項少龍想不到他會說粗話，失笑道：「李兄何用謝我，我還要倚重李兄呢！兼且多清楚六國的形勢，李兄將來必可大展抱負。」

李斯猶豫片晌，終忍不住道：「在下真是百思不得其解，為何太傅這麼看得起李斯？我根本連表現的機會也從未曾有過……」

項少龍笑著拍他的肩頭道：「我項少龍絕不會看錯人的，李兄收拾好行裝沒有？」

李斯老臉微紅，有點尷尬地道：「收到相國的命令後，在下立即做好一切準備哩！」

兩人對望一眼，同時大笑起來，充滿知己相得的歡悅。

項少龍向這將來輔助秦始皇得天下的大功臣道：「相請不若偶遇，李兄不如留下吃頓便飯才走吧！」

李斯哈哈笑道：「來日方長，途中怕沒有機會嗎？」

項少龍知他是為避呂不韋的耳目，故不勉強。把他送往大門，順口問道：「李兄對目前咸陽的形勢清楚嗎？」

李斯低聲道：「上路後再和太傅詳談。」

看著他消失在大門外的背影，項少龍湧起一股荒謬無倫的感覺，以李斯目前那懷才不遇的落魄樣子，誰猜得到他日後會是強秦的宰相呢？

第十二章　心疲力累

項少龍把紀嫣然和鄒衍送往太后宮後，找到小盤和王賁，先著他兩人在內廷側的練武場對打一回，然後著兩人同時向他進擊。

兩個小子大為興奮，持木劍往他攻來，倒也似模似樣，特別是小王賁，秉承乃父驚人的神力，武功根底又好，且愛行險著，即使是項少龍，在不能傷他的情況下，確是很難應付。

此時項少龍橫移開去，躲過小盤的一劍，劍勢吞吐，逼得小王賁急忙退避，豈知他竟是假退，待項少龍格開小盤木劍，倏地欺身而上，揮劍迎頭照項少龍劈來。

項少龍叫聲「好」後，運劍迎架，「鏘」的一聲，小王賁給震得手臂痠痲，還想逞強時，項少龍舉起右腳，似欲出腳，嚇得小王賁跌退開去，收劍而立，一臉憤然之色。

項少龍叫停後，笑向小王賁道：「小賁是氣我不守規矩，竟出腳來踢你？」

小王賁嫩臉一紅，垂頭道：「小賁不敢！」

項少龍柔聲道：「假若你現在是對陣沙場，能怪敵人拿腳來踢你嗎？」說到後一句，聲色轉厲。

小王賁猛地一震，撲跪地上，叩頭大聲道：「小賁受教了！」

項少龍心中歡喜，大叫道：「那還不給我滾起來動手！」

小王賁倏地化跪為立，往前衝來，木劍當胸疾刺。

小盤大為興奮，由左側向他攻來。

項少龍一聲長笑，飛起一腳，正中小盤木劍鋒尖處，接著側身避過小王賁的凌厲攻勢，伸腳一勾，小王賁立時變作倒地葫蘆，木劍脫手。

項少龍見小盤空門大露，運劍刺去。

眼看小盤中招，小王賁藉腰力彈起來，擋在小盤身前。

項少龍忙抽回木劍，定睛瞧著小王賁，淡淡道：「小賁想以血肉之軀來擋利劍嗎？」

小王賁昂然道：「爹曾教小賁，寧死也要護著太子。」

項少龍心中感動，微笑道：「若你剛才劍沒脫手，便可用劍來擋格，是嗎？」

小賁興奮地道：「太傅真厲害，爹從不懂得在比劍時踢我。」

項少龍失笑道：「怎可如此比較，來！讓我先教你們捱打的功夫。」

小盤記起以前給項少龍摔得東跌西倒的往事，一時忘形，喜叫道：「啊！那最好……」

見到項少龍眼中射出凌厲之色，連忙住口。

一陣掌聲由左方傳來，朱姬在一眾宮娥內侍簇擁下盈盈而至，笑語道：「項太傅有空和我閒聊兩句嗎？」

項少龍望向因尚未能盡興，而致失望之情溢於臉上的小盤和小王賁，心中暗歎，點頭道：「姬后有此懿旨，少龍怎敢不從？」

小盤和小賁兩人練劍的交擊聲和叱喝聲不住由廣場傳來，項少龍和朱姬對坐御園的小亭裡，宮娥、內侍、宮衛均遠遠避開去。

每次面對風情萬種、騷媚在骨子裡，又狡猾多智的秦國豔后，項少龍總有點不自然和緊張，要不住提醒自己規行矩步，抑制某一種可使他萬劫不復的衝動，而朱姬亦似在做著同樣的事。

他感覺到朱姬對莊襄王混雜了感激和愛的真摯感情，而自己與她之間，卻是另一種的刺激和情慾的追求，建立於兩人充滿傳奇的接觸和交往中，那被苦苦壓抑的情緒，份外誘人。

朱姬淡淡地瞄他兩眼，輕歎道：「見你不到幾天，你又要走了，真教人惆悵。唉！我該怎麼感激你才行哩？你不但救了我兩母子，又為人家向樂乘和趙穆討回公道。」

項少龍不敢望她，恭敬地道：「是少龍的分內事嘛！姬后有命，完成不了的話，是鄙人的失職。」

朱姬微嗔道：「你也來和我耍這一套，現在人人對我又敬又怕，若連你這知己也是誠惶誠恐，教我向誰傾吐心事，不韋已對我如避蛇蠍，你也要學他那樣？」

項少龍歎道：「天下最可怕的地方，莫過於宮廷，姬后難道不曉得有人日思夜夢都想取你們母子之位而代之嗎？」

朱姬嘴角飄出一絲笑意，輕描淡寫的道：「說到玩手段，我朱姬怕過誰來，項太傅放心。」旋又「噗哧」笑道：「不要時常擺起一副防人家引誘你的戒備模樣好嗎？宮廷的生活有時雖悶了點兒，但只要看著政兒日漸成長，我已感到滿足快樂，其他一切並不介意。」

項少龍暗忖再依循這方向聊下去，定不會有甚麼好事出來，改變話題道：「現在究竟有哪些人在覬覦王位呢？」

朱姬白他一眼，沉吟片刻，帶點不屑地道：「現在秦廷內沒有多少人對我兩母子看得順眼，主要是以高陵君和陽泉君為首的兩批人，其他不是給不韋收買就是觀風之輩，我不信他們能有多大作為。」

項少龍問道：「誰是高陵君？」

朱姬道：「高陵君就是嬴傒，大王的寶座本應是屬於他的，卻因華陽夫人的干預，改立大王，嬴傒雖獲封高陵，但受奸鬼杜倉的影響，一直含恨在心，四處散播不韋和大王合謀害死先王的謠言，意圖不軌，說到底不過是想自己當秦君罷了。」

頓了頓續道：「至於陽泉君則與秀麗夫人秘密勾結，又得到軍方部分不知死活的將領支持，希冀能改立成蟜做太子。幸好兩黨人各有所圖，陽泉君和高陵君又一向不和，勢若水火，否則大王和不韋更頭痛。」

接著微顯嗔惱道：「不要談這些令人心煩的事好嗎？」

項少龍苦笑道：「我不過在關心姬后罷了！究竟大將軍是否支持陽泉君呢？」

朱姬沒好氣地瞪他一眼，似乎不想答他，又歎一口氣，道：「你說王齕嗎？他只忠於大王，又看不起陽泉君，除非有人能拿出證據證明小政不是大王的骨肉，否則大將軍絕不會站在陽泉君的一方。嘻！這事有甚麼方法證實哩！難道他們敢逼大王滴血認親嗎？即使要認我也不怕。」

項少龍立時嚇出一身冷汗，朱姬或者不怕，他卻是怕得要命。

這種古老的辨認血緣方法，說不定真的有效，那就糟透了。

朱姬見他臉色微變，不悅道：「難道你也認為政兒不是大王的骨肉嗎？」

項少龍啞子吃黃連，有苦自己知，忙道：「姬后誤會！嘿！少龍還要回去打點行裝。」

朱姬打斷他大嗔道：「你再諸多藉口躲開人家，朱姬會恨死你哩！我又不是逼你私通，只不過說些心事話兒，有甚麼好怕的。」

項少龍苦笑道：「你不怕大王不高興嗎？」

朱姬嬌軀輕顫，回到冷酷的現實裡，幽幽的看他一眼，輕輕道：「大王甚麼都好，又寵愛人家，唉！我不想再說了。少龍！祝你一路順風，好安然地回來見人家。」

項少龍心中暗歎，早猜到有這種情況。

朱姬一向過著放蕩的生活，雖說是迫於無奈，但事實就是如此。

初抵咸陽時，因著新生活和得回愛子的刺激，故能暫時不把男女的歡好滿足看作是一回事。但經過整年的宮廷生活後，當上王后的興奮和新鮮感早消失了，感覺上便完全不同。

她說的苦悶，其實是因莊襄王滿足不了她的性生活，若非為了小盤，恐怕她已勾三搭四，不禁暗自驚心。

他不敢再留下來，乘機告辭，朱姬也不留他，不過她那對水汪汪的幽怨眼神，卻差點把他融掉。

烏府的主廳裡，舉行出使前最重要的會議。

烏應元首先道：「未來一年，會是我們到咸陽後最艱苦的一段時間，不但少龍出使六國，呂相亦要東征周室，相國府只剩下圖先坐鎮，恐怕撐不住大局，幸好近年來我打通很多人事上的關係，只要低調一點，應可安然度過。」

滕翼向項少龍道：「剛才我們商量過，烏卓大哥和烏果留下照料府務，以防有起事來，不致全無抗手之力。且在這段時間裡，大部分人均遷到牧場去，好避開咸陽城的風風雨雨。」

項少龍道：「不若二哥也留下吧！二嫂臨盆在即，二……」

滕翼斷然打斷他道：「這事休要再提，此行表面雖看似凶險不大，但六國形勢詭變難測，要我留在這裡，怎可安寢？」

聽到「臨盆」兩字，眾人的神情均不自然起來，尤以烏應元為甚。

項少龍亦心中不舒服，自己不能令烏廷芳等懷孕一事，愈來愈成為明顯的問題。

若在二十一世紀，他還可去驗出原因來，但在這時代，任何人都是一籌莫展。

烏卓歎道：「我不能隨三弟出使，確是遺憾，又沒有其他方法，唉！」

陶方接著道：「你兩位兄長為你在家將中挑出十二名武技高明的人做你的親隨，這批高手人人能以一擋十，可成你的好幫手。少龍千萬不要落單，很多人恨不得能把你拔除。聽說陽泉君會派出高手在途中刺殺你，一來可拔掉他們的眼中釘，又可打擊呂相的威信，少龍千萬要小心才好。」

項少龍頷首受教。

烏應元歎道：「少龍真要帶廷芳和倩公主同去嗎？」

陶方道：「那便把春盈等四人都一併帶去吧？好讓她們伺候三位少夫人。」

項少龍欣然答應，這時才有閒情想到來自陽泉君的威脅。

烏應元道：「呂相剛和我商量過出使的事宜，呂相會撥出一批珍寶和三千鎰黃金，供你送禮之用。我們則精挑百匹良驥，一批歌姬，另外再加三千鎰黃金，足可夠少龍應付很多貪得無厭的人。」

荊俊聽得吁出一口涼氣，道：「這足夠我揮霍十世了！」

滕翼聽到要送歌姬，臉色沉下去。

項少龍歎道：「送甚麼也沒有問題，但小婿卻怎也不慣以歌姬作禮物，岳丈大人可否收回此項？」

烏應元微感愕然，瞪了他好一會兒後，點頭道：「少龍既有此古怪想法，我也不會勉強。」

各人再商量一會兒，結束會議。

項少龍先陪滕翼探看善蘭，才返回內宅。

紀嫣然剛好回來，正和烏廷芳、趙倩兩女閒聊，談的是高傲冷漠的寡婦清。

不知如何，項少龍有點不想聽到關於她的事。

婷芳氏的早逝使他愈來愈覺得感情本身實在是一種非常沉重的負擔，以一個來自二十一世紀慣於一夫一妻制的人來說，只是眼前三位嬌妻已讓他享盡豔福，何況還有遠在大梁的趙雅和趙致。

夠了！他再不想為情苦惱。

只希望扶助小盤登上王位，控制秦國後，他便可退隱園林，快快樂樂度過此生。

忽然間，他感到非常疲倦。

次日項少龍起來後，到王宮去訓練小盤、小賁兩個小子徒手搏擊的技巧，好讓他們在他離開後可以繼續練習。

雨雪在昨晚停下來，天色放晴，這白色的世界美麗得使人目眩。

其他人或不會覺得有甚麼特別，但在他這來自另一時空的人來說，鋪滿積雪古色古香的宮廷建築，確令他心動神迷，不能自已。

過去像一個夢，眼前卻是活生生的另一個夢境。

他坐在亭內，呆看小盤和小賁兩人拳來腳往，打得不亦樂乎，身後響起琴清甜美的聲音，道：「唉！

項太傅！政太子又耽誤時間了。」

項少龍嚇得從沉思裡驚醒過來，回頭一看，只見琴清一身素黃的絲服，外罩一件雪白毛茸茸的長披風，神色平靜地瞧著小盤等兩人。

項少龍忙站起來，向她施禮道：「琴太傅早安，讓我立即把太子喚來。」

琴清眼光移到他處，襝衽回禮，搖頭道：「難得太子興高采烈，項太傅又遠行在即，讓他缺一天課好了。」

項少龍想到明天又要開始勾心鬥角的生活，頹然坐下來，淡淡道：「琴太傅請坐！」

琴清出奇聽話的在石桌另一邊坐了下來，輕輕道：「太子像對太傅特別依戀，有你在之時他特別興奮，平時卻沉默得不像他那年紀的孩子，總像滿懷心事似的，教人看得心痛。」

項少龍想起趙妮，心中一痛，說不出話來。

這時小賁已制著小盤，但因不敢把太子擊倒，反被小盤摔一跤，四腳朝天，小盤得勝，興奮得叫起來。

項少龍大喝道：「過來！」

小賁敏捷地彈起來，和小盤歡天喜地奔到亭前。

項少龍向小賁道：「你剛才明明佔上風，為何白白錯過機會？」

小賁尷尬地看小盤一眼，垂頭道：「小賁怕誤傷太子，會殺頭哩！」

小盤愕然道：「甚麼？誰要你讓我？」

項少龍失笑道：「哪叫你是太子哩！不過只要依著我的方法練習，絕不會輕易受傷。下回你們近身搏鬥時，可在地上加鋪數層厚蓆，那甚麼問題都沒有。練習前須做足熱身的動作，就更萬無一失，清楚了嗎？」

兩小子轟然應諾，又搶著去練劍。

項少龍回頭向琴清笑道：「小孩子是最可愛的，不過只要想到有一天他會變成像我們一般，再不懂以單純的方式去享受生命，我就感到現實的殘酷。」

琴清呆了一呆，沉吟半晌後，道：「項太傅似乎很厭倦眼前的一切哩！」

項少龍大生感觸，歎一口氣，再沒有說話。

琴清反忍不住道：「琴清從未見過人敢以你那種態度和政太子說話，均是巴結都來不及的樣子。項太傅是否真不重視正掌握在手上的名位權力呢？」

項少龍心中暗驚，琴清似乎對自己生出興趣，此情確不可助長。只不知是否通過昨天與紀嫣然的接觸後，她對自己有了不同的看法。

想到這裡，隨口應道：「人生不外區區數十寒暑，哪理得這麼多，想到對的事便去做，否則有何痛快可言。」長身而起，施禮道：「鄙人要回去收拾就道，琴太傅請了。」

琴清想不到他主動告辭，有些兒手足無措地起立還禮。

項少龍步下小亭，往小盤處走了兩步，琴清在後面喚道：「項太傅！」

項少龍愕然轉身，琴清垂下螓首道：「那個關於一滴蜜糖的寓言確是精采絕倫，琴清受教了，項太傅一路平安！」俏臉微紅，轉身盈盈去了。

項少龍心中苦笑，待會定要審問紀嫣然，看她向這與她齊名的美女，還洩露過他的甚麼秘密。

第十三章　縱論形勢

於呂不韋統領大軍、出征東周的前三天，以項少龍為首的使節團，在一千名精銳秦兵護翼下，離開咸陽，踏上途程。

除紀嫣然、烏廷芳、趙倩和滕翼、荊俊等人外，嫡系的烏家子弟只有十二人，但這批人無不身手高強，人數雖少，實力卻不可小覷。

呂不韋方面除李斯和肖月潭外，還有精挑出來的三百名家將，直接聽命於肖月潭，幸好這位渾身法寶的人與項少龍到此刻仍是關係極佳，故不會出現指揮不靈的情況。

當然還有蒙驁的兩位小公子蒙武、蒙恬，兩人年紀還小，對項少龍非常崇拜，滕翼等都很疼愛他們。

負責領軍的是一名叫呂雄的偏將，屬呂不韋一族，表面上雖對項少龍畢恭畢敬，但眼神閃爍，項少龍對他的印象並不大好。但既要共乘一舟，惟有虛與委蛇。

比之上回到趙國去，人數雖增多，項、滕等反覺實力大不如前。

這天將入韓境，抵達洛水西岸。河水曲折東流處，山嶺起伏，風光怡人。

由昨夜開始，停了五天的雨雪又開始由天上飄下來，人人披上毛裘斗篷，紀嫣然等三女在雪白的毛裘裡，更像粉妝玉琢的美麗玩偶。

她們因可以陪伴上路都心情開朗，不住指點沿途的美景談笑，春盈等四婢追隨身後。

一路上李斯都混在肖月潭的呂府兵將裡，以免給肖月潭等看破他和項少龍的特殊關係。

黃昏時分，他們在洛水和一片紅松林間的高地臨河結營，準備明早渡河。

呂雄派出數百人伐木造筏，砍樹叱喝之聲，不時在樹林間響起來。

趁諸女去打點營帳，項少龍和滕翼兩位好兄弟沿河漫步。

儘管天氣嚴寒，長流不休的洛水卻沒有結冰，天寒水暖，水氣由河面升起，凝結在河畔的樹枝上，成為銀白晶瑩的掛飾，蔚為奇觀。

美景當前，兩人不想說話。踏足之處，腳下鬆軟的白雪「咯咯」作響，頭上雪花飄舞，林海雪原，教人濾俗忘憂。

不覺下，走出營地外河水的上游處。

足響傳來，兩人轉頭望去，皚皚白雪中，李斯來了。

項少龍和滕翼對望一眼，均知李斯不會只是來找他們閒聊的。

滕翼笑道：「冷嗎？」

李斯兩手縮入棉袍袖內，張口吐出兩團白氣，來到項少龍一側，看著漫天飛雪裡銀白一片的天地，回首望向紅松林，道：「這些紅樹加工後極耐腐蝕，乃建築和家具的上等材料，又含有豐富松脂，可作燃燈之用。」

滕翼訝道：「我出身山野，知道此樹並不出奇，想不到李兄竟如此在行。」

李斯笑道：「行萬里路勝讀萬卷書，我自幼愛好四處遊學、尋朋訪友，問得多自然知得多，滕兄見笑了。」

項少龍聽他言談高雅，見多識廣，心中佩服，暗忖難怪他能助小盤統一天下，輕拍他肩頭，道：「讓我們隨意逛逛！」

李斯欣然點頭，三人沿河而上。

滕翼指著掛滿樹上的冰雪道：「太陽高昇時，枝梢滿掛的雪會如花片飄落，那將是難得見到的奇景。」

項少龍見李斯如若不聞，暗自沉吟，知他有話要說，誠懇道：「都是自家兄弟，李兄有甚麼話，放心說出來吧！」

李斯微笑道：「兩位大哥均是識見高明的人，對六國興衰，究竟有甚麼看法？」

滕翼笑道：「李兄乃飽學之士，不若由你點醒我們這兩個粗人好了。」

李斯謙讓兩句後道：「兩位大哥請勿笑我，我這人最愛胡思亂想，但有一事卻想極也不通，就是現今齊、楚、燕、趙、魏、韓六國，除韓國一直落於人後外，其他諸國均曾有盛極一時的國勢，兼且人才輩出，為何總不能一統天下？」

項、滕兩人同時一呆，這道理看似很簡單，打不過人自然難以稱霸，但真要說出一個答案，卻是不知從何說起。

李斯停下來，俯視下方奔流的河水，雙目閃動智慧的光芒，掉進回憶裡，悠然道：「三年前某個黃昏，我在楚、魏交界看到一個奇景，就在一口枯乾的井內，有群青蛙不知如何竟惡鬥起來，其中有幾隻特別粗壯的，一直戰無不勝，到弱者盡喪後，牠們終彼此交手，由於早負傷纍纍，最後的勝利者亦因失血過多而亡。於是恍然大悟，明白六國就像那群井內之蛙，受井所限，纏鬥不休，結果盡敗俱死，這才動心到秦國一碰運氣，當時我心中想到的是只有秦國這隻在井外觀戰的青蛙，才能成為最後的勝利者。」

項、滕兩人無不點頭，這比喻生動地指出秦國為何可後來居上，凌駕於他國的原因，正因它僻處西陲，從未受過戰火直接的摧殘。

李斯一直沒有展露才華的機會，這時說起了興頭，口若懸河地道：「六國裡最有條件成就霸業的，本是楚人。楚國地處南方，土地肥沃，自惠王滅陳、蔡、杞、莒諸國後，幅員廣闊，但正因資源豐富，生活優悠，民風漸趨靡爛，雖有富大之名，其實虛有其表，兵員雖眾，卻疏於訓練，不耐堅戰。」

滕翼點頭同意道：「李兄說得好，楚人確是驕橫自恃，不事實務，歷代君主，均不恤其政，令群臣相妒爭功，或諂諛用事，致百姓心離，城池不修。」

項少龍想起李園和春申君，不由歎了一口氣。

李斯續道：「若只以兵論，六國中最有希望的實是趙人，國土達二千里，帶甲數十萬，車千乘，騎萬匹，粟支十年。西有常山，南有河漳，東有清河，北有燕國。到趙武靈王出，不拘成法，敢於革新，胡服騎射，天下無人能敵，可是此後卻欠明君，空有廉頗、李牧，仍有長平之失，一蹶不振，最是令人惋惜。就若井內之蛙，無論如何強人，只要有一個傷口流血不止，即成致命之傷。」

項、滕兩人心中奇怪，李斯來找他們，難道是要發表這些高見嗎？

滕翼道：「韓人積弱，燕人則北臨匈奴，後方夾於齊、趙之間，現在雖繼四公子後出了個太子丹，仍是難有作為。剩下只有魏、齊兩國，前者有信陵君，後者有田單，均是不世出的人才，李兄又有甚麼看法？」

李斯傲然一笑，道：「強極仍只是兩隻負傷的井蛙吧！」

頓了頓淡然自若道：「信陵君傷在受魏王所忌，有力難展；田單則傷於齊人的心態。」

項少龍想起他曾在齊國拜於荀子門下，心中一動，道：「願聞其詳！」

李斯背負雙手，往上游繼續走去。

項、滕兩人交換個眼色，均覺這位落魄文士忽然間像變成另一個人般，有種睥睨天下的氣概，忙跟在兩旁。

李斯完全不知自己成為主角，昂然仰首，深深吁出一口長鬱心內的豪情壯氣，道：「齊人最好空言闊論，嘿！說真的，在下也曾沾染這種習氣。別的不說，只是稷下學士便多達千人，要他們評論政治，遊藝講學，天下無人能及，但若要出師征戰，則誰都沒有興趣和本領。田單雖因勢而起，救國家於危亡之際，可是事過境遷，那些只愛作空言者，誰都提不起爭霸的勁頭。」

轉向項少龍道：「太傅今趟出使諸國，目的在於化解他們合縱之勢，若從齊國先入手，必能事半功倍，只要齊人龜縮不出，楚人哪敢輕動干戈，齊、楚既然袖手，趙人又與燕國纏戰不休，魏國還有可為嗎？」

項、滕兩人恍然大悟，至此才明白李斯說出這麼一番話的真正目的，就是指出此行的第一個目標，非是魏國而是齊國。

他們雖急於去與趙雅和趙致會合，但事關重大，把私事暫放一旁，應沒有甚麼大礙。可是這麼一個轉變，各方面必須重新做一番部署才行。

項少龍歎道：「李兄確是識見高明，項某人有茅塞頓開的感覺，便讓我們改道往齊，再到楚國，好完成大王交下的使命。」

三人再談一會兒有關齊國的事，才回到營地去。

項少龍立即把肖月潭和呂雄兩人召到主帳，說出改道往齊的事，卻故意不解釋理由。

肖月潭沉吟道：「既是如此，我立即派人先往齊國遞交文牒知會此事，但趙國有別於韓，我們應否先打個招呼，好借道而行，過門不入，徒招趙人之忌。」

這番話合情合理，項少龍倉卒決定改變行程，一時間哪想得這麼周詳，聞言不禁大感頭痛，難以決定。

現在趙、齊交惡，他若如此明著去籠絡齊國，置趙人不理，說不定晶王后把心一橫，派李牧來對付他們，那就糟透了。

呂雄臉色微變，道：「呂相曾明令指示，此行先到之處乃魏京大梁，行程早安排妥當，太傅這麼說改就改，怕會影響策略和軍心。而且前途凶險難測，太傅可否打消這念頭？」

不知是否過於敏感，項少龍隱隱感到有點不大妥當，一時卻說不上話來，沉吟不語。

肖月潭卻是站在項少龍的一方，道：「呂將軍怕是誤會相爺的意思，相爺曾吩咐肖某，離開咸陽後，一切由太傅權宜行事，太傅改道赴齊，其中必有深意，呂將軍還是研究一下，看看如何做妥善安排好了。」

項、滕均感愕然，想不到肖月潭對呂雄如此不留情面。

呂雄的反應卻更奇怪，反堆起恭順之色，點頭道：「小將有點糊塗了，這就去找屈斗祁商量，等有了初步行軍部署，再來向太傅和肖先生報告。」言罷出帳去了。

肖月潭看著他離去，雙目現出不屑之色，冷哼一聲。

項少龍忍不住道：「肖兄似乎不大滿意此人。」

肖月潭歎了一口氣，搖頭道：「我不明白以呂爺的精明，為何揀此人來負責領軍，這等只知諛媚弄巧之輩，德能均不足服眾，當年我和圖爺為呂爺奔走時，他們這群呂氏族人都不知廁身何處，現在呂爺榮登相國之位，他們卻爭著來巴結邀功，相爺偏又重用他們。」

項少龍這才明白他們間的關係。如此看來，即使呂不韋之下，亦可大致分為兩個系統，一個是以圖先和肖月潭為首的家將派系，另一則是包括呂雄在內的呂不韋本族之人，正為權力而致互相傾軋。

呂雄剛才提起的屈斗祁，是領軍的另一偏將，本身雖是秦人，卻是蒙驁的心腹手下，名雖為呂雄的副手，但在軍中的資歷威望，均非呂雄這被破格提拔的人能望其項背。

鬥爭確是無處能免，只是這小小一個千許人的使節團，情況已非常複雜。

肖月潭壓低聲音道：「少龍為何忽然改變行程？是否怕陽泉君勾通韓人，會在路上伏擊我們？」

項少龍倒沒有想及這方面的問題，亦知剛才和李斯密話，這位老朋友定會大感不舒服，乘機道：「這只是原因之一，剛才我找到李斯先生，問他有關齊國的形勢，發覺齊人最易說話，遂改變主意，決定先往齊國。」

肖月潭欣然道：「原來如此，少龍真懂用人，李斯見多識廣，對天下形勢更是瞭若指掌，只可惜不為相爺所喜，未得重用。」

又微笑道：「到現在我才明白少龍為何指定李先生隨行哩！」

滕翼插言道：「呂雄這人靠得住嗎？」

肖月潭歎了一口氣，道：「這真是非常難說，基本上怕沒有甚麼問題，此行若出事，誰都不能免罪。」

頓了頓續道：「少龍是自己人，我也不怕坦白說出來，今趟在出使人選上曾經發生過很大的爭拗，我和圖爺均力主由你出使，呂雄他們的呂氏一族卻主張應由呂夫人的親弟諸萌擔當，只是相爺權衡輕重後，終採納我們的意見，但已鬧得很不愉快。」

項少龍暗忖不揀我可最好，但現在米已成炊，騎上虎背，怨恨只是白費精神，陪他歎了一口氣，苦笑起來。

肖月潭誠懇地道：「我和圖爺都知少龍淡薄功名利祿，可是現在我們和以諸萌為首的呂家親族勢成水火，少龍至緊要為我們爭這一口氣。」

項少龍這才知道自己成了圖先一派爭取的人，更是啼笑皆非。

此時帳外忽傳來兵刃交擊的聲音和喝采聲，大奇下，三人揭帳而出。

主營外的空地處，一身戎裝的紀嫣然，正與蒙恬互持長矛對打練習，好不激烈。

烏廷芳、趙倩、蒙武、荊俊和一眾親衛，則在旁吶喊助威，熱鬧非常。

紀嫣然雖佔盡上風，可是蒙恬仍苦苦支撐，似模似樣。

項、滕均想不到這十七歲許的小子如此了得，不由齊聲叫好。

蒙恬見項少龍在旁觀戰，精神大振，一連三矛，使得矯若遊龍，挽回少許頹勢。

紀嫣然倏地把對手的重矛橫拖開去，待蒙恬微一失勢，便退開去，矛收背後，嬌笑道：「假以時日，恐怕嫣然不是小恬的對手哩！」

蒙恬連忙施禮謙讓，令人大生好感。

足音響起，呂雄臉有得色地領著一臉忿然之色的屈斗祁往他們走來。

三人交換個眼色，均知呂雄從中弄鬼，煽動屈斗祁來做出頭的醜人。

兩人來到三人身前，正要說話，項少龍先發制人，微笑道：「這些日來，尚未有機會和屈偏將說話，請！」轉身入帳。

屈斗祁微一錯愕，跟了進去。

呂雄想入帳內時，卻給滕翼攔著，客氣地道：「呂將軍對改道之事必已胸有成竹，太傅有命，著本人與將軍商量，不若到本人帳內談談吧！」

呂雄無奈下，惟有隨他去了，剩下肖月潭一人在撚鬚微笑。

第十四章　草木皆兵

主帳內。兩人席地坐好，屈斗祁緊繃著臉道：「太傅是否要臨時改變行程，未知是何緣故？」

項少龍暗忖連莊襄王都放手任自己去辦事，現在竟給你這麼一個偏將來質詢，可知自己在秦國軍方內沒有甚麼地位，充其量只是秦君的一個寵臣、呂不韋的親信而已。忍著氣道：「屈偏將有否聽過陽泉君派人來對付我們的事呢？」

屈斗祁故作恍然道：「若是為此事，太傅可放心，蒙帥早有吩咐，所以十多天來末將一直放出偵騎，如有甚麼人跟蹤我們，保證逃不過我的耳目。」

項少龍微笑道：「屈偏將對今趟的行程，是否早便擬定下來？」

屈斗祁亦是精靈的人，聞弦歌知雅意，道：「雖是早定下來，但除末將、領軍和太傅等數人外，連呂相都不知詳細規劃，所以太傅更不用擔心會洩出消息。」

項少龍很想說老子要怎樣做就怎樣做，哪到你來說話，終還是忍下這口氣，淡淡道：「只要屈偏將手下裡有一人是奸細，就可沿途留下標記，讓敵人啣著尾巴追來，找尋適當地點偷襲我們，特別在毗連韓境的地方最是危險。」

屈斗祁若無其事的道：「若是如此，改變行程亦沒有作用，他們大可在我們進入趙境前對付我們，倒不若依照原定路線，打不過總逃得了。」

項少龍奇道：「屈偏將似乎很介意我改變行程，未知是何因由？」

這一著非常厲害，假若屈斗祁說不出原因，項少龍自可責他不從軍令之罪。

屈斗祁微一愕然，雙目閃過怒意，冷冷道：「蒙帥既把太傅安危交由末將負責，末將自然以安全為第一個考慮因素。」

項少龍心頭發火，冷笑道：「現在我實弄不清楚屈偏將和呂將軍誰是負責的人？他剛剛接下我的軍令，現在屈偏將顯然沒把我的吩咐放在眼內，屈偏將可解釋一下嗎？」

屈斗祁微微一震，知道項少龍動了真火，軟化了點，卑聲道：「末將怎敢不依太傅指示，只不過……」

項少龍不耐煩地打斷他道：「明天我們便要渡河，你派人泅水過去察看過嗎？」

屈斗祁一呆道：「木筏尚未做好，河水那麼冷……」

項少龍長身而起，到達帳門處，大叫道：「荊俊！」

正和蒙武運劍練習對打的荊俊走入帳來，道：「太傅有何吩咐？」

項少龍道：「立即找幾個兄弟，泅水過河去看看對岸的情況，最緊要秘密行事，若有甚麼發現，千萬不要驚動敵人，明白嗎？」

荊俊欣然領命去了。

屈斗祁低垂著頭，但看神情卻是不滿之極。項少龍這麼做，分明指他辦事不力，最要命的是這確是一個疏忽。

項少龍心中暗笑，今趟他們是有備而來，其中一套法寶，是依照善柔的方法製了一批防水皮衣，想不到這麼快就派上用場。

本來他沒想過探察對岸的動靜，一來因早先給肖月潭提醒，陽泉君說不定會藉韓人之手來殺害自己，此刻與這不尊重自己的屈斗祁針鋒相對，靈機一觸，才想出這挫折對方銳氣的方法。

既然有理都說不清，不若以硬碰硬，教他屈服。

軍令不行，乃行軍大忌。若屈斗祁或呂雄仍是陽奉陰違，索性憑莊襄王賜下的軍符，把兩人革職，改以滕翼代替，一了百了。

這時他再無興趣與此人糾纏下去，冷然道：「沒事了，屈偏將可繼續辦你的事，改道一事，除你和呂將軍兩人外，不得說予第三者知道，否則以軍法處置，明早我會告訴你採哪條路線前進。」

屈斗祁一言不發，略施敬禮，快然走了。

這時天剛黑齊。

主帳內，項少龍與妻婢們共進晚膳。

紀嫣然聽罷他改赴齊國的因由後，驚異地道：「李斯先生確是識見不凡，對諸國形勢的分析一針見血，對齊人愛好放言高論的風氣，更是透徹若神明，想不到相府竟有如此人物，少龍可否引介與嫣然一晤？」

項少龍知她性格，樂得有人陪她聊天，點頭道：「待會我請他過來與嫣然見面。」

紀嫣然欣然道：「不過更令我驚訝的是少龍你的眼光，竟懂得指名要李斯先生隨行。」

項少龍暗叫慚愧，他哪來甚麼眼光？

趙倩擔心地道：「可是項郎早派人通知在大梁的雅姨，著她和致姊在那裡候你，這樣先到齊、楚，豈非至少要她們呆等一年半載嗎？」

項少龍苦笑道：「這是無可奈何，我會使荊俊先往魏國找她們，當我們由齊赴楚，她們可和我們在途中會合，至多三數個月的光景吧。」

趙倩一想也是，沒再說話。

夏盈為項少龍添飯，後者笑問她旅途是否辛苦。

另一邊的秋盈笑道：「小姐在咸陽時，每天教導我們學習騎射，這點路算甚麼哩！」

烏廷芳笑了起來，得意地道：「有本大師父指點，幾個丫頭都不知變得多麼有本領呢！」

帳外忽傳來擾攘人聲，滕翼的聲音在外響起，道：「三弟出來一會兒！」

項少龍聽他沉重的語氣，心知不妙，忙揭帳而出。

外面的空地處擠滿人，呂雄、屈斗祁等全來了。

剛回來的荊俊興奮地道：「太傅！我們擒了個敵人回來，莫要怪我，剛上岸就面對面撞上這傢伙在小解，是迫不得已才出手的。」

項少龍心中一懍，望往屈斗祁等一眾軍將，人人臉色凝重，屈斗祁更是頗有愧色。

由烏家十二名子弟組成親衛團裡的烏言著和烏舒兩人，把一名綁著雙手，渾身濕透，冷得臉如死灰，身穿牧民裝束的漢子推到項少龍身前，按跪地上。

滕翼沉聲道：「你是何人？」

漢子嘴唇一陣顫動，垂頭惶然道：「小人鄧甲，只是韓國牧民，途經此地，你們為何動粗把小人擒拿？」

仍是身穿水靠的荊俊道：「不要信他，身藏兵刃弓矢，絕非好人。」

滕翼將一把劍遞給項少龍，道：「看兵器的型制，極可能來自燕國。」

在一旁默聽的肖月潭失聲道：「甚麼？」

項少龍亦呆了一呆，想不到來敵竟與燕國有關，心中湧起古怪的感覺，沉吟半晌下令道：「先為他換上乾衣，再由我親自審問他。」

烏言著和烏舒一聲領命，押著他去了。

項少龍向圍觀的軍士冷喝道：「你們還不給我去緊守崗位，兩位偏將請留步。」又回頭對紀嫣然等道：「你們回到帳內等我。」

待空地處只剩下滕翼、荊俊、肖月潭、屈斗祁、呂雄五人時，項少龍淡淡道：「若這人真是燕國來的，我們便非常危險。」

人人臉色沉重，默然無語。

在昏暗的營燈掩映下，天上雪粉飄飄，氣氛肅穆。

屈斗祁乾咳一聲，跪下來道：「末將疏忽，願受太傅罪責。」

呂雄迫於無奈，亦跪地請罪。

項少龍心中叫妙，想不到誤打誤撞下，竟挫了兩人銳氣，不過形勢險惡，亦快樂不起來，搶前扶起兩人，道：「只要大家衷誠合作，應付危難，這等小事本人絕不會放在心上。」

他也變得厲害了，言下之意，假若兩人不乖乖聽話，絕不會客氣。

兩人像鬥敗的公雞般，垂頭喪氣地站著。

肖月潭道：「一切待拷問鄧甲後再說吧！不過我若是他，認就是死，不認反有一線生機，故怎也不會招供。」

滕翼微笑道：「這包在我身上，幸好天寒未久，待我到附近的地穴找找有沒有我想要的幫手傢伙。」

言罷，在眾人大惑不解下出營去了。

果如肖月潭所料，鄧甲矢口不認。

項少龍深悉滕翼性格，知他必有辦法，阻止屈斗祁等對他用刑，只把他綁在一個營帳內，派人看守。

未幾滕翼拿著個布袋回來，裡面軟軟蠕蠕，不知藏有甚麼東西。

坐在帳內的項少龍等呆看著那布袋，只有荊俊明白，大笑道：「讓我去拿小竹簍來！」欣然去了。

滕翼冷然入帳，向手下喝道：「拿他站起來！」

烏言著等兩人忙左右把他挾持站起。

鄧甲露出駭然神色，盯著滕翼高舉在他眼前，不知有甚麼東西正蠕動其中的布袋。

屈斗祁道：「滕先生準備怎樣對付他？」

滕翼毫無顧忌地探手袋裡，熟練地取出一隻毛茸茸的灰黑田鼠，遞到鄧甲面前，笑道：「你招不招供？」

看著在滕翼手內正掙扎吱叫的大田鼠，連項少龍、肖月潭這等足智多謀的人都一頭霧水，不知他怎可憑此令鄧甲屈服？

鄧甲昂然道：「我只是個畜牧之人，有甚麼可招的？」

肖月潭冷笑道：「還想不認，你不但語帶燕音，且牧人怎能在此等情況下仍昂然不懼，你還想騙人嗎？」

鄧甲一聽，知露出破綻，硬撐著道：「我根本不明白你們說甚麼，若仍不信我是對岸鄧家村的人，可派人去一問便知。」

荊俊拿著竹簍回來，嚷道：「快給他脫褲子！」

眾人齊感愕然。

烏言著等兩三下動作，鄧甲下身立時光禿禿的，盡露眾人眼下。

荊俊親自把竹簍口覆蓋在他下體處，以繩索繞過他臀部縛個結實。

鄧甲駭然道：「你們想幹甚麼？」

滕翼笑道：「很快你便會知道。」向烏言著等兩人吩咐道：「按他坐在地上！」

此時眾人終於明白，無不叫絕，感到這比毒打他一頓還要殘忍百倍。

滕翼揭起小竹簍另一端的蓋子，把田鼠放入簍內，再蓋好簍子。裡面立時傳來田鼠竄動的聲音，簍子和鄧甲同時抖動起來。

鄧甲尖叫道：「項少龍你好毒！」

呂雄蹲下來道：「鄧甲兄你怎知他是項少龍？」

鄧甲知說漏了口，不過已無暇辯駁，眼珠隨籮子裡田鼠的走動一起同時轉動著。

帳內諸人裡，當然只有他一人「切身體會」到田鼠的動作。

項少龍學呂雄般蹲在另一邊，拍拍鄧甲的臉頰，柔聲道：「乖乖說吧！若證明你說實話，我們走一段路後就把你釋放。」

滕翼冷然看他正急速起伏的胸口，沉聲道：「田鼠走累哩！快要吃東西，你不是想待到那時才說吧！」

荊俊笑道：「那時可能遲了，你愈快點說，你生孩子和小解的傢伙愈能保持完整。」

其實不用他們軟硬兼施，鄧甲早崩潰下來，一臉恐怖神色，呻吟道：「先把那東西拿出來再說！」

屈斗祁搖頭道：「你不說，那東西永遠留在這小簍裡。」

肖月潭冷笑道：「還不懂爭取時間？蠢材！」

不知是否給抓了一記還是噬一口，鄧甲慘叫道：「小人招供，今次是奉太子之命，呀！快拿出來！」

項少龍知他完全崩潰，向滕翼打了個眼色，著他把田鼠拿出來。說實在的，他自己都很怕這小傢伙，要他動手去拿，內心難免發毛。

滕翼搖搖頭，喝道：「還不快說！」

鄧甲無奈下，立即以可能是拷問史上最快的速度，把整件事說出來。

當滕翼把田鼠拿出來，儘管天寒地凍，鄧甲仍是屎滾尿流、渾身被汗水濕透，可見「毒刑」如何厲害。

他的供詞，不但揭破燕人的陰謀，還使項、滕兩人弄清楚當日在邯鄲城外龍陽君遇襲的事。

原來燕國太子丹因廉頗圍困燕國京城，他只能苦守，無力解圍，惟有使出橫手，派手下著名家將徐夷亂率領三千勇士衝出重圍，分散秘密潛入趙境，希望製造混亂，令趙人自動退兵。

於是先有刺殺龍陽君一事，事敗後又把收買的齊人殺死，好嫁禍田單。

此計不成，又另生一計。

太子丹這人交遊廣闊，深謀遠慮，在各國均有被他收買的眼線，知道項少龍出使魏國，立即通知藏在趙境的徐夷亂，著他設法扮作趙人襲殺項少龍。

要知項少龍代表的是莊襄王，若他被殺，秦人不會坐視不理，只要秦人對趙用兵，燕人京師之圍自解，這一著確是厲害。

徐夷亂是智計多端的人，在項少龍赴魏途上佈下崗哨，等待機會，終決定趁他們明天渡河時，扮作韓軍乘虛偷襲。那時項少龍過河不成，又不敢深進韓境，惟有被迫轉往趙境，徐夷亂便可藉優勢兵力，憑險伏擊，務要置項少龍於死地，使陰謀成功。

各人聽得眉頭深鎖，這些燕人在別人地方行凶，全無顧忌，而此事他們又不敢驚動趙人和韓人，以免橫生枝節，實在頭痛。

更兼除了徐夷亂這批人外，說不定陽泉君的人又與韓人勾結來對付他們，以他們過千人的浩蕩隊伍，在對方有心襲擊下，目標明顯，確是無處可逃。

若找有利防禦之地築壘防守，則成困獸之鬥，結果甚麼地方都去不了，更是不妥。

項少龍等人在帳外商量一會兒，一時間均想不出甚麼應付良方來。

屈斗祁提議道：「現在我們既知徐夷亂的人藏在對岸一處山頭，不若暗潛過去，摸黑夜襲，殺他們一個措手不及。」

肖月潭道：「太冒險哩！我早聽過此人之名，善用兵法，必派人密切監視，而且鄧甲失蹤一事會惹他生疑，對方人數又是我們的三倍，這麼做等若送死。」

呂雄臉青唇白，顫聲道：「不若我們立即連夜離開，留下空營，到燕人發覺時，早追不及了。」

項少龍雖鄙夷此人，但他提出的確是唯一可行之法，點頭道：「走是定要走的，但怎麼走卻須從長計議，這麼上千人的隊伍，縱使行動迅速，但由於有大河阻隔，遲早會給他們追上。」

屈斗祁點頭道：「最糟是我們無論進入趙國又或韓境，均必須小心翼翼，派出偵騎探路，以避開趙、韓之人，所以路線必然迂迴曲折，行軍緩慢，以徐夷亂這等精明的人，必可輕易追上我們。」

一直默然不語的滕翼道：「我有一個提議，是化整為零，兵分多路，如此敵人將不知追哪一隊人才好，我們逃起來亦靈活多了。」

眾人靜默起來，咀嚼他的說話。

項少龍斷然道：「這是唯一可行之法，就這麼決定。」

雨雪愈下愈大，荒野內的殺機更趨濃重了。

第十五章　松林遇襲

雪粉仍不住從天而降，在暗黑的雪野裡，使節團全體動員，默默拆掉營帳，準備行裝。

項少龍和滕翼、荊俊、肖月潭、李斯五人和十二名烏家子弟伏在岸緣，察看對岸的動靜。

黑沉沉的山林處，死寂一片，若非抓到鄒甲，又由他口中知悉敵人的佈置，真難相信有多達三千名心存不軌的敵人，正虎視眈眈地在對岸窺伺。

肖月潭冷哼道：「為解趙人之圍，燕人實在太不擇手段了。」

項少龍心中暗歎，在這戰國的年代裡，當權者誰不是做著同樣的事？

呂雄來報告道：「太傅！一切準備妥當，可以動程了。」

項少龍下達出發的命令，一千秦軍遂分作兩組，每隊五百人，牽馬拉車，分朝上下游開去，風燈閃爍，活像無數的螢火蟲。

紀嫣然等諸女和三百名呂府家將，則悄悄摸黑退入紅松林內。

黑夜裡，車行馬嘶之聲，不住響起，擾擾攘攘，破壞雪夜那神聖不可侵犯的寧靜。

滕翼凝望對岸黑漆一片的山林，笑道：「若我是徐夷亂，現在必然非常頭痛。」

肖月潭沉聲道：「他會中計嗎？」

荊俊低聲道：「很快就會知道。」

由於黑夜裡難以認路，行軍緩若蝸牛，直至整個時辰後，兩隊人馬分別遠去。

按照計劃，二十天後他們會在趙、韓間沁水旁的羊腸山會合，若等三天仍不見，便直赴齊、趙間另一大山橫龍嶺去。

秦軍訓練有素，人人精擅騎射，加上人數大減，在這等荒野擺脫追騎，應是易如反掌。

滕翼低呼道：「有動靜了！」

只聽對岸一處山頭異響傳來，足音蹄聲，接著亮起數百火把，兩條火龍沿河分往上、下游追去。

徐夷亂知道形跡敗露，再無顧忌。

火龍遠去後，項少龍道：「小俊你先過河探察形勢，若敵人真的走得一個不剩，明早我們立即渡河。」

小俊一聲領命，率領十二名烏家親衛，把早擺在岸旁的兩條木筏推入水裡，撐往對岸去，李斯和肖月潭兩人也跟著去了。

項少龍和滕翼兩人輕鬆地朝紅松林走去，燕人這著突如奇來的伏兵，確教他們手忙腳亂好一陣子，不過現在事情終於暫時化解。

項少龍正要說話，忽地目瞪口呆看著前方，滕翼亦劇震道：「不好！」

只見紅松林處忽地亮起漫天紅光，以千計的火把，扇形般由叢林邊緣處迅速迫來，喊殺聲由遠而近，來勢驚人。

兩人同時想起陽泉君派來對付他們的人，大驚失色下，拔劍朝遠在半里外的紅松林狂奔過去。

來犯者兵力至少有五千人，無聲無息地由密林潛行過來，到碰上呂府家將佈在外圍的崗哨後，才明目張膽狂攻過來。

打一開始，就把密林和上、下游三面完全封死，就算他們想逃生，亦給大河阻隔，全無逃路。如此天寒地凍之時，若跳下河水裡，還不是另一條死路？

可見對方早存著一個不留的狠毒心態，且處心積慮，待至最佳時機，對他們痛下殺手。

殺聲震天，人馬慘嘶中，紀嫣然指揮眾家將，護著烏廷芳、趙倩、春盈等四婢和蒙家兩兄弟倉皇朝大河逃走。

若非林木阻隔，兼之地勢起伏，又是夜深，使敵人箭矢難施，否則他們想逃遠點都不行。

不過被敵人逼至河邊之時，亦是他們喪命的一刻。

數也數不清那麼多的敵人由四方八面擁過來，呂府家將雖人人武技高強，臨死拚命又奮不顧身，但在我寡敵眾下，仍是紛紛倒地。

出林不久，春盈一聲慘叫，給長箭透背而入，仆斃草叢裡，烏廷芳等諸女齊聲悲呼。

紀嫣然最是冷靜，拉著趙倩，高叫道：「快隨我來！」穿過邊緣區的疏林，往一座小丘奔上去，另一邊是河旁的高地。

她們身旁只剩下百多名家將，其中一半回頭擋敵，另外六十多人保護她們且戰且退，朝山丘衝去，只恨雪坡難走，欲速不能。

後方全是火把的光芒，把山野照得一片血紅。

橫裡衝來十多名身穿獵民裝束的敵人，紀嫣然殺紅了眼，手上長矛橫挑直刺，連殺數人，衝破一個缺口。

這時一人橫切入來，朝緊隨紀嫣然的趙倩一劍劈去，絕不因對方是女性而手下留情。紀嫣然長矛剛刺入另一敵人的胸膛，見狀救之不及時，護在她左翼的蒙恬倏地衝起，長劍一閃，那人早身首異處。

眼看快到丘頂，一陣箭雨射來，家將中又有十多人中箭倒地。

敵人緊緊追來，對中箭者均補上一刀。

秋盈腳下一絆，倒在地上。

夏盈和冬盈兩人與她情同姊妹，忙轉頭去把她扶起，就是那麼一陣遲疑，一群如狼似虎的敵人攻破了他們的後防，擁將上來，一輪亂劍中，三婢同時慘死，教人不忍目睹。

烏廷芳等看得差點暈倒，全賴蒙武、蒙恬兩人護持著，才抵達丘頂。

餘下的三十名家將憑著居高臨下之勢，勉強把敵人擋著，不過也撐不了多久。

這時項少龍和滕翼剛剛趕至，見不到春盈等諸女，已知發生甚麼事。

項少龍大喝道：「快到大河去，荊俊在哪裡！」

烏廷芳悲叫道：「項郎！」早給蒙武扯著踉蹌去了。

紀嫣然尖叫道：「不要戀戰！」領著四人朝大河狂奔下坡去。

滕翼早衝到丘頂，重劍大開大闔，當者披靡。

項少龍則截著十多名要窮追紀嫣然的敵人大開殺戒，戰況慘烈至極。

數以百計的敵人潮水般湧上丘來，只聽有人大叫道：「項少龍在這裡！」

項少龍剛劈翻兩名敵人，環目一掃，見到敵人紛紛由後方殺至，身旁除滕翼外，己方的人死得一個不剩，知道若不逃走，只有到閻王爺處報到，大喝一聲，展開劍勢，硬闖到滕翼旁，叫道：「走！」

此時兩人身上均負著多處劍傷，滕翼曾意，橫劍一掃，立有兩人濺血倒跌，其他人駭然後退。

兩人且戰且退，可是給敵人緊纏，欲逃不能。

眼看敵人由紅松林方面不住搶上丘坡來，項少龍叫道：「滾下去！」

一拉滕翼，兩人一個倒翻，由丘頂翻下斜坡，滾跌下去。

幸好落了數天大雪，積雪的斜坡又滑又軟，剎那間兩人滾至丘底的雪地處。

敵人發狂般由丘上追下來，兩人剛爬起來，滕翼一個踉蹌，左肩中箭。

兩邊又各有十多名敵人殺至，項少龍拔出飛針，連珠擲出，那些人還不知是甚麼一回事時，已有六、七人中針倒地，其他人駭然散了開去。

忽然火光暗下來，原來雪坡極滑，不少持火把者立足不穩，滾倒斜坡，火把登時熄滅。

滕翼伸手往後，抓著長箭，硬是連血帶肉把箭拔出來，橫手一擲，插入左後方一名敵人的咽喉。

由於有甲冑護體，利箭只入肉寸許，傷不及筋骨，否則這一箭就要教他走不了。

趁著視野難辨的昏黑，兩人再衝散一批攔路敵人，終脫出重圍，往大河奔去。

無數火把的光點，由後面三方圍攏過來，喊殺聲不絕於耳。

剎那間兩人到達岸旁高地處，荊俊撲過來，大喜道：「快走！」

領著兩人，奔下河邊去。

載著紀嫣然等的木筏剛剛離岸，另一條木筏正等待他們。

三人跳上筏子，立即往對岸划去。

當兩隻木筏抵河心之際，敵人追至岸旁，人人彎弓搭箭往他們射來。

十二個烏家子弟兵築成人牆，揮劍擋格勁箭。

慘叫連起，其中一人中箭倒在項少龍身上。

項、滕一聲悲呼，大叫道：「蹲下來！」

兩筏上再有三人中箭，筏子終離開敵箭的射程，到達彼岸。

敵人雖叫囂咒罵，卻是無可奈何，想不到在這種一面倒的形勢下，仍給他們逃掉。

項少龍剛跳上岸，烏廷芳呼天搶地的撲入他沾滿鮮血的懷內。

荊俊忽地慘叫道：「三公主！」

項少龍劇震望去，只見趙倩倒在紀嫣然懷裡，胸膛透出箭鋒，早已玉殞香消。

傷口雖包紮妥當，可是項少龍的心仍淌著血。

當他以為自己有足夠能力保護自己心愛的女人時，敵人就在他眼前殺害她們。

在這可悲的年代裡，絕大部分的女人都是依附男人生存，若她們的男人遇禍，她們不是被其他更強的男性接收，就是遭遇到種種更悽慘的命運。

素女、舒兒、趙妮三女的橫死，又或婷芳氏的病逝，項少龍都是事後才知道，雖是悲痛，卻遠沒似現在般看著趙倩和春盈等五女被活生生的殺死。

想起她們生前時笑語盈盈，不由湧起強烈的疚恨。

假若他沒有把她們帶在身邊，這人間慘劇就不會變成眼前殘酷的事實。

命運一直在眷顧著他，由初抵邯鄲與連晉的鬥爭，出使大梁盜取《魯公秘錄》而回，助烏家和朱姬、小盤逃往咸陽，以至乎活擒趙穆，幸運一直在他那一方，使他有著即使遭遇任何危險均可順利應付的錯覺。

但五女之死，卻粉碎他的美夢。

今趟他們輸的不是策略，而是命運。

看著隆起的新墳，想起屍骨無存的春盈等四女，過河時以身體為他擋著利箭的四名烏家子弟，以及三百名來自呂府的好漢，項少龍湧起前所未有的強烈仇恨！

他絕不會放過陽泉君，更不會放過燕人，只有血才能清洗這化不開的仇恨！

烏廷芳在嗡著熱淚的紀嫣然懷裡哭得死去活來，聞者心酸。

肖月潭來到默然無語的項少龍旁，低聲道：「項太傅一定要節哀順變，異日回京，我定要相爺作主，討回這筆血債。」

荊俊匆匆穿林來到這隱蔽的林中墓地，焦急道：「東南方有敵人出現，除了陽泉君的人外，還有韓人的兵馬，人數約達五百人，還帶著獵犬，我們得快走。」

項少龍心中填滿悲痛，茫然道：「到哪裡去？」

滕翼道：「往羊腸山盡是平原河道，我們沒有戰馬，定逃不過敵人的搜捕，唯一之計，是攀到荊俊原居的荊家村，在那裡不但可取得駿馬、乾糧，還可以招徠些身手高明的獵人，增強實力，我和荊俊熟悉路途，應可避過敵人。」

項少龍勉力振起精神，目光投向紀嫣然、烏廷芳兩位愛妻，以及蒙家兄弟、肖月潭、李斯、荊俊、滕翼和餘下的八名烏家子弟兵，斷然道：「好！我們走，只要我項少龍一天有命在，陽泉君和他的同黨休想有一天好日子過。」

日夜趕路，二十五天後，歷盡千辛萬苦，捱飢抵餓，終於到達荊家村。

在雪地獵食確是非常困難，幸好滕翼和荊俊乃箇中能手，才不致餓死在無人的山嶺裡。途中有幾次差點被追兵趕上，全憑滕、荊對各處山林瞭若指掌，終於脫身而去。

到得荊家村時，連項少龍和滕翼這麼強壯的人都吃不消，更不用說肖月潭、李斯和烏廷芳這嬌嬌女了。

幸好人人練武擊劍，身子硬朗，總算還撐持得住，但都落得不似人形，教人心痛。

荊家村由十多條散佈山谷的大小聚落組成，滕翼一直是村民最尊重的獵人，這裡的小伙子無不曾跟他學習劍術騎射，見他回來，都高興極了，竭心盡力招呼他們，又為他們四出探查有沒有追兵。

休息三天，眾人均像脫胎換骨地精神煥發，重新生出鬥志和朝氣。

時間確可把任何事情沖淡，至少可把悲傷壓在內心深處。

這天眾人在村長的大屋內吃午膳，滕翼過來把項少龍喚出屋外的空地處，三十八名年輕的獵人，正興奮地和荊俊說話，見他兩人出來，立即肅然敬禮，一副等候挑選檢閱的模樣。

項少龍低聲道：「二哥給我拿主意不就行了嗎？」

滕翼答道：「讓他們覺得是由你這大英雄挑選出來不是更好嗎？」

接著歎道：「他們本非荊姓，整條荊家村的人都是來自世居北方蠻夷之地的一個遊牧民族，過著與世無爭、逐水草而居的生活，只因趙國不住往北方擴張，北方又有匈奴肆虐，他們才被迫往南遷徙，經過百多年定居這裡，但又受韓人排擠，不得不改姓，所以他們對趙、韓均有深刻仇恨。」

這批年輕獵手人人臉露憤慨神色。

荊俊道：「我們這裡人人習武，不但要應付韓兵的搶掠，還要對抗馬賊和別村的人侵犯。」

滕翼道：「這批人是由村內近千名獵手中精挑出來，若再加以訓練，保證不遜於我們烏家的精兵團。」

項少龍問道：「你們願意追隨我項少龍嗎？」

眾獵手轟然應諾。

項少龍道：「那由今天開始，我們禍福與共，絕不食言。」

眾人無不雀躍鼓舞。

回屋去時，滕翼道：「我們明天便起程到橫龍嶺去，不過我們的文牒、財貨全丟失在紅松林內，這樣出使似乎有點不大妥當。」

項少龍黯然道：「那些東西都是次要了。」

那晚悽慘痛心的場面，以及強烈的影像和聲音，再次呈現在他們深刻的回憶中。

烏廷芳尖叫著驚醒過來，淚流滿臉。項少龍忙把她緊摟懷內，百般安慰。另一邊的紀嫣然醒轉過來，把漏窗推開少許，讓清冷的空氣有限度地注進房內。

烏廷芳睡回去後，項少龍卻睡意全消，胸口像給大石壓著，提議道：「今晚的月色不錯，不若到外面走走！」

紀嫣然淒然道：「芳兒怎可沒人伴她，你自己去吧！」

項少龍隨便披上裘衣，推門而出，步入院落間的園林時，只見一彎明月之下，肖月潭負手仰望夜空，神情肅穆。

項少龍大訝，趨前道：「肖兄睡不著嗎？」

肖月潭像早知他會出來般，仍是呆看夜空，長歎道：「我這人最愛胡思亂想，晚上尤甚，所以平時愛摟著美女來睡，免得專想些不該想的事，今晚老毛病又發作。」

項少龍心情大壞，隨口問道：「肖兄在想甚麼哩？」

肖月潭搖頭苦笑道：「我在想呂爺，自從成為右丞相後，他變了很多，使我很難把以前的他和現在的他連起上來。」

項少龍苦笑道：「千變萬變，其實還不是原先的本性，只不過在不同的環境中，為達到某一目標，壓下本性裡某些部分，可是一旦再無顧忌，被壓下的本性便會顯露出來，至乎一發不可收拾。這種情況，在忽然操掌大權的人身上至為明顯，完全沒法抑制，因為再沒有人敢管他或挫折他。」

肖月潭一震往他望來，訝道：「聽少龍的語氣，對呂爺似沒有多大好感。」

項少龍知說漏了嘴，忙道：「我只是有感而發，並不是針對呂相說的。」

肖月潭沉吟片晌，低聲道：「少龍不用瞞我，你和呂爺是完全不同的兩類人，我可以完全信任你，但呂爺嘛？我和圖爺雖算是他心腹，可是對著他時卻要戰戰兢兢，惟恐惹怒他。」

頓了頓又道：「而且他擴展得太快了，初到咸陽時，食客門生只有七百多人，現在人數已超過五千，怎不招秦人之忌，今趟我們松林遇襲，正是因此而來。」

項少龍想起犧牲的人，一時無言以對。

肖月潭知勾起他心事，再歎一口氣道：「我們可說共過生死，所以不該說的也要說出來，以少龍這種重情義的性格，將來必忍受不了很多呂爺做出來的事，你明白我的意思吧！」

項少龍默然點頭。

為了小盤，註定他將會成為呂不韋的死敵，這或者就是命運吧！

趙倩等的慘死，堅定了他助小盤統一六國的決心。

只有武力才可制止武力，雖然達致法治的社會仍有二千多年的遙遠路程，但總須有個開始，那將在他和小盤這始皇帝的手內完成。

口中應道：「夜了！明天還要一早趕路，不若我們回去休息。」

肖月潭道：「你先回去吧！我還想在這裡站一會兒。」

項少龍笑道：「那不若讓我們藉此良宵，談至天明，我也很想多了解咸陽的形勢。」

肖月潭欣然道：「肖某當然樂於奉陪！」

那晚就這麼過去，天明時五十多人乘馬出發，朝橫龍嶺馳去。

第十六章　驚人陰謀

連續急趕二十多天路後，橫亙於齊、趙交界處的橫龍嶺，終於矗然屹立在地平的邊際處，起伏的峰頂堆積白雪。

一路上各人心事重重，難展歡顏，再沒有剛由咸陽起程時的熱烈氣氛。偶有交談，都是有關如何隱蔽行蹤，或對追兵展開反偵察行動等計議。

走到半途，已甩掉敵人的追騎。

肖月潭出奇地沉默和滿懷心事，自那晚項少龍與他一夜傾談後，更感覺到他有些事藏在心裡，難以啟齒。

不知是否敏感，愈接近橫龍嶺，項少龍愈有心驚肉跳的不祥感覺。

昨晚他還造了一個夢，夢見趙倩和春盈等四婢，人人打扮得花枝招展，笑臉如花，硬要來扯著他回咸陽去，驚醒過來時早淚流滿面，心若刀割。

所以滕翼雖想多趕點路，項少龍卻堅持找一個背山面臨平原的山丘紮營，爭取休息和思索的時間。

黃昏前，荊俊和他的荊家軍及蒙氏兄弟打野味回來，架起柴火燒烤，為避免暴露行藏，入夜後他們都不點燈或生起篝火，在這深冬時節，那是多麼令人難以忍受的一回事。

目的地在望，荊俊等年輕的一群都興奮起來，三三兩兩地聊著。

紀嫣然、烏廷芳兩人躲在帳內私語。

肖月潭拉著李斯，到靠山處一個小瀑布旁說話，神色凝重。

滕翼和項少龍兩人呆坐在營旁一堆亂石處，看著太陽緩緩西沉下去。

忽然李斯走了回來，請兩人過去。

項、滕兩人對望一眼，心中都打了個突兀，隨李斯到肖月潭處，後者凝視匹練般由山壁瀉下的清泉，雙目隱泛淚光。

李斯搖頭歎了一口氣。

連滕翼這麼有耐性的人，仍忍不住道：「都是自家人，肖兄有甚麼心事，為何不直接說出來？」

肖月潭深沉地吁出一口氣，看看項、滕兩人，滿懷感觸地道：「那晚我不是告訴少龍，我最愛胡思亂想，只恨我愈想下去，愈覺得自己不是胡思亂想，而且『是與否』的答案就在那裡。」

猛地伸手，指著遠方的橫龍嶺。

項少龍和滕翼全身劇震，手足冰冷。

李斯喟然道：「剛才肖老找著在下對紅松林遇襲一事反覆推敲，發覺很多疑點，最後得出一個非常令人震駭的結論，恐怕我們都成為呂相國的犧牲品。」

項、滕兩人對望一眼，均看出對方眼中駭然的神色。

肖月潭道：「其實今趟出使，應是一份好差事。六國根本一直在互相傾軋，更加上最近齊、楚謀趙一事，怎也難以連成一氣，所以出使一事只是多此一舉，何況呂爺正竭力培養自己的族人，更不應放過大好讓族人立功機會，反平白送給少龍。唉！有很多事本來不應放在心上，但現在出了岔子，細想下去，發覺許多不尋常的地方。」

滕翼的臉色變得無比蒼白，沉聲道：「我一直不明白敵人對我們的突襲在時機和形勢上為何可掌握得如此無懈可擊，剛好是呂雄和屈斗祁兩隊人馬及燕人離開之後、我們的戒備鬆懈下來的一刻。儘管他們不斷有人偵察我們，但在如此深黑的雪夜裡，怎能這般清楚地知道我們會藏在林內呢？所以定有內奸。」

項少龍只感頭皮發麻，脊骨生寒，深吸一口氣，壓下波盪的情緒，道：「這樣做，對呂相有甚麼好處？我們是他的人，還有三百個是由他挑選出來的家將，若蒙恬和蒙武喪命，蒙驁豈非悲痛欲絕嗎？」

肖月潭舉袖拭去眼角的淚痕，沉聲道：「我肖月潭跟隨呂爺足有二十年，最明白他為達目的而不擇手段的性格，做生意如是，爭天下亦如是。」

頓了頓反問道：「假設真是陽泉君遣人做的，對他有甚麼好處？」

這個原本直接簡單的問題，此刻說出來，卻沒有人可以答他。

莊襄王一直念著陽泉君對他的恩情，所以封呂不韋作右丞相時，亦把左丞相之位留給他，更阻止呂不韋去對付陽泉君。

假若項少龍等被人襲殺，由於事前早有風聲傳出陽泉君要對付他們，而死的全是呂不韋的親信和家將，自然誰都不會懷疑是呂不韋自己策劃的事。

莊襄王和朱姬兩人無不對項少龍非常寵愛，若相信陽泉君使人殺死項少龍，陽泉君哪能免禍，連華陽夫人怕都保不住這親弟。

那時呂不韋就能一舉除去此心腹大患，獨掌朝政。

誰人比他和莊襄王及朱姬的關係更密切？

肖月潭看著臉上再無半點血色的項少龍，沉聲道：「我所認識的人裡，沒有人比呂爺更懂玩陰謀手段，若此計成功，更可一石數鳥。」

接著激動地道：「首先他可以除去你項少龍，你實在太鋒芒畢露，不但大王、姬后對你言聽計從，連政太子也對你特別依戀，後面又有家當龐大的烏家做後盾，假以時日，說不定呂不韋的光芒都給你蓋過。秦人最尊崇英雄，又重軍功，他們需要的是像你般智勇雙全的人，呂不韋怎可以全無顧慮？」

他再不稱呂不韋作呂爺，而直呼其名，三人都體會到他心境上的變化，明白到他感覺被主子出賣的悲痛憤慨。

李斯接口道：「他還可令蒙將軍因愛子慘死，和他站在同一陣線對付陽泉君及其同黨，又可把精銳無敵的烏家子弟收為己用，增強實力。犧牲些家將親信，算得是甚麼一回事？今次同來的三百家將，全屬與圖管家和肖先生有多年關係的人，可算是老一輩家將的系統，他們的戰死松林，會令相府內呂族的勢力在此消彼長下，更形壯大。」

「啪！」

滕翼硬生生把身旁一株粗若兒臂的矮樹劈折。

眾人默然呆對著，心中的悲憤卻是有增無減。

他們全心全意為呂不韋辦事，卻換來這種下場和結果。

肖月潭道：「事實是否如此，很快可以知道，若真是呂不韋當貨物般出賣我們，在橫龍嶺那邊等待我們的，絕不會是呂雄或屈斗祁，而是那晚在紅松林襲擊我們的人。若我猜得不錯，必是由諸萌親自主持，如此才不怕洩露消息，事後只要把這批有份動手的人留在咸陽之外，便不虞給人識破。」

項少龍回想起當日改變路線，呂雄過激的反應，一顆心直沉下去。

李斯道：「諸萌此人極攻心術，給我們逃了出來後，還故意扮韓兵來追趕我們，教我們深信不疑是陽泉君與韓人勾結，直教人心寒。」

滕翼出奇地平靜道：「三弟你還要出使齊國嗎？」

項少龍連苦笑都擠不出來，緩緩道：「現在我只有一個興趣，就是要證實這確是呂不韋的所為，再設法把諸萌殺死，讓呂不韋先還點債給我項少龍。」

次日黃昏時分，項少龍、滕翼、荊俊三人臉色陰沉地由橫龍嶺回來，喚了李斯和肖月潭到瀑布旁說話。

紀嫣然兩女亦知此事，參與他們的商議。

不用說出來，各人均知道結果。

李斯沉聲問道：「他們有多少人？」

滕翼道：「約有千許人，都換上秦軍裝束，還打著屈斗祁和呂雄的旗號，肖先生猜得不錯，這批人正是由諸萌率領，給荊俊認出來。」

荊俊點頭道：「我還認出幾個呂族的人來，哼！平時和我稱兄道弟，現在卻是翻臉無情。」

烏廷芳一聲悲呼，伏入紀嫣然懷裡去，後者美目圓瞪，道：「這筆帳，我們怎也要和呂不韋算個清楚。」

肖月潭歎道：「屈斗祁和他的人恐怕都完蛋了，這事自然賴在韓人身上，好堅定大王討伐韓人的心。經過這麼多年，肖某人到今天才醒覺一直在為虎作倀。」

李斯道：「這事怎也要忍他一時，我和肖老可拍拍手便離開，但項太傅肩上還有個烏家，欲走無從，幸好大王和姬后都支持你，只要不撕破臉皮，呂不韋一時仍難奈你何。」

肖月潭道：「表面上，少龍你定要扮作深信此事乃陽泉君勾結韓人做的，瞞著所有人，包括呂不韋在內。然後韜光養晦，如此定能相安無事。到時機適當，就把家業遷往邊疆遠處，看看這無情絕義的人怎樣收場。」說到最後，咬牙切齒起來。

紀嫣然輕撫烏廷芳抖顫的香肩，皺眉道：「可是現在我們應怎樣應付諸萌的人呢？若如此一走了之，豈不是教人知道我們已起疑嗎？還有小武和小恬兩人，如把事情告知蒙驁，呂不韋會知道我們已洞悉他奸謀，以他現在每日不住擴張的勢力，要弄倒烏家和少龍，應該不會是件困難的事。」

滕翼道：「這個我反不擔心，我們先做部署，預備好逃路，再依照原定聯絡的方法，告知那些惡賊我們的位置。他們定會像上次般在晚上摸來襲營，我們就殺他們一個痛快淋漓，然後返回咸陽去，正如少龍所說，先向他預支點欠債。」

荊俊由袖內取出一卷帛圖，上面粗略畫出橫龍嶺的形勢，其中三枝旗，代表敵人分佈的形勢，指著其中一處谷嶺，道：「這處有一塊險峻的高地，三面都是斜坡，長滿樹木，後面則靠著橫龍嶺東南的支脈，離開諸萌立營處只有兩個時辰的路程，若我們在那裡設置捕獸陷阱，又趁這幾天陽光充沛，樹上積雪融掉的良機，取脂油塗在樹身處，以火攻配合，怎也可使諸萌栽一個大觔斗。」

滕翼指著後山道：「我們實地觀察過，只要預先設下攀索，可以輕易翻過山嶺，由另一邊的平原迅速離去，肖兄和李兄兩人可偕廷芳和蒙家兄弟先在那裡等候我們，亦好看管著馬兒、糧秣。」

項少龍長身而起，道：「就這麼決定，現在最重要是爭取時間，只要有數天工夫，我們可要諸萌好看。」

夕陽終沉往野原之下，雪白的大地充滿荒涼之意。

銅鏡反映太陽光，向著諸萌的營地持續發出連串閃光，停下後隔了片時，又再如法施為，連續三趟後，項少龍收起小銅鏡。

這是臨別時項少龍和屈斗祁、呂雄兩人定下的聯絡手法，屈、呂兩人看到訊號，就應派人來找他們，現在當然不會有這回事了。

項少龍等三個結拜兄弟，領著八名烏家子弟和精擅野戰之術的三十八名荊族獵手，帶備大批箭矢，攀上後山，藉著山石高崖的掩護，隱蔽好身體，靜待魚兒上鉤。

山下設立五、六個零星分佈的營帳，藏在坡頂的林內，若敵人由遠方高處看來，定難知虛實。

看著太陽由中天緩緩下移，項少龍禁不住百感交集。

雖知和呂不韋遲早會誓不兩立，但哪猜得到事情來得這麼快呢？

想到莊襄王命不久矣，呂不韋將掌權達十年之久，他便一陣心悸，這麼長的一段日子，自己和烏家可以捱過去嗎？
這方面全要看朱姬這位未來的太后，只要呂不韋不敢明來，他就有把握應付他相府的家將兵團。
回咸陽後，他將會秘密練兵，並設法引進二十一世紀的煉鋼技術改良兵器。他以前從未認真想過這方面的事情，現在為求自保，卻要無所不用其極。
由此刻開始，他將會和呂不韋展開明裡暗裡的鬥爭，只要小盤地位穩固，就是呂不韋授首的時刻。
歷史上雖說呂不韋是自殺而死，但呂不韋這種人怎肯自殺，說不定是由他一手包辦也大有可能。
他雖恨趙穆，但兩人打從開始便站在敵對的情況，不像呂不韋這麼卑鄙陰險，笑裡藏刀，尤教人痛心疾首。
身旁的紀嫣然靠過來，低聲道：「你在想甚麼？」
項少龍湧起歉意，歉道：「教你受苦了！」
紀嫣然柔聲道：「算得甚麼呢？像你這種人，到哪裡去都會招人妒忌，嫣然在從你時，鄒先生早預估到有這種情況出現，嫣然連眉頭都沒皺一下哩！」
項少龍輕擁著她，充滿感激之意。
這秀外慧中的美女幽幽道：「當日我聽你說過姬后曾多次單獨找你傾談心事，我便覺得很不妥當，現在呂不韋之所以能對大王和太子有這麼大的影響力，全因有姬后在旁幫忙。她對你不尋常地示好，正促起呂不韋殺你的動機，只有這樣，方可使姬后全心全意助他對付陽泉君和鞏固權力，這種事我看過很多，誰不是這個樣子呢？」

又道：「那晚我們到相府作客，呂不韋有幾次看我們時的眼神很奇怪，嫣然對這方面最有經驗，那是妒忌的眼光。」

天地此時暗黑下來，一彎明月升上山頭，照得雪地爍爍生輝，橫龍嶺積雪的峰嶽更是透明如玉。

另一邊的滕翼看著下方的密林，低聲警告道：「來了！」

敵人像上回一樣，由三面斜坡摸上來，沒有亮起火把，完全沒有半點聲息，只是間有枝葉斷折的聲音，可見來者是經驗豐富的好手。

項少龍等屏息靜氣，勁箭搭在弓弦上。

在這等居高臨下，又有山石掩護的地方，他們是立於不敗之地，問題只是能殲滅對方多少人吧！

陷阱佈置在營地四周，斜坡和丘上的林木均塗上臨時榨取的松脂油，燒起上來，可不是鬧著玩的。

過了差不多整個時辰，枝葉斷折聲靜下來，只有北風仍在呼嘯。

滕翼冷笑道：「到哩！」

話猶未已，無數火把在丘坡處熊熊燃起，接著殺聲四起，以數百計的人往丘林內的營帳撲去，箭矢雨點般穿營而入，殺氣騰騰。

接著卻是人倒慘叫之聲不絕於耳，營地四周的陷阱，是由荊族獵手精心佈下，連猛獸都難以倖免，何況是人。

火把脫手拋飛下，樹木立時獵獵火起。在北風勁吹中，火勢迅速蔓延。

下方的敵人亂成一團，不分方向。項少龍一聲令下，四十多枝火箭先射往高空，再投往斜坡處的密林去。

大火波及整個山頭，慘叫奔走的聲音不絕於耳。

項少龍等哪還客氣，湧起舊恨新仇，勁箭雨點般灑下去。

在火光裡，敵人目標明顯，又無路可逃，擁上丘頂、僥倖沒墜進陷阱的數百人，卻躲不過火燒和利箭貫體的厄運。

當整個山頭全陷進濃煙和火焰裡，項少龍等也抵受不住，連忙藉著預先佈置好的攀索，由後山逃去。

總算稍紓心中深刻的恨意。

第十七章　返回咸陽

二十天後，重返韓境。先不要說項少龍現在對出使各國的事意冷心灰，根本所有財物和文牒均在紅松林一役失去，又與秦軍斷絕聯絡，這樣兩手空空去拜訪各國君主，只成天大的笑話。

這天安好營帳後，預備晚膳，眾人正奇怪不見了肖月潭，李斯氣急敗壞地趕來道：「肖老病倒哩！」

眾人大駭，不過此事早有預兆，肖月潭這幾天滿臉病容，問他卻說沒有甚麼，到現在終撐不住。

眾人擁入帳內，均嚇了一跳。

肖月潭面若死灰，無力地睜開眼來，苦澀笑道：「我不行哩！」

烏廷芳和一向與他友善的蒙家兄弟均忍不住流下淚來。

紀嫣然淒然道：「肖先生休息兩天就會沒事的了。」

要給他把脈時，肖月潭拒絕道：「肖某精通醫道，病況如何自家曉得，我想和少龍單獨說幾句話。」

眾人惟有黯然退出帳外，到只剩下項少龍一個人時，肖月潭竟坐了起來，目光神滿氣足，臉容雖仍是那種死灰色，感覺上卻完全不同。

項少龍目瞪口呆時，才醒悟到他是以易容術在裝重病，高興得一把抓著他的手，再說不出話來。

肖月潭歎然道：「真不好意思，累得廷芳都哭了，但不如此，又怕騙不過小武和小恬。」

項少龍會意過來，低聲道：「肖兄準備不回咸陽了。」

肖月潭點頭道：「我再也不能忍受以笑臉迎對那奸賊，他今趟是全心把我除去，好削弱圖爺的勢力，以他呂族的人代之。但又不敢明目張膽這麼做，怕人說他不念舊情。」

由枕下掏出一個封了漆的竹筒，塞入項少龍手中，道：「我詐死的事，除李斯、滕翼和少龍你外，只可讓圖爺一人知道。少龍請把信函親自交給圖爺，他看過便會明白，同時請他為我遣散家中的妾婢僕人，幸好我無兒無女，否則想走也很難辦到。」

項少龍想起自己亦沒有兒女的負擔，此刻看來，竟是好事而非壞事。

可是聽到這足智多謀的人語調蒼涼，回想起當年在邯鄲初會時的情景，不由滿懷感觸，歎了一口氣，頹然道：「肖兄準備到哪裡去？」

肖月潭微笑道：「天下這麼大，何處不能容身？我肖月潭還有些可出賣的小玩意，想要求一宿兩餐，應該沒有問題，總好過與虎同室。」

項少龍點頭無語。

肖月潭道：「當我有落腳之處，自會使人告知少龍。記著回去後，千萬要裝作若無其事。陽泉君的野心雖給呂不韋誇大，但本身亦非善男信女，藉機除掉他應是好事，至於會牽連多少人，就非我們能控制了。」

頓了頓續道：「呂族的人裡，若諸萌在橫龍嶺一役果然喪命，那呂族將暫時沒有可成氣候的人，只要他一天仍倚重圖爺，圖爺應可照拂你們。記得回咸陽後立即引退，沒有必要，千萬不要見姬后和政太子，此乃保命之道。」

項少龍想起小盤，心中暗愁，他怎可完全置他不理？偏又不能把原因解釋給小盤聽，怕他負擔不來。

肖月潭壓低聲音道：「今夜由你們掩護我秘密溜掉，就把整個營帳燒掉，說是我的遺命，少龍！小心點了，李斯在呂不韋眼中乃微不足道的小人物，回去亦不會有事。想不到此人才智學養均如此高明，異日將可成為你有力臂助。」

項少龍想起李斯異日登朝拜相的風光場面，腦際又同時現出秦人征討六國、千軍萬馬對陣交鋒的慘烈情況，心中不禁湧起豪情壯氣。

項少龍啊！你千萬不能意志消沉，否則休想活著見到那些場面。

黯然神傷下，項少龍回到咸陽，呂不韋早接到消息，在城外迎上他們。

眾人恨不得在呂不韋肚皮插上幾刀，不過他身旁的百多名親衛，人人身形驃悍，非是易與之輩，顯見他在未知虛實的情況下，亦在防備他們。

同來的還有蒙驁，見到眾人垂頭喪氣而回，屈斗祁、呂雄、肖月潭、一千秦軍和三百相府家將影跡全無，大為訝異，不像呂不韋般是裝出來的。

蒙武和蒙恬兩人脫難歸來，終是年幼，見到親爹立即撲下馬來，衝進蒙驁懷裡，哭著把事情說出來，倒省卻項少龍不少工夫。

當說到橫龍嶺一役，呂不韋明顯地鬆一口氣，以為奸謀尚未敗露。

聽到肖月潭的「因病逝世」時，呂不韋搥胸頓足地悲歎道：「此事我會為月潭討回公道。」轉向項少龍道：「少龍！這事非你之罪，我立即和你入宮向大王面稟此事。」

若在以前，項少龍必會心生感激，這時當然是另一回事。

各人分作四路，蒙驁向項少龍表示衷心的感激，領兩子回府去了。滕翼、紀嫣然、烏廷芳等逕返烏府。

李斯在幾名呂不韋的親衛護送下，到相國府去。呂不韋則和項少龍並騎進宮。

蹄聲「啲嗒」中，項少龍很想找些話穩住呂不韋，偏是心內只有滔天血仇，半個字都說不出來。

呂不韋還以為他在擔心莊襄王會怪罪下來，假言安慰道：「是我不好，想不到有燕人徐夷亂這著伏兵，否則不致教少龍落至這等田地，妻喪婢亡，待我在府內精挑幾個美女予你，以前的事，忘記它算了。」

項少龍的心在淌著血，道：「呂相萬勿如此，是了！東周的事如何？」

呂不韋立即眉飛色舞，昂然道：「區區東周，還不是手到拿來，在我提議下，大王已把東、西二周故地合併為三川郡，三川即河、洛、伊三條大河，還封我作文信侯，負責管治此郡，食邑十萬戶。」

頓了頓再興奮地道：「陽泉君此人當然不可放過，韓人與他勾結，亦是罪無可恕，現在再無東周妨礙阻撓，我立即請大王對韓用兵，際此六國自顧不暇之時，盡量佔領韓人土地，然後輪到趙、魏兩國了。」

項少龍暗暗心寒，肖月潭說得對，若論心狠手辣、陰謀手段，確沒有多少人是呂不韋對手。

說到這裡，宏偉的宮門出現眼前。

項少龍心內苦歎，莊襄王對自己這般信任，自己偏要硬起心腸騙他，人生為甚麼總有這麼多無可奈何的事！

莊襄王在後宮書齋內接見項少龍，聽罷後龍顏色變，顯是動了真火，沉吟不語。

與小盤居於右席的朱姬悲呼道：「陽泉君如此膽大妄為，害得少龍痛失嬌妻，損兵折將，大王定要為他討回這筆血債。」

小盤亦雙目噴出怒火，緊握小拳，因他對趙倩有著母子、姊弟般的深刻感情。

呂不韋更以最佳的演技喟然道：「老臣一直遵照大王吩咐，對左丞相抱著以和為貴的態度，怎知人心難測，縱使他對大王有恩在先，但大王對他已是仁至義盡，他竟敢如此以怨報德，唉！臣下真不知說甚麼話才好了。」

項少龍低垂下頭，以免給呂不韋看穿他心中鄙屑之意。

莊襄王再思索半晌，朝項少龍道：「今次出使，所有殉難的人，家屬都可得十鎰黃金。唉！人死不能復生，少龍你一定要節哀順變，先是婷芳氏病逝，繼而是倩公主遇害，寡人感同身受，少龍有甚麼請求儘管說出來，寡人會設法為你辦到。」

朱姬和呂不韋兩人忙向他打眼色，教他求莊襄王為他主持公道。

項少龍詐作看不見，下跪叩頭道：「少龍一無所求，只希望暫時退隱山林，悼念亡妻。」

莊襄王、朱姬、呂不韋和小盤同感愕然，面面相覷，說不出話來。

朱姬心中升起異樣的感覺，蹙起黛眉，苦思原因。

她最清楚項少龍恩怨分明，怎會肯放過陽泉君？
呂不韋不知奸謀敗露，見他心灰意冷，反心中暗喜。
小盤則大感錯愕，暗忖難道師父不再理我了。幸好他最清楚項少龍對倩公主深刻的感情，故雖不開心，卻不怪他。
莊襄王還以為項少龍怕自己難為，故連大仇都擺在一旁，心中一熱道：「少龍先休息一下也好，但這事上寡人絕不肯就此不聞不問，待會去見太后，先向她打個招呼。」
朱姬失聲道：「大王千萬勿如此做，太后雖不喜陽泉君，說到底仍有骨肉之情，若驚動陽泉君，驀地發難，只會害苦百姓。」
呂不韋也離座叩頭道：「成大事者不拘小節，大王請立即下令，由臣下指揮，把奸黨一網打盡，為大王立威。」
莊襄王凝視跪在座前的項少龍和呂不韋兩人，猛地咬牙道：「好！此事就交給相國去辦，但須留左丞相一命，待我稟知太后後，再作定奪。」
呂不韋忍著心中狂喜，高聲答應。
項少龍卻心忖，好吧！現在即管讓你橫行一時，但終有一天，我要教你這大奸賊命喪於我這來自二十一世紀的人手裡。
回到烏府，上下人人臉帶悲色，愁雲籠罩。
陶方在大門處截著他，拉他到花園裡，長嗟短歎，卻欲語無言。

項少龍大感不妥，顫聲道：「甚麼事？」

陶方搖搖頭，道：「趙、魏間發生很多事，雅夫人怕不會來了。」

項少龍一震道：「她不是死了吧？」

陶方苦笑道：「死倒沒有死，只不過和信陵君舊情復熾，這種水性楊花的女人，忘掉她算了。」

項少龍反放下心來，只要她是自願的，他便不會怪她。

自認識她以來，她一直是這種放蕩多情的性格，信陵君無疑是個很吸引人的男人，只是想不到他們間發生了這麼多事後，仍可走在一塊兒。

陶方的聲音又在耳旁響起，道：「韓晶當上太后，掌握趙國的大權，竟派人知會魏王，要他將趙雅處決，幸好龍陽君通知趙雅逃走，趙雅於是避到信陵君府內，得他維護逃過難關，趙雅感恩圖報，暫時不會離開信陵君。但她卻使人來告訴你，她真正愛的人只有你一個，希望你能體諒她。」

項少龍哪想得到其中這麼多曲折，龍陽君果是言而有信，比很多人都強多了，並不因他董馬癡「死了」而不照顧趙雅。沉聲道：「趙致呢？」

陶方道：「她早回來了，現正在府內。」

項少龍鬆了一口氣，道：「我還以為是甚麼事，陶公剛才你的神色差點嚇壞我。咦！為何你的臉色仍是那麼難看？」

陶方頹然道：「翠綠和翠桐兩人聽得三公主遇害，一起偷偷上吊，我們發現時剛斷了氣，身子仍是暖的。」

幾句話像晴天霹靂般，轟得項少龍全身劇震，淚水奪眶而出，再看不清楚這殘酷無情的現實。

在內宅偏廳處，木無表情的項少龍把肖月潭囑託的信函交給來弔祭趙倩和諸婢的圖先。

圖先一言不發，拔開竹筒活塞，取出帛卷默默看著，神色出奇地沒有多大變化。

看罷立即把帛書燒掉，到成了灰燼時，淡然道：「十多年來，我圖先從沒有把肖月潭當作是下屬，甚至比親兄弟更要好。只是大家心照不宣，沒有說出來，只有他去辦的事，我才會放心。到了這個時候，他仍肯給我這一封信，我總算沒有錯交這好兄弟。」

項少龍歎了一口氣，搖頭無語。

圖先瀟灑地一聳肩頭，若無其事地道：「鳥盡弓藏，此乃古今不移的至理，共患難容易，共富貴則難若雪中送炭，我們這群老臣子，錯在知道太多呂爺的事，尤其關乎到他和姬后之間的事。其實在看這封信前，我已找李斯問清楚一切，所以一點不覺驚奇。」

項少龍恍然大悟，為何圖先能表現得那麼冷靜。

圖先冷然道：「呂不韋雖然有手段，我圖先又豈是好惹的人，諸萌到現在仍未回來，應是凶多吉少，呂雄則剛回來。你小心點蒙驁，若讓他知道真相，以他剛直的性格絕藏不住心事，徒教他給呂不韋害死。現在陽泉君被囚禁起來，株連者達萬人之眾，秦國軍方大半人已向呂不韋投誠，若是明刀明槍，我和你都鬥不過他半個指頭。」

項少龍點頭道：「圖兄準備怎麼做？」

圖先嘴角露出一抹冰寒的笑意，低聲道：「和你一樣，在等待最好的機會。」

哈哈一笑，抒盡心中的憤慨，起身去了。

項少龍呆坐在那裡，直至烏應元來到他旁坐下，才清醒了點。

烏應元歎道：「呂相教我來勸你，他正在用人之時，蒙驁將軍馬上要出征韓國，少龍肯做他的副將嗎？」

項少龍誠懇地道：「岳丈信任我嗎？」

烏應元微一錯愕，點頭道：「還用說嗎？我對你比自己的親兒更信任。」

項少龍低聲道：「我每件事都是為烏家著想，包括這次退隱山林，終有一天岳丈會明白小婿為何這樣做，但現在卻請千萬勿追問原因。」

烏應元劇震一下，色變道：「你有甚麼事在瞞著我？」

項少龍虎目淚水泉湧，緩緩道：「岳丈不是想為烏爺爺在咸陽建一個風風光光的衣冠塚嗎？假若十年後我項少龍仍有命在，必可完成岳丈這心願。」

烏應元目瞪口呆好一會兒後，長長吁出一口氣，點頭道：「我明白了！明天我們立即遷出咸陽，無論如何，我們岳婿之情，永不會改變。」

第十八章　君恩深重

由趙返秦後，命運不斷作弄他。

若非因婷芳氏的病逝，致心念一動下把烏廷芳和趙倩帶在身邊，後者不用橫死，春盈等亦可避過大難，翠桐、翠綠更不用以身殉主。

當日在大梁，縱使處於那麼凶險的環境裡，加上少許運氣，他仍可保著美麗的趙國三公主，可是在洛水旁的紅松林處，卻要她飲恨收場。說到底，是他警覺性不高，給呂不韋這陰謀家算中了一著。

他再不能給呂不韋另一次機會，因為他根本消受不起。

七位青春煥發、正享受大好花樣年華的美女，就這麼一去無跡，仿如一場春夢。

他永遠忘不掉翠桐、翠綠那比對起她們平時花容月貌，更使人感到有著驚心動魄、天壤雲泥的可怖死狀！

來到牧場已有半年的時間，他的心境逐漸平復過來，絕口不談朝政，暗中卻秘密操練手下的兒郎，全力栽培出一支人數增至五千人的古戰國時代的特種部隊，他將以之扶助小盤登上王座，應付呂不韋的私人軍團。

這些戰士除原先由烏卓一手訓練出來近三千人的烏家子弟，以及由邯鄲隨來的蒲布等人及荊族獵手外，新近更通過烏卓和滕翼，秘密由廣佈於六國的烏氏族人和荊家村裡再精選一批有資質的人前來。

五千人分作五軍，每軍千人，分別由烏卓、滕翼、荊俊、烏果和蒲布率領，平時以畜牧者的身份作掩飾，訓練集中在晚上進行，使他們精於夜戰之術。

課程主要由他和滕翼設計，不用說多是以前他在二十一世紀學來的那一套，稍加變化後搬過來。

工欲善其事，必先利其器。

有了紀嫣然的越國工匠，配合項少龍這二十一世紀人對冶金技術的認識，製造出超越這時代的優質兵器。

那時的劍多在三尺至四尺許間，過長便易折斷，但他們卻成功鑄造出長達五尺超薄、超長的劍，只是這點，已使特種部隊威力倍增。

烏應元又派人往各地搜羅名種，配育出一批戰馬，無論在耐力和速度上，均遠勝從前。

肖月潭說得對，有烏家龐大的財力、物力在背後撐腰，確是別人不敢忽視的一件事。

項少龍本身曾受過間諜和搜集情報的訓練，深明知彼知己的重要性，於是挑數百人出來，進行這方面的訓練，由經驗老到的陶方主持。

經過半年的努力，他們已成立一個能自給自足的秘密軍事集團。

呂不韋不時遣人來探聽他的動向，但由於有圖先在暗中照拂，當然查不出任何事情來。

日子就在表面相安無事、暗裡則在波洶浪急的情況下過去。

這天陶方由咸陽回來，在隱龍別院找不到項少龍，由紀嫣然、烏廷芳和趙致三女陪同下，趕到正在拜月峰訓練戰士攀山越嶺的項少龍處，向他匯報最新的情勢發展。

項少龍和陶方返回營地，在一個可俯瞰大地的石崖處說話。

陶方劈頭道：「蒙驁攻趙，連戰皆勝，成功佔領成皋和滎陽，王齕則取得上黨，現在繼續對榆次、狼孟諸城猛攻。六國人人自危，聽說安釐王和信陵君拋開成見，由信陵君親赴六國，務要再策動另一次合縱，好應付秦國的威脅。」

項少龍色變道：「趙雅危險了！」

陶方微一愕然，不悅道：「這種水性楊花的女人，少龍還要理會她嗎？」

他當然明白項少龍的意思，現在真正操縱趙國的人，非是尚未成年的趙王而是晶太后，為著那有理說不清的情仇，晶后說不定會開列出處死趙雅的條件，才肯與信陵君合作。

項少龍默然半晌，沉聲問道：「趙人仍與燕國交戰嗎？」

陶方道：「燕人仍是處於下風，廉頗殺掉燕國名將栗腹，燕人遣使求和，當然要給趙人佔點便宜。信陵君此行，首要之務是要促成燕、趙的停戰。」

項少龍的臉色更難看，道：「信陵君出發有多久？」

陶方知他仍是對趙雅念念不忘，歎道：「消息傳來時，信陵君離魏赴趙最少有五個月的時間，若信陵君和韓晶間真有秘密處死趙雅的協議，我們已來不及救她。」

項少龍一陣心煩意亂。

陶方道：「現在我們是自身難保，呂不韋的聲勢日益壯大，家將、食客達八千人，還另建比原相府規模大三倍的新相府，左丞相一職更因他故意刁難下一直懸空，使他得以總攬朝政，加上捷報頻傳，現時咸陽誰不看他的臉色做人。」

項少龍暫時拋開趙雅的事，道：「陶公今次匆匆趕來，還有甚麼事呢？」

陶方神色凝重起來，道：「此事奇怪之極，大王派了個叫騰勝的內史官來找我，召你入宮一見。所以我立即趕來通知你，看那騰勝神神秘秘的，內情應不簡單。」

項少龍心裡打了個突兀，這時烏廷芳的嬌笑聲傳來道：「項郎啊！你快來主持公道，評評人家和致致誰才是攀山的能手。」

項少龍心中暗歎，這種與世無爭的生活恐怕要告一段落。

項少龍和滕翼領著十八名手下，急趕一天一夜的路，第三天早上返抵咸陽城，立即入宮覲見秦王。

這十八人被滕翼稱為十八鐵衛，包括烏言著和烏舒兩個曾隨他出使的烏家高手在內，烏族佔十人，荊族獵手佔六人，其他兩人分別來自蒲布那夥人和紀嫣然的家將。

十八鐵衛在嚴格的訓練下，表現出驚人的潛力，故能在五千人中脫穎而出，當上項少龍的親衛，可見他們是如何高明，是特種部隊裡的頂級精銳。

自紅松林一役之後，各人痛定思痛，均發覺到自保之道，惟有強兵一途，打不過也可突圍逃走。

莊襄王早有吩咐，禁衛見項少龍到來，著滕翼等留在外宮，立即把項少龍帶到書齋去見莊襄王。

莊襄王神采如昔，只是眉頭深鎖，略有倦容。

揮退下人後，莊襄王和他分君臣之位坐下，閉門密語。

這戰國最強大國家的君主微微一笑，道：「不知不覺又半年有多，寡人和姬后不時談起你，前天早朝，寡人忽發奇想，想到假若有少龍卿家在朝就好了。現在看到你神采飛揚，盡洗當日的頹唐失意，寡人心中著實為你高興哩！」

項少龍聽得心頭溫暖，權力使人變得無情和腐化的常規，並沒有發生在這氣質高雅的人身上。同時亦黯然神傷，皆因想起他命不久矣，但更奇怪他好端端的，怎像生命已走到盡頭的人？這種種想法，使他湧起複雜無比的痛心感覺，一時間說不出話來。

莊襄王點頭道：「少龍是個感情非常豐富的人，從你的眼神可以清楚看到。你知否陽泉君三天前去世？少龍的喪妻之恨，終於得討回公道。」

項少龍愕然道：「大王處決了他嗎？」

莊襄王搖頭道：「下手的是不韋，他以為寡人不知道，軟禁他後，隔不了多少天便送上烈酒和美女給陽泉君，此人一向酒色過度，被寡人嚴禁離府，更是心情苦悶，漫無節制，半年下來，終撐不住，一命嗚呼！這樣也好，只有一死才可補贖他曾犯過的惡行。」

項少龍心中暗歎，他對陽泉君雖絕無好感，但說到底陽泉君只是權力鬥爭的失敗者，和呂不韋相比，他差得實在太遠。

莊襄王不知是否少有跟人說心事，談興大發道：「以前在邯鄲做質子時，以為可以返回咸陽便再無苦惱，哪知實情卻是另一回事。由太子以至乎現在當上君王，不同的階段，各有不同的煩惱，假若真如右相國的夢想般統一天下，那種煩惱才真教人吃不消，只是我們大秦已這般難以料理。」

項少龍暗歎這些煩惱將是小盤的事，想起秦代在各方面的建設，順口道：「小有小管，大有大管，不外由武力和政治兩方面入手，前者則分對外和對內，對外例如連接各國的城牆，防止匈奴的入侵，對內則解除六國的武裝，加以嚴密的監管，天下可太平無事。」

這些並不是項少龍的意見，而是歷史上發生了的事實。

莊襄王一對龍目亮起來，興奮地問道：「那政治方面又該如何？」

項少龍背誦般隨口應道：「大一統的國家，自然須有大一統的手段，首先要廢除分封諸侯的舊制，把天下分成若干郡縣，置於咸陽直接管轄之下，統一全國的度量衡和貨幣，使書同文、車同軌。又修築驛道、運河，促進全國的交通和經濟，久亂必治，大王何用心煩？」

莊襄王擊節讚歎道：「少龍隨口說出來的話，已是前所未聞的高瞻遠矚，這左丞相一位，非少龍莫屬了。」

項少龍劇震失聲道：「甚麼？」

莊襄王欣然道：「陽泉君終是名義上的左丞相，現在他去世，當然須另立人選，寡人正為此煩惱，但又猶豫少龍是否長於政治，現在聽到少龍這番話，寡人哪還會猶豫呢？」

項少龍嚇得渾身冒汗，他哪懂政治？只是依歷史書直說，以解開莊襄王的心事，豈知會惹來如此「可怕」的後果。忙下跪叩頭道：「此事萬萬不可，大王請收回成命！」

莊襄王不悅道：「少龍竟不肯助寡人治理我國？」

項少龍心中叫苦，道：「大王和呂相說過這事了嗎？」

莊襄王道：「蒙大將軍剛攻下趙人三十七城，所以相國昨天趕去，好設立太原郡，現在我大秦在東方有了三川和太原兩郡作據點，突破三晉的封鎖，對統一大業最為有利。但不韋卿家的工作量亦倍增，少龍是少數被不韋看得起的人之一，有你為他分擔，他便不用這麼奔波勞碌了。」

項少龍暗忖若我當上左丞相，恐怕要比莊襄王更早一步到閻王爺處報到，正苦無脫身之計，靈機一動，道：「可是若少龍真的當上左丞相，對呂相卻是有百害而無一利。」

莊襄王訝道：「少龍你先坐起來，詳細解釋給寡人知道。」

項少龍回席坐好後，向上座的莊襄王道：「少龍始終是由呂相引介到咸陽的人，別人自然當少龍是呂相的人，若少龍登上左丞相之位，別人會說呂相任用私人，居心不良。況且少龍終是外來人，以前又無治國經驗，怎能教人心悅誠服。」

莊襄王皺眉道：「但在寡人心中，再沒有比少龍更適合的人選了。」

項少龍衝口而出道：「徐先將軍是難得人才，大王何不考慮他呢？」

他和徐先只有一面之緣，但因他不賣帳給呂不韋，所以印象極深，為此脫口說出他的名字。

莊襄王龍顏一動，點頭道：「你的提議相當不錯，少龍仍否要考慮一下？」

項少龍連忙加鹽添醋，述說以徐先為左相的諸般好處，到莊襄王讓步同意，才滿額冷汗道：「少龍還有一個小小的提議。」

莊襄王道：「少龍快說。」

項少龍道：「呂相食客裡有個叫李斯的人，曾隨少龍出使，此人見識廣博、極有抱負，大王可否破格起用此人？」

莊襄王微笑道：「這只是小事一件，我立即給他安排一個位置，少龍你真是難得的人，處處只為別人著想。」

項少龍心中暗喜，道：「那位置可否能較為接近太子，有此人做太子的近侍，對太子將大有裨益。」

莊襄王完全沒有懷疑他這著是對付呂不韋最厲害的棋子，欣然道：「讓他當個廷尉如何？負上陪小政讀書之責。是了！少龍去見見姬后和小政吧！他們很渴望見到你呢！」

項少龍暗謝半年多來一直被他怨恨的老天爺後，施禮告退。

才踏出門口，兩名宮娥迎上來，把他帶往后宮去見朱姬。

項少龍明知見朱姬不大妥當，卻是欲拒無從。

到了后宮華麗的後軒，正凝視窗外明媚的秋色時，朱姬在四名宮娥簇擁裡，盈盈來到他對席處坐下，翦水般的美瞳滴溜溜的在他臉上打了幾個轉，喜孜孜地道：「少龍風采依然，人家心中真是欣慰。」

四名宮娥退至一角，項少龍苦笑道：「死者已矣，我們這些人仍有一口氣在，只好堅強地活下去。」

朱姬黯然道：「少龍！振作點好嗎？人家很怕你用這種語調說話。」

項少龍歎一口氣，沒有答她。

朱姬一時不知說甚麼話才好。

終由項少龍打破僵局，問道：「姬后生活愉快嗎？」

朱姬欣然道：「少了陽泉君這小人在搬弄是非，不韋又幹得有聲有色，政兒日漸成長，我還有何所求呢？只要項少龍肯像往日般到宮內調教政兒，朱姬再無半絲遺憾。」

項少龍被她誠懇的語調打動了少許，但同時又想起壽元快盡的莊襄王和呂不韋這心懷不軌的野心家，百感交集，黯然道：「多給點時間我考慮好嗎？」

朱姬欣然道：「人家絕不會逼你，只希望你振作點，有你助政兒，天下還不是他囊中之物？」

項少龍最怕和魅力驚人的朱姬相處，乘機告退。

朱姬今趟沒有留難，陪著他走到宮門，低聲道：「再給你半年時間，到時無論如何，你再不可推辭大王的聘任。」

這麼一說，項少龍立時知道莊襄王想任他為左丞相一事，朱姬是有份出力的。

他亦可算是朱姬方面的親信，她當然愛起用自己的人。

離開后宮，朱姬使人帶他去見小盤。

事實上項少龍一直掛念著這未來的始皇帝，雖知剛巧他在上琴清的課，也只好硬著頭皮去了。

他真有點怕見琴清，自經過趙倩等諸女的打擊後，他對男女關係，與初抵這時代時拈花惹草的心態，已有天淵之別。

換過以前，他必會千方百計情挑以貞潔守節名著秦國的俏寡婦，好設法弄她到榻上去。

現在他只希望陪紀嫣然等三女和田氏姊妹，安安靜靜、無驚無險地度過這奇異的一輩子，就謝天謝地了。

第十九章　再遇琴清

到達那天小盤追出來找他，累得他也給琴清訓斥一頓話的書軒外，項少龍向領路的內侍道：「我還是在外面園中等候太子好了。」

內侍提議道：「項太傅不若到外進稍坐，時間差不多哩！」

項少龍點頭答應，在外進一旁的臥几坐下來，忽地感到無比輕鬆，沒有呂不韋的咸陽，等若沒有了食人鱷的清澈水潭。

在這個時代所遇的人裡，雄才大略者莫過於信陵君、田單和呂不韋這三個人，但若說玩陰謀手段，前兩人都及不上呂不韋。

這大商家一手捧起莊襄王，登上秦相之位，又逼死政敵，真是翻手為雲、覆手為雨。

項少龍自問鬥他不過，但所憑藉者，就是任呂不韋千算萬算，也想不到以為是自己兒子的小盤，竟是他項少龍無心插柳下栽培出來的。

只要他捱到小盤正式坐上王位，他便贏了。

問題是他能否有那種幸運？

琴清甜美低沉的聲音在旁響起道：「項太傅！今年我們還是第一次見面哩！」

項少龍嚇了一跳，起立施禮。

俏寡婦清麗如昔，皮膚更白皙，只是看到她已是視覺所能達到的最高享受。

紀嫣然的美麗是奪人心魄，但琴清卻是另一種不同的味道，秀氣逼人而來，端莊嫻雅的外表裡藏著無限的風情和媚態。

琴清見他呆瞪自己，俏臉微紅，不悅道：「項太傅，政太子在裡面等你，恕琴清失陪了。」斂衽為禮，裊娜多姿地離開。

項少龍暗責自己失態，入內見小盤去。

這小子長得更高大了，面目的輪廓清楚分明，雖說不上英俊，可是濃眉劍目下襯著豐隆有勢的鼻子，稜角分明使人感到他堅毅不屈意志的上下唇，方型的臉龐，雄偉得有若石雕的樣子，確有威霸天下之主的雛型。

小盤正裝作埋頭讀書，再不像以前般見到項少龍便情不自禁、樂極忘形。

不知如何，項少龍反有點兒失落，似乎和小盤的距離又被拉遠了少許。

項少龍施禮時，小盤起立還禮，同時揮手把陪讀的兩個侍臣支出去。

兩人憑几席地坐下後，小盤眼中射出熱烈的光芒，低聲道：「太傅消瘦了！」

項少龍道：「太子近況可好？」

小盤點頭道：「甚麼都好！哼！陽泉君竟敢害死倩公主，該他有此報應！韓人也不會有多少好日子過。」

項少龍心中一寒，聽他說話的語氣，哪像個只有十四、五歲的孩子。

小盤奇道：「太傅你為何仍像心事重重的模樣？」

這時項少龍反希望他叫聲「師父」來聽聽，不過記起是自己禁止他這麼叫的，還有甚麼好怨的，勉強擠出笑容道：「有很多事，將來你自然會明白的。」

小盤微一錯愕，露出思索的神色。

項少龍愈來愈感到這未來的絕代霸主不簡單，道：「你年紀仍小，最緊要是專心學習、充實自己。嘿！還有沒有學以前般調戲宮女？」

小盤低聲道：「我還怎會做這些無聊事，現在唯一使我不快樂的，是沒有太傅在身旁管教我，小賁他也想念著你哩！」

說到最後一句，再次顯露出以前漫無機心的真性情。

項少龍想起當日教兩人練武的情景，那時趙倩和諸婢仍快樂地與他生活在一起，禁不住心如刀割，頽然道：「我會照顧自己的，讓我再多休息半年，好嗎？」

小盤忽然兩眼一紅，垂下頭去，低聲道：「昨晚我夢到娘！」

項少龍自然知他指的是趙妮，心情更壞，輕拍他肩頭道：「不要多想，只要你將來好好管治秦國，你娘若死後有靈，必會非常安慰。」

小盤點頭道：「我不但要治好秦國，還要統一天下，呂相國時常這麼教導我。」

項少龍苦笑搖頭，道：「那就統一天下吧！我安排了一個非常有才能的人來匡助你，那人的名字叫李斯，只要將來重用他，必可使你成為古往今來、無可比擬的一代霸主。」

小盤把「李斯」唸了好幾遍後，興奮起來道：「太傅將來肯否為我帶兵征伐六國？唉！想起可以征戰沙場，我恨不得立即長大成人，披上戰袍。」

項少龍失笑道：「將來的事將來再說吧！我要回牧場去了，不要送我，免惹人懷疑。」想起在宮內滿佈眼線的呂不韋，顧慮絕非多餘。

小盤伸手緊緊抓他手臂一下，才鬆開來，點了點頭，神情有種說不出的堅強。

項少龍看得心中一顫，唉！真不愧是未來的秦始皇！

才走出門外，兩個宮娥迎上來道：「太后有請項太傅。」

項少龍哪有心情去見華陽夫人，更怕她問起陽泉君的事，但又不敢不從，只有暗罵琴清，若不是她，太后怎知自己來了？

像上回一般，太后華陽夫人在琴清的陪同下，於太后宮的主殿見她，參拜坐定後，華陽夫人柔聲道：「項太傅回來得真巧，若遲兩天，我便見不著你了。」

不知是否因陽泉君這親弟之喪，使她比起上次見面時，外貌至少衰老幾年，仍保著美人胚子的顏容，多添了點滄桑的感覺，看來心境並不愉快。

項少龍訝道：「太后要到哪裡去？」

想起她曾託自己把一件珍貴的頭飾送給楚國的親人，自己不但沒有為她辦妥，還在紅松林丟失，事後又沒有好好交代，禁不住心中有愧，枉她還那麼看得起自己。

華陽夫人滿佈魚尾紋的雙目現出夢幻般的神色，輕輕道：「後天我會遷往巴蜀的夏宮，聽說那處地勢平坦，土地肥沃，種子撒下去，不用理會都能長成果樹，我老了，再不願見到你爭我奪的情景，只願找處美麗的地方，度過風燭殘年的歲月便算了。」

琴清插言道：「巴蜀盆地山青水秀，物產豐饒，先王派李冰為蜀郡守，在那裡修建都江堰，把千頃荒地化作良田，太后會歡喜那地方的。」

華陽夫人愛憐地看著琴清，微笑道：「那為何你又不肯隨我到那裡去？咸陽還有甚麼值得你留戀呢？真教人放不下心來。」

琴清美目轉到項少龍處，忽地俏臉一紅，垂下頭去，低聲道：「琴清仍未盡教導太子之責，不敢離去。」

項少龍既感受兩人間深摯的感情，又是暗暗心驚，難道冷若冰霜的琴清，竟破了多年戒行，對自己動情？不過細想又非如此，恐怕是他自作多情居多。

唉！感情實在是人生最大的負擔，他已無膽再入情關。像與善柔般有若白駒過隙、去留無跡的愛戀是多麼美麗，一段回憶已足夠回味一生。

三人各想各的，殿內靜寂寧洽。

華陽夫人忽然道：「少龍給我好好照顧清兒，她為人死心眼，性格剛烈，最易開罪人。」

琴清抗議地道：「太后！清兒懂照顧自己的。」

項少龍暗叫不妙，華陽夫人定是看到點甚麼，才有這充滿暗示和鼓勵性的說話。

華陽夫人臉上現出倦容，輕輕道：「不阻太傅返回牧場了，清兒代我送太傅一程好嗎？」

項少龍忙離座叩辭。

琴清陪他走出殿門，神態尷尬異常，默默而行，雙方不知說甚麼話才好。

到太后宮外門處，項少龍施禮道：「琴太傅請留步，有勞相送了。」

琴清臉容冷淡如昔，禮貌地還禮，淡淡道：「太后過於關心琴清，才有那番說話，項太傅不必擺在心上。」

項少龍苦笑道：「傷心人別有懷抱，項某人現在萬念俱灰，琴太傅請放心。」言罷大步走了。

留下琴清呆在當場，芳心內仍蕩漾著項少龍臨別時充滿魂斷神傷意味的話兒。

雨雪飄飛，項少龍在隱龍別院花園的小亭裡，呆看入冬後第一次的雪景。

去年初雪，籌備出使事宜的情景，猶歷歷在目。

趙倩和春盈等四婢因可隨行而雀躍，翠桐諸婢則因沒份兒心生怨懟。

俱往矣！

嬌柔豐滿的火熱女體，貼背而來，感到芳香盈鼻，一對纖細的玉掌蒙上他的眼睛，豐軟的香唇貼在他的耳朵道：「猜猜我是誰？」

這是烏廷芳最愛和他玩的遊戲之一，項少龍探手往後，把美人兒摟到身邊來，笑道：「紀才女想扮芳兒騙我嗎？」

粉臉冷得紅撲撲的紀嫣然花枝亂顫地嬌笑道：「扮扮被人騙倒哄我開心都不可以嗎？吝嗇鬼！」

項少龍看著這與自己愛戀日深的美女，心中湧起無盡的深刻感情，痛吻一番後問道：「她們到哪裡去了？」

紀嫣然纏上他粗壯的脖子，嬌吟細細地道：「去看小滕翼學走路，那小子真逗人歡喜哩！」

項少龍想起自己始終不能令諸女有孕，神色一黯時，紀嫣然已道：「項郎不用介懷，天意難測，天公若不肯造美，由祂那樣好了，我們只要有項郎在旁，便心滿意足。」

項少龍苦笑一下，岔開話題道：「有沒有乾爹的消息？」

紀嫣然道：「三個月前收到他一卷帛書後，再沒有新消息，我才不擔心他老人家哩！四處遊山玩水，都不知多麼愜意。」

又喜孜孜道：「二嫂又有身孕了，她說若是兒子，就過繼給我們，我們開心死了，巴不得她今天就臨盆生子。」

項少龍感受著與滕翼的手足之情，心中湧起溫暖，暗忖這是沒有辦法中的最佳辦法，哪教自己這來自另一時空的人，失去令女子懷孕的能力。

紀嫣然道：「想不想知道前線的最新消息？」

自由咸陽回來後，他有點逃避的心態，很怕知道外間發生的一切，尤其恐懼聽到趙雅遭遇不幸的噩耗。

吻她一口，輕輕道：「說吧！再不說便把你的小嘴封了。」

紀嫣然媚笑道：「那嫣然或會故意不說出來，好享受夫君的恩寵。」

項少龍忍不住又和她纏綿起來，極盡男女歡娛。

良久後，才女始找到機會喘息道：「人家來是要告訴你好消息嘛！你擔心的事，只發生了一半，晶后確要求信陵君殺死趙雅，信陵君卻不肯答應，還到齊國去，氣得晶后接受燕人割五城求和的協議，然後遣廉頗攻佔魏地繁陽，你說晶后是否自取滅亡呢？失三十七城，還與魏人開戰。」

項少龍大喜道：「這麼說，信陵君確是真心對待雅兒了。」

紀嫣然道：「應是如此，否則雅夫人怎捨得項郎你呢？唉！其實這都是夫人的心結作祟，她因曾出賣過烏家，所以很怕到咸陽來面對烏家的人，她曾多次為這事流淚痛哭，致致是最清楚的，只是不敢告訴你吧！」

項少龍反舒服了點，至少趙雅的見異思遷，並非因她水性楊花。

紀嫣然續道：「呂不韋當然不肯放棄趙、魏交惡的機會，立即遣蒙將軍入侵魏境，爭利分肥，攻取魏國的高都和汲兩處地方，可惜他野心過大，同時又命王齕攻打趙人的上黨，硬逼魏、趙化干戈為玉帛，照我看憑信陵君的聲望，定可策動六國的另一次合縱。」

項少龍不解道：「我始終不明白為何呂不韋這麼急於攻打趙國，當日我回咸陽時，他還說會同時對韓、趙用兵，結果只是攻打趙人，放過韓國，令人難解。」

紀嫣然笑道：「為何我的夫君忽然變蠢了，這是一石數鳥之計，晶后是韓人，現在趙國大權在握，說不定會與韓國合併，成為一個新的強大王國，呂不韋怎容許有這種事情發生，所以猛攻趙國，務求削弱趙人力量。兼之孝成王新喪，李牧則在北疆抵禦匈奴，廉頗又與燕人交戰，此實千載一時的良機，呂不韋豈肯放過？」

項少龍一拍額頭，道：「我的腦筋確及不上紀才女，說不定還是姬后的意思，她和大王最恨趙人，怎也要出這一口氣。」

紀嫣然道：「勝利最易沖昏人的頭腦，若讓六國聯手，呂不韋怕要吃個大虧，那時他又會想起項郎的好處。」

項少龍望往漫空飄舞的雪粉，腦內浮現著六國聯軍大戰秦人的慘烈場面。

冬去春來，每過一天，項少龍便心驚一天，怕聽到莊襄王忽然病逝的消息。

根據史實，他登基後三年因病辭世，到現在已是頭尾整整三年了。

這天烏應元和烏卓由北疆趕回來，到牧場立時找了滕翼、荊俊、蒲布、劉巢、烏果和項少龍眾烏家領袖去說話，剛由關中買貨回來的烏廷威，亦有參與這次會議，除陶方因要留在咸陽探聽消息外，另外還有烏應元的兩位親弟烏應節和烏應恩，烏家的重要人物可說差不多到齊。

各人均知烏應元有天大重要的事情要公佈。

在大廳依席次坐好後，門窗給關起來，外面由家將嚴密把守。

烏應元這一族之長歎了一氣口道：「少龍與呂不韋的事，烏卓已告訴我，少龍切勿怪他，你大哥終須聽我這做家長的話。」

烏卓向項少龍做了個無可奈何的表情，烏廷威等直系的人均臉色陰沉，顯已風聞此事。嚴格來說，項少龍、滕翼等仍屬外人，只是因項少龍入贅烏家，滕翼、荊俊又與烏卓結拜為兄弟，更兼立下大功，故才被視為烏家的人。

蒲布、劉巢則是頭領級的家將，身份與烏果相若。

烏應元苦笑道：「我們烏家人強馬壯，擅於放牧，難免招人妒忌，本以為到大秦後，因著同根同源可以相安無事，豈知卻遇上呂不韋這外來人，尤可恨者是我們對他忠心一片，又為他立了天大功勞，豈知換來的只是絕情絕義的陷害，若非少龍英雄了得，早慘死洛水之旁。先父有言，不能力敵者，惟有避之而已。」

烏應節道：「國之強者，莫如大秦，我們還有甚麼可容身的地方？」

烏應恩也道：「六國沒有人敢收容我們，誰都不想給呂不韋找到出兵的藉口。」

一直與項少龍嫌隙未消的烏廷威道：「呂不韋針對的，只是少龍而非我們烏族，為大局著想，不若……」

烏應元臉色一沉，怒道：「住嘴！」

項少龍與烏卓對望一眼，均感「江山易改，本性難移」這兩句話的至理。

烏廷威仍不知好歹，抗議道：「我只是說少龍可暫時避隱遠方，並不是……」

烏應元勃然大怒，拍几怒喝道：「生了你這忘情背義、目光短小如鼠的兒子，確是我烏應元平生之恥，給我滾出去，若還不懂反思己過，以後族會再沒有你參與的資格。」

烏廷威臉色數變，最後狠狠瞪項少龍一眼，憤然去了。

廳內一片難堪的沉默。

烏應節和烏應恩兩人眉頭深鎖，雖沒有說話，但顯然不大同意烏應元否決烏廷威的提議。

項少龍大感心煩，他最大的支持力量來自烏家，若根基動搖，他再沒有本錢。

以他的性格，如不是有小盤這心事未了，定會自動接受離開秦國的提議，現在當然不可以這麼做。

烏卓打破僵持的氣氛，道：「今趟我和太少爺遠赴北疆，是要到塞外去探察形勢，發覺那處果然別有天地，沃原千里，不見半點人跡，若我們到那處開荒經營，將可建立我們的王國，不用像現在這般寄人籬下，仰看別人的臉色行事。」

烏應恩色變道：「大哥千萬要慎慮此事，塞外乃匈奴和蠻族橫行的地方，一個不好，說不定是滅族之禍。」

烏應元道：「我烏家人丁日盛，每日均有出生的嬰兒，這樣下去，終不是辦法，惟有建立自己的國家，方是長遠之計，趁現在諸國爭雄無力北顧，正是創不朽事業的最佳時機，何況我們有項少龍、滕翼如此猛將，誰敢來惹我們？」

烏應節道：「建族立國，均非一蹴可成的事，大哥須從長計議，現在大王、王后對少龍恩寵之極，呂不韋應不敢公然對付我們。」

烏應元容色稍緩，微笑道：「我並沒有說現在走，今趟到北疆去，曾和少龍的四弟王翦見面，坦誠告知他我們的情況。王翦乃情深義重的人，表示只要他一天鎮守北疆，定會全力支援我們。居安思危，我們便用幾年時間到塞外找尋靈秀之地，先扎下根基，到將來形勢有變時，可留有退路，不致逃走無門，束手待斃。」

烏應節道：「不若請少龍去主持此事，那就更為妥當。」

滕翼等無不心中暗歎，說到底，除烏應元這眼光遠大的人外，其他烏系族長均是只圖逸樂之輩，捨不得離開大秦這豐饒富足的國家。

烏應元臉色一沉，道：「那豈非明著告訴呂不韋我們不滿此地嗎？若撕破臉皮，沒有少龍在，我烏家豈非要任人宰割？」

烏卓插嘴道：「創業總是艱難的事，但一旦確立根基，將可百世不衰，我們現在雖似是不得已而為之，說不定可因禍得福。到塞外開荒一責就交由我去辦，憑我們幾位兄弟一手訓練出來的一千烏家軍，縱橫域外雖仍嫌力薄，自保卻是有餘，各位放心好了。」

烏應元斷然道：「這事就此決定，再不要三心兩意，但須保持高度機密，不可洩露出去，否則必以家法處置，絕不輕饒。」

轉向烏卓道：「你去警戒那畜生，令他守密，否則休說我烏應元不念父子之情。」

敲門聲響，一名家將進來道：「呂相國召見姑爺！」

眾人齊感愕然。

呂不韋為何要找項少龍呢？

第二十章　兩全其美

項少龍、滕翼、荊俊偕同十八鐵衛返回咸陽，立即趕往相國府，途中遇上數十名秦兵，護著一輛馬車在前方緩緩而行。

項少龍不知車內是哪個大臣，不敢無禮搶道，惟有跟在後方，以同等速度前進。

前方帶頭的秦兵忽地一聲令下，馬車隊避往一旁，還招手讓他們先行。

項、滕兩人心中大訝，究竟誰人如此客氣有禮，偏是簾幕低垂，看不到車內情形。

荊俊最是好事，找得隊尾的秦兵打聽，馳上來低聲道：「是咸陽第一美人寡婦清！」

項少龍回頭望去，心中湧起一種奇妙的感覺。

項少龍很想能先碰上圖先，探聽呂不韋找他何事，卻是事與願違。

在書齋見到呂不韋，這個正權傾大秦的人物道：「少龍你為何如此莽撞，未向我請示，竟向大王提議任徐先這不識時務的傢伙做左丞相，破壞我的大計，難道我走開一陣子都不行嗎？」

項少龍已知此事瞞他不過，心中早有說詞，微笑道：「那時大王要立即決定人選，相國又不知何時歸來，可是少龍的提議卻是絕對為呂相著想，只有讓秦人分享權力，才能顯出呂相胸懷廣闊，不是任用私人之輩。這麼一來，秦廷誰還敢說呂相閒話？」

呂不韋微一錯愕，雙目射出銳利的神光，凝神看他好一會兒後，才道：「少龍推辭了這僅次於我的職位，是否亦為同樣的理由呢？」

項少龍知他給自己說得有點相信，忙肯定地點頭道：「呂相對我們烏家恩重如山，個人榮辱算得甚麼？」

呂不韋望往屋頂的橫樑，似乎有點兒感動，忽然道：「我有三個女兒，最小的叫呂娘蓉，就把她許配與你吧！好補替倩公主的位置。」

驀地裡，項少龍面對著一生人中最艱難的決定。

只要他肯點頭，呂不韋將視他為自己人，可讓他輕易捱到小盤二十二歲行加冕大禮，正式成為秦國之君，再掉轉槍頭對付這奸人，烏家也可保平安無事。

但亦只是這一點頭，他便要乖乖做大仇人的走狗，還加上呂娘蓉此沉重的心理負擔，對深悉內情的紀嫣然等更是非常不公平。

呂不韋乃這時代最有野心的奸商，絕不會做賠本生意。

現在既除去以陽泉君為首的反對派，項少龍又得秦王、秦后寵愛，除之不得，遂收為己用。此招之為婿的方法，確是高明的一著。

項少龍猛一咬牙，跪拜下去，毅然道：「呂相請收回成命，少龍現在心如死灰，再不想涉及嫁娶之事，誤了小姐的終身。」

呂不韋立時色變，正要逼他時，急密的敲門聲傳來，一名家將滾進來伏地跪稟道：「相爺，大事不好，魏人信陵君率領燕、趙、韓、楚、魏五國聯軍，大破我軍於大河之西，蒙大將軍敗返函谷關，聯軍正兵臨關外。」

這句話若晴天霹靂，震得兩人忘記僵持的事，面面相覷。

呂不韋跳了起來，道：「此事大大不妙，我要立即進宮晉見大王。」

看著他的背影，項少龍記起紀嫣然的預言，想不到竟然應驗，也使他避開與呂不韋立即撕破臉皮的危機。

項少龍和滕翼等離開相府，不敢在秦國危機臨頭的時刻不顧而去，遂往烏府馳去，好留在咸陽等候消息。

剛踏入門口，陶方迎上來，神情古怪的道：「有個自稱是少龍故交的漢子在等你，他怎知你今天會回來呢？」

項少龍心中大訝，獨自到偏廳去見這不速之客。

那人帶著遮陽的竹帽，背門而坐，身量高頎，透出一股神秘的味道。

背影確有些眼熟，卻怎也想不起是何人。

那人聽到足音，仍沒有回頭。

項少龍在他對面坐下，入目是滿腮的鬍髯，卻看不到被竹帽遮掩的雙眼。

他正要詢問，這怪人緩緩挪開竹笠。

項少龍大吃一驚，駭然道：「君上！」

龍陽君雖以鬍髯掩飾「如花玉容」，眉毛亦加濃了，可是那對招牌鳳目，仍使項少龍一眼認出他來。

兩人對視一會兒，龍陽君微微一笑，道：「董兄果是惦念舊情的人，沒有捨棄故人。」

項少龍苦笑道：「終瞞你不過。」

龍陽君從容道：「董馬癡怎會這麼不明不白地輕易死掉，項少龍更不會完全沒出過手便溜回咸陽，我還特別派人到楚國印證此事，剛好真的董馬癡全族被夷狄殺害，別人或會以為那是疑兵之計，但我卻知道真的董馬癡確已死掉，假的董馬癡仍在咸陽風流快活，否則趙致亦不會溜回咸陽會她的夫郎了。」

項少龍早知騙他不過，歎道：「信陵君剛大破秦軍，君上可知此來是多麼危險？」

龍陽君道：「怎會不知道？我正因秦軍敗北，才要匆匆趕來。」

項少龍歎道：「雅夫人好嗎？」

龍陽君露出一絲苦澀的笑意，由懷裡掏出一隻晶瑩通透的玉鐲，柔聲道：「是趙雅託我交你之物，以示她對你的愛永不改變，永恆如玉，只是限於環境，又不願令你為難，才忍心不到咸陽來尋你，希望你明白她的苦心。」

項少龍把玉鐲緊握手裡，心若刀割。好一會兒後，沉聲道：「君上來此，有何貴幹？」

龍陽君歎道：「還不是為了被軟禁在咸陽做質子的敝國太子增，今次秦兵大敗，秦人必會遷怒於他，要殺之洩憤。我們大王最愛此子，奴家惟有冒死營救。」

項少龍這才想起戰敗國求和時，慣以王族的人做質子為抵押品，秦國戰無不勝，可能各國均有人質在咸陽。不禁頭痛起來，道：「君上想我項少龍怎樣幫忙？」

龍陽君道：「現在秦君和呂不韋對項兄寵信有加，只要項兄美言兩句，說不定可保敝國太子增一命。」

項少龍斷然道：「君上放心，衝著我們的交情，我會盡力而為。」

口上雖是這麼說，但想起呂不韋愈來愈明顯的專橫暴戾，實在半分把握都沒有。

龍陽君立即喜上眉梢，正要感謝時，陶方進來道：「大王召少龍入宮議事。」

項少龍長身而起，改口道：「龍兄請留在這裡等候消息。」

又向陶方說了幾句要他照拂客人的話後，匆匆入宮去了。

秦宮的禁衛統領安谷傒破天荒首次在宮門候他，把他領往後宮莊襄王處理公務的內廷去，態度頗為客氣，使他有點受寵若驚。

這安谷傒高俊威武，年紀在二十五、六歲間，雖非嬴姓，卻是王族的人。能當得上禁軍大頭領的，多少和王室有點血緣關係，在忠誠方面無可置疑，以呂不韋的呼風喚雨，亦不能使手下打進這系統去，否則將可操縱秦君的生死。

安谷傒對項少龍頗有惺惺相惜之意，到內廷宏偉的宮闕外時，忽地低聲道：「項太傅一力舉薦徐將軍當左丞相，我們禁衛都非常感激。」

項少龍呆了一呆，終明白其中的變化。

徐先乃秦國軍方德高望重的人，卻受到呂不韋的排擠，項少龍推介他，自然贏得軍方的好感。

兩人步上長階，守衛立正敬禮，令項少龍亦感風光起來，這種虛榮感確是令人迷醉。

安谷傒把他送至此處，著守衛推開大門，讓他進入。

才踏入殿內，項少龍嚇了一跳。

只見莊襄王高踞大殿盡端兩層臺階之上的龍座，階下左右分立五、六名文臣武將。右邊居首的當然是右丞相呂不韋，左邊則是硬漢徐先，其他的人裡，他只認得大將王陵、關中君蔡澤、將軍杜璧，都是在與王翦比武時見過面的，這三人均為秦室重臣，其他五人不用說官職身份均非同小可。

項少龍依禮趨前跪拜。

莊襄王見到他便心生歡喜，道：「項太傅平身！」

項少龍起來後，呂不韋搶著為他引介諸人，當然是要向眾人表示項少龍是他的心腹。

他認得的三人中，王陵和杜璧均為軍方要人，與王齕、徐先在軍方有著同等級的資歷。蔡澤則是呂不韋任前的右丞相，為人面面俱到，故雖被呂不韋擠下來，仍受重用。

至於其他五人，僅居徐先下首的赫然是與王齕和徐先並稱「西秦三虎將」之一的鹿公，中等身材，年紀在五十許間，長得一把長鬚，眉濃髮粗，眼若銅鈴，身子仍極硬朗，見到項少龍，灼灼的目光打量他，神態頗不友善。

另四人分別為左監侯王綰、右監侯賈公成、雲陽君嬴傲和義渠君嬴樓，後兩人是王族直系的人，有食邑封地。

這些人個個表情木然，大多對項少龍表現出頗為冷淡的態度，竟連理應感激他的徐先亦不例外，只有蔡澤和王綰仍算客氣。

此緊急會議雲集了咸陽最高層的大臣名將，可見形勢多麼危急。

秦人最忌是東方諸國的合縱，而今次信陵君只憑五國之力便大敗秦軍，可見秦人的恐懼，是絕對有根據的。

項少龍自知身份，退到呂不韋那列的末席，學眾臣將般肅手恭立。

莊襄王仍像平時那副氣定神閒的樣子，柔聲道：「少龍可知寡人急召卿來，所為何事？」

項少龍心叫不妙，這個軍事會議開了至少兩個時辰，應已得出應付眼前困局之法，這麼召自己前來，不用說極可能是要派自己領軍去應付五國聯軍。

由此可見呂不韋表面雖權傾大秦，但在軍中勢力仍然非常淺薄，蒙驁兵敗，除他項少龍外再無可用之將。

自己雖曾展示軍事的天份，始終未曾統率過以十萬計的大軍，與敵對決沙場，難怪與會諸人均有不滿的表情。

項少龍恭敬道：「請恕微臣愚魯！」

徐先道：「大王請三思此事！」

其他鹿公、賈公成等紛紛附和，勸莊襄王勿要倉卒決定。

將軍杜璧更道：「五國聯軍鋭氣方殷，若棄函谷關之險，妄然出戰，一旦敗北，恐函谷關也不保，那時聯軍長驅直進，大秦基業怕要毀於一旦，此刻實宜守不宜攻。」

呂不韋臉色陰沉之極，冷冷道：「我們今趟之敗，實因敵人來得突然，以致措手不及，此次既有備而戰，將完全是另一番情況。」

鹿公冷哼一聲，道：「信陵君乃足智多謀的人，當年曾破我軍於邯鄲城外，前車可鑑，右相國怎可說得這般容易。」

徐先接口道：「我軍新敗，銳氣已挫，縱是孫武復生，怕亦要暫且收斂，大王請三思。」這是他第二趟請莊襄王三思，可知他反對得多麼激烈。

呂不韋不悅道：「太原郡、三川郡、上黨郡關係我大秦霸業的盛衰，若任由無忌小兒陳兵關外，三郡一旦失守，彼長我消，更是不利，大王明察。」

莊襄王斷然道：「寡人意已決，就任命……」

在這決定性的時刻，殿外門官唱道：「魏國太子魏增到！」

呂不韋冷然道：「不殺此人，難消我心頭之恨！」

莊襄王正要下令押太子增進來，項少龍大駭撲出，下跪叩首道：「大王請聽微臣一言。」包括莊襄王和呂不韋在內，眾人無不驚奇地看著跪伏地上的項少龍。

事實上連項少龍也不知自己應該說些甚麼話，只知若讓太子增進殿，被莊襄王下以處死的命令，那他就有負龍陽君所託。

他和龍陽君的關係非常複雜，可是只要他開口請求，便感到必須為他辦到。只衝著他維護趙雅一事，就義不容辭了。

莊襄王訝道：「少龍想說甚麼？」

項少龍心中叫苦，腦際靈光一閃，道：「微臣剛才聽到的，無論主攻主守，均有得失風險，所以想出一個兩全其美之法，讓大王不費一兵一卒，立可解去函谷關之危。」

眾人大訝，都不知他有何妙法。

莊襄王對他最有信心，所以才會同意呂不韋薦他領軍出征之議，欣然道：「快說出來給寡人參詳。」

項少龍道：「今次五國之所以合縱成功，兵臨關下，關鍵處全繫於無忌公子一人身上，此人若去，聯軍之圍不戰自解，太原三郡可保安然。」

眾人無不點頭，連呂不韋都恨不得他有兩全其美之法，他雖一力主戰，其實是孤注一擲，如若再敗，就算仍能守住函谷關，他的地位亦將不保。

項少龍道：「當日微臣曾到大梁……」一五一十的把信陵君要藉他刺殺安釐王一事說出來，然後道：「只要微臣把此事告訴太子增，讓他回國說與魏王曉得，魏王必心生懼意，怕魏無忌凱旋而歸，乘勢奪其王位，在這情況下，當會把魏無忌召返國內，奪其兵權，如此聯軍之圍，不攻自破。」

眾人均聽得不住點頭稱許。

信陵君魏無忌與魏王的不和天下皆知，當年信陵君盜虎符救趙後，便要滯留邯鄲不敢回魏，只因秦人攻魏，安釐逼不得已下央信陵君回去，若說安釐不忌信陵君，是沒人肯相信的。

秦人一向愛用反間之計，白起攻長平，就以反間之計中傷廉頗，使孝成王以趙括代廉頗，招來長平慘敗。

小小一個反間計，有時比千軍萬馬還要厲害。

徐先皺眉道：「項太傅的提議精采之極，可是本相仍有一事不解，若這樣明著放魏增回去說出這番話來，那豈非誰都知道我們在用反間計嗎？」

杜璧也道：「此計雖好，卻很難奏效。」

項少龍一點不奇怪杜璧為何特別針對自己，杜璧一向屬於擁秦王次子成蟜的陣營，只不知是否由於身份崇高，並未被陽泉君一事牽連。

以呂不韋趕盡殺絕的手段，當然不會心軟而放過他，可知此人定有憑恃。

項少龍道：「三天前，魏國的龍陽君派人來遊說微臣，希望微臣為太子增美言兩句，保他性命。假若微臣賣個人情與龍陽君的人合作，助太子增偷離咸陽，同時又把信陵君之事詐作無意中洩露與他知道，這反間之計，便可望成功。」

莊襄王讚歎道：「少龍果不負寡人期望，此計妙絕，就如你所說，由你全權去辦。」

徐先等最緊要是不用出關與敵硬拚，呂不韋亦樂得不用冒險，於是皆大歡喜，轉而商量如何可令太子增不起疑心的妙計。

一切商量妥當後，莊襄王把太子增召進來，痛斥一頓，呂不韋提議把他處決。

太子增嚇得臉青唇白，軟倒地上，項少龍出而求情，力數信陵君的不是，順勢在莊襄王詢問下，把信陵君當日的陰謀說出來。

最後當然饒過太子增的小命，只令他不准踏出質子府半步，聽候處置。

莊襄王和呂不韋仍留在內廷商議時，項少龍藉口要去聯絡龍陽君的人，與其他大臣一起離開內廷。

諸人對他的態度大為改善，只有杜璧在眾人讚賞項少龍時，一言不發的離開。

鹿公、徐先兩人扯著項少龍一道離去。

鹿公忽道：「你為何向大王舉薦徐大將軍呢？」

項少龍想不到這老將如此坦白，有點尷尬地道：「只因徐將軍乃不畏權勢的好漢子，就是這樣。」

徐先肅容道：「項少龍才是真正的英雄好漢，我徐先至少學不到太傅視功名權位如浮雲的胸襟，當日只要你肯點頭，就是我大秦的左丞相，今天你若肯點頭，現在已是三軍之帥了。」

忽然間，項少龍知道自己贏得軍方人士的尊敬，此事突如其來，教他難以相信。

快要到停放車馬的外廣場時，一個宮娥跪倒道旁，道：「項太傅請留步說話。」

徐先兩人均知他與王后、太子關係密切，還以為王后來召他，兩人表示要約一晚和他宴會共歡後，先一步走了。

項少龍也當是朱姬派人來截他，心中苦笑時，宮娥遞上一個精緻的漆盒，立即告退。

項少龍打開漆盒，芳香撲鼻而來，盒內有張摺疊得很有心思的絲箋，打開一看，上面疏密有致地佈著幾行秀麗瀟灑的秦隸字體，下面署名琴清。

他又驚又喜，還以為美女和他私通款曲，到看畢時，才知琴清想約紀嫣然到她家中小住幾日。

既鬆了一口氣，又禁不住有點失望，心情矛盾之極。

到與滕翼等會合後，腦海中仍浮動著她風姿優雅、談吐溫嫺的音容玉貌。

回到烏府，立即到上房找龍陽君。

龍陽君聽他把整件事和盤說出，訝道：「既是反間之計，為何卻要說出來給我聽？」

項少龍聳肩道：「君上這麼信任我，我怎忍心騙你。」

龍陽君道：「信陵君想刺殺大王，是否確有其事？」

項少龍點頭道：「這倒是不假。」

龍陽君道：「那就成了，你雖說是反間計，卻極有可能發生，秦人既閉關不出，信陵君遲早無功而退，遲些早點，沒有分別。經此一役後，天下應有一段平靜的日子，目下當務之急，就是要把太子弄回大梁去，少龍你定要做得似模似樣，那你我都可立個大功了。」

項少龍當然明白他的意思，龍陽君一向與信陵君誓不兩立，不是你死就是我亡，有此可扳倒信陵君的妙法，他怎肯放過。

信陵君是殺害小昭等諸女的幕後主事人，項少龍恨不得插他兩劍，唯一擔心的，是怕趙雅受到株連。

龍陽君何等精明，看穿他的心意，道：「無忌公子名震六國，大王怎也不敢處死他，且亦非那麼容易，只會奪他兵權，讓他投閒置散，無論如何，我會保著趙雅。」

項少龍放下心事，與龍陽君商量行事的細節後，就在當夜「無驚無險」地由龍陽君和他的人一手包辦，把太子增救出咸陽，還擁有過關的正式文書，逃返魏國去。

項少龍為躲避呂不韋重提婚事，連夜溜回牧場。

他的心情開朗起來，開始與三位嬌妻和田氏姊妹兩婢回復以前有說有笑的歡樂日子。

善蘭瓜熟蒂落，產下一子，如諾過繼給項少龍，更是喜上添喜。

在充盈歡樂氣氛的時刻裡，牧場忽來了個不速之客，赫然是圖先。

相府的大管家神情出奇地凝重，坐下後歎氣道：「今次糟了！」

第二十一章　內憂外患

項少龍大吃一驚，暗忖以圖先這麼沉穩老到的人也要叫糟，此事必非同小可，忙追問其詳。

圖先道：「令舅昨晚到相府找呂不韋，談了足有兩個時辰，事後呂不韋吩咐呂雄和我派人監視你的動靜，還大發脾氣，臭罵你一頓，說你不識抬舉，又舉薦徐先做左丞相，看來令舅對你必然沒有甚麼好說話。」

今趟輪到項少龍臉青唇白，忙使人把岳丈烏應元和滕翼請來，說出這件事。

烏應元拍桌大罵道：「忤逆子竟敢出賣家族，我定要以家法把他處死。」

滕翼的臉色亦變得非常難看，若呂不韋有心對付他們，確是非常頭痛的事。

圖先道：「究竟廷威少爺向呂不韋說過甚麼話？假若呂不韋知道整件事情，應該會避忌我，甚或立即把我處死，不會像現在般仍著我為他辦事。」

烏應元整個人像忽然蒼老近十年，頹然歎道：「幸好我早防他們一手，只說呂不韋這人表面看來豁達大度，其實非常忌才，不大可靠。現在少龍得大王、王后愛寵，恐會招他之忌，所以必須早作防範，留好退路。至於細節，卻沒有告訴他們。」

滕翼沉聲道：「我看廷威少爺仍沒有那麼大膽，此事或有族內其他長輩支持，所以未調查清楚，切勿輕舉妄動。」

圖先點頭道：「滕兄說得對，假若抓起廷威少爺，必會驚動呂不韋，那他就知有內鬼。」

烏應元再歎一口氣，目泛淚光。烏廷威畢竟是他親生骨肉，哪能不傷心欲絕。

圖先續道：「以呂不韋的精明，見少龍你出使不成回來之後，立即退隱牧場，又準備後路，必然猜到給你識破他的陰謀。此事若洩露出來，對他的影響非同小可，他絕不會放過你們。」

烏應元拭掉眼淚，冷哼一聲，道：「現在秦廷上下均對少龍另眼相看，我們烏家牧場又做得有聲有色，他能拿我們怎樣？」

圖先道：「呂不韋新近招納了一位著名劍手，與以前被少龍殺死的連晉同屬衛人，聽說兩人還有師兄弟的關係。此人叫管中邪，生得比少龍和滕兄還要粗壯，論氣力可比得上囂魏牟，劍法、騎術則猶有過之，有以一擋百之勇，人又陰沉多智，現在成為呂不韋的心腹，負責為他訓練家將，使呂不韋更是實力倍增，此人絕不可小覷。」

滕翼和項少龍均感頭皮發麻，若此人比囂魏牟更厲害，恐怕他們都不是對手。當日之所以能殺死囂魏牟，皆因先用計射他一箭，否則勝負仍是難以預料。

烏應元道：「圖管家和他交過手嗎？」

圖先苦笑道：「和他玩過幾下子，雖沒有分出勝負，但圖某自知遠及不上他，否則哪會把他放在心上。」

三人無不動容。

要知呂府芸芸家將中，圖先一向以劍術稱冠，假若連他也自認遠及不上管中邪，可知他是如何厲害了。

滕翼道：「呂不韋既得此人，說不定會在宴會的場合藉表演劍法為名，逼少龍動手，再以失手為藉口殺害少龍。那既非私鬥，秦人在宴會比武又視同家常便飯，既成事實，恐大王亦難以怪罪他。」

烏應元倒對項少龍充滿信心，這當然是因他不知道囂魏牟的厲害。冷笑道：「少龍是那麼容易殺死的嗎？不過以後出入倒要小心點。」

項少龍暗忖一日未和呂不韋正式翻臉，很多事避無可避，歎道：「呂不韋四處招攬人才，還有甚麼其他像樣的人物？」

圖先道：「論文的有個叫莫傲的人，此人才智極高，見聞廣博，但心術極壞，使人假扮陽泉君偷襲你們的主意，可能是出自這人的壞心腸。他更對醫藥之道極有心得，先王之死，應是由他下手配製毒藥。」

滕翼皺眉道：「這事連你也不知道嗎？」

圖先歎道：「莫傲娶了呂雄的妹子，可算是呂不韋的親族。這種天大重要的事，除他自己的族人外，連我這跟他十多年的親信也瞞過，如今還設法削掉我的人，唉！」說到最後，露出傷痛悵惘的神色。

烏應元忍不住道：「圖管家為何不像肖先生般一走了之？」

圖先臉容深沉下來，咬牙切齒的道：「這種無情無義的人，我怎也要看他如何收場。幸好我尚對他有很大的利用價值，只要他一天不知道我已識穿他的陰謀，他仍不會對付我，表面上，他怎也要擺出重情重義的虛偽樣子。」

項少龍陪他歎了一口氣，道：「剛才你說文的有這莫傲，那武的還有甚麼人？」

圖先道：「還有三個人，雖遠及不上管中邪，但已是不可多得的一流好手，他們是魯殘、周子桓和嫪毒。」

項少龍劇震道：「嫪毒？」

三人同時大訝的瞪著他。

圖先奇道：「你認識他嗎？他雖是趙人，但三年前早離趙國四處碰機會，後來在韓國勾引韓闖的愛妾，被韓闖派人追殺，才被迫溜來咸陽，少龍理應沒有機會和他碰過頭。」

項少龍有口難言，在《秦始皇》那齣電影裡，嫪毒乃重要的奸角，勾搭朱姬後脫離呂不韋的控制，干擾朝政，密謀造反，這些事怎能對他們說呢？苦笑道：「沒有甚麼？只是這人的名字很怪罷了！」

三人仍懷疑地看著他。

項少龍攤手道：「說實在的，不知為何我聽到這個人的名字有點心驚肉跳的感覺。嘿！這是個怎麼樣的人呢？」

他這麼說，三人反而可以接受，無不心生寒意。

滕翼本是一無所懼的人，但現在有了嬌妻愛兒，心情自是迥然有異。

圖先沉吟片晌，道：「嫪毒這人很工心計，最擅逢迎吹拍之道，很得呂不韋歡心。兼之他生得一表人才，有若玉樹臨風，婦人小姐見到他，就像螞蟻見到蜜糖。在咸陽裡，他是青樓姑娘最歡迎的人。」

頓了頓又道：「據說他天賦異稟，晚晚床笫征戰亦不會力不從心，曾有連御十女的紀錄。呂不韋最愛利用他這專長，著他勾引人家妻妾，探聽消息。哼！這人是天生無情無義的人，也不知誤了多少良家婦女的終身，若不是有呂不韋維護他，早給人殺掉。」

四人沉默下來。

呂不韋招攬的人裡，有著不少這類「奇人異士」，若和他公然對抗，確非一件愉快的事。

烏應元歎道：「圖管家這樣來找我們，不怕呂不韋起疑心嗎？」

圖先道：「今次我是奉他之命而來，邀請少龍三天後到咸陽相府赴宴。至於他為何宴請少龍，我卻不知道，看來不會是甚麼好事，烏大爺卻不在被請之列。」

項少龍想起呂不韋逼婚的事，歎道：「兵來將擋，水來土掩，我們走著瞧吧！有些事避都避不了的。」

烏應元道：「外憂雖可怕，內患更可慮。若不痛下決心，清理門戶，將來吃了大虧，那才要後悔莫及。」

圖先道：「千萬不要輕舉妄動，更不可讓廷威少爺知道事情敗露，甚至不妨反過來利用他製造假象，瞞騙呂不韋。」

轉向項少龍道：「呂不韋是我所見過最擅玩弄陰謀手段的人，咸陽內現在唯一能與他周旋的，只有你項少龍一人。你們烏家有廷威少爺的內憂，相府內亦有我圖先，就讓我們來與他分個高低好了。」

項少龍回復冷靜，微笑道：「多餘話我不說了，只要我項少龍有一口氣在，終會為各位被害死的兄弟和倩公主他們討回公道的。」

項少龍回到後院，烏廷芳、趙致、紀嫣然和田氏姊妹正在弄兒為樂。

項少龍雖心情大壞，仍抱起由烏廷芳取名寶兒的兒子，逗弄一會兒，看到眾女這麼興高采烈，想起危難隨時臨身，不禁百感交集。

紀嫣然蕙質蘭心，看出他的不安，把他拉到一旁追問原因。

項少龍把烏廷威的事說出來，同時道：「最重要的是提醒廷芳，假若這小子問及出使的事，怎也不可把秘密透露給他知道。」

紀嫣然沉吟片晌後，道：「我倒想到一個方法，是由廷芳之口洩露出另一種經歷，廷威必會深信不疑，還會搶著把事情告訴呂不韋，說不定我們可把他騙倒哩！」

項少龍苦惱地道：「有甚麼謊話，可解釋我們要到塞外去避開呂不韋呢？」

紀嫣然道：「呂雄就是個可資利用的人，只要我們說猜到呂雄和陽泉君的人暗通消息，因而懷疑是呂不韋在暗中唆使，那呂不韋最害怕的事，便沒有洩露出來。因為呂不韋最怕人知道的，是偷襲者根本不是陽泉君的人。」

項少龍喜得在紀嫣然臉蛋吻了一口，讚道：「就這麼辦！有你這女諸葛為我籌謀，還用擔心甚麼？」

紀嫣然愕然道：「甚麼是『女諸葛』？」

項少龍知又說漏了口，諸葛亮是三國時代的人，幾百年後才出世，紀才女當然不知道。

幸好這時趙致走過來，怨道：「柔姊真教人擔心，這麼久都不託人捎個信來，蘭姊更怪她不來看她哩！」

項少龍想起善柔，同時想起趙雅，剛因紀嫣然的妙計而稍微放下的心情，又沉重起來。

安慰趙致兩句，項少龍對紀嫣然道：「明天我們回咸陽，琴清不是約你去她家小住嗎？我可順道送你去。」

紀嫣然含笑答應，過去把烏廷芳拉往內軒，當然是要藉她進行計劃。

項少龍不忍見烏廷芳知悉乃兄的壞事而傷心的樣子，溜去找滕翼練劍。

為了將來的危難，他必須把自己保持在最佳的狀態中。在這戰亂的年代裡，智計、劍術缺一不可。

未來十年，將會是非常難熬的悠長歲月。

次日，正要起程往咸陽時，才發覺烏應元病倒。

項少龍這岳丈一向身體壯健，絕少病痛，忽然抱恙，自然是給不肖子烏廷威氣出來的。

項少龍囑咐烏廷芳好好看護他後，憂心忡忡的和紀嫣然、滕翼、荊俊及十多個精兵團頂尖好手組成的鐵衛，趕往咸陽。

烏卓和一千子弟兵離開牧場足有個多月，仍未有任何信息傳回來，不過既有王翦照顧他們，項少龍當然不用擔心。

翌日清晨，進了城門，項少龍忍著見琴清的慾望，差遣非常樂意的荊俊負責把紀嫣然送往在王宮附近的琴清府第去，自己則和滕翼返回烏府。

剛踏入府門，見到烏廷威和陶方不知為甚麼事爭執，烏廷威見項、滕兩人來到，冷冷打個招呼，怒氣沖沖的走了。

陶方搖頭歎道：「真拿他沒法！」

三人坐下後，陶方道：「他前天向我要了五塊黃金，今天竟又逼我再給他五塊，我給他沒要緊，但大爺責怪下來時，誰負責任？哼！聽說他最近幾個月迷上醉風樓的婊子單美美，難怪揮金如土。冤大頭永遠是冤大頭，他拿金子給人，人家卻拿金子去貼小白臉。」

項少龍想不到這類情況古今如一，順口問道：「哪個小白臉有這種本事，竟可讓青樓的紅阿姑倒貼他？」

陶方不屑地道：「還不是呂相府的嫪哥兒，他誇言若用自己那條傢伙抵著車輪，連騾子也沒法把車拉動，你們相信嗎？」

項少龍和滕翼對望一眼，均感內有隱情。

前者沉聲道：「是嫪毒嗎？」

陶方愕然道：「你也聽過他嗎？」

陶方仍未知烏廷威出賣家族的事，項少龍藉機會說了出來。

陶方聽得臉色連變，歎道：「我早猜到有這種情況發生，自少龍你來烏家後，一直把這個自視甚高的忤逆子壓著，他怎會服氣？而且咸陽熱鬧繁華，要他離開前往塞外捱苦，更甚於要他的命。」

滕翼道：「看來呂不韋一直在利用他，否則嫪毒不會通過單美美來操縱烏廷威。我們要提高警覺，假設呂不韋害死烏爺，家業將名正言順落在這不肖子手裡，加上其他長輩的支持，我們還怎能在烏家耽下去？」

陶方臉色倏地轉白，顫聲道：「少爺不致這麼大膽吧！」

項少龍冷哼一聲，道：「色迷心竅，再加利慾薰心，他甚麼事做不出來。單是向呂不韋洩露秘密，和實質的殺父沒有甚麼分別了。」

滕翼一震道：「記不記得圖先曾提過的莫傲，最擅用藥，害死了人，事後甚麼都查不到，這一手不可不防。」

陶方的臉色更難看，站了起來，道：「讓我回牧場一趟，和大少爺談個清楚。」

項少龍點頭道：「岳丈正染恙臥榻，你順便去看看他也好。」

陶方與烏應元主僕情深，聞言匆匆去了。

他剛出門，王宮有內侍來到，傳項少龍入宮見駕。

項少龍連那盞茶尚未有機會喝完，立即匆匆入宮。

甫抵王宮，禁衛統領安谷傒迎上來，道：「大王正要派人往牧場找你，聽得太傅來了咸陽，倒省去不少工夫。」

項少龍訝道：「甚麼事找得我那麼急？」

安谷傒湊到他耳旁道：「魏人真的退兵了！」

項少龍記起此事，暗忖今趟信陵君有難了，不由又想起趙雅。

安谷傒續道：「太傅謁見大王後，請隨末將到太子宮走一轉，李廷尉希望能和太傅敘舊。」

項少龍把李廷尉在心中暗唸幾次，終省起是李斯，欣然道：「我也很想見他哩！安統領現在一定和他相當廝熟。」

安谷傒領著他踏上通往內廷的長廊，微笑道：「李先生胸懷經世之學，不但我們尊敬他，大王、王后和太子都佩服他的識見。」

項少龍心中暗笑，自己可說是這時代最有「遠見」的人，由他推薦的人怎錯得了。李斯若連這點都做不到，將來哪能坐上秦國第二把交椅的位置。

這小子最管用的是法家之學，與商鞅一脈相承，自然合乎秦人的脾胃。廷尉雖職位低微，卻是太子的近臣，只要有真材實學，又懂逢迎小盤，將來飛黃騰達，自是必然。

左思右想之際，到了內廷的宏偉殿門前。

登上長階，踏入殿內，莊襄王充滿歡欣的聲音傳來道：「少龍快來，今趟你為我大秦立下天大功勞，寡人定要重重賞你。」

項少龍朝殿內望去，只見除呂不韋和徐先兩大丞相外，鹿公、賈公成、蔡澤、嬴樓、嬴傲、王陵等上次見過的原班權臣大將全來了，只欠一個對他態度惡劣的大將杜璧。

他忙趨前在龍廷前跪下，道：「為大秦盡力，乃微臣份內之事，大王不必放在心上。」

莊襄王笑道：「快起來！如此不動干戈便化解破關之危，最合寡人心意。」

項少龍起來後，偷望呂不韋一眼，只見他眼內殺機一閃即沒，堆起笑容道：「少龍就是這麼居功不驕的人，不過少龍尚無軍功，大王異日可差他帶兵出征，凱旋歸來時，再論功行賞，不是更名正言順嗎？」

這時項少龍退至末位，正咀嚼呂不韋剛才眼神透露出的殺意，暗忖明天相府宴會，要小心點才成，否則說不定真會給呂不韋藉比試為名，活生生宰掉。

不過剛才莊襄王言者無心的一番話，正顯示出他不喜妄動干戈的和平性格，實與呂不韋的野心背道而馳。

只聽鹿公呵呵笑道：「右相國的想法未免不懂變通，不費一兵一卒就使魏人退兵，其他四國更難再堅持，還不是立下軍功嗎？」

莊襄王開懷道：「鹿公此言正合孤意，各位卿家還有何提議？」

此刻只要不是聾的或盲的，均知莊襄王對項少龍萬分恩寵，誰敢反對？商議一番後，決定策封項少龍為御前都統兼太子太傅，與安谷傒同級，假設秦王御駕親征，他和安谷傒將是傍侍左右的親衛將，但目前仍只是個虛銜，沒有領兵的實權。

眾人紛紛向他道賀。

在這情況下，項少龍可說推無可推，同時也知道，莊襄王的恩寵，進一步把他推向與呂不韋鬥爭的路上。

以前就算對著趙穆這麼強橫的敵人，他也沒有半丁點懼意。可是只要想起歷史上清楚寫著莊襄王死後那十年的光景，呂不韋一直權傾朝野，無人敢與其爭鋒，自己又不知會否栽在他手上，想想就頭皮發麻，苦惱難解。

此正為預知部分命運的壞處。

暢談一番後，莊襄王特別囑咐項少龍今晚和他共膳，欣然離去，返回後宮歇息。

項少龍更是心中叫苦，因為莊襄王並沒有邀請呂不韋，擺明今趟的功勞全歸他項少龍一個人的。

不過他也沒有辦法，和呂不韋虛與委蛇一番後，往見李斯。

李斯搬到太子宮旁的客舍居住，見到項少龍，露出曾共患難的真誠笑意，謝過安谷傒後，把他領進客舍的小廳堂去。

項少龍見他一洗昔日倒楣之氣，脫胎換骨般神采飛揚，代他高興道：「李兄在這裡的生活當是非常寫意。」

李斯笑道：「全賴項兄提挈，這裡和相府是兩個完全不同的天地，若要我回到那裡去，情願死掉算了。」

這麼一說，項少龍立知他在相府捱過不少辛酸，例如遭人排擠、侮辱的那類不愉快經歷。

有位俏婢奉上香茗後，返回內堂。

項少龍見她秀色可餐，質素極佳，禁不住多看兩眼。

李斯壓低聲音道：「是政太子給我的見面禮，還不錯吧！」

項少龍聽得心生感觸，想當年小盤常對下女無禮，被母親趙妮責怪，現在則隨手送出美女。不過這小子尚算聽教聽話，依自己的指示善待李斯，還懂得以手段籠絡人，真不簡單。

忍不住問道：「李兄認為太子如何呢？」

李斯露出尊敬的神色，低聲道：「太子胸懷經世之志，觀察敏銳，學習的能力又高，將來必是一統天下的超卓君主，李斯有幸，能扶助明主，實拜項兄之賜。」

今趟輪到項少龍對李斯肅然起敬，自己對小盤的未來秦始皇信心十足，皆因他從史書預知結果。可是李斯單憑眼光，看出小盤異日非是池中之物，當然比他高明多了。

李斯眼中再射出崇敬之色，但對象卻是項少龍而非小盤，正容道：「前天我陪太子讀書，大王和王后來探望太子，說起項兄曾提議一統天下後，外則連築各國長城，內則統一幣制、立郡縣、開驛道、闢運河，使書同文、車同軌，確是高瞻遠矚，李斯佩服得五體投地。」

項少龍聽得目瞪口呆，想不到自己被迫下「唸」出來的一番話，莊襄王竟拿來作對小盤的教材，異日小盤奉行不誤，豈不是自己拿歷史來反影響歷史，這筆糊塗帳該怎麼算？

真正的謙遜幾句後，李斯向項少龍問起呂不韋的動靜。

項少龍說罷，李斯道：「項兄不用擔心，照我看大王對呂不韋的大動干戈，惹得五國聯軍兵臨關下，開始頗有微言，這大奸賊風光的日子怕不會太長久。」

項少龍心中暗歎，任你李斯目光如炬，也不知莊襄王命不久矣。誠懇地道：「老天爺並不是每事都能如人所願，將來無論發生甚麼事，李兄只須謹記盡力輔助太子，其他的事都不要理會。」

李斯不悅道：「項兄當我李斯是甚麼人，既是肝膽相照的朋友，自當禍福與共，以後李斯再不想聽到這種話。」

項少龍苦笑，小盤差人召他去見。

兩人均感相聚的時間短促，但既是太子有命，惟有依依惜別。

項少龍雖樹立很多敵人，但也交到很多朋友。

第二十二章　秦王歸天

小盤負手立在漏窗前，望著黃昏下外面御園的冬景，自有一種威凌天下的氣度，內侍報上項少龍到臨，退了出去後，淡然道：「太傅請到我身旁來！」

項少龍感到他愈來愈「像」太子，移到他左旁稍後處站定，陪他一起看著園外殘冬的景色。

小盤別過頭來看他一眼，又轉回頭去，輕歎了一口氣。

項少龍訝道：「太子有甚麼心事？」

小盤露出一個苦澀的笑容，道：「我有甚麼心事，誰能比太傅更清楚？」

項少龍微感愕然，小盤還是首次用這種「太子」的口吻和他說話，把兩人間的距離再拉遠少許，感觸下，不禁學他般歎了一口氣。

一陣不自然的沉默後，小盤道：「昨天呂相國對我說了一番非常奇怪的話，說這世上只有三個人真正對我好，就是父王、母后和他呂不韋。但三人中，可助我一統天下的，卻只有他一個人能辦到，教我不要相信其他人，他們只是供我成就不朽霸業鴻圖的踏腳石。唉！看來他真把我當作是他的兒子，又以為我也心知肚明。」

倏地轉過身來，目光灼灼地瞧著項少龍，低聲道：「師父！他為何要說這番話？是否針對你而言？我也不知甚麼時候才可登上王位，他卻好像已把我看成秦室之主，這事豈非奇怪之極？」

項少龍被他看得心兒狂跳。

換過往日，他定會責他不應稱他作師父，可是目下為他霸氣逼人的氣度所懾，兼之他竟能從呂不韋的話中，推斷出呂不韋和他之間有點不妥當，顯出過人的敏銳和才智，一時間竟說不出話來。

小盤恍然，回復平常的神態，道：「看太傅的神情，呂相國和太傅間必發生了一些不愉快的事。」

接著神情微黯道：「太傅仍要瞞我嗎？」

項少龍這時才有空想到小盤提出的另一個問題。

自己知道小盤很快會因莊襄王的逝世登上王位，皆因此乃歷史，可是呂不韋憑甚麼知道？除非……我的天……

想到這裡一顆心不由跳得更劇烈。

小盤訝道：「太傅的臉色為何變得如此難看？」

項少龍想到的卻是歷史上所說莊襄王登基三年後因病去世根本不是事實，莊襄王是給呂不韋害死的，否則他不會在這時候向小盤說出這番奇怪的話來。自己怎可以任他行凶？

他的心跳得更劇烈。

自己真蠢，盲目相信史書和電影，其實早該想到此一可能性。

假設他把所有事情和盤向莊襄王托出，他會怎樣對待這大恩人？以他和莊襄王與朱姬的關係，他的話肯定有很大的說服力，這樣能否把歷史改變？

項少龍猛下決心，決定不顧一切也要設法挽救莊襄王的性命，如此才對得住天地良心。

就在此時，一名內侍奔進來哭道：「稟上太子，大王在後廷昏倒了。」

小盤立即色變。

項少龍則手足冰寒，知道遲了一步，終是改變不了歷史巨輪轉動的方向。

同時想起剛才廷會時呂不韋眼中閃過的殺機，明白到那竟是針對莊襄王而發的。

今趟他又輸了一著，卻是被虛假的歷史蒙蔽。

八名御醫在莊襄王寢宮內經一晚的全力搶救，這秦國君主醒轉過來，卻失去說話的能力，御醫一致認為他是卒中急風。

只有項少龍由他眼中看出痛苦和憤恨的神色。

他的脈搏愈來愈弱，心房兩次停止躍動，但不知由哪裡來的力量，卻支撐著他，使他在死神的魔爪下作垂死掙扎。

當呂不韋趨前看他時，他眼中射出憤怒的光芒，口唇顫震，只是說不出憋在心裡的話來。

朱姬哭得像個淚人兒般，全賴一眾妃嬪攙扶才沒有倒在地上。

秀麗夫人和成蟜哭得天昏地暗，前者更數度昏厥過去。

小盤站在榻旁，握緊莊襄王的手，一言不發，沉默冷靜得教人吃驚。

獲准進入寢宮的除呂不韋外，只有項少龍這身份特別的人，以及徐先、鹿公、蔡澤、杜璧等重臣，其他文武百官全在宮外等候消息。

莊襄王忽然甩開小盤的手，辛苦地指向項少龍。

呂不韋眼中凶光一閃，別頭向項少龍道：「大王要見你！」說罷退往一旁，只留下小盤一人在榻側。

項少龍心中悔恨交集，若他早一步想到呂不韋狼心狗肺至害死莊襄王，定會不顧一切地把他的奸謀揭露出來。可是卻鬥不過命運，終是棋差一著。

他來到榻前，跪了下去，握緊莊襄王的手。

莊襄王辛苦地把黯淡的眼神注在他臉上，射出複雜之極的神色，其中包括憤怒、憂傷和求助。當場所有人裡，除呂不韋外，恐怕只有項少龍能明白他的意思。

他雖不知呂不韋用甚麼手法和毒藥害到莊襄王這個樣子，但極有可能是憑著與莊襄王的親密關係，親自下手。

所以莊襄王甦醒過來後，心知肚明害他的人是呂不韋，卻苦於中毒已深，說不出話來。

呂不韋的新心腹莫傲用毒之術，確是高明至極，竟沒有御醫可以看出問題。

握著莊襄王顫抖的手，項少龍忍不住淚水泉湧而出。

一直沒有表情的小盤，亦跪下來，開始痛泣起來。

宮內的妃嬪宮娥受到感染，無不垂淚。

項少龍不忍莊襄王再受折磨，微湊過去，以微細得只有小盤才可聽到的聲音道：「大王放心，我項少龍定會殺掉呂不韋，為你報仇。」

小盤猛震一下，卻沒有作聲。

莊襄王雙目光芒大作，露出驚異、欣慰和感激糅集的神色，旋又斂去，徐徐閉上雙目，頭無力地側往一旁，就此辭世。

寢宮內立時哭聲震天，妃嬪大臣跪遍地上。

小盤終於成為秦國名義上的君主。

項少龍回到烏府時，已近深夜四更天。

他和滕翼、荊俊都是心情沉重。沒有了莊襄王，呂不韋更是勢大難制。

小盤一天未滿二十二歲，便不能加冕為王，統攬國政，呂不韋這右丞相理所當然地成為攝政輔主的大臣。

朱姬則成為另一個最有影響力的人，可是因她在秦國始終未能生根，故亦不得不倚賴呂不韋，好互相扶持。利害的關係，使兩人間只有合作一途。

在某一程度上，項少龍知道自己實是促成呂不韋對莊襄王遽下毒手的主要因素之一。

正如李斯所言，莊襄王與呂不韋的歧見愈來愈大，加上烏廷威的洩秘，使呂不韋擔心若項少龍向莊襄王揭露此事，說不定所有榮華富貴、名位、權力，均會毀於一旦。

此外又希望自己的「兒子」早點登基，本身更非善男信女，故鋌而走險，乃屬必然的事。

現在秦國的半壁江山已落到這大奸人手裡，他唯一失算的地方，是千猜萬想，也估不到小盤的真正身份。

三人此時在大廳坐下，雖是身疲力累，卻半點睡意都欠奉。

滕翼沉聲道：「是否呂不韋幹的？」

項少龍點頭道：「應該錯不了。」

荊俊年少氣盛，跳起來道：「我們去通知所有人，看他怎樣脫罪。」

待見到兩位兄長木然看著他時，才頹然坐回蓆上

滕翼道：「不若我們立刻離開咸陽，趁現在秦君新喪，呂不韋忙於部署的時刻，離得秦國愈遠愈好。」

項少龍心中暗歎，若沒有小盤，他說不定真會這樣做。為了嬌妻和眾兄弟的安全，甚麼仇都可暫擱一旁，現在卻不可以一走了之。

滕翼道：「君子報仇，十年未晚。眼前脫身機會錯過了將永不回頭，呂不韋現在最忌的人是三弟，只要隨便找個藉口，就可把我們收拾。」

項少龍歎道：「二哥先走一步好嗎？順便把芳兒她們帶走。」

滕翼大感愕然道：「咸陽還有甚麼值得三弟留戀的地方？」

荊俊則道：「三哥有姬后和太子的支持，我看呂不韋應不敢明來，若是暗來，我們怎不濟都有一拚之力。」

項少龍斷然道：「小俊你先入房休息，我有事和二哥商談。」

荊俊以為他要獨力說服滕翼，依言去了。

項少龍沉吟良久，仍說不出話來。

滕翼歎道：「少龍！說實在的，我們間的感情，比親兄弟還要深厚，有甚麼事那麼難以啟齒呢？若你不走，我怎也不會走，死便死在一塊兒好了。」

項少龍猛下決心，低聲道：「政太子實是妮夫人的親生兒子。」

滕翼劇震道：「甚麼？」

項少龍遂一五一十，把整件事說出來。

滕翼不悅道：「為何不早對我說呢？難道怕我會洩露出去嗎？」

項少龍誠懇道：「我怎會信不過二哥，否則現在不會說出來。只是這秘密本身便是個沉重的負擔，我只希望一個人去承受。」

滕翼容色稍緩，慨然道：「若是如此，整個形勢完全不同了，我們就留在咸陽與呂不韋周旋到底，但卻須預留退路，必要時溜之大吉。以我們的精兵團，只要不是秦人傾力來對付我們，該有逃命的把握。」

項少龍道：「小俊說得不錯，呂不韋還不敢明刀明槍來對付我們，不過暗箭難防，我們待大王殯殮後，立即返回牧場，靜觀其變。小盤雖然還有九年才行加冕大禮，但如今終是秦王，他的話就是王命，給個天讓呂不韋作膽，也不敢完全不把他放在眼內。」

滕翼道：「不要低估呂不韋，這人既膽大包天，又愛行險著，只是這麼隻手遮天的害死兩代秦君，可知他的厲害，加上他手上奇人異士無數，縱不敢明來，我們也是防不勝防。」

項少龍受教地道：「二哥教訓得好，我確是有點忘形。小盤說到底仍是個孩子，希望姬后不要全靠向呂不韋就好了。」

滕翼歎道：「這正是我最擔心的事。」

急驟的足音，由遠而近。

兩人對望一眼，均泛起非常不祥的感覺。

一名應是留在牧場的精兵團團員烏傑氣急敗壞地奔進來，伏地痛哭道：「大老爺逝世了！」

這句話有若晴天霹靂，震得兩人魂飛魄散。

項少龍只感整個人飄飄蕩蕩、六神無主，一時間連悲痛都忘掉。

忽然間，他們明白到呂不韋請他們到咸陽赴宴，其實是不安好心，乃調虎離山之計，好由烏家的內奸，趁他們離開之時，奪過牧場的控制權。

幸好誤打誤撞下，陶方全速趕回去。否則烏應元的死訊，絕不會這麼快傳到來。

荊俊跑了進來，問明發生甚麼事後，熱淚泉湧，一臉憤慨，往大門衝去。

滕翼暴喝道：「站著！」

荊俊再衝前幾步後，哭倒地上。

滕翼把烏傑抓起來，搖晃著他道：「陶爺有甚麼話說？」

烏傑道：「陶爺命果爺和布爺率領兄弟把三老爺、四老爺和廷威少爺綁起來，請三位大爺立即趕回牧場去。」

滕翼放開手，任這因趕路耗盡氣力的烏傑軟倒地上，然後來到失魂落魄的項少龍前，抓著他肩頭道：「這是生死存亡的關頭，三弟你若不能當機立斷，整個烏族都要完蛋。」

項少龍茫然道：「我可以怎辦呢？難道要我殺了他們嗎？」

滕翼道：「正是這樣，你不殺人，別人便來殺你，這些蠢人竟然相信呂不韋，也不想想呂不韋怎會讓人知道是他害死烏大爺。若我猜得不錯，呂不韋的人正往牧場出發，以烏族內鬥作掩飾，欲一舉殺盡烏家的人。」

又向荊俊喝道：「小俊！若我們死不了，你還有很多可以哭的機會，現在立即給我出去把風，同時備好馬匹。」

荊俊跳將起來，領著擁進來的十八鐵衛旋風般去了。

項少龍清醒過來，壓下悲痛，向報訊的烏傑道：「你是否由城門進來的？」

烏傑答道：「陶爺吩咐我攀城進來，好避人耳目。」

滕、項兩人對望一眼，均對陶方臨危不亂的老到周詳感到驚異，陶方竟然厲害至此？

烏傑又道：「我們有百多人在城外等候三位大爺，備有腳程最好的快馬，三位大爺請立即起程。」

這時烏言著倉皇奔進來道：「情勢看來不妙！西南和東北兩角各有百多人摸黑潛來哩！」

滕翼斷然道：「立即放火燒宅，引得鄰人來救火，他們的人就不敢強來，並可救回宅內婢僕們之命。」

烏言著領命去了。

滕翼再向項少龍正容道：「三弟下定決心了嗎？」

項少龍淒然一笑道：「我再沒有別的選擇，由今天開始，誰要對付我項少龍，只要殺不死我，都要以血來償還。」

在一切全憑武力解決的時代，這是唯一的應付方法，項少龍終徹底地體會此一真理。

滕翼點頭道：「這才像樣，可以起程了嗎？」

獵獵聲響，後園的貨倉首先起火。

咸陽烏府房舍獨立，與鄰屋遠隔，際此殘冬時分，北風雖猛，火勢應該不會蔓延往鄰居去。

叫喊救火的聲音，震天響起。

鄰居們當然不會這麼快驚覺，叫救火的自是放火的人。

項少龍振起精神道：「我們立即趕回去。」

就在這一刻，他知道與呂不韋的鬥爭已由暗轉明。而直到現在，呂不韋仍是佔著壓倒性的上風。

他的噩夢，何時可告一段落呢？

第二十三章　識破奸謀

眾人策騎往城門馳去，天際微微亮起來。

項少龍在轉上出城的驛道時，忽地勒馬叫停。

滕翼、荊俊、十八鐵衛和那報訊的烏傑，與一眾精兵團團員，慌忙隨他停下。

晨早的寒風吹得各人衣衫飛揚，長道上空寂無人，一片肅殺淒涼的氣氛。

風吹葉落裡，驛道旁兩排綿延無盡的楓樹，沙沙作響。

項少龍苦笑道：「我怎都要接了嫣然，方可放心離去。」

滕翼一呆皺眉道：「她在寡婦清處，安全上應該沒有問題吧！」

項少龍道：「我明白這點，但心中總像梗著一根刺，唉！對不起。」

滕翼與荊俊對望一眼，均泛起無奈的表情，回牧場乃急不容緩的一回事，怎容得起這時間上的延誤。

烏傑焦急道：「項爺！不若另派人去接夫人吧！」

項少龍和滕翼交換個眼色，同時心生寒意，均想起當日出使魏國，臨時改道時呂雄的反應。精兵團的團員均受過訓練，被最嚴格的紀律約束，上頭說話之時，並沒有他們插嘴的餘地。為何烏傑膽子忽然大起來？難道還怕他們不知道形勢的緊迫嗎？

項少龍既生疑心，誆他道：「就由烏傑你和荊爺去接夫人好嗎？」

烏傑愕然道：「這怎麼成哩！我還要給項爺和滕爺引路，噢！」

烏言著和烏舒兩人，在滕翼的手勢下，由後催騎而上，左右兩把長劍抵在烏傑脅下處。

項少龍雙目寒芒閃動，冷笑道：「烏傑你知否在甚麼地方出錯，洩露了你的奸計？」

烏傑色變道：「我沒有……啊！我不是奸細！」話一出口，才知漏了嘴。

要知項少龍在烏家的子弟兵中，地位之高，有若神明。烏傑在他面前，由於有此心理的弱點，自是進退失據。

荊俊勃然大怒，喝道：「拖他下馬！」

「砰！」

烏舒飛起一腳，烏傑立即跌下馬背，尚未站起來，給跳下馬去的滕翼扯著頭髮抽起來，在他小腹結結實實打了一拳。

烏傑痛得整個人抽搐著彎弓起身體，又給另兩名鐵衛夾持兩臂，硬逼他站著。

荊俊早到了他身前，拔出匕首，架在他咽喉處，寒聲道：「只要一句謊話，匕首會割破你的喉嚨。但我將很有分寸，沒有十來天，你不會死去。」

烏傑現出魂飛魄散的神色，崩潰下來，嗚咽道：「是少爺逼我這般做的，唉！是我不好！當他侍從的時候，欠他很多錢。」

各人心中恍然，暗呼幸運，若非項少龍忽然要去接紀嫣然一起離城，今趟真是死都不知是甚麼一回事，這條毒計不可謂不絕。

項少龍心中燃起希望，沉聲道：「大老爺是否真的死了？」

烏傑搖頭道：「只是騙你的，牧場甚麼事都沒有發生，少爺要對付的僅是你們三位大爺，否則我怎也不肯做……呀！」

腰脅處中了烏舒重重一下膝撞。

項少龍心情轉佳，道：「這傢伙交給二哥問話，我和小俊到琴府去，接了嫣然後再作打算。」

約定會面的地點後，與荊俊策騎往琴清的府第馳去，這時始有機會抹去一額的冷汗。

往琴府去時，項少龍頗有再世為人的感覺。

假若呂不韋所有這些陰謀奸計，均是出於呂不韋府裡那叫莫傲的人的腦袋，那這人實在是他所遇過的人中，智計最高的，且最擅以有心算無心的手段。

此計如若成功，項少龍只能比莊襄王多活兩天，這是條連環緊扣的毒計。

首先，呂不韋見在紅松林害不死項少龍，轉而朝烏廷威這一向沉迷酒色的人下手，由嫪毒通過一個青樓名妓，加上相府的威勢，再利用他嫉恨不滿項少龍的心態，把他籠絡過去。

當烏廷威以邀功的心態，把烏族準備撤走的事洩露給呂不韋後，這大奸人遂立下決心，要把項少龍除去。

毒殺莊襄王一事，可能是他早定下的計劃，唯一的條件是要待自己站穩陣腳後，才付諸實行。

於是呂不韋藉宴會之名，把項少龍引來咸陽。莊襄王橫死後，詐他出城，在路上置他於死地。

際此新舊國君交替的時刻，秦國上下因莊襄王之死亂作一團，兼之他項少龍又是仇家遍及六國的人，誰會有閒情理會並追究這件事？

這個謊稱烏應元去世、牧場形勢大亂、鬥爭一觸即發的奸謀，並非全無破綻。

項少龍和滕翼便從烏傑的話中，覺得陶方厲害得異乎尋常。可是莊襄王剛被害死，成驚弓之鳥的他們，對呂不韋多害死個烏應元，絕不會感到奇怪。

而事實上烏廷威雖然不肖，但針對的只是項少龍，並非喪盡天良至弒父的程度。

可是加上有形跡可疑的人似是要到烏府偷襲，使他們根本無暇多想，只好匆匆趕返牧場，這樣正好掉進呂不韋精心設置的陷阱裡。

若非項少龍放心不下讓紀嫣然獨自留在咸陽，真是死了都不知是怎麼一回事。

項少龍長長吁出一口氣，振起雄心，加鞭驅馬，和荊俊奔過清晨的咸陽大道，朝在望的琴清府奔去。

琴清一身素白的孝服，在主廳接見兩人。

不施脂粉的顏容，更是清麗秀逸之氣逼人而來，教人不敢正視，又忍不住想飽餐秀色。

荊俊看呆了眼，連侍女奉上的香茗，都捧在手上忘記去呷上兩口。

琴清神態平靜地道：「項太傅這麼早大駕光臨，是否有甚麼急事呢？」

項少龍聽出她不悅之意，歉然道：「也不是甚麼緊要的事，只是想把嫣然接回牧場吧！」

話畢，自己都覺得理由牽強。本說好讓紀嫣然在這裡小住一段日子，現在不到三天，卻來把她接走，還是如此匆忙冒昧，選的是人家尚未起榻的時間，實於禮不合。

琴清先吩咐下人去通知紀嫣然，然後蹙起秀長的黛眉，沉吟起來。

項少龍呷一口熱茶，遊目四顧。

大廳的佈置簡潔清逸，不含半絲俗氣，恰如其份地反映出女主人高雅的氣質和品味。

琴清淡淡道：「項太傅忽然改變主意，是否欠了琴清一個合乎情理的解釋？」

項少龍大感頭痛，無言以對。

騙她吧！又不願意這麼做。

琴清輕歎道：「不用為難，至少你不會像其他人般，說出口是心非的話，只是大王新喪，項太傅這樣不顧而去，會惹起很多閒言閒語。」

項少龍苦笑道：「我打個轉便會回來，唉！這世上有很多事都使人身不由己的。」

琴清低頭把「身不由己」唸了幾遍，忽然輕輕道：「項太傅是否覺得大王的駕崩，來得太突然呢？」

項少龍心中一懍，知她對莊襄王之死起了疑心，暗忖絕不可堅定她的想法，否則她遲早會給呂不韋害死，忙道：「對這事御醫會更清楚。」

琴清驀地仰起俏臉，美目深深地凝望著他，冷冷道：「琴清只是想知道太傅的想法。」

項少龍還是首次與這絕代美女毫無避忌地直接對望，強忍避開目光那種心中有鬼的自然反應，歎道：「我的腦袋亂成一團，根本沒有想過這方面的問題。」

琴清的目光緊攫著他，仍是以那種冰冷的語調道：「那項太傅究竟在大王耳旁說了句甚麼話，使大王聽完後可放心地瞑目辭世？當時只有政太子一人聽到，他卻不肯告訴我和姬后。」

項少龍立時手足冰冷，知道自己犯下一個致命的錯誤。

說那句話本身並沒有錯，問題是事後他並沒有和小盤對口供。

假若被人問起，他和小盤分別說出不同的搪塞之詞，會揭露出他們兩人裡，至少有一個人在說謊。

當時他只顧忌呂不韋，所以背著他來說，卻忘了在榻子另一邊的朱姬、秀麗夫人和一眾妃嬪宮娥，這事最終可能會傳入呂不韋耳內去。

幸好給琴清提醒，這事或可透過李斯做出補救。

琴清見他臉色數變，正要追問時，紀嫣然來了。

項少龍忙站起身來，歎道：「琴太傅一向生活安寧，與世無爭，項某實不願看到太傅受俗世事務的沾染。」

領紀嫣然告辭離去。

琴清望著項少龍的眼神生出複雜難明的變化，直至送他們離開，除了和紀嫣然互約後會之期時說幾句話外，再不置一辭，可是項少龍反感到她開始有點了解自己。

到與滕翼會合後，紀嫣然已知悉事情的始末。

叛徒烏傑仍騎在馬上，雙腳被細索穿過馬腹縛著，除非是有心人，否則應看不出異樣之處。

眾人策騎出城，往牧場奔去。到一處密林內，停了下來。

荊俊把烏傑縛在一棵樹上，遣出十八鐵衛佈防把風。

滕翼神情凝重道：「今次伏擊我們的行動，由呂不韋麾下第一高手管中邪親自主持，雖只有一百五十人左右，但無不是相府家將裡出類拔萃的劍手。圖管家竟對此一無所知，可見相府的實權，已逐漸轉移到以莫傲和管中邪這一文一武的兩個人手上去。」

項少龍道：「他們準備在甚麼地方偷襲我們？」

滕翼指著不遠處的梅花峽，道：「選的當然是無處可逃的絕地，憑我們現在的實力與他們硬碰，無疑是以卵擊石，最頭痛是呂不韋已由烏傑口中探知我們的情況。」

項少龍心中暗歎，呂不韋早看穿烏廷威是他們一個可擊破的缺口，可憐他們還懵然不知，以至乎處處落在下風。

紀嫣然淡淡道：「對於我們真正的實力，大舅爺和烏傑仍是所知有限，我們不用那麼擔心好嗎？」

項少龍暗叫僥倖，在組織烏家這支五千人的子弟兵時，他把二十一世紀軍方的保密方法用到其中。除他們幾個最高的領導人外，子弟兵只知聽命行事。對人數、實力、裝備、武器的情況，知的只是自己置身處的冰山一角，且為掩人耳目，烏家子弟兵平時均嚴禁談論有關訓練方面的任何事情。所以縱使像烏傑這種核心份子，所知仍屬有限。

滕翼點頭道：「幸好我們早有預防，但呂不韋將會因此更顧忌我們，此乃必然之事。哼！現在我們該怎辦？」

紀嫣然道：「大舅爺現在何處？」

滕翼答道：「當然是回到牧場去等候好消息，亦使人不會懷疑他。至於烏傑，管中邪自會殺人滅口。」

紀嫣然道：「那就好辦，我們立即繞道回牧場，逼烏傑和大舅對質，弄清楚烏家除大舅外，還有沒有人參與這件事，解決內奸的問題後，再與呂不韋周旋到底。大不了只是一死吧！倩公主她們的血仇勢不能就此罷休。」

項少龍心中苦笑，呂不韋至少還可風光九年，自己往後的遭遇則茫不可知，這段日子確是難捱。點頭道：「讓管中邪再多活一會兒，我們回牧場去吧！」

一直沒作聲的荊俊發出暗號，召回十八鐵衛，押著烏傑，由密林繞往左方的山路往牧場馳去。

由於路途繞遠，到晚上時，離牧場仍有二十多里的途程。

眾人待要紮營，項少龍道：「且慢！圖先既說得管中邪如此智勇兼備，我們出城的時間又延誤整個時辰，他不會不生疑心，只要派出探子，不難發覺我們已經改道而行。小心駛得萬年船，我們就算高估他，總比吃虧好。」

荊俊興奮地道：「若他摸黑來襲，定要教他們栽個大跟頭。」

項少龍微笑道：「我正有此意。」

營地設在一條小河之旁，五個營帳，圍著中間暗弱的篝火，四周用樹幹和草葉紮了十多個假人，扮作守夜的，似模似樣。

他們則藏身在五百步外一座小丘的密林裡，弓矢準備在手，好給來犯者一點教訓。

豈知直等到殘月升上中天，仍是毫無動靜。

他們昨夜已沒有闔過眼，今天又趕了整日路，連項少龍和滕翼這麼強壯的人都支撐不來，頻打呵欠。

紀嫣然道：「不若我們分批睡覺，否則人都要累死哩！」

項少龍醒來時，發覺紀嫣然仍在懷內酣然沉睡，晨光熹微中，雀鳥鳴叫，充滿初春的氣象。

他感到心中一片寧靜，細審紀嫣然有若靈山秀嶺的輪廓。

在這空氣清新、遠離咸陽的山頭，陽光出地平處透林灑在紀嫣然動人的身體上，使他從這幾天來一直緊繃的神經和情緒上的沉重負擔裡，暫且解放出來，靈臺一片澄明清澈，全無半絲雜念。

就像立地成佛的頓悟般，他猛然醒覺到，與呂不韋交手至今，一直處在下風的原因，固因呂不韋是以有心算無心，更主要是他有著在未來九年間絕奈何不了呂不韋的宿命感覺。

若他仍是如此被動，始終會飲恨收場。

他或不能在九年內幹掉呂不韋，但歷史正指出呂不韋亦奈何不了小盤、李斯、王翦等人。

換言之，他怎也不會連累這三個人。

既是如此，何不盡量借助他們的力量，與呂不韋大幹一場，再沒有任何顧忌。

莊襄王的遇害，說明了沒有人能改變命運。就算他項少龍完蛋，小盤在二十二歲登基後，當會為他討回公道。

想到這裡，整個人輕鬆起來。

滕翼的聲音在後方響起，道：「三弟醒來了嗎？」

項少龍試著把紀嫣然移開。

這美女嬌吟一聲醒轉過來，不好意思地由項少龍懷裡爬起來，坐在一旁睡眼惺忪道：「管中邪沒有來嗎？」

她那慵懶的動人姿態，看得兩個男人同時發怔。

紀嫣然橫他們一眼，微嗔道：「我要到小河梳洗去。」

正要舉步，項少龍喝止她，道：「說不定管中邪高明至看穿是個陷阱，兼之營地設在河旁，易於逃走，假若我是他，會繞往前方設伏，又或仍守在營地旁等候天明。嫣然這麼貿然前去，正好落進敵人圈套裡。」

滕翼來到他旁，打量他兩眼，訝然道：「三弟像整個人煥然一新，自出使不成回來之後，我還是首次見到你這充滿生機、鬥志和信心的樣子。」

紀嫣然欣然道：「二哥說得不錯，這才是令嫣然傾心的英雄豪傑。」

項少龍心知肚明，知是因為剛才忽然間解開心中的死結，才振起壯志豪情。遂把荊俊和十八鐵衛召來，告訴他們自己的想法。

荊俊點頭道：「這個容易，我們荊族獵手最擅長山野追躡之術，只要管中邪方面有人到過附近，就算現在繞到另一方去，亦瞞我們不過。」

一聲令下，十八鐵衛裡六名荊氏好手，隨他去了。

項少龍和滕翼又把烏傑盤問一番，問清楚烏廷威誑他入局的細節，果然有嫪毒牽涉在內。

到弄好早點，兩人與紀嫣然到小丘斜坡處，欣賞河道流過山野的美景，共進早膳。

滕翼吁出一口氣，道：「情況還未太壞，聽烏傑之言，應只有烏廷威一個人投靠呂不韋。」

紀嫣然歎道：「他終是廷芳的親兄長，可以拿他怎辦？」

項少龍冷然道：「這沒有甚麼人情可言的了，就算不幹掉他，至少要押他到塞外去，由大哥把他關起來，永不許他踏足秦境。」

滕翼欣然道：「三弟終於回復在邯鄲時扮董馬癡的豪氣。」

荊俊等匆匆趕回來，佩服得五體投地，道：「三哥料事如神，我們在離營地兩里許處，找到馬兒吃過的草屑和糞便，跟著痕跡追蹤過去，敵人應是朝牧場北的馳馬坡去了。」

滕翼愕然道：「他倒懂揀地方，那是往牧場必經之路，除非我們回頭改採另一路線，否則就要攀山越嶺。」

項少龍凝望下方的小河，斷然道：「他應留下監視我們的人，在這等荒野中，他做甚麼都不必有任何顧忌，或者只是他留下來的人已有足夠力量對付我們。」

紀嫣然道：「這管中邪既是如此高明，當會如項郎所說的留有殺著，不怕我們掉頭溜走。」

荊俊又表現出他天不怕地不怕、初生之犢的性格，奮然道：「若他們分作兩組，意圖前後夾擊我們，那我們可將計就計，把他們分別擊破。」

滕翼道：「你真是少不更事，只懂好勇鬥狠，若被敵人纏著，我們如何脫身？」

荊俊啞口無言。

項少龍仰身躺下來，望著上方樹梢末端的藍天白雲，悠然道：「讓我們先好好睡一覺，當敵人摸不準我們是否於昨夜離開時，便是我們回家的好時刻。」

眾人均愕然望他，不知他究竟有何脫身妙法。

第二十四章　巧計脫身

黃昏時分，天上的雲靄緩緩下降，地下的水氣則往上騰升，兩下相遇，在大地積成凝聚的春霧，一片氤氳朦朧。

小丘西南三里許外一處高地，不時傳來馬嘶人聲，顯見對方失去耐性，誤以為他們早一步回牧場去。

敵我雙方直到此刻，不但仍未交手，甚至沒有看過對方的影子。可是其中卻牽涉到智慧、訓練、耐性、體力各方面的劇烈爭持。一下差錯，項少龍等在敵強我弱的情勢下，必是飲恨當場的結局。

此時趁夜色和迷霧，在摸清近處沒有偵察的敵人後，荊俊等把秘密紮好的三條木筏，先放進水裡以繩子繫在岸旁，藏在水草之內，回到項少龍、滕翼和紀嫣然處，道：「現在該怎辦呢？」

項少龍回復軍人的冷靜和沉穩，道：「須看敵人的動靜，若我估計不錯，留守後方的敵人該到這裡搜索一下，求證我們有否躲起來，也好向把守前方的自己人交代，那將是我們發動攻勢的時刻。」

滕翼點頭道：「這一著非常高明，敵人遇襲後，會退守後方，一面全力截斷我們的後路，同時以煙火通知前方的人，好能前後困死我們，那將是我們乘筏子迅速逃離這裡的良辰吉時。」

紀嫣然讚歎道：「我想孫武復生，也想不出更好的妙計來。」

項少龍心中湧起強大的信心和鬥志，一聲令下，荊俊和十八鐵衛立時三、四人不等一組，分別潛往攻守均有利的戰略位置，把營地旁一帶的小河山野，全置入箭程之內。

他們這批人人數雖少，但無不精擅山野夜戰之術，殺傷力不可小覷。

項少龍、滕翼和紀嫣然三人留守山丘，躲在一堆亂石之後，養精蓄銳，守候敵人的大駕。

新月緩緩升離地平，夜空星光燦爛，霧氣漸退時，敵人終於出現。

他們分作十多組，沿河緩緩朝營地推進。

河的對岸也有三組人，人數估計在十七、八個間，首先進入伏在對岸的荊俊和三名荊族獵手的射程裡。

項少龍等亦發覺有十多人正向他們藏身的小丘逼來，氣氛緊張得若繃緊的弓弦。

他們屏息靜氣，耐心等待著。

藏在河旁密林內的戰馬，在一名己方戰士的蓄意施為下，發出一聲驚碎寧靜的嘶叫。

敵人的移動由緩轉速，往馬嘶聲發出處逼去。

連串慘叫響起，不用說是碰著荊俊等佈下可使猛獸死傷、裝有尖刺的絆索上。

項少龍等知是時候，先射出十多團滲了脂油、烈火熊熊的大布球，落往敵人四周，然後箭矢齊發。

在昏暗的火光裡，敵人猝不及防下亂作一團，慘叫和跌倒的聲音不住響起，狼狽之極。

最厲害的是滕翼，總是箭無虛發，只要敵人露出身形，他的箭像有眼睛般尋上對方的身體，貫甲而入。

由於他們藏身處散佈整個河岸區，箭矢似從不同方向射來，敵人根本不知該躲往哪方才是安全。

不片晌，對方最少有十多人中箭倒地，哨聲急鳴，倉皇撤走。

煙火沖天而起，爆出一朵朵的銀白光芒。

項少龍領頭衝下丘坡，啣著敵人尾巴追殺一陣子，再幹掉對方七、八人，才返林內取回馬匹，押著烏傑，施施然登上三條木筏，放流而去。

終於出了一口積壓心中的惡氣。

烏家牧場主宅的大堂內，烏廷威若鬥敗的公雞般，與烏傑分別跪在氣得臉色發青的烏應元座前。

項少龍、滕翼、荊俊、烏果、蒲布、劉巢和陶方等分立兩旁，冷然看著這兩個烏家叛徒。

烏廷威仍在強撐道：「孩兒只是為家族著想，憑我們怎鬥得過右相國？」

烏應元怒道：「想不到我烏應元精明一世，竟生了這麼個蠢不可耐的逆子，今趟若呂不韋得手殺了少龍，首先要殺的正是你這蠢人，如此才不虞奸謀敗露。告訴我！呂府的人有沒有約你事後到某處見面？」

烏廷威愕在當場，顯然確有其事。

他雖非甚有才智的人，但殺人滅口這種簡單的道理仍能明白。

另一邊的烏傑想起家法的嚴酷，全身抖震著。

烏應元歎道：「我烏應元言出必行，你不但違背我的命令，實在連禽獸也比不上，人來！立即把這兩人以家法處死。」

現在輪到烏廷威崩潰下來，劇震道：「孩兒知錯了，爹……」

四名家將撲到兩人身旁，把他們強扯起來。

項少龍出言道：「岳丈請聽小婿一言，不若把他們送往塞外，讓他們助大哥開墾，好將功贖罪。」

烏應元頹然道：「少龍的心意，我當然明白。可是際此家族存亡的時刻，若我因他是親兒放過他，那我烏氏族規勢將蕩然無存，人人不服，其他族長更會怪我心存私念。我烏應元有三個兒子，便當只生了兩個。來！給我把他押到家祠去，請來所有族內尊長，我要教所有人知道，若背叛家族，這將是唯一的下場。」

烏廷威終於知道老爹不是嚇唬他，立時癱軟如泥，痛哭求情。

項少龍還想說話。

烏應元冷然道：「我意已決，誰都不能改變，若犧牲一個兒子可換來所有人的警惕，我烏應元絕不猶豫。」

在眾人瞠目結舌下，烏廷威和烏傑被押了出去。

烏應元說得不錯，他堅持處死烏廷威這一招確收到震懾人心之效，族內再沒有人敢反對他與呂不韋周旋到底的心意。

而這麼巧妙的計謀仍害不死項少龍，亦使他們對項少龍生出信心。

他們烏家在咸陽的形勢，再不像初抵達時處處遭人冷眼。

由於項少龍與軍方的關係大幅改善，和呂不韋的頭號心腹蒙驁又親若兄弟，他們的處境反比之以前任何時期更是有利。

不過烏廷威之死，卻帶來令人心煩的餘波。

親母烏夫人和烏廷芳先後病倒，反是烏應元出奇地堅強，如舊處理族內大小事務，又召回在外地做生意的兩個兒子，派他們到北疆開闢牧場，把勢力往接近塞外的地方擴展開去。

這是莊襄王早批准的事，連呂不韋都阻撓不了。

項少龍等則專心訓練家兵，過了兩個月風平浪靜的日子，陶方由咸陽帶來最新的消息。

聆聽匯報的除烏應元、項少龍、滕翼、荊俊外，烏應元的兩位親弟烏應節和烏應恩均有參與。

陶方道：「照秦國喪葬制度，莊襄王在太廟停柩快足三個月，十五天後將進行大殯，各國均派出使節來弔唁，聽說齊國來的是田單，真教人費解。」

項少龍一呆道：「田單親來，必有目的。我並不奇怪齊國派人來，因為半年前合縱討秦的聯軍裡，並沒有齊人的參與，其他五國不是和我大秦在交戰狀態中嗎？為何照樣派人來呢？」

陶方道：「信陵君軍權被奪，在大梁投閒置散，無所事事，合縱之議蕩然無存，五國先後退兵，分別與呂不韋言和，互訂和議，際此人人均深懼我大秦會拿他們動刀槍的時刻，誰敢不來討好我們？咸陽又有一番熱鬧了。」

項少龍暗忖魏國來的必然是龍陽君，只不知其他幾國會派甚麼人來？他真不想見到李園和郭開這些無恥之徒。

烏應節問道：「呂不韋方面有甚麼動靜？」

陶方聳肩道：「看來他暫時仍無暇理會我們，在這新舊國君交替的時刻，最緊要是鞏固一己權力。聽說他在姬后的支持下，撤換一批大臣和軍方將領，但卻不敢動徐先和王齕的人，所以他的人奪得的只是些無關痛癢的位置。」

烏應恩道：「他會一步步推行他的奸謀。」

眾人均點頭同意。

滕翼向項少龍道：「假若能破壞呂不韋和姬后的關係，等若斷去呂不韋一條臂膀，三弟可否在這方面想想辦法？」

見到各人都以充滿希望的眼光看自己，項少龍苦笑道：「這事我會看著辦的。」

陶方道：「少龍應該到咸陽去打個轉，姬后曾三次派人來找你，若你仍託病不出，恐怕不大好吧？」

項少龍振起精神，道：「我明天便回到咸陽去。」

眾人均感欣然，項少龍心中想到的卻是見到朱姬的情形。

現在莊襄王已死，假設朱姬要與他續未竟之緣，怎辦才好呢？

他對莊襄王已生出深厚的感情，怎也不該和他的未亡人搞出曖昧事情，這是他項少龍接受不了的事。

回到隱龍別院，紀嫣然正與臥病榻上的烏廷芳密語。

這因親兄被家族處死的美女臉色蒼白，瘦得雙目凹陷下去，看得項少龍心如刀割。

紀嫣然見他到來，站起來道：「你來陪廷芳聊聊！」向他打了個眼色，走出寢室去。

項少龍明白烏廷芳心結難解，既恨乃兄出賣自己夫郎，又怨父親不念父子之情，心情矛盾，難以排遣，鬱出病來。

暗歎一聲，坐到榻旁，輕輕摟著她香肩，握著她手腕，看到几上那碗藥湯仍是完封不動，未喝過一口，柔聲道：「又不肯喝藥嗎？」

烏廷芳兩眼一紅，垂下頭去，眼睛湧出沒有泣聲的淚水，默不作聲。

項少龍清楚她這大小姐的倔強脾氣，發起性子來，誰都不賣帳，湊到她耳旁道：「你怪錯岳丈了，真正要怪的人，該是罪魁禍首呂不韋，其他人均是無辜的。假若你自暴自棄，不但你娘的病好不了，你爹和我都會因你而心神大亂，應付不了奸人的迫害，你明白我的話嗎？」

烏廷芳思索一會兒，微微點頭。

項少龍為她拭掉淚痕，乘機把藥湯捧來，餵她喝掉，道：「這才是個聽話的好孩子，你定要快點痊癒，好伺候你娘。」

烏廷芳輕輕道：「藥很苦哩！」

項少龍吻她臉蛋，為她蓋好繡被，服侍她睡著後，才離房到廳子去。

趙致、紀嫣然和田氏姊妹正逗弄著兒子項寶兒，若非少了烏廷芳，應是樂也融融。

他把寶兒接過來，看著他甜甜的笑容，心中湧起強烈的鬥志。

呂不韋既可不擇手段來害他，他亦應以同樣的方式回報。

第一個要殺死的人不是呂不韋，而是他的首席智囊莫傲。此人一天不死，他們終有一天會被他害了。

接著下來烏廷芳精神轉佳，到第三天已能離開纏綿多時的病榻去探望親娘。

她變得沉默，不大願說話和見外人，但雙目透出前所未有的堅強神色，顯見因夫郎的話解開了心結，把怨恨的對象轉移到呂不韋身上。

見她好轉過來，項少龍放心離開牧場，與滕翼、荊俊踏上往咸陽的路途。

鐵衛的人數增至八十人，加強實力。

一行人浩浩蕩蕩，打醒十二分精神，趕了一天的路後，翌晨抵達咸陽。

項少龍逕赴王宮，謁見成為太后的朱姬和將登上秦王寶座的小盤。

朱姬明顯地消瘦，小盤卻是神采飛揚、容光煥發，與身披的孝服絕不相襯。

兩人見他到來都非常歡喜，揮退下人後，朱姬劈頭便道：「少龍你弄甚麼鬼的，忽然溜回牧場去，累得我想找個人說話都沒有著落。」

項少龍心中暗驚，死了王夫的朱姬，就像脫離樊籠的彩雀，再沒有東西可把她拴縛。先向與朱姬並坐內廷臺階上的小盤行過君臣之禮後，才恭坐下首，道：「太后請勿見怪，微臣實有說不出來的苦衷。」

小盤垂下頭去，明白他話內的含意。

朱姬嗔道：「不想說也要說出來，否則我絕不會放過你。」

只聽她口氣，就知她沒有把項少龍當作臣子來對待。

小盤插言道：「母后饒過項太傅吧！若果可以告訴母后，他會說的。」

朱姬大嗔道：「你們兩個人串連起來對付我嗎？」

小盤向項少龍打了個曖昧的眼色，道：「王兒告退，母后和項太傅好好聊一會兒吧！」

看著小盤的背影，項少龍差點想把他扯回來，他目下最不想的事，就是與朱姬單獨相對。

剩下他們兩個人時，朱姬反沉默下來，好一會兒後輕歎道：「你和不韋間是否發生事情哩？」

項少龍頹然無語。

朱姬美目深深地看他好一會兒，緩緩道：「當日你出使受挫回來後，我早看出你很不是味兒，不似你一向的為人，看不韋時的眼神很奇怪。我太清楚不韋，為求成功，不擇手段，當年把我送給大王，不正是最好的例子嗎？白天對我說過永不分離，晚上我便屬於另一個男人的了。」

忽又沒頭沒尾地低聲道：「少龍是在怪人家恩怨不分嗎？」

這句話怕只有項少龍才可明白。

現在朱姬、小盤和呂不韋三人的命運可說是掛上了鉤，缺一不可。

呂不韋固然要倚靠朱姬和小盤這王位的繼承者，俾可名正言順總攬朝政；但朱姬母子亦要藉呂不韋對抗秦國內反對她們母子的大臣和重將。

更因小盤乃呂不韋兒子的謠言滿天亂飛，假若朱姬誅除呂不韋，由於她母子兩人在秦廷根基薄弱，沒有了呂不韋，小盤又未正式登上帝位，她兩母子的地位實是危如累卵，隨時有覆碎之厄。

項少龍俯頭道：「我怎會怪太后？」

朱姬露出一絲苦澀的笑容，柔聲道：「還記得離開邯鄲烏家堡時，我曾對烏老爺說過只要我朱姬一天還有命在，定保你們烏家一天的富貴榮華。這句話我朱姬永遠不會忘記，少龍放心好了。」

項少龍心中感動，難得朱姬在這情況下仍眷念舊情，一時說不出話來。

朱姬忽地振奮起來，道：「前天徐先、鹿公和王齕三位大臣聯署上奏，請王兒策封你為御前都騎統領，統率咸陽的一萬鐵騎城衛，負責王城的安全，但因不韋的反對不了了之。我又不知你的心意，所以未敢堅持。想不到軍方最有權勢的三個人竟都對你如此支持。少龍啊！你再不可躲起來，我和小政需要你在身旁哩！」

項少龍大感愕然，難道徐先他們收到他和呂不韋不和的消息？

朱姬又微嗔道：「你這人哩！難道不把烏家的存亡放在心上嗎？」

項少龍當然明白她的意思，朱姬言下之意，是若要在呂不韋和他之間只可作出一個選擇，寧願揀選他。

若他能代替呂不韋去鞏固她母子倆的權位，那時呂不韋自是可有可無。

只恨他知道呂不韋絕不會這麼容易被推倒，那早寫在中國的所有史書上。

猛然點頭道：「多謝太后垂注！」

朱姬俏臉忽然紅起來，垂頭道：「只要你不把我當作外人，朱姬便心滿意足。」

項少龍苦笑道：「我從沒有把你當作過外人，只是大王對我君恩深重，我怎可以……唉！」

朱姬眼中射出幽怨之色，哀然道：「人家又能有片刻忘記他的恩寵嗎？少龍那天在大王臨終前說的話，我已猜到一點，但請勿告訴我，我現在還不想知道，希望少龍體諒我這苦命的人。」

項少龍愈來愈發覺朱姬的不簡單，想起嫪毐，暗忖應否再向命運挑戰，預先向她作出警告之時，門衛傳報道：「右相國呂不韋，求見太后。」

項少龍差點想溜之夭夭，又會這麼冤家路窄的？

第二十五章　籌謀大業

一身官服的呂不韋神采飛揚、龍行虎步地走進朱姬的慈和殿，項少龍忙起立致禮。

呂不韋比以前更神氣，閃閃有神的眼睛上下掃射項少龍一遍，微笑點頭，欣然道：「真高興又見到少龍。」

雖是普通一句話，但卻是內藏可傷人的針刺，暗責項少龍不告而別，不把朝廷放在眼內，並暗諷他仍留得住性命。

說罷向朱姬致禮，卻沒有下跪，顯是自恃與朱姬關係特別，淵源深厚，不當自己是臣子。

呂不韋坐在項少龍對席，笑道：「現時我大秦正值非常時期，無恥之輩，蠢蠢欲動，意圖不軌。少龍若沒有甚麼特別緊急的事，留在咸陽好了，我或者有用得上你的地方。」

項少龍點頭應諾，暗忖呂不韋果然懂得玩手段，利用危機作壓力，令朱姬母子無法不倚重他。

呂不韋轉向朱姬道：「太后和少龍談甚麼談得這麼高興哩？」

只是這隨便一句話，已盡顯呂不韋驕橫的心態。若論尊卑上下，哪到他這右丞相來管太后的事。

朱姬卻沒有不悅之色，淡淡道：「只是問問少龍的近況吧！」

呂不韋眼中閃過怒意，冷冷道：「少龍你先退避一會兒，我和太后有要事商量。」

項少龍亦是心中暗怒，這分明是向自己施下馬威，明指他沒有資格參與他和朱姬的密議。

正要退下時，朱姬道：「少龍不用走，呂相怎可把少龍當作外人？」

呂不韋錯愕一下，堆起笑容道：「我怎會把少龍當作外人，只是他無心朝政，怕他心煩罷了。」

朱姬若無其事道：「呂相連等一會兒的耐性也沒有，究竟有甚麼天大重要的事？」

這時呂不韋和項少龍都知朱姬在發脾氣，而且明顯站在項少龍的一方。

呂不韋尚未愚蠢至反唇相譏，陪笑道：「太后請勿見怪，今趟老臣來晉謁太后，是要舉薦一個最適合的人選，擔當都騎統領的重要職位，好負起王城安全的重任。」

都騎統領，實在是禁衛統領安谷傒外最接近王室的職位。

咸陽城的防務，主要由三大系統負責，分別是守衛王宮的禁衛，和負責城防的都騎和都衛兩軍，前者是騎兵，後者是步兵。

都騎統領和都衛統領合起來等若以前項少龍在邯鄲時的城守一職，只不過把步兵和騎兵分開來。步兵人數達三萬，比騎兵多出三倍，但若論榮耀和地位，負責騎兵的都騎統領，自然要勝過統領步兵的都衛將軍了。

朱姬冷然道：「呂相不用提出任何人，我決定任用少龍做都騎統領，除他外，沒有人可使我放心。」

呂不韋想不到一向對他言聽計從的朱姬，在此事上卻如此斬釘截鐵，完全沒有商量的餘地，臉色微變，訝然往項少龍望來道：「少龍改變主意了嗎？」

項少龍當然明白朱姬的心態，她也是極端厲害的人，更不想永遠活在呂不韋的暗影下，現在項少龍大得軍方歡心，有他做都騎統領，不但可對抗呂不韋，使他心存顧忌，不敢不把她母子放在眼內，亦可通過項少龍維繫軍方，不致被迫與呂不韋站在同一陣線，毫無轉圜的餘地。

項少龍知呂不韋表面雖像對他關懷備至，其實只是暗逼他推掉這任命，那他可振振有詞，舉薦他心中的人選。微笑道：「正如呂相所言，我大秦正值非常時期，少龍只好把個人的事擱在一旁，勉任艱鉅了。」

呂不韋眼中閃過怒色，又泛起笑容，呵呵笑道：「那就最好不過，難得太后這麼賞識你，千萬不要令她失望。」

朱姬淡淡道：「呂相還有甚麼急事？」

呂不韋雖心中大怒，但哪敢與朱姬衝突，亦知自己剛才的說話態度過火，陪笑道：「齊相田單、楚國舅李園、趙將龐煖均於昨天抵達咸陽，望能在先王大殯前，向太后和儲君問好請安。」

朱姬冷冷道：「未亡人孝服在身，有甚麼好見的，一切待大王入土為安再說吧！」

呂不韋還是第一次見朱姬以這種態度對待他，心知問題出在項少龍身上。他城府極深，一點都不表露心意，再應對兩句後，告辭離開。

慈和殿內一片沉默。

良久後朱姬歎道：「我曾嚴命所有看到你和大王說那句話的人，不准把此事傳出去，違令者斬，不韋應該尚未曉得此事。」

項少龍感激道：「多謝太后！」

朱姬頹然道：「少龍！我很累，似現在般又如何呢？為何我總不能快樂起來？」

項少龍知道她是以另一種方式逼自己慰藉她，歎道：「太后至緊要振作，儲君還需要你的引導和照顧。」

在這種情況下，他愈是不能提起嫪毒的事。

首先他很難解釋為何可未卜先知嫪毒會來勾引她，尤可慮是朱姬若要他代替「未來的」嫪毒，他就更頭痛。

可知歷史是根本不可改變的。

朱姬沉默一會兒，輕輕道：「你要小心趙國的龐煖，他是韓晶一手提拔出來的人，乃著名的縱橫家，口若懸河，現在當上邯鄲的城守，是廉頗、李牧外趙國最負盛名的將領，他今趟來秦，只是要探察我們的虛實。唉！我真不知不韋有何居心，忽然又和六國稱兄道弟，好像甚麼事都沒有發生過的樣子。」

項少龍倒沒有把這未聽過的龐煖放在心上，若非郭開與朱姬關係曖昧，不宜親來，應該是不會輪到這個人的。

這時兩人都不知該說甚麼話才好。

東拉西扯幾句後，項少龍告辭離去，朱姬雖不甘願，可是怕人閒言，只好放他走。

才步出太后宮，安谷傒迎上來，道：「儲君要見太傅。」

項少龍隨他往太子宮走去。

這禁衛的大頭領低聲道：「太傅見過儲君後，可否到鹿公的將軍府打個轉？」

項少龍心中明白，點頭應好。

安谷傒再沒有說話，把他送到太子宮的書軒內，自行離去。

小盤坐在設於書軒北端的龍墊處，臉容陰沉，免去他君臣之禮，囑項少龍坐在下首後，狠狠道：「太傅！我要殺呂不韋！」

項少龍大吃一驚，失聲道：「甚麼？」

小盤壓低聲音道：「此人性格暴戾，不念王父恩情，比豺狼更要陰毒，又以開國功臣自居，還暗擺出我是他兒子的格局，此人一日不除，我休想順當地行使君權。」

項少龍本有意思聯結小盤、李斯和王翦等與呂不韋大鬥一場，沒料小盤的想法比他還走遠了幾條街，又使他猶豫起來，沉吟道：「這事儲君和太后說過沒有？」

小盤道：「太后對呂不韋始終有割捨不掉的深厚感情，和她說只會給她教訓一頓。太傅啊！憑你的絕世劍術和智計，要殺他應不是太困難吧！」

項少龍想起管中邪，暗忖你太看得起我了，話當然不能這樣說，歎道：「問題是若驟然殺他，會帶來甚麼後果？」

小盤表現出超越他年紀的深思熟慮，道：「所以我首先要任命太傅為都騎統領，再挑幾個人出來，負起朝廷重要的職務。只要我鞏固手上的王權，有沒有這賊子都不是問題。就是怕母后反對，若她與呂不韋聯手，我將很難應付。」

項少龍問道：「儲君疼愛母后嗎？」

小盤頹然一歎，點了點頭。

恐怕只有項少龍明白他的心態，這時的小盤，已把對妮夫人的感情，轉移到朱姬身上。

小盤說得不錯，朱姬明知莊襄王被呂不韋害死，仍只是給呂不韋一點臉色看看就算了事。

項少龍道：「我比你更想幹掉老賊，想儲君也該猜到倩公主是被他害死的吧！可是一天我們仍未建立強大的實力，絕不可輕舉妄動，尤其秦國軍方系統複雜，方向難測，又有擁立成蟜的一系正陰謀不軌，在這種形勢下，我們須忍一時之氣。」

小盤精神大振，道：「這麼說，太傅是肯擔當都騎統領一職了。」

項少龍苦笑道：「剛應承你母后了。」

小盤大喜道：「有師父在身旁，我就放心了。」

在這一刻，他又變回以前的小孩子。

接著露出沉思的神色，道：「太傅相人的眼光天下無雙，廷尉李斯先生是最好的例子，他的想法和識見均與別人不同，向我指出若能把握機會，憑仗我大秦的強大力量，奮勇進取，終可一統天下。所以我不可任呂不韋此狼心狗肺的人把持政局，影響我的春秋大業。」

項少龍到這時才明白李斯對小盤的影響多麼巨大，他再難當小盤是個不懂事的孩子。在秦宮氣氛的感染下，小盤脫胎換骨地變作另一個人，將來就是由他一手建立起強大的中國。

小盤又冷然問道：「我還要等多久？」

項少龍平靜地道：「到儲君二十二歲行加冕禮，就是儲君發動的時刻。」

絕錯不了，因為這是歷史。

小盤愕然道：「豈非還要等九年嗎？呂不韋不是更勢大難制？」

項少龍道：「在這段時間內，我們可以雙管齊下，一方面利用呂不韋去對付想動搖儲君王位的人；另一方面卻培植儲君的班底，換言之，則是在削弱呂不韋的影響力。」

頓了頓，加重語氣道：「在政務上，儲君大可放手讓呂不韋施為，但必須以徐先對他做出制衡，並且盡力籠絡軍方的將領。即壞事由呂不韋去做，而我們則盡做好人。只要抓牢軍權，任呂不韋有三頭六臂，最終也飛不出儲君的手掌心。只有槍桿子才可出政權，此乃千古不移的真理。」

小盤渾身一震，喃喃唸道：「槍桿子出政權。」

他想到的槍桿子，自然是刀槍的槍桿，而不是自動機槍的槍桿。

項少龍暗責自己口不擇言，續道：「眼前可提拔的有兩個人，就是王翦、王賁父子，兩人均是任何君主夢寐難求的絕代猛將，有他們助你打天下，何懼區區一個呂不韋。」

小盤一呆道：「那麼你呢？」

項少龍道：「我當然會全力助你，但我始終是外來人，你要鞏固秦國軍心，必須以他們的人才為主力方成。」

小盤皺眉道：「可是現在呂不韋正力捧蒙驁，又把他兩個兒子蒙武、蒙恬任命為偏將，好隨蒙驁南征北討，我如何應付？」

項少龍道：「此正是呂不韋急欲把我除去的原因之一，若被蒙驁知道他兩個兒子差點喪命在老賊的奸謀下，你說他會有甚麼感受？蒙武、蒙恬兩兄弟終會靠向我們，你大可將計就計，重用兩人，亦可使呂不韋不生疑心。」

小盤興奮起來，道：「沒有人比太傅更厲害，我知怎樣做的了。」

兩人又再商量好些行事的細節後，項少龍才告退離開。

到了鹿公那與秦宮為鄰、遙對呂不韋正動工興建新邸的將軍府，鹿公把項少龍請到幽靜的內軒，下人奉上香茗退下後，鹿公微笑道：「聽說你是秦人的後代，不過項姓在我大秦從未聽過，不知你是哪一族的人？」

項少龍心中叫苦，胡謅道：「我的姓氏是由娘親那裡來的，不要說是甚麼族了，連我父親是誰娘也弄不清楚，只知他是來自大秦的兵士，唉！確是筆糊塗帳。」

鹿公這「大秦主義者」倒沒有懷疑，點頭道：「趙人少有生得你那麼軒昂威武的，太傅這種體型，連我大秦人裡也百不一見，應屬異種，我最擅相人，嘿！當日第一眼見到你，立知你是忠義之輩。」

項少龍逐漸摸清他的性格，心中暗笑，道：「鹿公眼光如炬，甚麼都瞞不過你。」

鹿公歎道：「若真是甚麼都瞞不過我就好了，但很多事情我仍是看漏了眼，想不到先王如此短命，唉！」

項少龍默然下來。

鹿公兩眼一瞪，射出銳利的光芒，語調卻相當平靜，緩緩道：「少龍和呂不韋究竟是甚麼關係？」

項少龍想不到他問得如此直接，愕然道：「鹿公何有此言？」

鹿公淡淡道：「少龍不用瞞我，你和呂不韋絕不像表面般融洽，否則烏家就不用終日躲在咸陽外的牧場裡。放心說吧！烏族乃我大秦貴冑之後，對我們來說，絕不能和呂不韋這些外人相提並論。」

項少龍來咸陽這麼久，還是首次直接領受到秦人排外的種族主義，歎道：「此事真是一言難盡，自我向先王提出以徐大將軍為相後，呂相國自此與我頗有芥蒂。」

鹿公微笑道：「怎會如此簡單，在咸陽城內，呂不韋最忌的人正是你，這種事不須我解釋吧！」

接著眼中射出思索的神情，緩緩道：「一直以來，均有謠傳說儲君非是大王骨肉，而是出自呂不韋的。本來我們還不大相信這事，只當作是心懷不軌之徒中傷呂不韋和太后的暗箭，但現在先王正值壯年之時，忽然不明不白的死去，我們自然不能再漠然視之。」

項少龍聽得頭大如斗，鹿公乃秦國軍方德高望重的人，他的話可說代表秦國最重要將領的心意。假設他們把小盤當作是呂不韋魚目混珠的野種，轉而扶助成蟜，那呂不韋和小盤都要一起完蛋。

鹿公又道：「此事我們必須查證清楚，始可決定下一步的行動。正如我們本來還弄不清楚少龍和呂不韋的關係，所以聯名上書，請儲君任命你為都騎統領，好試探呂不韋的反應，哪知一試便試出來，因為呂不韋是唯一反對的人。」

項少龍這才知道政治是如何複雜的一回事，初聞此事時，他還以為鹿公等特別看得起他，原來背後有著另外的原因和目的。

鹿公搖頭苦笑，道：「話再說回來，那種事除當事人外，實在是非常難以求證的，不過亦非全無辦法，只是很難做到。」

項少龍大感懍然，道：「有甚麼好方法？」心中卻在奇怪，自己可以說是朱姬和儲君的人，難道不會維護他們嗎？怎麼鹿公偏要找自己來商量這件事？

鹿公道：「這事有一半要靠少龍幫手才成。」

項少龍大訝地望著他，忽地記起朱姬的話，恍然道：「你們是要用滴血認親的方法？」

鹿公肅容道：「這是唯一能令我們安心的方法，只要在純銀的碗裡，把兩人的血滴進特製的藥液中，真偽立判，屢應不爽。」

驀地裡，項少龍高懸的心放下來，輕鬆得像在太空中逍遙，點頭道：「儲君那一滴血可包在我身上，不過鹿公最好派出證人，親眼看我由儲君身上取血，那就誰都不能弄虛作假了。」

今次輪到鹿公發起怔來。他今趟找項少龍來商量，皆因知他是朱姬除呂不韋外最親近的人，又是他一手由邯鄲把她們兩母子救出來，多多少少應知道朱姬母子和呂不韋間的關係。假若他對滴血認親的方法左推右拒，便可證實其中必有不可告人之事，那時鹿公當然知道在兩個王子間如何取捨。

怎知項少龍欣然答應，還自己提出要人監視他沒有作弊，自是大出他意料之外。

兩人呆瞪一會兒後，鹿公斷然道：「好！呂不韋那一滴血由我們來想辦法，但假若證實儲君真是呂不韋所出，少龍你如何自處？」

項少龍淡淡道：「我深信儲君是先王貨真價實的親生骨肉，事實將會證明一切。」

忽然間，最令他頭痛的事，就這麼解決了。

滴血當然「認不了親」，於是那時秦國以鹿公為首的將領，將對小盤做出全面的支持，形勢自然和現在是兩回事。

但由於朱姬的關係，呂不韋仍可繼續擴展勢力，操縱朝政。

現在項少龍反擔心這古老辨認父子血緣的方法不靈光，細想又覺得是杞人憂天，歷史早說明小盤日後將會是一統天下的始皇帝。

第二十六章　王陵埋骨

項少龍回到烏府。

那晚的火災，只燒掉一個糧倉便被救熄，對主宅的幾組建築群沒有任何影響。

在過去的十多天內，兩個精兵團的戰士共二千人，分別進入咸陽，以增加烏府的實力。

騎著駿馬疾風，與滕翼、荊俊和眾鐵衛進入外牆的大閘，立時傳來戰士們忙著建蓋哨樓的噪音，非常熱鬧。

項少龍心情開朗，跳下馬來，正要去看熱鬧，陶方迎上來，道：「龍陽君在大廳等你。」

滕翼一望主宅前的大廣場，不見任何馬車隨從，奇道：「他只是一個人來嗎？」

陶方點頭應是。

項少龍亦有點想見故友，問問各方面的情況，當然包括雅夫人在內，隨陶方到大廳見龍陽君。

今次他雖沒有黏鬍子，但卻穿著普通民服，避人耳目。

到剩下兩人時，龍陽君欣然道：「項兄別來無恙，奴家欣悅非常。」

項少龍笑道：「聽君上的語氣，好像我能夠活著，已是非常難得。」

龍陽君幽幽歎道：「無論在秦國內外，想要你項上人頭的人可說多不勝數，近日更有傳言，說你與呂不韋臉和心不和。現在呂不韋勢力日盛，自是教奴家為你擔心哩！」

項少龍早習慣了這嬌媚男人的「情深款款」，苦笑道：「這叫『紙包不住火』，甚麼事都瞞不了人。」

龍陽君愕然問道：「甚麼是『紙』？」

項少龍暗罵自己糊塗，紙是到漢代才發明的東西，自己卻一時口快說出來，道：「這是我家鄉話，指的是帛書那類東西。」

龍陽君「終於明白」，道：「今趟我是出使來祭奠你們先王，真是奇怪，四年內連死兩個秦君，現在人人均疑團滿腹，呂不韋也算膽大包天了。」

項少龍知他在探聽口風，岔開話題，問道：「信陵君的境況如何？」

龍陽君冷冷道：「這是背叛我王應得的下場，今次他再難有復起的機會，聽說他轉而縱情酒色，又解散大批家將，在這種情況下，大王應不會再拿他怎樣。」

再壓低聲音道：「趙雅病倒了！」

項少龍一震，訝道：「甚麼？」

龍陽君歎道：「聽說她病囈時，只是喚著你的名字，氣得信陵君自此不再踏足她寢室半步。」

項少龍聽得神傷魂斷，不能自已，恨不得脅生雙翼，立即飛往大梁去。

龍陽君道：「項兄放心，我已奏請大王，藉為她治病為名，把夫人接入宮裡去，使人悉心照料她。假若項兄願意，我可以把她送來咸陽，不過須待她病況好一點才成。」

項少龍劇震道：「她病得這麼重嗎？」

龍陽君淒然道：「心病最是難治嘛！」

項少龍哪還有餘暇去咀嚼他話裡語帶雙關的含意，心焦如焚道：「不！我要到大梁去把她接回來。」

龍陽君柔聲道：「項兄萬勿感情用事，咸陽現在龍虎交會，風急雲走，你若貿然離開，回來後發覺人事全非，那就悔之已晚。」

項少龍冷靜了少許，道：「我派人去接她好了，君上可否遣個辦得事的人隨行？」

龍陽君道：「當然沒有問題，敝國增太子對你印象極佳，只要知道是你的事，定會幫忙到底。大王亦知道增太子回國一事，全賴你在背後出力，否則也不肯照顧趙雅。」

項少龍壓下對趙雅的思念，問道：「除了田單、李園和龐煖外，六國還來了甚麼人？」

龍陽君道：「燕國來的應是太子丹，韓國是你的老朋友韓闖，現在人人爭著巴結呂不韋，你要小心點。在咸陽他們當然不敢怎樣，但若呂不韋把你差往別國，自有人會對付你。」

項少龍正猶豫應否告訴龍陽君，當日在邯鄲外偷襲他們的人是燕國太子丹派去的徐夷亂時，龍陽君又道：「李園今趟到咸陽，帶來楚國的小公主，希望能做政儲君的王妃，聽說呂不韋已口頭答應了。但秦國軍方的鹿公、徐先、杜璧等人無不大力反對，假若此事不成，呂不韋的面子便不知應放到哪裡。」

項少龍道：「此事成敗，關鍵處仍在乎太后的意向，不過呂不韋手段厲害，會有方法令太后順從他的提議。」

龍陽君壓低聲音道：「聽說姬太后對你很有好感，你可否在她身上做些功夫，好使李園好夢成空？」

項少龍這時最怕的事就是見朱姬，一個不好，弄出事來，不但良心要受譴責，對自己的聲譽和形象亦有很大的打擊。頹然歎道：「正因為她對我有好感，我更難說話。」

龍陽君知他性格，道：「我是秘密來找你，故不宜久留。明早我派人來，這人叫寧加，是我的心腹，非常精明能幹，有他陪你的人去大梁，定可一切妥當。」

項少龍道謝後，把他送出門外。

回來後立即找滕翼和陶方商量。他本想派荊俊出馬去接趙雅，但由於咸陽正值用人之時，最終決定由烏果率五百精兵去辦理此事。

商量停當，琴清竟派人來找他。

三人大感愕然，難道以貞潔名著天下的美女，終於動了春心？

項少龍、滕翼、荊俊和十八鐵衛趕到琴府時，天已全黑，更添事情的曖昧性。

眾人在佈置清雅的大廳坐下，兩名美婢奉上香茗，已見過的管家方二叔把項少龍、滕翼和荊俊同時請入內廳。

荊俊見動人的寡婦當他是個人物，自是喜出望外。項少龍則有點失望，知道事情與男女之私全無關係。

男人就是這樣，就算沒有甚麼野心，也絕不介意給多個女人愛上，只要不帶來麻煩就成。

琴清仍是一身素服，神情肅穆，禮貌地道過寒暄，與三人分賓主坐下，依足禮數。

及知眾人尚未進膳，遂著婢女捧出糕點，招待他們和在外廳等候的諸衛享用。

項少龍等毫不客氣，伏案大嚼，只覺美味之極，荊俊更是讚不絕口。

項少龍見她眉頭深鎖，忍不住道：「琴太傅召我等來此，不知有何見教？」

琴清幽幽歎道：「不知是否我多疑，今天發生一些事，我覺得有點大不妥當。」

三人大訝，放下手上糕點，六隻眼睛全盯在她勝比嬌花的玉容處。

琴清顯然有點不慣給這麼三個男人瞪著，尤其是荊俊那對貪婪的「賊眼」，垂頭道：「今天我到太廟為先王的靈柩更換香花，離開時遇上相府的食客嫪毒，被他攔著去路……」

三人一齊色變。

荊俊大怒道：「好膽！我定要狠狠教訓這狂徒一頓，管誰是他的靠山。」

滕翼道：「琴太傅沒有家將隨行嗎？」

琴清道：「不但有家將隨行，當時徐左丞相和呂相也在太廟處，聽到喧鬧聲，趕了出來。」

荊俊冷笑道：「我倒要看呂不韋怎麼處置……哎喲！」

當然是給旁邊的滕翼踢了一腳。

琴清望向滕翼，秀眸射出坦誠的神色，柔聲道：「滕大哥不要把琴清看作外人好嗎？我和嫣然妹一見如故，情同姊妹。所以今晚不避嫌疑，把各位請到寒舍來商量。」

滕翼老臉一紅，尷尬地道：「好吧！呂不韋怎樣處置此事？」

琴清臉上憂色更重，緩緩道：「呂不韋做得漂亮之極，當著我和徐相，命嫪毒先叩頭認錯，再當眾宣佈對他的懲罰。」

項少龍心知肚明是甚麼一回事，那是早寫在史冊上，頹然歎道：「是否把他閹了後送入王宮當太監？」

琴清駭然道：「你怎會猜得到？」

滕翼和荊俊更是瞠目相對，今天他們整日和項少龍同行同坐，項少龍知道的事他們自該知道。這麼特別的懲罰，縱使聖人復生，也絕猜不著。

項少龍心中叫糟，知說漏了口，洩露天機。而且今次無論怎麼解釋，也不會有人肯相信的。

琴清卻以為早有眼線把事情告訴他，待看到滕、荊兩人目瞪口呆的怪模樣，大吃一驚，不能相信地道：「項太傅真只是猜出來的！」

項少龍「驚魂甫定」，自顧自歎道：「並非太難猜哩！現在呂不韋最要巴結的人是姬太后，眼下在咸陽，沒有人比他更清楚太后的弱點，嫪毒則是他最厲害的一只棋子，只有詐作把他變成太監，這只棋子才可放進王宮發揮妙用，說到玩手段，我們比起呂不韋，確是瞠乎其後。」

滕翼和荊俊開始明白過來，但對項少龍超水準及神乎其技的推斷，仍是震驚得未可回復過來。

琴清狠狠盯著項少龍，好一會兒後不服氣地道：「我是事後思索良久，才得出同一結論。但項太傅連事情都尚未聽畢，便有如目睹般知道一切，琴清看太傅智慧之高，呂不韋亦有所不及，難怪他這麼忌你。」

項少龍暗叫慚愧，同時亦在發愁。

朱姬和嫪毒是乾柴烈火，誰都阻止不來，這事該怎樣應付好呢？

荊俊牙癢癢道：「讓我摸入宮去給他痛快的一刀，那他只好永遠當真太監了。」

琴清終受不住他露骨的言詞，俏臉微紅，不悅道：「荊兄！我們是在商量正事啊！」

滕翼怒瞪荊俊一眼，後者卻是心中不忿，為何項少龍說得比他更粗俗，這俏寡婦卻不怪他。

項少龍知已蒙混過關，放下心來，腦筋立變靈活，道：「琴太傅太看得起項某人，只可惜此事誰都阻止不了。」

琴清愕然道：「可是太后最肯聽太傅的意見啊！」

項少龍坦然苦笑道：「問題是我不能代替嫪毒，所以失去進言的資格。」

琴清一時仍未明白他的意思，思量片晌，忽然霞生玉頰，垂下頭去，咬著唇皮輕輕道：「琴清明白了，但這事非同小可，不但牽涉到王室的尊嚴，還可使呂不韋更專橫難制，項太傅難道不擔心嗎？」

項少龍語重心長的柔聲道：「琴太傅何不去巴蜀，陪華陽夫人過些眼不見為淨的清靜日子？」

琴清嬌軀一顫，往他望來，射出複雜難言的神色，欲言又止，最後垂下螓首，低聲道：「琴清有自己的主意，不勞項太傅操心，夜了！三位請吧！」

三人想不到她忽然下逐客令，大感沒趣，怏怏然離開，琴清並沒有起身送客。

離開琴清府，晚風迎面吹來。

滕翼忍不住道：「三弟不打算向姬后揭破呂不韋的陰謀嗎？」

項少龍歎道：「問題是對姬后來說，那正是令她久旱逢甘露的一份大禮，試問誰可阻攔？」

荊俊讚歎道：「『久旱逢甘露』，呂不韋這一手真厲害。」

滕翼策著馬兒，深吸一口氣，道：「若給嫪毒控制姬太后，我們還有立足的地方嗎？」

項少龍冷笑道：「首先姬太后並非那麼容易被人擺佈，其次我們大可將計就計，盡量捧起嫪毒，使他脫離呂不韋的控制，那時最頭痛的，應是呂不韋而非我們。」

滕翼和荊俊大感愕然時，項少龍已策駿馬疾風領頭往長街另一端衝去。

在這剎那，他充滿與呂不韋鬥爭的信心。因為根本沒有人可改寫歷史，包括呂不韋在內。所以大惡人註定是玩火自焚的可笑下場，誰都改變不了。

他無法知道的，只是自己未來的際遇。

次日清晨，天尚未亮，李斯率領大批內侍，帶著王詔到烏府，代表小盤正式任命項少龍做都騎統領將軍，滕翼和荊俊分任左、右都騎副將，授以虎符、文書、弓箭、寶劍、軍服、甲冑，還可擁有五百親衛，可說王恩浩蕩。

項少龍心知肚明這些安排，是出自李斯這個自己人的腦袋，故而如此完美。跪領王命後，滕翼立即選出五百人，全體換上軍服，馳往王宮。

到達主殿前的大廣場，小盤剛結束早朝，在朱姬陪同下，領左、右丞相和一眾文武百官，登壇拜將，儀式隆重。

這天項少龍等忙得不亦樂乎，既要接收設在城東的都騎官署，又要檢閱都騎士卒，與其他官署辦妥聯絡事務，更要準備明天莊襄王的殯葬事宜，數以百計的事堆在一起辦理。

幸好項少龍目下和軍方關係大佳，呂不韋則暫時仍要擺出支持他的姿態，故而順風順水，沒有遇到困難和阻力。

最神氣的是荊俊，正式當上都騎副將，八面威風，意氣飛揚。

同日由陶方安排下，烏果偕同龍陽君遣來的寧加，率五百精兵團戰士匆匆上路，往大梁迎趙雅回來。

到了晚上，小盤使人把他召入王宮，在內廷單獨見他，劈頭忿然道：「你知否嫪毒的事？」

項少龍歎道：「太后和他已混在一起嗎？」

小盤怒憤交集，道：「先王屍骨尚未入土，呂不韋這奸賊就使個小白臉來假扮太監，勾引母后，我恨不得把他碎屍萬段。」

項少龍暗忖嫪毒對女人果然很有手段，這麼快便搭上朱姬，心中既酸且澀，更怪朱姬太不檢點。可是回心一想，朱姬的確寂寞多年，以她的多情，當然受不了嫪毒這情場高手的挑逗和引誘。

小盤氣得在殿心來回踱步，項少龍只好陪立一旁。

小盤忽地停下來，瞪著他，怨道：「那天我留下你與母后單獨相處，就是希望你好好慰藉她，天下男人裡，我只可接受你一個人和她相好。」

項少龍惟有以苦笑報之。他當然明白小盤的心意，正如以前覺得只有他配得上做妮夫人的情人，現在既把朱姬當作母親，自然也希望由他做朱姬的男人。在某一程度上，自己正是小盤心中的理想父親。

項少龍又歎了一口氣，道：「若我可以這樣做，我就不是項少龍了。」

小盤呆了一呆，點頭道：「我是明白的，可是現在我內心充滿憤恨，很想闖進後宮拿嫪毒痛打一頓，才能出這口氣。」

頓了頓道：「唉！現在該怎麼辦？一天我尚未正式加冕，事事均要母后點頭才成。若給呂不韋控制母后，我將更受掣肘，今午太后把我召去，要我以呂不韋的家將管中邪代替安谷傒將軍做禁衛統領，我當然據理力爭，鬧了整個時辰，母后始肯收回成命，轉把管中邪任為都衛統領，我無奈下只好答應。」

再歎道：「你說我該怎麼辦呢？」

看到他仍未脫稚氣的臉孔，項少龍道：「這是你母后的手段，明知你不肯答應撤換安將軍，退而求其次下，你只好屈服。」

小盤呆了起來，思索半晌後，頹然道：「當時的情況確是這樣，我還是鬥不過母后的。」

項少龍安慰道：「不要洩氣，一來因你年紀仍小，又敬愛母后，故拗她不過。來！我們先坐下靜心想想，看看該怎樣應付呂不韋的奸謀。」

小盤像洩氣的皮球，坐回臺階上的龍席處，看著學他剛才般來回踱方步的項少龍。

項少龍沉聲問道：「太子怎知嫪毒的事？」

小盤憤然道：「昨天早上，呂不韋的人把嫪毒五花大綁押進宮內，當著我和母后的面前，宣讀嫪毒的罪狀，說已行刑把他變作太監，罰他在王宮服役，當時我已覺得不妥，怎會剛給人割掉那話兒，仍可像他般神氣，只是臉色蒼白些兒。接著呂不韋和母后說了一番私話，之後母后便把嫪毒收入太后宮，我心感不妙，派人去偵察究竟，母后當晚竟和嫪毒在一起。」

項少龍問道：「嫪毒究竟有甚麼吸引力？」

小盤一掌拍在龍几上，怒道：「還不過是小白臉一名。」旋又頹然道：「說實在的，他長得高俊威武，頗有英雄氣概，形神有點像師父你，只是皮膚白皙多了，難怪母后一見就著迷。」

小盤歎道：「唉！我該怎麼辦呢？」

這已是他今晚第三次說這句話，由此可知朱姬的行為，使他如何六神無主。

項少龍來到階前，低聲道：「這事儲君有否與李斯商量？」

小盤苦笑道：「除師父外，我怎敢告訴其他人，還要盡力為太后隱瞞。」

項少龍心中暗歎，這正是小盤的困難，在眼前人人虎視眈眈的時刻，一旦失去太后和呂不韋的支持，這只有十多歲的大孩子，立即變得孤立無援，所以一天羽翼未豐，他總要設法保著朱姬和呂不韋，以免王位不穩，箇中形勢，非常複雜。

項少龍挪到一旁首席處的長几坐下，仰望殿頂橫伸的主樑，吁出一口氣，道：「有一個雙管齊下的良策，必可助太子度過難關，日後穩登王座。」

小盤像在迷途的荒野見到指路明燈，大喜道：「師父快說出來！」

項少龍見他精神大振，心中歡喜，欣然道：「首先，仍是要籠絡軍心，現在秦國軍方，大約可分作四幫人。勢力最大的是中立派，這批人以鹿公、徐先、王齕為首，他們擁護合法的正統，但亦數他們最危險，若他們掉轉頭來對付我們，誰都招架他們不住。可以說只要他們傾向那一方，那一方可穩穩勝出。」

小盤皺眉道：「這個我明白，另外的三個派系，分別是擁呂不韋、高陵君和成蟜的三夥人，可是有甚麼方法把鹿公他們爭取過來？」

項少龍啞然失笑，道：「方法簡單易行，只要讓他們驗明正身就行。」

於是把鹿公想要滴血認親的事說出來。

小盤先是呆了一呆，接著和項少龍交換個古怪的眼神後，兩人同時掩嘴狂笑起來，完全控制不了那既荒謬又可笑的怪異感覺。

小盤這未來的秦始皇連淚水都嗆出來，喘著氣道：「那另一管的方法又是甚麼？」

項少龍苦忍著笑，道：「就是把呂不韋都爭取過來。」

小盤失聲道：「甚麼？」

項少龍分析道：「陽泉君雖已授首，但擁立成蟜的力量仍非常龐大，還有在旁虎視的高陵君，均有問鼎王座的實力。假若我們貿然對付呂不韋，只會兩敗俱傷，讓這兩系人馬有可乘之機。說不定兩系人會聯合起來，逼你退位，那就更是不妙。假設呂不韋既當你是他的兒子，而鹿公等卻知道另一個完全不同的真相，那你自可左右逢源，待剷除另兩系的勢力後，再掉轉頭來對付呂不韋，那時誰還敢不聽你的話。」

小盤拍案道：「確是最可行的方法，可是呂不韋稟性專橫，若事事從他，最終還不是大權落到他的手上，到在軍方的重要位置全安插他的人時，我們拿甚麼來和他較量？」

項少龍嘴角飄出一絲笑意，淡然道：「這招叫『以子之矛，攻子之盾』，由今天開始，我們不但不去管你母后的事，還要大力栽培嫪毐。」

小盤失聲道：「甚麼？」

項少龍道：「嫪毐出名是無情無義的人，這樣的人必生性自私，事事以己利為重，只要他發覺有可乘之機，定會不受呂不韋控制，由於他出身相府，勢將分薄呂不韋的部分實力，你母后亦會因戀姦情熱轉而支持他，使他變成與呂不韋抗衡的力量，那時你便可從中得利。」

頓了頓續道：「若我猜得不錯，待你王父入土後，嫪毐必會纏你母后給他弄個一官半職，那時你應知怎麼做了吧！」

小盤聽得目瞪口呆，最後深吸一口氣，道：「這人世之間，還有比師父手段更高明的人嗎？」

就在這一刻，項少龍知道小盤的心智已趨成熟，再不是個只懂鬧情緒的孩子。

第二十七章　明捧暗害

次日天尚未亮，在小盤和朱姬的主持下，王親國戚、文武百官、各國來的使節，於太廟舉行隆重莊嚴的儀式後，把莊襄王的遺體運往咸陽以西埋葬秦室歷代君主的「園寢」。

禁衛軍全體出動，運載陪葬物品的騾車達千乘之眾，送葬的隊伍連綿十多里。咸陽城的子民披麻戴孝，跪在道旁哭著哀送這位罕有施行仁政的君主。

小盤和朱姬哭得死去活來，聞者心酸。

呂不韋當然懂得演戲，恰到好處地發揮他悲傷的演技。

項少龍策馬與安谷傒和尚未被管中邪替換的都衛統領兼身為王族的昌平君為靈車開道。

邯鄲事件後，他還是第一次見到田單、李園、韓闖等人，他們雖對他特別留神，但看來並沒有認出他是董馬癡。

龐煖只是中等身材，方面大耳，看來性格沉穩，但一對眼非常精靈，屬機智多變的人，難怪能成為憑口才雄辯而當時得令的縱橫家。

那太子丹年紀最輕，頂多二十歲許，臉如冠玉，身材適中，舉止均極有風度，很易令人心生好感，但對項少龍來說卻是另一回事。趙倩等可說間接死在他手上，若有機會，項少龍亦不會輕易放過他。

琴清雜在妃嬪和王族貴婦的行列裡，項少龍曾和她打過照面，她卻裝作看不見。

在肅穆悲沉的氣氛下，送殯隊伍走了幾個時辰，才在午後時分抵達「園寢」。秦君的陵墓分內、外兩重城垣，呈現出一個南北較長的「回」字形，於東、南、西、北四方各洞闢一門，四角建有碉樓，守衛森嚴，由陵官打理。

通往陵園的主道兩旁排列陶俑、瓦當等鎮墓裝飾物，進入陵內後，重要的人物來到墓旁的寢廟裡，先把莊襄王的衣冠、牌位安奉妥當，由呂不韋宣讀祭文，舉行葬禮。

項少龍想起莊襄王生前對自己的恩寵，不由黯然神傷，灑下英雄熱淚。

把靈柩移入王陵的墓室時，朱姬哭得暈了過去，可是只要項少龍想起她近兩晚和嫪毒在一起，便感到很難原諒她。

但在某一程度上，他卻體會到，正因她失去這個使她變成秦后恩深義重的男人，又明知是由舊情人呂不韋下的毒，偏是自己有仇難報，無可宣洩下，致有這種失控的異常行為。

想是這麼想，但他仍是不能對朱姬釋然。

那晚返回咸陽烏府後，徹夜難眠，次日起來，立即遣人把紀嫣然等諸女接來，他實在需要有她們在身旁，滕翼當然亦同樣希望接得善蘭來此。

只要一天他仍坐穩都騎統領這位置，呂不韋便不敢公然動他。

三天後，咸陽城軍民脫下孝服焚掉，一切回復正常。

小盤雖未正式加冕，但已是秦國的一國之主。

除項少龍和像李斯那麼有遠見的人外，沒有人預覺到正是這個孩子，打破數百年來群雄割據的悶局，帶領秦人走上統一天下的偉大道路。

這天回到東門的都騎官署，正和滕翼、荊俊兩人商量事務時，鹿公來了。

要知身為將軍者，都屬軍方的高級要員。

但將軍亦有多種等級，像項少龍的都騎統領將軍，只屬較低的一級，領兵不可超越五萬，但由於是負責王城的安全，故身份較為特別。

最高的一級是上將軍，在秦國只鹿公一人有此尊崇地位，其他王齕、徐先、蒙驁、杜璧等只屬大將軍的級數，由此可見鹿公在秦國軍方的舉足輕重。

滕翼、荊俊退下後，鹿公在上首欣然安坐，捋鬚笑道：「今趟老夫來此，固是有事商量，但亦為了給少龍助威，好教人人均知有我支持少龍，以後對你尊敬聽命。」

項少龍連忙道謝，表示感激。

鹿公肅容道：「你知否今天早朝時，呂不韋又做出新的人事安排。」

項少龍仍未有資格參與朝政，茫然道：「有甚麼新調動？」

鹿公忿然道：「呂不韋竟破格提拔自己一名叫管中邪的家將，代昌平君出任都衛統領一職，我和徐先大力反對，均被太后和呂不韋駁回來。幸好政儲君把安谷傒調守函谷關，改以昌平君和乃弟昌文君共負禁衛統領之責，才沒有擾動軍心。哼！呂不韋愈來愈放肆，不斷起用外人，視我大秦無人耶？」

項少龍心叫僥倖，看來鹿公已把他這真正的「外來人」當作秦人。

沒有安谷傒這熟人在宮，實在有點惋惜。但小盤此著，確是沒有辦法中的最佳辦法，又多提拔了秦國軍方的一個人，看來應是李斯為他想出來的妙計。

至少鹿公覺得小盤非是向太后和呂不韋一面倒的言聽計從。

鹿公壓低聲音道：「我與徐先、王齕商量過，滴血認親是唯一的方法，你看！」由懷裡掏出一管頭尖尾闊的銀針，得意地道：「這是特製的傢伙，尖鋒處開有小孔，只要刺入血肉裡，血液會流到尾部的血囊中，而刺破皮膚時，只像給蚊子叮一口，事後不會流血，若手腳夠快，被刺者甚至不會察覺。」

項少龍接過細看，暗忖這就是古代的抽血工具，讚了兩句，道：「甚麼時候動手？」

鹿公道：「依我大秦禮法，先王葬禮後十天要舉行田獵和晚藝會，以表奮發進取之意。屆時王室後代，至乎文臣武將，與各國來使均會參加，連尚未有官職的年輕兒郎亦會參與。」

項少龍身為都騎統領，自然知道此事，只想不到如此隆重，奇道：「這般熱鬧嗎？」

鹿公道：「當然哩！人人均爭著一顯身手，好得新君賞識，當年我便是給先王在田獵時挑選出來，那時沒有人比我有更豐富的收穫。」

項少龍渾身不舒服起來，這樣殘殺可愛的動物，又非為了果腹，他自己怎也辦不到。

鹿公續道：「沒有比這更佳的機會，呂不韋那滴血包在我們身上，儲君方面要勞煩你了。昌平和昌文兩個小子和徐先會做人證。嘿！只有少龍一人有膽量去取儲君的血，安谷傒怎都沒那膽子，調走他也好！」

項少龍心中暗笑，與他商量細節後，恭送他離去。

鹿公所料不差，原本對項少龍不大順服的下屬，立即態度大改，恭敬非常，省去他和滕翼等不少工夫。

當天黃昏，朱姬忽然下詔命他入宮。

項少龍明知不妥，亦惟有硬著頭皮去了。

朱姬容色平靜，不見有任何特異處，對項少龍仍是那麼柔情似水，關懷備至，先問他當上都騎統領的情況後，微笑道：「我向不韋發出警告，說你項少龍乃我朱姬的人，若有半根毫毛的損失，我定不會放過他。唉！人死不能復生，少龍你可否安心做你的都騎統領，保護政兒，其他事再不要費心去管？」

項少龍當然明白她說話背後的含意，暗歎這只是她一廂情願的想法，呂不韋豈是這麼好相與的。

同時亦看出朱姬心態上的轉變，若非她滿足於現狀，絕不會希望一切照目前的情況繼續下去。微微一笑，道：「太后的話，微臣怎敢不聽？」

朱姬嗔道：「不要擺出一副卑躬屈膝的模樣好嗎！人家只有對著你，才會說真心的話。」

項少龍苦笑道：「若我不守尊卑上下之禮，有人會說閒話的。」

朱姬不悅道：「又沒有別的人在，理得別人說甚麼？誰敢來管我朱姬的事？」

項少龍道：「別忘記宮內還有秀麗夫人，像這般單獨相對，事後若傳了出去，怕會變成咸陽城的閒言閒語。」

朱姬嬌笑道：「你可放心。成蟜已被封為長安君，明天便要與秀麗那賤人往長安封邑去，免去在宮內碰頭撞面的場面。現在宮內全是我的人，這點手段，我還是有的。」

項少龍心想這恐是怕與嫪毒的事傳出去而使的手段居多，自是不便說破，淡淡道：「太后當然是手段高明的人。」

朱姬微感愕然，美目深深地凝視他一會兒，聲音轉柔道：「少龍你還是首次以這種語帶諷刺的口氣和我說話，是否不滿我縱容不韋呢？可是每個人都有他的苦衷，有時要做些無可奈何的事，我在邯鄲時早深切體會到這方面的苦況。」

項少龍有點弄不清楚她是為呂不韋解釋，還是為自己開脫，沉吟片晌，道：「太后說得好，微臣現在便有無可奈何的感覺。」

朱姬幽幽一歎，盈盈而起。

項少龍忙站起來，還以為她要送客時，這充滿誘惑力的美婦人移到他身前，仰頭情深款款地看著他，意亂情迷地道：「朱姬最歡喜的項少龍，就是在邯鄲質子府初遇時那充滿英雄氣概、風流瀟灑，不將任何困難放在心上，使我這弱質女子可全心全意倚靠的大丈夫。少龍啊！現在朱姬回復自由，為何仍要為虛假的名份浪擲年華，讓我們回復到那時光好嗎？」

看著她起伏著的酥胸，如花玉容，香澤可聞下，項少龍差點要把她擁入懷裡，然後瘋狂地和她抵死纏綿，忘掉外面的世界，只餘下男女最親密的愛戀。

說自己對她沒有感情，又或毫不動心，實是最大的謊言。

可是莊襄王的音容仍緊纏著自己的心神，惟有抑制這強烈的衝動，正要說話時，急遽的足音由正門處傳來。

兩人嚇了一跳，各自退開兩步。

朱姬怒喝道：「誰？」

一名身穿內侍袍服的年輕壯漢撲了進來，跪下叩頭道：「嫪毒來服侍太后！」

項少龍心中一震，朝這出名的美男子看去，剛好嫪毒抬起頭來望他，眼中射出嫉恨悲憤的神色。

縱使鄙屑此人，項少龍亦不由暗讚一聲。

若論英俊，像安谷傒、連晉、齊雨、李園那類美男子，絕對可比得上他，可是若說整體的感覺，都要給嫪毒比了下去。

他整個人就像一頭獵豹，每一寸肌肉充盈力量，完美的體型、白皙的皮膚、黑得發亮的頭髮，確和自己有點相似。

但他最吸引女人的地方，是那種浪子般野性的特質，眼神充滿熾烈的火焰，似有情若無情，使任何女性覺得若可把他馴服，將是最大的驕傲，難怪朱姬一見心動。

朱姬顯然為他的闖入亂了方寸，又怕項少龍知道兩人的事，氣得俏臉煞白，怒喝道：「你進來幹甚麼？」

嫪毒垂下頭去，以出奇平靜的語調道：「小人知太后沒有人在旁伺候，故大膽進來。」

朱姬顯然極為寵他，但在項少龍面前卻不敢表現出來，色變道：「立即給我滾出去。」

若換過是另一個人，早喚來守衛把他推出去斬頭了。

嫪毒擺明是來和項少龍爭風吃醋的，可知他必有所恃。例如朱姬對他的榻上功夫全面投降，故不怕朱姬拿他怎樣。

只聽他謙卑恭敬地道：「太后息怒，小人只希望能盡心盡意侍奉太后。」竟不聽朱姬的命令。

朱姬哪掛得住面子，偷看項少龍一眼，嬌喝道：「人來！」

兩名宮衛搶入來。

項少龍知是時候了，閃身攔著兩人，伸手扶起嫪毒，欣然道：「這位內侍生得一表人才，又對太后忠心不貳，我一見便心中歡喜，太后請勿怪他。」

幾句話一出，朱姬和嫪毒均大感愕然。

項少龍心中好笑，繼續吹捧道：「我看人絕不會看錯，嫪毒內侍乃人中之龍，將來必非池中物，讓我們異日好好合作，共為大秦出力。」

朱姬見那兩名侍衛進退不得，呆頭鳥般站在那裡，沒好氣地道：「還不出去！」

兩人如獲王恩大赦，滾了出去。

嫪毒一向都把自己當作人中之龍，只是從沒有人肯這麼讚他而已！對項少龍的嫉妒立時減半，事實上亦是呂不韋派給他的任務，務要破壞朱姬和項少龍的好事，否則他怎也不敢闖進來，尷尬地道：「項大人過獎了！」

朱姬呆看著項少龍，後者乘機告退。

朱姬怎還有顏面留他，反是嫪毒把他送出太后宮。

到宮門處，項少龍像對著相識十多年的老朋友般道：「嫪內侍，日後我們應好好親近。」

嫪毒汗顏道：「項大人客氣了，小人不敢當此抬舉，在宮內我只是個奴僕吧！」

項少龍故作不忿道：「以嫪兄這等人才，怎會是居於人下之輩？不行！我現在就向儲君進言，為嫪兄弄個一官半職，只要太后不反對就行。」

嫪毐給他弄得糊塗起來，愕然道：「項大人為何如此對我另眼相看？嘿！其實我本是相府的人，項大人理應聽過我的名字，只是因獲罪給遣到宮中服役。」

項少龍故作愕然，道：「原來嫪兄竟是相府的名人，難怪我一見嫪兄即覺非是平凡之輩。唉！嫪兄不知犯了甚麼事呢？不過也不用告訴我，像嫪兄這等人才，呂相怎容你有得志的一朝？我項少龍言出必行，這就領你去謁見儲君。如此人才，豈可埋沒。」

嫪毐聽得心中懍然，但仔細一想，知道項少龍亦非虛言，呂不韋正是這種妒才嫉能的人。現在呂不韋是利用他去破壞項少龍和朱姬的關係，異日若太后愛寵自己，說不定呂不韋又會想辦法來對付自己。

若能與項少龍和儲君打好關係，將來他也有點憑恃。

遂欣然點頭，道：「多謝項大人提拔。」旋又惶恐道：「儲君會否不高興見我這微不足道的奴僕？」

他現在的身份乃是職位最低的宮監，勉強說也只是太后的玩物，難怪他這麼自卑。

項少龍差點忍不住笑，拉著他去了。

回到烏府，不但紀嫣然等全在那裡，烏應元亦來了。

烏廷威被處死一事，似已成為被忘記了的過去。

眾人知道項少龍當上地位尊崇的都騎統領，均雀躍不已。

烏應元拉著愛婿到後園私語，道：「全賴少龍的面子，現在只要是我們烏家的事，處處通行，以前過關的文書，不等上十天半月休想拿到，現在這邊遞入申請，那邊便批出來，比在邯鄲時更要風光。」

項少龍苦笑道：「岳丈最好有點心理準備，將來呂不韋勢力日盛時，或許就不會這麼風光了。」

烏應元笑道：「那時恐怕我們早溜走了，烏卓有消息傳回來，在塞外呼兒魯安山旁找到一片廣達數千里的沃原，水草豐茂，河湖交接，更難得附近沒有強大的蠻族，只要幾年工夫，可在那裡確立根基。我準備再遣送一批人到那裡開墾繁衍，想起能建立自己的家國，在咸陽的些微家業，實在不值一顧。」

項少龍替他高興，問起岳母的病況，烏應元歎道：「過些時該沒事的了。」

想起烏廷威，欷歔不已。

項少龍想不到安慰他的話。

當晚項少龍和三位嬌妻秉燭歡敘，把這些天來的事娓娓道出，說到小盤把嫪毒提拔做內侍官時，眾女均為之絕倒。

小別勝新婚，四人如魚得水，恩愛纏綿。

忽然間，項少龍隱約感到苦纏他整年的噩運，終成過去，因為他比以前任何時間，更有信心和呂不韋周旋到底。

第二十八章　涇洛大渠

項少龍、滕翼和荊俊三人，經過對都騎軍的深入了解之後，已開始清楚它的結構和運作的情況，於是著手整頓改革。

都騎軍人數在一萬之間，分作五軍，每軍二千人，全是由秦軍挑出來擅於騎射的精銳，僅次於保護秦王禁宮的禁衛軍。兵員大多來自王族、朝臣的後代，身家清白，糧餉優厚，故此人人均以當上都騎軍為榮。

平時都騎軍分駐在咸陽城外四個形勢險要的衛星城堡，負責王城外的巡邏、偵察等一般防務。城內事務交由都衛軍處理，職權清楚分明。

但若有事發生，都衛統領要受都騎統領的調配，所以兩個系統裡，以都騎為正，都衛為副。每三個月，兩個系統的兵馬便要聯合操練，好能配合無間。

都衛統領更要每月向都騎統領述職一次，再由後者直接報上秦君。

由此可見都騎統領一職，等若城守，必由秦君親自點封，選取最信得過的負責人。

對朱姬和小盤來說，自是沒有人比項少龍更理想。難得是由以鹿公為首的軍方重臣提出，以呂不韋的專橫，亦反對無效，惟有退而求其次，把管中邪安插到都衛統領這次一級的重要位置去。

禁衛、都騎、都衛三大系統，構成了王城防務的骨幹。

這天早上，在王宮主殿的廣場上進行封任儀式。

安谷傒榮陞大將，負責東方函谷關、虎牢關和殺塞三關的防務，無論權力和地位均有增無減，所以安谷傒並沒有失意的感覺。

他的職務改由昌平君嬴侯和昌文君嬴越這對年輕的王族兄弟負責，分統禁衛的騎兵、戰車部隊及步兵，統領之職一分為二，成禁騎將與禁衛將。

任用王族貴胄出任禁軍統領，乃秦室傳統，呂不韋在這事上難以干預。

管中邪則榮登都衛統領一職，以呂不韋另一個心腹呂雄為副手。

都衛軍雖次於都騎軍，但卻確實負責王城的防務和治安，乃現代軍隊和警察的混合體。秦國由於民風強悍，這個職位並不易為。

項少龍還是首次見到管中邪。

果如圖先所言，生得比項少龍還要高少許，樣子遠及不上乃師弟連晉的俊俏，但面相粗獷，肩寬背厚，腰細腿長，只是那充滿男子氣概的體型，便使人覺得他有著難以形容充滿野性的吸引力，年紀在三十許間。

難得他粗眉如劍，鼻高眼深，一對眸珠的精光有若電閃，舉步登臺接受詔令、軍符時舉止從容，虎步龍行，縱是不滿他封任此職位的秦國軍方，亦受他的大將之風和氣勢震懾，難怪他能在高手如雲的相府食客中脫穎而出，成為呂不韋最看得起的人之一。

荊俊教項、滕兩人注意正在觀禮的呂不韋旁邊那幾個人，道：「穿黃衣的就是那滿腹奸計的莫傲，他後面的兩名武士，是管中邪外最厲害的魯殘和周子桓。」

項、滕聞言忙用神打量。

這莫傲身量高頎，生就一副馬臉，帶著不健康的青白色，年紀約三十五、六歲，留著一撮濃密的山羊鬚，頗為斯文秀氣，一對眼半開半闔，瞪人時精光閃閃，非常陰沉難測。

項少龍湊到滕翼耳旁道：「若不殺此人，早晚我們要在他手上再吃大虧。」

滕翼肯定地點頭，表示絕對同意。

那魯殘和周子桓一高一矮，都是力士型的人物，神態冷靜，只看外表，便知是可怕的劍手。

田單等外國使節均不見出現，由於封任儀式乃秦人的自家事，又是關於王城的防務，自然不會邀請外人參與。

小盤本身乃趙國貴族，長於宮廷之內，來秦後的兩年多，每天都接受當儲君的訓練，加上他實際的年齡要比別人知道的長上三歲，故儘管在這種氣氛莊嚴、萬人仰視的場合裡仍是揮灑自如，從容得體，看得各大臣重將點頭稱許。

呂不韋看著「愛兒」，更是老懷大慰，覺得沒有白費工夫。

禮成後，群臣散去，但安谷傒、昌平君、昌文君、管中邪、項少龍等則須留下陪太后、儲君午宴。呂不韋和徐先這左、右丞相，軍方的重臣鹿公、王齕、杜璧、蒙驁，大臣蔡澤、左監侯王綰、右監侯賈公成均被邀作陪。

這可說是人事調動後的迎新宴。

午膳在內廷舉行。

趁太后、儲君回後宮更衣，各人聚在內廷的臺階下互視閒聊。

安谷傒扯著昌平君和昌文君這對兄弟，介紹與項少龍認識。

兩兄弟面貌身材相當酷肖，只有二十來歲，方面大耳，高大威武，精明得來又不予人狡詐的感覺。

可能因安谷傒等下過功夫，兩人對項少龍表現得相當友善。

一番客氣話後，昌平君嬴侯道：「項大人的武功確是神乎其技，連王翦都勝不過你，事後還對你的人品、劍術推崇備至，找天有空定要請大人到寒舍好好親近，順便教訓一下我們的刁蠻妹子，當日她賭你會輸給王翦，連看一眼的工夫都省卻。」

昌文君笑道：「記得把紀才女帶來讓我們一開眼界，不過卻要保持最高度的機密，否則咸陽的男人都會擁到我們府內來，擠得插針難下。」

安谷傒吐舌道：「項大人要小心點嬴盈小姐，千萬不要輕敵，我便曾在她劍下差點吃大虧。嘿！這妮子快十八歲了，仍不肯嫁人，累得咸陽的公子哥兒苦候得不知多麼心焦。」

旋又壓低聲音道：「咸陽除寡婦清外，就數她最美。」

項少龍聞言心驚，暗忖既是如此，他怎也不會到昌平君的府宅去，免得惹來情絲。在這步步心驚膽戰的時刻，又飽歷滄桑，何來拈花惹草的獵豔心情？

正敷衍著時，呂不韋領著管中邪往他們走來，隔遠呵呵笑道：「中邪！讓我來給你引見諸位同僚兄弟！」

安谷傒等三人閃過不屑神色後，才施禮相見。

呂不韋正式把管中邪引介諸人，後者臉帶親切笑容，得體地應對著，只是望向項少龍時精芒一閃，露出殺機。

項少龍被他出奇厲害的眼神看得心中懍然，更覺荒謬。

兩人事實上在暗中交過手，這刻卻要擺出欣然初遇的模樣。

呂不韋對項少龍神態如昔，道：「找天讓本相把各位全請到舍下來，好好喝酒閒聊，新近燕人送來一批歌舞姬，都是不可多得的精品，且仍屬處子之身，若看得上眼，挑兩個回去，閒來聽她們彈琴歌舞，亦是一樂。」

美女怎會嫌多，昌平君兩兄弟立時給打動色心，連忙道謝。

反是安谷傒立場堅定，推辭道：「呂相好意，末將心領，後天末將便要出發往東疆去。」

管中邪搶白道：「那就趁今晚安將軍仍在咸陽，大家歡聚一下，順便可為安將軍餞行。」

只聽他敢在這種情況下發話作主張，可知他在呂不韋前的身份地位。

安谷傒推無可推，惟有答應。

呂不韋望向項少龍道：「少龍定要參與，就當作那晚不辭而別的懲罰好了。」

項少龍無奈下只好點頭應諾。

趁管中邪和昌平君等攀交情時，呂不韋把項少龍扯到一旁，低聲道：「近日謠傳我和你之間暗裡不和，你知否有這種事？」

項少龍心中暗罵，表面卻裝出驚訝的表情，道：「竟有此事，我倒沒有聽過。」

呂不韋皺眉道：「少龍不用瞞我，自出使回來後，我覺得少龍對我的態度異樣。事後詳細盤問蒙武兄弟，才知你誤會呂雄與陽泉君暗通消息，害得倩公主慘死，實情卻完全是另一回事。出賣你的是呂雄的副將屈斗祁，所以他才會畏罪潛逃，不敢回來咸陽。」

項少龍心中叫妙，他本以為烏廷威來不及把紀嫣然想出來的假消息傳達予呂不韋，誰知這小子邀功心切，轉眼完成任務。

卻又知如此容易表示相信，反會使呂不韋起疑，仍沉著臉道：「呂相請恕我直腸直肚，先王駕崩那晚，有人收買我的家將，把我誆出城外伏擊，幸好我發覺得早，沒有上當，不知呂相知否有此一事？」

呂不韋正容道：「那叛徒給拿下來沒有？」

烏廷威之死乃烏家的秘密，對外只宣稱把他派到外地辦事，所以項少龍胡扯道：「就是他說是受相府的人指使，我們於是把他當場處決，其後幾經辛苦才溜回牧場。」

呂不韋「誠懇」地道：「難怪少龍誤會了，你是我的心腹親信，我怎會做出如此損人損己的事。這事交由我去調查，我想定是與杜璧有關，他一心擁立成蟜，必是藉此事來破壞太后、太子和你我間的關係。」

項少龍立知他下一個要對付的是杜璧和成蟜，看來自己可暫時與他相安無事，不過亦難說得很，裝作恍然道：「我倒沒把事情想得那麼遠。」

此時鐘聲響起，入席的時間到了。

呂不韋匆匆道：「現在雨過天青，誤會冰釋。少龍你好好與中邪理好王城防務，勿要辜負我對你的期望。」

項少龍表面唯唯諾諾，心內卻把他祖宗十八代全罵遍。

午宴的氣氛大致融洽。

管中邪不但說話得體，恰如其份，最厲害處是捧托起人來時不露絲毫痕跡，是那種你可在背後罵他，但面對面說話時令你永不會沉悶生厭的人。

鹿公等亦覺得這人不錯，只是錯跟呂不韋。

朱姬表現出她老到的交際手腕，對群臣關懷備至，使人如沐春風，與呂不韋、蔡澤三人一唱一和，使得宴會生色不少。

這時項少龍逐漸看出左監侯王綰和右監侯賈公成都傾向呂不韋，成為他那一黨的人。當然，這只是當呂不韋得勢時的情況，若呂不韋倒下，這些大臣可能會心中高興。

蒙驁雖然吃了敗仗，但卻是由他和王齕一手打下了三川、太原、上黨三郡，使秦人的國土往東方大幅擴展，建立東進的基地，立了大功，所以在軍方吐氣揚眉。一手提拔他的呂不韋地位當然更為穩固。

至於敗給信陵君所率的五國聯軍，可說是非戰之罪，換了是任何人去，都非吃敗仗不可。

秦國三虎將裡，王齕在呂不韋的悉心籠絡下，與他關係大有改善，對項少龍的態度，反沒有鹿公與徐先般友善親切。

只有杜壁不時與呂不韋唇槍舌劍，擺出壁壘分明的格局，對儲君、太后亦不賣帳。可是由於他乃軍方重臣，呂不韋一時間莫奈他何。

此時蔡澤侃侃而論道：「自呂相主政後，令我大秦驟增三郡，除原本的巴、蜀、漢中、上、北地、河東、隴西、南、黔中、南陽十郡外，又多了三川、太原、上黨共十三郡，這是我大秦前所未有的盛況，全國人口達一千二百萬之眾，帶甲之士百餘萬，車千乘，騎萬匹。東方諸國，則勢力日蹙，強弱之勢，不言可知。」

這番話當然是力捧呂不韋。

呂不韋聽得眉開眼笑，表面謙讓，把功勞歸於先王和眼前的小盤，但心實喜之。

其他人啞口無言，蓋因確是不移的事實。

大將軍杜璧眉頭一皺，朝與朱姬同居上座的小盤道：「我大秦聲勢如日中天，不知儲君有何大計？」

此言一出，人人均皺起眉頭。

問題非關乎他只是個十三歲許的孩子。

要知身為儲君者，自幼有專人教導經國之略，但問題是小盤「長於平常百姓之家」，來咸陽不及三年便登上王座，憑這樣的「資歷」，哪能說出甚麼令人滿意的答案？

杜璧是擺明看不起他，蓄意為難。

出乎眾人料外，小盤微微一笑，以他還未脫童稚語調的聲音從容道：「若論聲威之盛，莫有過於我大秦先君穆公，其不能一統天下者，皆因周德未衰，諸侯仍眾。自孝公以還，眾國相兼，而我大秦卻因而得到休養生息，日漸強大，此是彼弱我自強之勢。故現今乃萬世一時之機，假若任東方諸國汰弱留強，又或相聚約從，縱使黃帝復生，也休想能兼併六國。」

眾人聽得目瞪口呆，想不到這小小孩兒，竟如此有見地。

只有項少龍知道是來自李斯的見地，但小盤能加以消化，再靈活說出來，實在非常難得。

杜璧啞口無言，呆看著這尚未加冕的秦國君主。

就是這番話，奠定了小盤在臣將心中的地位。

呂不韋呵呵笑道：「儲君高見，不枉老臣編纂《呂氏春秋》的苦心，但致勝之道，仍在自強不息，以仁義治國，不可一時或忘。」

他不但把功勞全攬在自己身上，還擺出慈父訓子的姿態，教眾人眉頭大皺。

朱姬嬌笑道：「政兒仍是年幼，還得靠呂相和各位卿家多加匡助。」

這麼一說，其他人自然更沒有話說。

呂不韋又道：「新近敝府得一舍人，乃來自韓國的鄭國，此人精通河渠之務，提出若能開鑿一條溝通涇水和洛水的大渠，可多闢良田達百萬頃，此事對我國大大有利，請太后和儲君能准不韋所請。」

只此一項，可知呂不韋如何專橫。

開鑿這樣長達百里的大渠，沒有十來年工夫，休想完工，其中自是牽涉到整個秦國的人力物力。由於此事由呂不韋主理，如若批准，等若把秦國的物資人力全交予呂不韋調度，當然使他權力更增。

如此重大的事，該當在早朝時提出，供群臣研究，他卻在此刻輕描淡寫說出來，蔡澤、王綰、賈公成三位大臣又擺明支持他，顯是早有預謀。

朱姬欣然道：「呂相認為對我大秦有利的事，絕錯不了。諸位卿家有何意見？」

蔡澤等立即附和。

徐先尚未有機會說話，朱姬宣告道：「這事交由呂相主持，擬好計劃，遞上王兒審閱，若沒有問題，立即動工。」

就幾句話，呂不韋手上的權力立時激增數倍。

項少龍這時心中想到的是莫傲，這種兵不血刃的奪權妙計，只有此諸葛亮式的人物的壞腦袋才想得出來。

一天不殺此人，休想鬥垮呂不韋。

而在朱姬和呂不韋互唱對臺的場合，不用說其他臣子，小盤也沒有說話的餘地。

唯一可破去太后、權相合成的堅強陣營，就是嫪毒了。

第二十九章　基本衝突

小盤在項少龍和李斯兩人前，大發呂不韋的脾氣，怒道：「我要看他的《呂氏春秋》？滿口仁義道德，他又是甚麼料子，李廷尉你來給我說，他的甚麼『以仁義治國』，甚麼『天下非一人之天下，乃天下之天下也』，究竟道理何在？不若把我廢了，由他來當家好了。」

項少龍和李斯面面相覷，想不到這大孩子發起怒來如斯霸氣逼人。

宴後項少龍尚未踏出宮門，便給小盤召來書齋說話。

朱姬終日與嫪毐此一新陞任的內侍官如膠似漆，倒沒餘暇來管教自己不斷成長的王兒。不過小盤始終疼愛假母親，他只是罵呂不韋，對朱姬尚沒有半句惡言。

李斯嚇得跪下來，叩頭道：「儲君息怒！」

小盤喝道：「快站起來給我評理。」

李斯起立恭敬道：「秦四世有勝，兵強海內，威行諸侯，非以仁義為之也。致勝之道，惟有以武力打天下，以法治國，民以吏為師，捨此再無他途。」

小盤冷靜下來，道：「為君之道又如何？」

李斯對答如流道：「據微臣多年周遊天下，研究各國政治，觀察其興衰變化，首要之務是王命通行，權力必須集中到君主手裡，再由君主以法治國，達致上下歸心，國富兵強。像呂相所說的『為天下及國，莫如以德、莫如行義。以德以義，不賞而民勸，不罰而邪止』，只是重複孔丘那不切實際的一套，說來好聽，施行起來完全行不通。」

對項少龍這來自二十一世紀法治社會的人來說，李斯立論正確，說的乃針對人性千古不移的道理。唯一的問題是君權凌駕於法律之上，不過現實如此，沒有二千多年的進步，誰都改變不了這情況。

小盤來秦後，接受的教育都是商鞅君權武力至上的一套，加上自幼在趙宮長大，深明權力凌駕一切的重要性，自然與呂不韋對他的期望背道而馳。

這些日子來，他接觸小盤多了，愈發覺這小子開始建立他自己的一套想法，尤其有外人在旁，更是舉手投足均流露出未來秦始皇的氣魄和威勢。

小盤顯然對李斯的答案非常滿意，點頭道：「由今天開始，李卿家就當我的長史官，主管內廷一切的文書工作，每天到朝聽政。」

李斯大喜謝恩。

項少龍看得目瞪口呆，這才有點認同小盤成為大秦一國之主的感覺。

對於宮內的人事任命，目下只有朱姬有資格發言，但她當然不會為區區一個長史官與兒子不和，何況寶貝兒子還剛提拔她的秘密情人嫪毒。

小盤揮手道：「我還有事和項太傅商議。」

李斯知趣地告退。

小盤坐下來，狠狠道：「你也看到了，母后和那奸賊連成一氣時，根本沒有我這個小小儲君說話的餘地。」

項少龍搖頭道：「不！儲君今天表現得很好，使人刮目相看。現在儲君只是欠點耐性。」

小盤道：「呂不韋將一切功勞都攬在自己身上，既要爭勢，又要爭威，最後不過是想自己登臺吧！」

頓了一頓又不忿道：「《呂氏春秋》裡的所謂君主，要『誅暴而不私，以封天下之賢者』，那個賢者，指的正是他自己。正正是他以權謀私，由藍田的十二縣食邑，到今天的十萬戶，而君主反應節衣縮食，以作天下之模範。」

項少龍知道小盤年事日長，對呂不韋的不滿日漸增加，一旦小盤掌權，呂不韋哪還有立身之地。

小盤道：「你看過李斯的同門韓非的著作沒有？他說『秦自商鞅變法以來，國富而兵強，然而無術以知奸，則以其富強也資人臣而已矣』。又說『穰侯越韓、魏而東攻齊，五年而秦不益一尺之地，乃成其陶邑之封。應侯攻韓八年，成其汝南之封。自是以來，諸用秦者皆應、穰之類也。故戰勝則大臣尊，益地則私封立，主無術以知奸也』。如此灼見，真恨不得立與此人相會。」

項少龍當然未看過韓非的著作，想不到他文字如此精警，思想這麼一針見血，訝道：「是否李斯介紹儲君看的？」

小盤搖頭道：「是琴太傅教我看的。」

項少龍暗忖這才是道理，李斯雖是他好友，但他卻知道李斯功利心重，非是胸懷若海、闊可容物的人。

沉默一會兒後，項少龍道：「我們已挑起嫪毐的野心，只要有機會再給他多嘗點甜頭，保證他會背叛呂不韋，自立門戶。一旦太后站在他那方與呂不韋對抗，那時我們就有可乘之機。」

小盤沉吟道：「還有甚麼可以做的？我真不想批准他建渠的事，如此一來，我國大部分的軍民物力，都要落入他手內。」

項少龍淡淡道：「這些計策，應是一個叫莫傲的人為他籌劃出來，只要除去此人，呂不韋等若沒了半邊腦袋，對付起來容易多了。」

小盤喜道：「師父終肯出手嗎？」

項少龍眼中閃過森寒的殺機，冷然道：「呂不韋的詭計既是出自此人，那他就是我另一個大仇人，倩公主他們的血仇怎能不報？我保證他過不了那三天西郊田獵之期。」

項少龍正要離開太子宮，後面傳來女子甜美的嬌呼道：「項太傅！」

項少龍心中一顫，轉過頭去，怯生生的寡婦清出現眼簾裡。

她迎了上來，神情肅穆道：「琴清失禮了，應稱項先生都騎統領才對。」

項少龍苦笑道：「琴太傅語帶嘲諷，是否仍在怪我那晚說錯話呢？」

琴清想不到他如此坦白直接，微感愕然，那種小吃一驚的表情，真是有多麼動人就多麼動人，看得項少龍這見慣絕色的人，也泛起飽餐秀色的滿足感。

可是她的態度卻絲毫不改，冷冷道：「怎敢呢？項太傅說的話定錯不了。男人都是那樣子的了，總認為說出來的就是聖旨，普天下的人都該同意。」

項少龍想不到她發起怒來詞鋒如此厲害，不過她既肯來和自己說話，則應仍有機會與她維持某一種微妙的關係。

舉手投降道：「小人甘拜下風，就此豎起白旗，希望琴太傅肯收納我這微不足道、絕不敢事事認第一的小降卒。」

開始的幾刻，琴清仍成功地堅持冰冷的表情，但捱不到半晌，終忍不住若由烏雲後冒出陽光似的笑意，低頭嗔道：「真拿你這人沒辦法。」

項少龍叫了聲「天啊」，暗忖若她繼續以這種似有情若無情的姿態待他，可能他真要再次沒頂在那他不願涉足的情海裡。

幸好琴清旋又回復她招牌式的冷若冰霜，輕歎道：「我最難原諒你的，是你不肯去向太后揭破呂不韋的陰謀。不過想想也難怪，現在人人都在巴結呂不韋，多你一個又有何值得奇怪？」

項少龍心叫冤枉，更是啞子吃黃連。

難道告訴她因自己知道改變不了「已發生的歷史」，所以不去做徒勞無功的事嗎？

啞口無言時，琴清不屑地道：「我真為嫣然妹不值，嫁的夫君原來只是趨炎附勢之徒。」轉身便去。

項少龍向著她天鵝般優美的背影怒喝道：「站著！」

守在宮殿門口處的守衛均聞聲望來，見到一個是儲君最尊敬的太傅，咸陽的首席美女，另一個則是當時得令的都騎統領，惟有裝聾扮盲，不聞不見。

琴清悠然止步，冷笑道：「是否要把我拿卜來呢？現在你有權有勢，背後又有幾座大靠山，自然不須受氣。」

項少龍差點給氣炸了肺，搶到她背後怒道：「你！」

琴清淡淡道：「你是否想把整座王宮的人吵出來看熱鬧？」

項少龍無名火已過，洩氣道：「算了！別要這麼看我項少龍，但也任憑你怎麼看吧！只要我自己知道在幹甚麼就行。」

琴清輕輕道：「你不是呂不韋的走狗嗎？」

項少龍只覺若被這美女誤會他是卑鄙小人，實是這世上最令人難以忍受的事情之一，衝口而出道：「我恨不得把他……嘿！沒甚麼。」

琴清旋風般轉回來，欣然道：「終於把你的真心話激出來，為何項先生明知呂不韋藉嫪毒迷惑太后，仍只是袖手旁觀？」

項少龍這才知道她剛才的情態，全是逼他表露心意的手段，不由愕在當場，不能相信地呆瞪她只有紀嫣然始可匹敵的絕世嬌容。

琴清出奇地沒因他的注目禮而像以前般的不悅，露出雪白整齊的皓齒，淺笑道：「請恕琴清用上心計，可是你這視女人如無物的男子漢大丈夫，事事不肯告訴人家，例如那天大王臨終前，你究竟和大王說過甚麼話呢？」

項少龍把心一橫，壓低聲音，湊近她白璧無瑕的完美香頰，看著她晶瑩如玉的小耳珠和巧緻的掛飾，沙啞著聲音道：「大王放心離去，終有一天，我要教呂不韋死無葬身之地，為你報仇。」

琴清熱淚狂湧而出，在模糊的淚影裡，項少龍雄偉的背影迅速遠去。

為了晚上要到相府赴宴，項少龍離開王宮，立即趕回家中，沐浴更衣。

田氏姊妹自是細心伺候。

後園處隱約傳來紀嫣然弄簫的天籟，曲音淒婉，低迴處如龍潛深海，悲沉鬱結，悠揚處如泣如訴，若斷若續，了無止境。

項少龍心中奇怪，匆匆趕到後園見愛妻。

紀嫣然奏罷呆立園中小亭，手握玉簫，若有所思。

項少龍來到她身後，手往前箍，把她摟入懷內，吻她香氣醉人的粉臉，道：「嫣然為何簫音內充滿感觸？」

紀嫣然幽幽道：「今天是故國亡國的忌日，想起滄海桑田，人事全非，嫣然難以排遣。國有國爭，人有人爭，何時出現大同的理想天地？」

項少龍找著她的香唇，重重吻了一下，歎道：「這種情況，幾千年後仍不會變，每一個人都是個別的利益中心，由此推之，無論團體、派系、國家，均各有各的利益，一天只要有分異存在，利益永患不均，你爭我奪更不能避免。例如紀才女只有一個，我項少龍得到了，便沒其他人的份兒，你說別人要不要巧取豪奪？」

紀嫣然給他引得啞然失笑，伸手探後愛憐地撫他臉頰，搖頭苦笑。

項少龍道：「今天有沒有做午間小睡呢？我第一趟在大梁見你時，才女剛剛睡醒，幽香四溢。」

紀嫣然終給愛郎逗得「噗哧」嬌笑，道：「怎麼啦？今天夫君的心情挺不錯哩。」

這回輪到項少龍苦笑道：「不要提了，我給你的閨友琴清耍弄得暈頭轉向，舞得團團轉，還有甚麼愉快心情可言？」

紀嫣然訝道：「怎會呢？你是她這心高氣傲的人少有看得起的男人之一，加上我和她的交情，她怎也該留點顏面給你啊！」

項少龍摟她到亭欄擁坐，把事情說出來。

紀嫣然聽得嬌笑連連，花枝亂顫，那迷人嫵媚的神態，縱使是見慣見熟，項少龍仍是心醉神蕩，忍不住不規矩起來。

才女執著他作惡的手，嗔道：「轉眼你又要拋下人家到相府赴宴，仍要胡鬧嗎？」

項少龍心中同意，停止在她嬌軀上的活動，道：「琴清如何會變成寡婦呢？你知否她的出身和背景？」

紀嫣然輕輕一歎道：「清姊是王族的人，自幼以才學名動宮廷，十六歲時，遵照父母之命，嫁與一位年輕有為的猛將，可恨在新婚之夜，她夫婿臨時接到軍令，趕赴戰場，從此沒有回來。」

項少龍歎道：「她真可憐！」

紀嫣然道：「我倒不覺得她可憐，清姊極懂生活情趣，最愛盆栽，我曾看她用整天時間去修剪一盆香芍，那種自得其樂的專注和沉醉，嫣然自問辦不到，除非對著的是項少龍哩！」

項少龍歎道：「我剛聽到最甜蜜的諛媚話兒，不過你說得對，琴清確是心如皓月、情懷高雅的難得淑女。」

紀嫣然笑道：「可是她平靜的心境給你這壞人擾亂，原本聞說她平時絕不談論男人，偏偏忍不住數次在我面前問起你的事，告訴她時眼睛都在發亮，可知我紀嫣然並沒有挑錯夫郎。」

項少龍一呆道：「你這樣把她的心底秘密洩露我知，是否含有鼓勵成份？」

紀嫣然肅容道：「恰恰相反，清姊身份特別，在秦國婦女裡有至高無上的地位，乃貞潔的化身，除非你帶她遠走高飛，否則若給人知道你破了她的貞戒，會惹來很多不必要的煩惱，對你、對她均沒有好處。」

項少龍愕了一愕，頹然道：「放心好了！自倩公主和春盈等慘遭不幸，我已是曾經滄海難為水，除我的嬌妻愛婢外，再不願作他求。」

紀嫣然嬌軀輕顫，唸道：「『曾經滄海難為水』，唉！為何夫君隨口的一句話，便可教嫣然情難自禁，低迴不已？」

項少龍心叫慚愧，自己知道所以能把絕世佳人追到手上，又能將冰清玉潔的琴清打動，憑的是比她們多擁有二千多年的歷史文化經驗。那也是他與呂不韋周旋的最大本錢，否則早就捲鋪蓋往閻王爺處報到。

帶著項寶兒往外玩耍的烏廷芳和趙致剛好回來，項少龍陪她們戲耍一會兒，直至黃昏，才匆匆出門，到都騎衛所與滕、荊兩人會合，齊赴呂不韋的宴會。

第三十章　相府晚宴

抵達相府，在府門處恭候迎賓的是大管家圖先。

老朋友覷空向他們說出一個密約的時間、地點，然後著人把他們引進舉行晚宴的東廳去。

他們是最遲抵達的人，昌平君、昌文君、安谷傒全到了，出乎料外是尚有田單、李園和兩人的隨從，前者的心腹大將旦楚也有出席。

呂不韋擺出好客的主人身份，逐一把三人引介給田單等人認識。

項少龍等當然裝出初次相見的模樣，田單雖很留心打量他，卻沒有異樣表情。不過此人智謀過人，城府深沉，就算心裡有感覺，外表亦不會教人看破。

呂不韋又介紹他認識呂府出席的陪客，當然少不了咸陽的新貴管中邪和呂雄，其他還有莫傲、魯殘、周子桓和幾個呂氏一族有身份的人。

莫傲似是沉默寡言的人，態度低調，若非早得圖先點破，肯定不知道他是呂不韋的智囊。

李園神采尤勝往昔，對項少龍等非常客氣有禮，沒有表現出被他得到紀嫣然的嫉忌心態，至少表面如此。

項少龍心中想到的卻是嫁與他的郭秀兒，不知壞傢伙有否善待她呢？

感情確是使人神傷的負擔。

只看宴會的客人裡，沒有包括三晉在內，可知呂不韋仍是堅持連齊楚、攻三晉的「遠交近攻」

策略。既是如此，賓客裡理應包括燕人，可能由於倩公主之死燕人難辭其咎，呂不韋為免項少龍難堪，自然須避忌。

各人分賓主入席。只看座席安排，已見心思。

席位分設大廳左、右兩旁，田單和李園分居上首，前者由呂不韋陪席，後者則以安谷傒作陪，接著下來是項少龍與管中邪，昌平君兩兄弟則分別與旦楚和呂雄共席，打下是滕翼、荊俊，田、李的隨員和呂府的圖先、莫傲等人。

田單首先笑道：「假設宴會是在十天後舉行，地點應是對著王宮的新相府。」

呂不韋以一陣神舒意暢的大笑回答他。

到現在項少龍仍不明白呂不韋與田單的關係，看來暗中應有勾結，否則剛來犯秦的聯軍，就不應獨缺齊國。

又或者如李斯所評，齊人只好空言清談，對戰爭沒有多大興趣。

至於李園來自有份參戰的楚國，卻仍受呂不韋厚待，不過由於項少龍對情況了解，故大約有點眉目。

說到底，楚國現在最有權勢的人仍是春申君，此人雖好酒色，但總是知悉大體的人，與信陵君份屬至交，故必在出兵一事費了很多的唇舌。

呂不韋為進行分化齊、楚，打擊三晉的策略，當然要籠絡李園，最好他能由春申君處把權柄奪過來，那呂不韋更可放心東侵，不怕齊、楚的阻撓。

田單當然不是會輕易上當的人，所以呂不韋與他之間應有秘密協議，可讓田單得到甜頭。

政治就是這麼一回事，檯底的交易比戰場上的勝敗更影響深遠。

對項少龍這知道戰國時代最後結果的人來說，田單、李園現在的作為當然不智。但對身處這時代的人來說，能看到幾年後的發展已大不簡單。

群雄割據的局面延續數百年，很易予人一個錯覺是如此情況會永無休止地持續下去。最好是秦國因與三晉交戰，導致幾敗俱傷，那齊、楚自可坐收漁人之利。

田單湊過去，與呂不韋交頭接耳地說起私話，看兩人神態，關係大不簡單。其他同席者趁菜餚尚未端上來的空間，閒聊起來。

項少龍實不願與管中邪說話，可是一席五、六尺的地方，卻是避無可避。

只聽對方道：「項大人劍術名震大秦，他日定要指點末將這嗜武如命的人，就當兄弟間切磋較量吧！」

項少龍知管中邪說得好聽，其實只是想折辱自己，好增加他的威望。

不過高手就是高手，只看他的體型氣度、腳步的有力和下盤穩若泰山的感覺，項少龍知道來到這時代後所遇的人裡，除元宗、滕翼、王翦外，要數他最厲害。

假若他的臂力真比得上囂魏牟，那除非他項少龍有奇招克敵，否則還是敗面居多。

那趟他能勝過連晉，主要是戰略正確，又憑墨子劍佔盡重量上的便宜，才把連晉壓得透不過氣來，終於落敗慘死。

這一套顯然在管中邪身上派不上用場。

微微一笑道：「管大人可能還不知這裡的規矩，軍中禁止任何形式的私鬥，否則就是有違王命。」

管中邪啞然失笑道：「項大人誤會了，末將怎會有與大人爭雄鬥勝之心，只是自家人來研玩一下擊劍之術吧！」

項少龍從容道：「是我多心了。」

管中邪欣然道：「聽說儲君酷愛劍術，呂相恐怕項大人抽不出時間，有意讓末將伺候太子，卻忘記末將亦是俗務纏身。不要看相爺大事精明，小事上卻非常糊塗哩。」

項少龍心中懍然，呂不韋的攻勢是一浪接一浪攻來。

先是以嫪毒取代他在朱姬芳心中的位置，接著以管中邪來爭取小盤。

呂不韋由於不知真相，故以為小盤對他的好感，衍生於小孩對英雄的崇拜。所以若管中邪擊敗他，小盤自然對他「變心」。

幾可預見的是，呂不韋必會安排一個機會，讓小盤親眼目睹管中邪挫敗他，又或只要逼得他落在下風，便足夠了。

假若這全是莫傲想出來的陰謀，此人實在太可怕了。

不由往莫傲望去，見他正陪荊俊談笑，禁不住有點擔心，希望荊俊不要被他套出秘密，便可酬神作福。

一連串清越的鐘聲響徹大廳，十多人組成的樂隊不知何時來到大門左旁，吹奏起來。

眾人停止交談，往正門望去。

項少龍還是首次在秦國宴會上見到有人奏樂，對六國來說這是宴會的例行慣事，但在秦國卻非常罕見。可知呂不韋越來越無顧忌，把自己歡喜的一套，搬到秦國來。

在眾人的期待下，一群近三十名的歌舞姬，於樂音下穿花蝴蝶般踏著輕盈和充滿節奏感的步子，走到廳心，載歌載舞。

這批燕女人人中上之姿，在色彩繽紛的輕紗裹體裡，玲瓏浮凸的曲線若隱若現，加上柔媚表情和甜美的歌聲，極盡誘人之能事。

昌平君和昌文君終是血氣方剛之輩，均看呆了眼。想起呂不韋任他們挑選的承諾，不由落足眼力，挑選心頭美女。

項少龍最不喜這種以女性為財貨的作風，皺眉不語。

管中邪忽然湊過來低聲道：「大好閨女，落到任人攀折的田地，確是我見猶憐。但想想能把她們收入私房，再好好對待她們，也應算是善行吧！」

項少龍大感愕然，想不到他竟說出這樣的「人話」來，不由對他有點改觀。

燕女舞罷，分作兩組，同時向左右席施禮。

廳內采聲掌聲，如雷響起。

她們沒有立即離開，排在廳心處，任這些男人評頭品足。

呂不韋呵呵笑道：「人說天下絕色，莫過於越女，照我周遊天下的經歷，燕女一點不遜色呢！」

那批燕女可能真如呂不韋所說，全是黃花閨女，紛紛露出羞赧神色。

田單以專家的身份道：「齊女多情，楚女善飾，燕柔趙嬌，魏纖韓豐，多事者聊聊數語，實道盡天下美女短長。」

昌平君抗議道：「為何我秦女沒有上榜？」

李園笑語道：「秦女出名刁蠻，田相在此作客，故不敢說出來。不過得睹寡婦清的絕世姿容後，恐怕該有秦、越絕色之定論，誰可與項大人家中嬌嬈和清寡婦相媲美？」話裡言間，終流露出神傷酸澀之意。

管中邪插嘴道：「難怪昌平君有此抗議，據聞君上有妹名盈，不但劍術高明，還生得美賽西子，換了我也要為好妹子大抱不平。」

昌文君苦笑道：「不過秦女刁蠻一語，用在她身上卻絕不為過，我兩兄弟不知吃盡她多少苦頭。」

這幾句話一出，登時惹來哄堂大笑。

項少龍愈來愈覺得管中邪這人不簡單，說話得體，很容易爭取到別人的好感，比之囂魏牟的只知以勇力勝人，又或連晉不可一世的驕傲自負，不知高明多少倍，難怪呂不韋選他來剋制自己。

呂不韋笑得喘氣道：「今趟太子丹送來的大禮，共有燕女百名，經我細心挑選，剩下眼前的二十八人，儘管你們閉目挑揀都錯不了，稍後我會派人送往各位府上。如今諸燕女給本相國退下去。」

諸女跪倒施禮，瞬即退走。

昌平君等至此才魂魄歸位。

呂不韋生性豪爽，對須籠絡者出手大方，難怪他在咸陽勢力日盛，至乎膽敢害死莊襄王。

酒過三巡，磬音再起。

眾人大感奇怪，不知又有甚麼節目。

忽然一朵紅雲飄進廳來，在滾動閃爍的劍影裡，一位體態無限誘人的年輕佳麗，手舞雙劍，做出種種既是美觀悅目，又是難度極高的招式動作。

她身穿黃白相雜的緊身武士服，卻披上大紅披風，威風凜然，甫進場便吸引所有人的眼光。披風像火焰般燃燒閃動，使她宛若天上下凡的女戰神，演盡女性的嬌媚和雌姿赳赳的威風。

劍光一圈一圈地由她一對纖手爆發出來，充滿活力和動感，連項少龍也看呆了眼。

管中邪雙目透出迷醉之色，一瞬不瞬。

這美人兒以劍護身，凌空彈起，連做七次翻騰，才在眾人的喝采聲中，再灑出重重劍影，似欲退下，忽移近項少龍和管中邪的一席前。

在眾人驚異莫名間，兩把寶劍矯若遊龍般，往項、管兩人劃去。

兩人穩坐不動，眼也不眨一下，任由劍鋒在鼻端前掠過。

少女狠狠盯項少龍一眼後，收劍施禮，旋風般去了。

項少龍和管中邪對視一笑，均為對方的鎮靜和眼力生出警惕之心。

眾人的眼光全投往呂不韋，想知道這劍法既好、模樣又美的俏嬌娃究竟是何方神聖。

呂不韋欣然道：「誰若能教我送出野丫頭，誰就要做我呂不韋的快婿。」

項少龍記起她臨別時的忿恨眼神，立時知她是誰，當然是被他拒婚的三小姐呂娘蓉。

宴罷回府，呂不韋早一步送來三個燕女俏歌姬。

項少龍與滕翼商量一會兒，對荊俊道：「小俊可接受其中一個，記緊善待她，不准視作奴婢。」

荊俊喜出望外，不迭點頭答應，項少龍尚未說完，他早溜去著意挑選。

項少龍與滕翼對視苦笑，同時想起昌平君、昌文君兩人，以呂不韋這種手段，他們哪能不對他歸心。

項少龍向候命一旁的劉巢和蒲布道：「另兩女分歸你們所有，她們是落難無依的人，我要你們兩人照顧她們一生一世，令她們幸福快樂。」

劉巢兩人自是喜出望外，如此質素的燕女，百聞不如一見，她們應是伺候其他權貴，哪輪得到他們染指，只有項少龍這種主人才會這樣慷慨大方，自是感激不已。

處置了燕女的事後，項、滕兩人坐下說話。

滕翼道：「管中邪此人非常不簡單，我看他很快便能打進最重英雄好漢的秦國軍方裡，比起六國，秦人較單純，易被蒙騙。」

項少龍歎道：「縱以我來說，明知他心懷不軌，仍忍不住有點歡喜他，今趟真是遇上對手。」

滕翼道：「莫傲才厲害，不露形跡，若非有圖先點醒，誰想得到他在相府這麼有份量，這種甘於斂藏的人最是可怕。記著圖管家約你明天在鳳凰橋密會，應有要事。」

項少龍點頭表示記住，沉聲道：「我要在田獵時佈局把莫傲殺死。」

滕翼皺眉道：「他定會參與此會嗎？」

項少龍肯定地道：「那是認識咸陽王族大臣的最好機會，呂不韋還要借助他的眼力對各人作出評估，故此他必參與其事。而我們最大的優勢，是莫傲仍不知已暴露底細。」

滕翼道：「這事交由我辦，首先我們要先對西郊原野做最精細的勘察和研究，荊族的人最擅山林戰術，只要製造一個令莫傲落單的機會，便可佈置得莫傲像被毒蛇咬死的樣子，那時呂不韋只可怨老天爺。」

項少龍大喜道：「這事全賴二哥了。」

滕翼傷感地道：「難道二哥對倩公主她們沒有感情嗎？只要能為她們盡點心力，我才可睡得安寢。」

兩人分頭回房。

烏廷芳等仍撐著眼皮子在候他回來，項寶兒則在奶娘服侍下熟睡了。

項少龍勞碌一天，身疲力累，田貞、田鳳伺候他更衣，紀嫣然低聲道：「清姊想見你，明天你找個時間去拜候她好嗎？她還希望我和廷芳、致致三人，到她處小住幾天哩！」

項少龍聳肩道：「你們願意便成，只不過我不知明天能否抽出時間。」

紀嫣然道：「你看著辦吧！」

另一邊的烏廷芳道：「你看嫣然姊今天心情多麼好！」

項少龍奇道：「發生甚麼事？」

愈發標緻的趙致道：「她乾爹使人送來一個精美的芭蕉形五弦琴，嫣然姊自是喜翻了心兒哩！」

項少龍喜道：「有鄒先生的新消息嗎？」

紀嫣然欣然道：「乾爹到巴蜀探訪華陽夫人，見那裡風光如畫，留下來專心著作他的《五德終始說》，以乾爹學養，那定是經世之作。」

烏廷芳笑道：「我們項家的才女，何時肯動筆著書呢？」

紀嫣然橫他一眼，道：「以前我確有此意，但自遇到少龍這命中剋星，發覺自以為是的見解，比起他便像螢火和皓月之爭，所以早死去這條心哩，要寫書的應是他才對。」

項少龍心叫慚愧，扯著嬌妻，睡覺去也。

那晚他夢到自己到了美得像仙境的巴蜀，同行的竟還有動人的寡婦清，在那裡過著與世無爭的生活。

轉眼又夢到病得不似人形的趙雅，渾身冒汗醒來時，老天早大放光明。

第三十一章　各有陰謀

當紀嫣然等諸女前往琴清處時，項少龍解下從不離身的佩劍，換上平民服飾，在家將掩護下，溜往城北的鳳凰橋會晤圖先。

自到邯鄲後，他一直與權貴拉上關係，到咸陽後更是過著高高在上的生活，與平民百姓隔開一道鴻溝，出入時前呼後擁，甚少似今趟般回復自由身，變成平民的一份子，分享著他們平實中見真趣的生活。

他故意擠入市集裡，瀏覽各種售賣菜蔬、雜貨和工藝品的攤肆。

無論鐵器、銅器、陶器、木漆器、皮革，以及紡織、雕刻等手工藝，均有著二十一世紀同類玩意所欠缺的古樸天趣。

項少龍忍不住買了一堆易於攜帶的飾物玩意，好贈給妻婢，哄她們開心。

市集裡人頭湧湧，佔大半是女子，見到項少龍軒昂英偉，把四周的男人都比下去，忍不住貪婪地多盯他幾眼。

賣手環給他的少女更對他眉目傳情，笑靨如花。

項少龍大感有趣，想起若換了三年多前初到貴境的心情，定會把這裡最看得入眼的閨女勾引到床上去。

秦國女子的開放大膽，實是東南各國所不及。

項少龍硬起心腸，不理那少女期待的眼光，轉身欲去時，人群一陣騷動，原來是幾名大漢正追著一個小伙子拳打腳踢，另有一位看來像是他妹妹或妻子的嬌俏女郎，哭著要阻止那群惡漢，卻給推倒地上。

小伙子身手倒還硬朗，雖落在下風，卻沒有滾倒地上，咬緊牙關拚死邊退邊頑抗。

其中一名惡漢隨手由旁邊的攤販拿到一桿扁擔，正要對小伙子迎頭痛打，項少龍來到小伙子前，一掌把打得最凶的惡漢推得跌退幾步，張開手道：「好！這事到此為止，不要再動手動腳，若弄出人命，誰擔當得起？」

那俏女郎乘機趕過來，擁著被打得臉青唇白的小伙子哭道：「周郎！你沒事吧！」

項少龍這才知道對方是對小夫妻，更是心生憐惜。

那群惡漢共有七、八人，乃橫行市井的惡棍，雖弄翻了幾個攤檔，卻沒有人敢出言怪責他們，見到有人多管閒事，勃然大怒，總算他們打鬥經驗豐富，瞧項少龍高大威猛，氣定神閒，不敢怠慢，紛紛搶來屠刀、扁擔等物，聲勢洶洶地包圍項少龍。

其中最粗壯的帶頭者暴喝道：「小子何人？看你面生得很，定是未聽過我們咸陽十虎的威名，識相的跪下叩三個頭，否則要你好看。」

項少龍沒好氣地看他一眼，懶得理他，別過頭去看後面的小夫妻，微笑道：「小兄弟沒事吧？」

那小伙子仍未有機會回答，他的嬌妻尖叫道：「壯士小心！」

項少龍露出瀟灑的笑容，反手奪過照後腦打來的扁擔，一腳撐在偷襲者的下陰處。

那人發出驚天動地的慘嘶，鬆開扁擔，飛跌開去，再爬不起來。

項少龍另一手也握到扁擔處，張開馬步，扁擔左右掃擊，兩個衝上來的大漢左右耳分被擊中，打著轉翻跌兩側。耳鼓乃人身最脆弱處，他們的痛苦完全反映在表情上。

其他漢子都嚇呆了，哪還敢動手，扶起傷者以最敏捷的方式狼狽溜掉。

圍觀者立時歡聲雷動。

項少龍身有要事，不能久留，由懷裡掏出一串足可買幾匹馬的銅錢，塞入那小伙子手裡，誠懇地道：「找個大夫看看傷勢，趕快離開這裡吧！」

小伙子堅決推辭道：「無功不受祿，壯士已有大恩於我，我周良還怎可再受壯士恩賜。」

他的妻子不住點頭，表示同意夫郎的話。

項少龍心中歡喜，柔聲道：「若換了我們易地而處，你又是手頭寬裕，會否做同樣的事呢？」

周良昂然道：「當然會哩！」

項少龍笑道：「那就是了！」把銅錢硬塞入他手裡，大笑而去。

在眾人讚歎聲中，他匆匆走出市集，正要橫過車水馬龍的大道時，後面有人喚道：「壯士留步！」

項少龍訝然轉身，見到一個衣著光鮮、腰佩長劍，似屬家將身份的大漢趕上來道：「壯士剛才的義行，我家小姐恰好路過，非常欣賞，動了愛才之心，請壯士過去一見。」

項少龍啼笑皆非，不過見此人談吐高雅，顯是在大富人家辦事的人。婉言拒絕道：「小弟生性疏狂，只愛閒雲野鶴的生涯，請回覆貴家小姐，多謝她的賞識。」言罷飄然去了。

那家將喃喃的把「閒雲野鶴」這新鮮詞語唸了幾遍，記牢腦內後，悵然而回。

圖先把項少龍領進表面看去毫不起眼、在橋頭附近一所佈置簡陋的民房內，道：「這是我特別安排供我們見面的地點，以後若有事商量，就到這裡來。」

項少龍知他精明老到，自有方法使人不會對房子起疑心，坐下後道：「呂不韋近來對圖兄態度如何？」

圖先淡淡道：「有很多事他仍要靠我為他打點，其中有些他更不願讓別人知道，像那批燕女便是由我向燕國的太子丹勒索回來。說來好笑，太子丹本是要自己大做人情，好巴結咸陽的權貴，不幸給呂不韋知道，只向我暗示幾句，我便去做醜人給他完成心願。還裝作是與他全無關係，你說好笑嗎？」

項少龍聽得啞然失笑，對太子丹的仇恨立時淡了不少。想起他將來會遣荊軻來行刺小盤這秦始皇，事敗後成為亡國之奴，只感覺他不外是一條可憐蟲吧！

當然！太子丹現在絕不知道未來的命運是如此悽慘的。

圖先的聲音在他耳內響起道：「有月潭的消息了。」

項少龍從未來的馳想中驚醒過來，喜道：「肖兄到了哪裡去？」

圖先道：「他改名換姓，暫時棲身在韓國權臣南梁君府中做舍人。我已派人送五十鎰黃金予他，韓國始終非是久留之地。」

項少龍同意道：「秦人若要對東方用兵，首當其衝的是三晉，其中又以韓國最危險，根本沒有反抗之力。」

圖先笑道：「韓國雖是積弱，卻非全無還手之力。你該知鄭國的事，此人並不簡單。」

項少龍凝神一想，才憶起鄭國是韓國來的水利工程師，要為秦國開鑿一條貫通涇、洛兩水的大渠，好灌溉沿途的農田，訝道：「有甚麼問題？」

圖先道：「我認識鄭國這人，機巧多智。由於韓王有大恩於他，故對韓國忠誠不貳，他來求見呂不韋，說出大計之時，我還以為他是想來行刺呂不韋的，故意不點醒這奸賊，豈知鄭國真是一本正經地陳說築渠的方法、路線和諸般好處。莫傲知道此乃增加呂不韋權力的良機，大力慫恿下，才有鄭國渠的計劃。」

項少龍不解道：「既是如此，對呂不韋應是有利無害才對。」

圖先分析道：「或者確對呂不韋和秦人都有好處，但對東征大業卻絕對不利，沒有十年、八年工夫，尚要動員過百萬軍民，才可建成這麼一條大渠。在這樣的損耗下，秦國哪還有餘力發動東侵，充其量只可由三晉多搶幾塊就手的土地吧！你說鄭國這一招夠不夠陰辣呢？」

項少龍恍然大悟，不過他雖是特種部隊出身，卻絕非好戰份子，暗忖趁小盤未正式登基前，大家歇歇邊爭也該是好事。

點頭道：「今次圖管家約我來見，就是為這兩件事？」

圖先沉聲道：「當然不是這些小事，呂不韋定下計劃，準備在三天田獵期間把你殺死。烏廷威的失蹤惹起他的警覺，知道你和他勢成水火，再沒有合作的可能性。除非你肯娶呂娘蓉，以此方式表示屈服，否則呂不韋定不會容你這心腹大患留在世上，沒有人比他更清楚你的本領。」

項少龍暗叫好險，原來呂不韋昨天那一番話和贈送燕女，擺出與他「誤會冰釋」的格局，只是為安他的心，教他不會提防，自己差點上當。

苦笑道：「真巧！我湊巧也想趁田獵時幹掉莫傲這傢伙。」

圖先笑道：「我早知你不是易相與的。少龍看得真準，若除去此人，等若斬掉呂不韋一條臂膀。」

項少龍奇道：「這些機密，圖兄是如何探悉的呢？」

圖先傲然道：「有很多事他還得通過我的人去做，而且他絕想不到我知道紅松林事件的真相。更猜不到一向對他忠心的手下會和外人串通，有心算無心之下，當然給我看穿他們的陰謀。」

項少龍點頭道：「若能弄清楚他對付我的手段，我可將計就計。」

圖先搖頭道：「此事由莫傲和管中邪一手包辦，故難知其詳。最熱心殺你的人是管中邪，一來他想取你而代之，更主要是他不想心中的玉人呂娘蓉嫁給你，若他能成為呂府快婿，身價更是不同。」

項少龍歎道：「他太多心，你應看到呂三小姐昨晚對我恨之入骨的神情。」

圖先笑道：「女人的心理最奇怪，最初她並不願嫁你，可是你拒絕呂不韋的提婚後，她反對你刮目相看。無論愛也好，恨也好，不服氣也好，總之對你的態度不同了。那天的舞劍，是她自己向呂不韋提出來的，我看她是想讓你看看她是多麼美麗動人，好教你後悔。」

項少龍不知好氣還是好笑，歎道：「要我娶仇人的女兒，那是殺了小弟都辦不到的了。」

圖先笑道：「呂娘蓉是呂不韋的心肝寶貝，若非政太子可能是他的兒子，他早把她嫁入王宮去。」

看到項少龍詢問的眼光，圖先聳肩道：「不要問我政太子究竟是誰的兒子，恐怕連朱姬都不清楚。因為她在有孕前，兩個男人她都輪番陪過。」

項少龍心中暗笑，天下間，現在除他項少龍、滕翼和烏廷芳外，再沒有人知道小盤的真正身份。

項少龍前腳踏進都騎衛所，即接到儲君召見的訊息，匆匆趕赴王宮，小盤正在書齋內和改穿長史官服的李斯在密議。

見項少龍至，小盤道：「將軍的說話對嫪毒果然大有影響，今早母后把我召去，說這傢伙實乃難得人才，理該重用，問我有何合適位置，不用說母后是給他纏得沒有辦法，才要做點事來討好他。」

項少龍心中歎息，知道朱姬陷溺日深，不能自拔。

不過也很難怪她，這美女一向重情，否則不會容忍呂不韋的惡行。而莊襄王之死，對她心理造成強烈的打擊，使她內心既痛苦又矛盾，失去了平衡，加上心靈空虛，又知和自己搭上一事沒有希望，在種種情況下，對女人最有辦法的嫪毒自然有機會乘虛而入。

她需要的是肉慾的補償和刺激！

小盤歎道：「這傢伙終是急進之徒，當內侍官不到幾天，已不感滿足，剛才我和李卿商量，看看該弄個甚麼官兒給他。」

說到最後，嘴角逸出一絲笑意。

成為小盤心腹的李斯道：「照微臣看，定要弄個大得可令呂不韋嫉忌的職位給他，最好是能使呂不韋忍不住出言反對，那就更堅定嫪毐要背叛呂不韋的決心。」

項少龍這時才有機會坐下來，啞然失笑道：「恐怕任天下人想破腦袋，也猜不到我們和儲君商議的竟是這種事。嘿！有甚麼職位是可由宦官擔當，又在權力上可與呂不韋或他的手下發生正面衝突的呢？」

李斯靈機一動，道：「何不把他擢陞為內史，此職專責宮廷與城防兩大系統都騎和都衛的聯繫，有關兩方面的文書和政令，均先由內史審批，然後呈上儲君定奪，權力極大，等若王城的城守，管轄城衛的廷官。」

小盤皺眉道：「這職位一向由騰勝負責，此人德望頗高，備受軍方尊敬，如若動他，恐軍方有反對的聲音。」

李斯道：「儲君可再用陞調的手法，以安騰勝之心。」

小盤煞費思量道：「現時內廷最重要的職位，首推禁衛統領，已由昌平君兄弟擔當，其次是李卿的長史，負責一切奏章政令的草議，接著是內史官。其他掌管田獵的佐弋官，負責禮儀的佐禮官，主理賓客宴會的佐宴官等諸職位，均是低了幾級，我倒想不到有甚麼位置可令騰勝滿意。」

在這些事上項少龍沒有插言的資格，因對於內廷的職權，他可說是一竅不通。

尚幸聽到這裡，他突然想起包拯，靈光一現道：「既有內史，自然也應有外史，新職等若王廷對外的耳目，專責巡視各郡的情況，遇有失職或不當的事，可直接反映給儲君知曉，使下情上達，騰勝當對此新肥缺大感興趣。」

小盤拍案叫絕道：「就如此辦，此事必得母后支持，呂不韋亦難以說話，不過他若是反對就更為理想。」

李斯讚歎道：「項大人思捷如飛，下官佩服之至。」

項少龍道：「最好能在王宮內撥出一間官署，作嫪毒辦事之所，那嫪毒便可聚眾結黨，與呂不韋打對臺了。」

小盤失笑道：「不如在新相府對面找個好地方，打對臺自然須面對著面才成。」

三人對望一眼後，終忍不住捧腹笑起來。

呂不韋這回可說是作法自斃，他想出以嫪毒控制朱姬的詭謀，怎知不但使朱姬對他「變心」，還培養了個新對頭人出來。

這時內侍稟報，琴太傅來了，正在外間等候。

小盤露出歡喜神色，先吩咐李斯如剛才商議的去準備一切，待李斯退下，長身而起，向項少龍低聲說心事道：「不知如何，自王父過世後，我特別歡喜見到琴太傅，看到她的音容顏貌，心中一片平寧，有時給她罵罵，還不知多麼舒服，奇怪是以前我並沒有這種感覺。」

又再壓低聲音道：「除師父和琴太傅外，再沒有人敢罵我，先王和母后從不罵我。」

項少龍忍不住緊擁他長得相當寬厚的肩頭，低歎道：「孩子！因為你需要的是一位像妃夫人般值得尊敬的娘親。」

小盤身軀劇震，兩眼紅起來，有點軟弱地靠入他懷裡，像小孩要躲進父親的保護之下。

項少龍明白他的心意，自充當嬴政的角色後，這孤苦的小孩很自然地把疼愛他的父王、母后當作父母，對朱姬更特別依戀。可是莊襄王之死，卻使幻象破滅。

朱姬終是重實際的人，並不肯為莊襄王與呂不韋反目，再加上嫪毒的介入，使小盤知道朱姬代替不了正氣凜然的生母妮夫人。而琴清則成了他最新寄託這種思母情結的理想人選。

項少龍亦因想起趙妮而心若刀剜，低聲道：「等心情平復，該出去讀書了。」

小盤堅強地點頭應是。

項少龍放開他，步出門外。

第三十二章　帛圖撕心

項少龍穿過連廊，來到外堂，琴清修長玉立的優美嬌軀，正憑窗而立，凝視外面的園林，若有所思。

項少龍忍不住來到她身後，輕輕道：「琴太傅在想甚麼呢？」

琴清應早知他會路經此處，沒有絲毫驚奇的表現，亦沒有別過身來，淡淡道：「項大人有興趣想知道嗎？」

只是這句話，可見她對項少龍非是無情，因語意已超越一般男女的對話界限。尤其在她這一向對異性拒諸千里的人來說，情況更不尋常。

項少龍暗吃了一驚，但勢不能就此打退堂鼓，兼之心內實在喜歡與她接近，硬著頭皮道：「嘿！若沒有興趣也不會問了。」

琴清倏地轉過嬌軀，冰冷的俏臉就在項少龍伸手可觸處，美眸射出銳利的神色，淡然自若道：「琴清正在想，當項大人知道琴清在這裡時，會不會繞道而走？」

項少龍登時招架不住，乾笑道：「太傅太多心了，唔！你見著嫣然她們沒有？」

這性子剛烈執著的美女寸步不讓，道：「不要顧左右而言他，琴清最恨的當然是害主欺君的奸佞之徒；其次就是你這種自以為是，又以保護女性為己任作幌子之輩，其實卻是視我們女子如無物的男人，我有說錯你嗎？」

項少龍早領教過她的厲害，苦笑道：「看來在琴太傅心中，小弟比呂不韋好不了多少。唉！我早道過歉，只是說錯一句請太傅到巴蜀陪華陽夫人的話吧！到現在仍不肯放過小人嗎？」

琴清在項少龍前，不知是否打開始那趟賓成條件反射式的習慣，份外忍不住笑，俏臉堅持不到眨幾下眼的工夫，玉容解凍，「噗哧」失笑，狠狠白他一眼，道：「是的！我不服氣，你怎麼賠罪都補償不了。」

項少龍還是首次遇上她肯打情罵俏的機會，心中一熱，正要說話，足音傳來。

兩人知是儲君駕臨，慌忙分了開來。項少龍連忙施禮告退，但剛才琴清那似是向情郎撒嬌的神態，已深深鐫刻在心底裡，再抹不掉。

在十八鐵衛擁持下，項少龍策騎馳上通往外宮門的御道，剛巧昌平君正在調遣負責守護宮門的一營禁衛，把他截往一旁，低聲道：「燕女確是精采！」

項少龍只好含糊應過。

昌平君年輕好事，問道：「呂相的三小姐生得非常標緻，想不到還使得一手好劍法。我到今早醒來腦袋裡仍閃現她那條水蛇腰肢。嘿！她與你是甚麼關係？竟有以虛招來試探你的反應之舉？」

項少龍湧起親切的感覺，就像以前在二十一世紀時和隊友的閒聊，總離不開女人、打架和罵長官的話題，笑道：「這恐怕叫『樹大招風』吧！」

昌平君「哈」的一笑，道：「說得好，你這新創作的詞語兒對項大人你真是貼切之極。所以我的刁蠻妹子知我們和你稔熟後，硬纏我們要把你擒回去讓她過目。」

項少龍大感頭痛，道：「這事遲些再說好嗎？你也該知我最近有多忙。」

昌平君笑道：「你怎也逃不出她的魔掌，讓她顯點威風便行，當作是給我們這兩個可憐的哥哥面子。否則田獵時，她定會教你好看。」

項少龍訝道：「她也參加田獵嗎？」

昌平君道：「那是她的大日子，到時她領導的娘子軍會傾巢而出，鶯飛燕走，不知多麼威風。」

項少龍愕然道：「娘子軍？」

昌平君歎道：「那是咸陽城像舍妹那種嬌嬌女組成的團隊，平時專去找劍術好的人比試，連王翦都給她們纏怕了。我看這小子溜去守北疆，主要還是為這原因。若非你整天躲在牧場，怕也會有你好受的。」

項少龍有點明白，啼笑皆非時，昌平君道：「谷傒這小鬼明天去守東關，我兩兄弟與他份屬至交，定了今晚為他餞行，你也一道來吧！順便敷衍一下舍妹。」

項少龍一來對昌平君這完全沒有架子、年紀又相近的軍方要人大有好感，二來亦好應為安谷傒送行，微笑著答應。

昌平君這才欣然放他離去。

回到都騎衛所，給荊俊截著，拉到一旁道：「有三件事，呵！」接著打了個呵欠。

項少龍瞪著他道：「忙足整晚嗎？」

荊俊若無其事道：「我依足三哥吩咐，用半晚來哄慰她，下半晚則善待她，當然有點疲倦。」

項少龍為之氣結，又拿他沒法，爽然道：「快說！是哪三件事？」

荊俊煞有介事道：「首要之事，是三位嫂子著你若抽得出空閒，請到琴府陪她們吃午飯，項寶兒也很掛念你，我看最好你今晚到那裡陪她們睡覺。」

項少龍失笑道：「小俊你為何今天說話特別貧嘴？」

荊俊裝出謙虛的樣子，道：「小俊怎敢，只是這些天來見三哥笑容多了，忍不住想再多看一點。」說到最後，兩眼一紅，垂下頭去。

項少龍深切感受到兩人間深厚的兄弟之情，摟著他肩頭，欲語無言。

可能是因莊襄王之死，全面激起他的鬥志，所以趙倩等諸女慘死所帶來的心理創傷，也被置諸腦後，畢竟那是一年前的事了。

荊俊道：「另外兩件事，是龍陽君正在大堂候你，和田單派人來說有急事請你到他的賓館一晤。」

項少龍心中打了個突兀。

田單為何要見自己呢？以他的神通廣大，該聽到自己與呂不韋不和的傳言。若他想與呂不韋保持良好關係，對自己應避之則吉才對。

想到這裡，一顆心不由劇烈地抖動幾下。

與龍陽君在類似休息室的小偏廳坐下後，龍陽君祝賀道：「恭喜項兄，坐上人人豔羨的都騎統領之職。」

接著又神色一黯道：「只是想到有一天或會和少龍你對陣沙場，便有神傷魂斷的感覺，人生為何總有這麼多令人無奈的事？」

項少龍誠懇地道：「放心吧！我會盡量迴避那種情況，際此群雄割據的時代，父子兄弟都可能大動干戈，君上看開點好了。」

龍陽君滿懷感觸道：「回想當年在大梁初遇時，我倆勢若水火之不相容，現在少龍反成奴家最肝膽相照的好友。想起明天要離開，可能永無再見的一日，便鬱結難解，千情萬緒，無以排遣。」

項少龍一呆，道：「君上不待田獵後才走嗎？」

龍陽君眼中閃過殺機，不屑道：「呂不韋現在擺明連結齊、楚來對付我們三晉，多留幾天只是多受點白眼，我才沒有那麼愚蠢。」

項少龍心知此乃實情，更不願以假話哄他。想起鄭國築渠的事，道：「君上暫時不用那麼擔心，沒有十年、八年，秦國亦沒有能力大舉東侵，只要你們能繼續合縱之策，期間內應可安然無事，最多只是在疆土上稍有損失吧！」

龍陽君眼中射出銳利的光芒，道：「少龍憑何說出此言？」

項少龍歎一口氣，忍不住把鄭國築渠一事說出來。

龍陽君感動地道：「少龍竟肯把這天大秘密告訴奴家，奴家會守口如瓶，連大王都瞞過，以示對少龍的感激。」

旋又恍然道：「難怪韓闖如此春風得意，我憂慮得茶飯不思時，他卻去花天酒地，夜夜笙歌，戀而不去，原來是胸有成竹。」

再壓低聲音道：「少龍為何不點醒秦儲君，不但可立一個大功，還可使呂不韋顏面掃地。」

項少龍苦笑道：「我也不想秦人這麼快打到大梁去啊！」

龍陽君凝神想了一會兒，道：「有一件事，我本不打算告訴你，可是見少龍對奴家如此推心置腹，令我心生慚愧。」

又咬牙切齒道：「韓晶那賤人完全不顧大體，我亦不必為她守密。」

項少龍訝道：「甚麼事？」

龍陽君沉聲道：「你見過那龐煖，此子乃韓晶的面首和心腹，極懂權謀之術，口才了得。今次他來秦，實居心不良。最近他頻與高陵君嬴傒接觸，你大可猜到不會是好事吧！」

高陵君就是王位給莊襄王由手內奪走的子傒，他一直不服此事，有心謀反是必然的，只不過想不到會與趙人勾結。

項少龍明白到龍陽君知道韓人的陰謀後，又放下秦國大舉進攻的顧慮，兼之痛恨趙國太后韓晶，才在背後射她一記暗箭。若龐煖失陷咸陽，最受打擊的當然是韓晶。

政治就是這麼錯綜複雜和黑暗的了。

明有明爭，暗有暗鬥，各展奇謀，未到最後，不知鹿死誰手。

雖然此定律對項少龍這預知未來的人不全生效，但個人的鬥爭，其結局如何，仍是撲朔迷離，無從預知，比如他就不知道自己會否敗在呂不韋手上。

項少龍想了一會兒後，道：「田單要見我，君上知否所因何事？」

龍陽君愕然道：「有這種事？照我看田單和呂不韋間應有密約，三晉歸秦，燕國歸齊，重履當年西、東二帝瓜分天下的大計。雖然誰都知道是互相欺騙，但短時間內對雙方均是有利，故而兩人現在如膠似漆，他要見你實在令人費解。」

項少龍知不能在他處問出個所以然來，依依話別之餘，把他送出都騎衛所，便帶同十八鐵衛，往見田單。

賓館守衛森嚴，旦楚在正門處迎接他，神情肅穆，只說禮貌上的門面話。

把他引進田單所在的內廳時，這齊國的超卓政治家正在專心彈奏古琴。

「仙翁」之聲有如淙淙流水，填滿了整個廳堂。

那對與他形影不離的劉氏兄弟，虎視眈眈的瞪著項少龍。

旦楚退後兩步，卻沒有離開。

項少龍知道不妥，但任田單如何大膽，絕不敢在咸陽暗算他。

不過若田單是奉呂不韋之命，真要殺他，他和十八鐵衛休想有一人能活著離開。

田單的琴音忽然半途而止，大笑道：「董馬癡別來無恙？」

這才起立轉身，一對鷹隼般的利目箭般往他射來。

項少龍早知瞞他不過，亦知他因不能肯定，詐他一句。

無論呂不韋和他如何親密，前者當不致蠢得把秘密告訴他，因為這正是由呂不韋一手策劃，累得田單陰謀不成，還損兵折將，顏面無光地狼狽溜回齊國。

裝作愕然道：「田相的話，請恕末將不明白。」

田單胸有成竹地走過來，到近處才道：「想不到威名震天下的項少龍，竟沒膽量承認所做過的事，你雖可瞞過其他人，卻怎瞞得過我田單？」

接著嘴角逸出一絲莫測高深的笑意，右手一揮，道：「讓我給你看一件精采的東西。」

旦楚應命來到兩人之側，由懷中掏出一卷帛畫，展了開來。

劉氏兄弟同時移到田單兩旁稍前處，擺出防備項少龍出手突襲的姿勢。

氣氛立刻緊張起來。

項少龍往帛畫瞧去，登時手足冰冷，有若掉進萬丈冰淵，渾身劇震。

帛畫上赫然是善柔的臉容，有七、八分相像，只是眼神有點奇怪，予人一種柔弱的感覺，與她一向的堅強截然有異。

田單冷笑道：「不用說，項兄該知此女是誰，竟敢來行刺田某，被我所擒，聽聞她曾當過董馬癡的夫人，項兄是否仍要推說不知此事？」

項少龍感到落在絕對下風，但隱隱又感到有點不對勁，只是想起善柔已入敵手，早心亂如麻，腦筋不能有效運作。

田單淡淡道：「區區一個女人，田某就算把她送回給項兄也沒有甚麼關係，只要項兄肯為田某做一件事，此女可立即回到項兄懷抱裡。」

項少龍腦際靈光一閃，忽然把握到問題關鍵處，一股無可抗拒的悲傷狂湧心頭。

他猜到善柔是因行刺不成，自殺殉死，所以畫工無法把一對死人的眼睛傳神地表達出來。

項少龍眼中射出仇恨的火焰，狂喝道：「不用說了，若田單你能活著返回齊國，我項少龍這三個字從今以後倒轉來寫。」

在田單等四人的目瞪口呆下，項少龍滿腔悲憤，不顧而去。

現在他終於有殺死田單的最好理由了。

第三十三章　太子燕丹

滕翼聽罷，整個人呆若木雞，良久說不出話來。

面對善柔，確是沒有人不頭痛，可是自她離開，又沒有人不苦苦牽掛著她，她卻在芳華正茂的時間慘遭不幸。

善柔是這時代罕有獨立自主的女性，堅強而有勇氣，只要她想做的事，不達目的誓不干休，而她正是為自己的心願而犧牲。

項少龍雙手捧臉，默默流下英雄熱淚，卻沒有哭出聲來。

這時有手下要進來報告，給滕翼喝了出去，吩咐鐵衛不許放任何人進來。

滕翼伸手拍著項少龍肩頭，沉痛地道：「死者已矣，現在我們最重要是如何為她報仇！我的親族等若死在田單手裡，這兩筆帳一起和他算吧！」

當項少龍冷靜了點，滕翼道：「你猜田單會否把事情告知呂不韋，又或直接向儲君投訴，所謂兩國相爭，不斬來使，秦人勢不能坐視田單被人襲殺。」

項少龍悲戚地道：「不知是否善柔在天有靈，在我想到她自殺之時，腦筋忽地變得無比清晰，於剎那間想及所有問題，才有此豪語。」

頓了頓續道：「秦人就算派兵護送田單離去，只是限於秦境，一出秦境，就是我們動手的良機。問題是我們先要弄清楚田單的實力，在秦境外有沒有接應他的軍隊，這事只要我找龍陽君一問，立可盡悉詳情。」

沉吟半晌後，歎道：「田單可說是自作孽，他獨善其身，沒有參加最近一次的合縱。趙人固因上趟他密謀推翻孝成王而對他恨之入骨，韓人則因與趙國太后關係密切，不會對他特別優待。種種情況下，他只有取魏境或楚國兩途，前者當然近多了，卻不及楚境安全，若我猜得不錯，他會偕同李園一起離開，那麼我的安排應萬無一失。」

滕翼愕然道：「若他在秦境有秦人保護，楚境有楚人接應，我們哪還有下手之機？」

項少龍露出一個冷酷的笑容，淡淡道：「為了善柔和二哥的深仇，我將會不擇手段去對付這惡人，首先我要設法把李園逼離咸陽，田單總不能未和呂不韋談妥便匆匆溜走。」

滕翼皺眉道：「先不說你有甚麼方法逼走李園，你是如何知道呂不韋和田單尚未談妥呢？」

項少龍道：「是一種直覺，一來昨晚宴會時兩人仍不斷交頭接耳，又因他想藉善柔威脅我去為他做事，凡此種種，均顯示他仍有事未曾辦妥。現在多想無益，讓我們去分頭行事，二哥負責查清楚田單身邊有多少人，我則去找龍陽君和太子丹，說不定會有意外收穫。」

滕翼愕然道：「太子丹？」

項少龍道：「在咸陽城內，沒有人比他更該關心田單的生死，不找他找誰？」

再輕輕道：「派人告訴致致，今天我實在難以抽出任何時間。」在這一刻，他下決心永遠不把善柔遇害的事告訴趙致。

龍陽君見項少龍來找他，喜出望外，把他引到行館幽靜的東軒，聽畢後很為他感到難過，安慰幾句，知是於事無補，轉入正題道：「齊國最近發生馬瘟，我看田單只是想你給他一、二千匹上等戰馬，以濟燃眉之急吧！當然，他也有可能要你做些損害呂不韋的事，對呂不韋，他比對秦人更顧忌。只看呂不韋上場不到三年，竟為秦人多取得三個具有高度戰略性的郡縣，可知道呂不韋的本領，若秦國變為呂家天下，誰都要飲恨收場。」

項少龍沉聲道：「君上會否反對我殺死田單？」

龍陽君搖頭道：「不但不會，高興還來不及。你猜得對，田單將取道楚境返齊。有支一萬人的軍隊，由他的心腹田榮率領，正在那裡等他。你須在他們會合之前發動襲擊。除秦國外，對我們最大的威脅是齊人，若可除去田單，三晉無人不額手稱慶。上趟獨他不加入合縱軍，早惹起公憤，他分明是想坐收漁人之利。」

旋又歎道：「只恨我們現在的兵力均集中防守魏、秦邊境，實難抽調人手助你，大王更未必答應。不過我可使人偵察楚境齊軍和楚人的虛實，保證準確妥當。」

項少龍感激道：「你已幫我很大的忙，我有把握憑自己手上的力量教他死無葬身之地，不知田單今次來了多少人？」

龍陽君道：「在城內約有三百許人，城外駐有一支齊國騎兵，人數在千人之間，是齊軍的精銳，若加上李園的人，總兵力將超過三千人。少龍萬勿輕敵，尤其你在他們離開秦境始能動手，一個不好，會給田單反噬一口。」

項少龍道：「我當然知道田單的厲害，但我也有些能耐是他夢想難及的。」

龍陽君怎知他指的是二十一世紀的戰術和技術，還以為他有足夠實力，順口道：「少龍你有王命在身，怎可隨便溜開幾個月？」

這又是難以解釋的事，難道告訴他自己和儲君關係特別嗎？

項少龍歎道：「我會有辦法的。」

商量妥聯絡的方法後，項少龍告辭離去，把駿馬疾風和鐵衛留在龍陽君處，徒步走往隔鄰太子丹寄住的行館，向門衛報上官銜名字，不到片刻工夫，太子丹在幾名從人簇擁下親身出迎。

項少龍暫時擱下徐夷亂兩次偷襲他的恩怨，施禮道：「丹太子你好，請恕項少龍遲來問候之罪。」

見到他不由想起荊軻，若沒有刺秦一事，恐怕自己不會知道有太子丹這麼一號人物。

風度絕佳的太子丹欣然施禮，道：「項將軍乃名震宇內的人物，燕丹早有拜會之心，只恐將軍新拜要職，事務繁忙，故擬苦待至田獵之後始登門造訪，將軍現在來了，燕丹只有倒屣相迎。」

搶前拉起他的手，壓低聲音道：「說句真心話，燕丹對紀才女花歸項府，實在妒忌得要命。」

言罷哈哈大笑起來。

項少龍陪他大笑，心中有點明白，為何荊軻會甘心為他賣命。

能名垂千古的人物，均非簡單的人。

太子丹又把身旁諸人介紹他認識。

其中印象特別深刻的有三個人。

第一個是大夫冷亭，此君年在四十許間，樣貌清癯，一對長目閃動著智慧的光芒，身量高頎，只比項少龍矮上寸許，手足特長，予人靜如處子、動若脫兔的感覺，應是文武兼資的人物。

接著是大將徐夷則，只聽名字，當是徐夷亂的兄弟，三十來歲，五短身材，但頭顱特大，骨骼粗橫，是擅於徒手搏擊者最顧忌的那種體型，兼之氣度沉凝，使人不敢對他稍生輕忽之心。

另一個則是像太子丹般風度翩翩、公子哥兒模樣的尤之，介紹時燕丹尊之為先生，此人只比太子丹大上兩、三歲，臉掛親切的笑容，給人極佳印象，但項少龍看穿他是太子丹的首席智囊。

客氣話後，太子丹把他引進大廳內。

分賓主坐下，兩名質素還勝呂不韋送出的燕國歌姬的美女，到來伺候各人，奉上香茗。

隨太子丹陪坐廳內的除剛才三人外，還有燕闖和燕軍兩個屬燕國王族的將軍，侍從撤往廳外。

項少龍呷了一口熱茶，開門見山道：「小將想和太子說幾句密話。」

太子丹微感愕然，揮退兩名美女後，誠懇地道：「這些全是燕丹絕對信任的人，項將軍無論說的是甚麼事，都可以放心。」

項少龍心中再讚太子丹用人勿疑的態度，在六對眼睛注視下，若無其事地道：「我想殺死田單！」

太子丹等無不駭然一震，目瞪口呆，只有尤之仍是從容自若的態度。

項少龍凝視著太子丹，細察他的反應。

太子丹眼中射出銳利的光芒，與他對視一會兒後，驚魂甫定地道：「將軍有此意不足為奇，只是為何特別來告訴我？」

項少龍虎目環掃眾人，緩緩道：「在解釋之前，先讓我項少龍把太子兩次派徐夷亂偷襲小將的事一筆勾銷，俾可衷誠合作，不須互相隱瞞。」

這幾句話更如石破天驚，連六人中最冷靜的尤之亦禁不住露出震駭神情，其他人更不用說。到此刻太子丹等當然知道董匡和項少龍二而為一，是同一個人。

雙方間籠罩著一種奇異的氣氛。

好一會兒後，太子丹一聲長歎，站起來一揖道：「項兄勿怪燕丹，為了敝國存亡，燕丹做過很多違心之事。」

項少龍慌忙起身還禮，心慶沒有挑錯人。假若太子丹矢口否認，他以後都不用理會這個人了。

兩人坐下後，氣氛大是不同。

冷亭眼中閃過欣賞之色，點頭道：「到這刻我才明白，為何將軍縱橫趙、魏，在秦又能與呂不韋分庭抗禮。」

尤之淡然道：「項將軍知否要殺田單，實乃難比登天的事，且將軍身為秦將，此事不無顧忌。」

項少龍知道他在試探自己的底細，若他只是想藉燕人之手去除掉田單，自己則躲在背後，自然會教六個人看不起他。

說到底仍是一宗交易，事成與否完全關乎利益的大小。

項少龍微笑道：「現在李園和田單狼狽為奸，前者通過乃妹李嫣嫣生下王儲，若考烈王歸天，李園這新晉之人，不得不借助齊人之力，對付在楚國根深柢固的春申君；田單則要借助李園之力，拖著三晉，好讓他向鄰邦拓展勢力。故要對付田單，不得不把李園計算在內。至於秦國軍方，除呂不韋外，我均有妙法疏通，各位可以放心。」

太子丹吁出一口長氣，道：「到現在燕丹親身體會到項兄的厲害，對各國形勢洞察無遺。我不再說多餘話，請問項兄如何解決楚人的問題。要知田單若與李園同行，實力大增，到楚境時又有雙方大軍接應，可說是無懈可擊，我們縱有此心，恐怕亦難達致目的。」

項少龍露出一絲高深莫測的笑意，從容自若道：「李園的事包在小將身上，我會教他在田獵之前離秦返楚，破去兩人聯陣之勢，李園乃天性自私的人，自顧不暇之時，哪還有空去理會自己的夥伴。」

各人聽得一頭霧水。

徐夷則忍不住道：「項將軍有甚麼錦囊妙計？」

項少龍油然道：「請恕我賣個關子，不過此事在兩天內可見分曉，若我連這點小事都辦不到，也無顏來見諸位了。」

太子丹斷然道：「好！不愧是項少龍，假若李園果然於田獵前溜回楚國，我們便攜手合作，令田單此老賊永遠都回不了齊境。」

項少龍早知這結果。

燕、齊相鄰，一向水火不容，互謀對方土地，加上燕人曾入侵齊國被田單所破，致功敗垂成，自對田單恨之入骨，若有除去田單的機會，哪肯放過。

對他們來說，最顧忌的人是李園。若把李園一併殺死，等若同時開罪齊、楚兩個比燕人強大的國家，可不是說著玩的一回事。

現在若少了對楚人這顧慮，事後又可把責任全推在項少龍身上，此事何樂而不為。

項少龍與太子丹握手立誓後，匆匆趕往找鹿公，推行下一步的大計。

自出使歸來，他還是如此積極的去辦一件事。

至此他才明白自己是如何深愛著善柔。

項少龍沉聲道：「我要殺死田單。」

鹿公嚇了一跳，駭然道：「你說甚麼？」

這已是項少龍今天第五次說要殺死田單。

第一次是當著田單本人說，接著是對滕翼、龍陽君、太子丹說，現在則在鹿公的內軒向這秦國軍方第一把交椅的上將軍說出來。

如此明目張膽去殺一個像田單般名震天下的人物，若非絕後，也應是空前。

項少龍以充滿信心和說服力的語調道：「這是唯一破去秦廷變成呂家天下的手段。」

鹿公大惑不解道：「這與田單有甚麼關係？」

項少龍淡淡道：「東方諸國最近一趟合縱來攻我大秦，為何獨缺齊國？」

鹿公露出思索的神色，好一會兒後才道：「少龍是否指呂不韋和田單兩人互相勾結？」

項少龍胸有成竹地道：「以前呂不韋最怕沒有軍功，現在先後建立東方三郡，功勳蓋天，陣腳已穩，又受到五國聯軍的深刻教訓，故眼前要務，再非往東征伐，而是要鞏固在我大秦的勢力，鄭國渠的事只是他朝目標邁出的第一步。」

鹿公聞言動容。

這兩天他曾多次在徐先和王齕等軍方將領前發牢騷，大罵呂不韋居心叵測，為建渠之事如此勞民傷財，損耗國力，阻延統一大業。

項少龍知他意動，鼓其如簧之舌，道：「現在呂不韋連楚結齊，孤立三晉和燕人，為的是由外轉內，專心在國內建立他的勢力，如若成功，那時我大秦將會落入異國外姓人手裡。」

這一番說話，沒有比最後一句能對鹿公這大秦主義者造成更大的震撼了。

鹿公沉吟半晌後，抬起頭來，雙目精芒閃動，一瞬不瞬地瞪著銅鈴巨目看著項少龍，沉聲道：「在談此事前，我想先要少龍你解開我一個心結，為何你那麼有把握認為政儲君非是呂不韋的野種？」

項少龍心中暗喜，知道鹿公被自己打動，所以才要在此刻弄清楚最關鍵的問題，方可決定應否繼續談下去。

坦誠地望著他道：「道理很簡單，因為我對此事亦有懷疑，故在呂不韋的心腹肖月潭臨終前問起此事，他誓言政儲君千真萬確是先王骨肉，在那段成孕的日子裡，姬后只伺候先王一人。」

鹿公皺眉道：「我知肖月潭是誰，他應是知情者之一，只是他既為呂不韋心腹，至死為他瞞著真相，乃毫不稀奇的事。」

項少龍兩眼一紅，淒然道：「肖月潭臨死前不但不是呂不韋的心腹，還恨他入骨，因為害死他的人正是呂不韋。」

鹿公並沒有多大震駭的神情，探出一手，抓著項少龍的肩頭，緊張地道：「這事你有否人證、物證？」

項少龍悲憤搖頭。

鹿公放開他，頹然道：「我們曾對此事做過深入調查，可是由於活著返來的對此事均一無所知，屈斗祁和他的人則不知所終，所以雖是疑點重重，我們仍奈何不了呂不韋。不過只看你回來後立即退隱牧場，便知不妥。」

歎一口氣後續道：「我深信少龍之言不假，看來再不須滴血認親了。」

項少龍堅決地搖頭，道：「不！此事必須照計劃進行，只有這樣，才可肯定儲君乃先王的骨肉。」

鹿公深深地看著他，道：「我喜歡少龍這種態度，昨天杜璧來找我，說你在先王臨終前曾在他耳旁說了一些話，先王聽完後就去了，當時少龍說的是甚麼？」

項少龍心知肚明杜璧是由秀麗夫人處得知此事，毫不猶豫地道：「我告訴先王，假若他是被人害死的，我就算赴湯蹈火，亦要為他報仇。」

原本的話當然不是這樣，項少龍故意扭曲少許，避了呂不韋的名字，又變成只是「假設」。

鹿公霍地起立，兩眼射出凌厲的光芒，跺足仰天一陣悲嘯，歇下來時暴喝道：「好！少龍，你需要我鹿公如何助你？」

項少龍忙陪他站起來，恭敬地道：「呂不韋現在權勢大增，為避免內亂，首先要破他勾引外人的陰謀，若殺死田單，不但對我大秦統一天下大大有利，還可迫使呂不韋窮於應付外患，以保東方三郡，那時我們遂可逐步削除他在國內的勢力。」

鹿公顯然心中憤恨，抓緊項少龍的手臂來到後花園裡，緊繃著老臉，咬牙切齒道：「我們何不召來大軍，直接攻入呂不韋的老巢，殺他一個片甲不留？只要儲君點頭，我可輕易辦到此事。」

項少龍低聲道：「千萬不可，現在呂不韋頗得人心，若漏出風聲，給他先發制人，就大事不妙，說不定儲君、太后都給害了。其次儘管成功，成蟜和高陵君兩系人馬必乘勢爭奪王位，秦室若陷此局，再加東南六國煽風點火，大秦說不定分崩離析，三家分晉，正是可鑑的前車。」

鹿公容色數變後，有點軟弱地按在項少龍肩頭上，低聲道：「說吧！要我怎樣助你？」

項少龍湧起狂喜，知道鹿公這麼的點點頭，田單至少有半條命落入自己的掌握之內。

第三十四章　秦女刁蠻

離開上將軍府，項少龍馬不停蹄，幸好琴清府在同一條的王宮御道上，只隔二十多座王侯將相的府第。

由於不想那麼惹人注目，鐵衛們早被他遣回都騎衛所，駿馬疾風也隨之回去。為方便走路，他脫下笨重的戰甲，改穿一般的武士服，不過他的體型異於常人，說不惹人注目只是笑話，但在心理上總安心一點。

此時太陽逐漸往西山落下去，道上行人車馬疏落，項少龍想起善柔，不由湧起淒涼悲痛。只有不斷地去為她的大仇努力奔走部署，始能舒緩心中的悲鬱苦楚。

蹄聲驟響，一隊十多騎由前方疾馳而至。

項少龍警覺性極高，定睛一看，立時愕然。

原來竟是一隊全女班的騎士，五顏六色、爭妍鬥麗的武士服，把這批美娘子襯得像一團彩雲，由長街遠處飄過來。

她們像在比拚馬速騎術，逢車過車，遇騎過騎，轉瞬間來至近前。

項少龍想起昌平君說起以乃妹嬴盈為首的女兒軍，禁不住好奇心，用神打量。

一馬當先的是位身穿黃白色夾雜武士服的少女，生得美賽天仙，比之呂娘蓉亦毫不遜色。策馬疾馳，盡顯她的青春活力。

她有一對趙致般的長腿，嬌美處可與烏廷芳爭一日之短長，膚色雪白晶瑩有如紀嫣然。腰身纖細美好，但胸脯脹鼓豐腴，非常誘人，活色生香，是擁有魔鬼身材的美麗天使。

項少龍不由心中喝采。

隨行的女兒軍隊員，比起她來大為遜色。最特別處是她秀美的俏容常掛著一絲既驕傲又自得的笑意，像是世上所有男人，只配給她作踏腳的馬鐙，引人之極。

不過街上的男人看到她，紛紛垂下目光，不敢行注目之禮。

項少龍差不多可肯定眼前使人矚目的美女便是嬴盈，她也看到他，一對明如夜空星辰的點漆美眸立時亮起來。

項少龍嚇得垂下頭去，避開她的眼光。

嬴盈一聲嬌叱，整隊十五人的女兒軍如響斯應，一起勒馬停定，整齊一致，比訓練有素的軍隊不遑多讓。

項少龍心知不妙，低頭疾走，同時頗感茫然，難道這批女兒軍凶惡至隨街挑選像樣的男人尋釁嗎？

這想法仍在腦海中盤旋時，風聲響起，嬴盈的馬鞭在頭上旋轉一圈，蓄滿力道，照著他的厚背揮打過來。

項少龍心中大怒，這刁蠻女真是太過霸道，自己與她不但無怨無仇，還互不相識，竟見人便打。聽準鞭勢，反手一抓，鞭端落在手上。若對方是男子，他會用力反拉，讓對方翻跌馬下，當場出醜。但對方是如此嬌美動人的青春玉女，憐香惜玉之心使他手下留情。

嬴盈嬌呼一聲，用力回扯。

項少龍轉過身來，用力相抵。這美嬌娃的力道可不賴，馬鞭挺得筆直，兩人打個照面，目光交擊，相隔只有丈許，是馬鞭加上兩條手臂的長度。

街上行人紛紛避難似的逃開去。

那批女兒軍嬌叱聲中，扇形散開圍上來，把項少龍逼在牆角處。

嬴盈嘴角露出一絲滿足的甜美笑容，另手一抽馬韁，戰馬如臂使指，往後退去。

項少龍心中暗讚，放開鞭梢。

「鏗鏘」聲中，眾女同時拔劍，在馬背上遙指項少龍，嬌呼叱罵，其中竟夾雜幾聲「狗雜種」、「你的娘」那類只有市井之徒才說的粗話。

項少龍大感頭痛，醒悟到該遇上古時代的「飛女黨」。

嬴盈收回馬鞭，大感得意，又衝前少許，向眾女喝道：「想殺人嗎？快把劍收起來！」

項少龍和眾女同時大惑不解，後者們聽話得很，長劍回到鞘內去。

嬴盈發出一陣銀鈴般的嬌笑，道：「果然了得！好傢伙！乖乖的隨本姑娘來，讓我試試你的劍法。」

項少龍愕然道：「姑娘知我是誰嗎？」

嬴盈不耐煩地道：「你又沒有告訴我，誰知道你是哪裡來不識抬舉的狂妄之徒？」

眾女這時看清楚他的英偉模樣，見他傻愣愣的樣子，敵意大減，開始對他品頭論足。

項少龍聽她口氣，似是曾與自己有點瓜葛，可是遍搜枯腸，卻想不起任何事，歉然道：「對不起，在下身有要事，請恕不能奉陪。」

嬴盈不屑地翹起可愛驕傲、稜角分明的小嘴，冷笑道：「敬酒不吃吃罰酒，人來！給我把他拿下！」

項少龍對著這刁蠻女哭笑不得時，眾女兒軍已奉命出手，其中兩女揮手一揚，兩張捕獸網當頭罩下，其他諸女劍再出鞘，迫了過來。

遠處雖有圍觀的人，不過可能平時領教慣這些刁蠻女們的霸道手段，又不清楚項少龍是誰，沒人敢去干涉。

項少龍哈哈一笑，滾倒地上，恰恰在網緣外逸去，來到嬴盈的戰馬蹄前。

戰馬受驚下跳起前蹄，眼看再踏下時要蹬在項少龍身上，項少龍一個前翻，到了馬側處。

嬴盈反應神速，手中馬鞭迎頭照腦的往項少龍抽下來。

項少龍大喝一聲，彈了起來，移到馬尾位置，避過鞭抽。

豈知嬴盈穿上長靴的美腿由馬鐙處脫了出來，往後一伸，撐往項少龍胸口。

項少龍哪想得到她如此了得，一時輕敵下，勉強側退少許，但左肩已給她的靴底擦過，留下一小片污漬。

其他女兒軍大為興奮，呼嘯追來。

項少龍見勢不妙，搶過車道，擠入了對面正四散「逃命」的看熱鬧人群中，由一條橫巷趁「兵荒馬亂」之際溜走。

到了琴清的府第時，項少龍仍有啼笑皆非的感覺，開始有點明白昌平君兩兄弟的感受。

管家方二叔來到廳中，把他領往內軒去。

琴清和紀嫣然兩人正在廳中撫琴弄簫，樂也融融。

烏廷芳、趙致、田貞、田鳳等和琴府的十多個婢女，則聚在軒外的大花園裡，在夕陽的餘暉下，輪流抱著已能走上幾步的項寶兒盪鞦韆，不時傳來歡樂的笑聲。

只恨項少龍想到的卻是善柔，眼前歡樂的情景，適足使他更添創痛。

他先到園裡與烏廷芳和趙致打個招呼，抱項寶兒盪幾下鞦韆，才回到軒內，逕自坐到兩女同一蓆上，只隔了張長几，免去了一切禮數。

琴清欣然道：「寶兒玩了整天，不肯睡午覺，真奇怪他還撐得住。」

項少龍凝望窗外的夕照，聽諸女逗玩寶兒的嬌笑聲，有感而發道：「孩童的想像力最是豐富，甚麼東西落到他們眼裡，都通過想像把它們轉化成多采多姿、妙境無窮的事物。所以在我們成年人看來平平無奇的東西，他們卻可樂而不疲。只恨日後長大，想像會被殘酷的現實代替，那或者就是認識到現實必須付出的代價。」

兩女對望一眼，均被他這番發人深省的話深深打動，一時說不出話來。

項少龍收回目光，移到兩女處，立時看呆了眼。

她們宛若兩朵爭妍鬥麗的鮮花，誰都不能壓倒對方。

紀嫣然的嬌豔，與琴清的雅秀，確是人間極品。

琴清俏臉微紅，垂下螓首，輕柔溫婉地道：「項先生終找到時間來探看妻兒嗎？」話畢才知出了語病，玉臉更紅了。

紀嫣然向項少龍使個曖昧的眼色，低聲道：「項郎為何滿懷感觸？」

項少龍歎了一口氣，欲言又止，琴清識趣的藉口溜出花園，讓他們說話。

項少龍沉聲道：「還記得春申君寫給趙穆的那封信嗎？你能否著你的家將照筆跡弄一封出來呢？」

紀嫣然道：「這個沒有問題，他們中有此能手，內容寫甚麼呢？」

項少龍道：「那是春申君給李園的密函，通知他楚王病危，請他立即趕返楚都，卻千萬要瞞著秦人，以免秦人知道楚政不穩，其他內容，由你斟酌吧！」

紀嫣然愕然道：「發生甚麼事？」

項少龍的熱淚不受控制的湧出眼角，沉痛地道：「善柔死了！」

小盤在寢宮接見項少龍，訝道：「發生甚麼事？」

項少龍把對鹿公說的那一套搬出來，特別強調呂不韋勾結齊、楚的害處。

小盤沉吟半晌，皺眉道：「可是遠交近攻的政策，一向是我大秦的國策，呂不韋只是依循這條路線發展，理應沒有不妥當的地方。」

項少龍清楚體會到小盤再不是個任人擺佈的孩子，點頭道：「儲君說得不錯，但問題是呂不韋另有居心，若讓他穩住國外的形勢，他便可以專心國內，誅除異己，若有一天鹿公、徐先等大臣都給他害死，那時我們還憑甚麼和他鬥爭呢？」

小盤一震道：「最怕師父都給他害死。」

項少龍倒沒想過自己，雖說他要殺死田單，主要因善柔而起。但他對呂不韋的懷疑，卻非是無的放矢。

試過五國合縱軍逼關之禍後，呂不韋調整策略，轉而謀求鞏固在國內的勢力。莊襄王對他已失去利用價值，反成為障礙，這無情無義的人遂下毒手把莊襄王除去，好扶植以為是親生子的小盤。

現在呂不韋需要的是喘一口氣的時間，若與東方六國仍處於交戰的狀態，他絕不敢動搖秦國軍方的根本，例如撤換大批將領，改為起用無論聲望或資歷經驗全部欠奉的自己人。可是若能穩住東方六國，只要有幾年時間，他可培植出心中理想的人選，在文、武兩方面把秦國控制手內。那時他就算要把秦國變作呂家的天下，亦非沒有可能的事。

而對東方六國，三晉由於有切膚之痛，呂不韋不論用哪種懷柔手段，均不會生效。所以他索性置諸不理，只聯齊結楚，訂立例如燕歸齊、魏歸楚，而趙、韓歸秦一類的密約，那他便可放心對付國內所有的反對勢力。

經過一番解說，小盤終於幡然大悟。

由此看出，項少龍和小盤的關係已不同了。換過以前，無論項少龍說甚麼，小盤只有聽命的份兒。現在他開始以君主的角度去考慮和決定。

他愈來愈像歷史上的「秦始皇」了。

項少龍趕到昌平君兄弟的將軍府，比約定時間遲近半個時辰，卻是無可奈何，在他現時的心情下，肯來赴約已對他們兄弟相當不錯。

他抱著「醜婦終須見嬴盈」的心情，帶著肩膊那點她靴底留下的污漬，在僕人引領下，舉步進入正舉行晚宴的大廳，立時嚇了一跳。

那不是人多人少的問題，而是廳內左右兩旁的十席裡，只有昌平君、昌文君和安谷傒三個男人，其他是清一色的女將。

門衛宣佈「都騎統領項少龍到」時，原本吵得像把墟市搬來的大廳，立時靜至落針可聞。

昌平君跳了起來，迎出大門，先把項少龍扯出去，愁眉不展道：「我也想不到舍妹竟召來大批女兒軍，把其他的客人都嚇得逃命去也，只有小安還算老友。唉！若非他是今天的主賓，恐怕也溜掉。幸好你今晚來了，否則……唉！來！進去再說。」

今次輪到項少龍一把扯著他，吁出一口涼氣，道：「她們來幹甚麼？」

昌平君道：「還不是要見你這紅人。」

項少龍囁嚅道：「她們是誰？」

昌平君低聲道：「都是未出嫁的閨女，沒有一個年紀超過十八歲的，最厲害的是舍妹嬴盈和鹿公的寶貝孫女鹿丹兒。若不能教她們滿意，今晚你休想脫身。」

項少龍正想問怎樣才能教她們滿意時，嬴盈嬌甜的聲音在昌平君身後響起道：「大哥啊！你不是想叫項統領臨陣逃走吧？」

她的視線被昌平君擋隔，一時間看不清楚項少龍模樣，說完這句話後，才與項少龍打了個照面，一對美目立時亮起來，嬌叱道：「原來是你！」

項少龍微笑道：「不就是小將嗎？」

昌平君訝道：「你們認識的嗎？」

嬴盈跺足道：「他就是那個在市集出手抱不平，後來又不肯留步一見的可惡傢伙。」

項少龍這才恍然大悟，那天來請他去見主人的家將，口中的小姐原來是刁蠻貴女，尚幸沒有見到自己和圖先在一起，否則可要糟透，難怪今天一見自己即動手拿人。

昌平君倒沒有懷疑，笑道：「好極哩！舍妹回來後，雖惱你不肯見她，可是……」

嬴盈扠起蠻腰，大怒道：「你敢說下去！」

昌平君嚇了一跳，陪笑道：「不說不說。來！我們進去喝杯酒，以前的事，全是誤會。」

嬴盈雀躍道：「快來！」喜孜孜的在前領路。

項少龍看著她美麗的背影，特別是這時代罕有的修長玉腿，禁不住有點意亂情迷。

忽然間，他再不感到要應付這批女兒軍是件苦差事。在某一程度上，他有點怕回到家裡，見到任何與善柔有關的人和事。

自知道善柔凶多吉少後，他不住找事情來做，目的是要麻醉自己，以最刺激的方式來令自己沒閒情傷心痛苦。

直至善柔死了，他才清楚她在自己心中佔去多麼重要的一個席位。

那是趙倩之死後，對他最嚴重的打擊！

第三十五章　女兒軍團

在近百位少女注目禮的迎接下，項少龍與昌平君跟隨在嬴盈粉背之後進入大廳。

項少龍那堪稱是當代最完美的體型，一身素淡灑逸的武士服，偏是肩頭處有小片礙眼的污漬，右手握著劍柄，左手隨意在另一旁擺動著，就像是首席模特兒正步過伸展臺，吸引在場所有人的目光。

今天有份對他動粗的，見到原來他就是打動咸陽城所有女性芳心的項少龍，都看呆了眼。

嬴盈逕自往自己的席位走去，與她同席的另一位絕色美女，不待她回席便奔出來，拉著她邊耳語，邊歸席。

項少龍與昌平君先來到昌文君及安谷傒前，擺滿酒食的長几處，昌平君歎道：「少龍終於來了，總算我們這兩個做哥哥的可以交差哩。」

昌文君失望地道：「少龍為何不帶紀才女來給我們一開眼界，大兄又說曾提醒過你的。」

安谷傒失笑道：「少龍！現在你該知這兩個傢伙的煩厭，幸好小弟遠行在即，忍受他兩兄弟的責任，惟有卸在項兄的肩頭上，真是十二萬分的抱歉。」

項少龍縱有千般煩惱、萬種傷心，在這充盈火熱青春的地方，面對眼前三位相識未久，但已瀰漫真誠味兒的朋友，耳聽後方有若搗破蜂巢的嗡嗡少女耳語聲，整天繃緊的神經倏地放鬆下來，隨手抓起個酒壺時，後面傳來嬴盈的嬌笑道：「千萬別喝酒！否則項統領輸掉比賽時，會硬不認帳。」

項少龍愕然凝住，拿著酒壺，轉過身去，大惑不解道：「喝酒和輸贏有何關係？」

大廳靜下來，嬴盈和與她同席的美麗少女並肩來到項少龍身前，一副挑釁惹事的刁蠻樣兒。

安谷傒在後面歎道：「少龍現在該知道這群丫頭的厲害，若她們明刀明槍的來，勝敗分明，要宰要搶，小弟認命。偏是這麼多古靈精怪的主意，教人防不勝防。」

那美麗的少女杏目一瞪，接著又笑靨如花，嘴角掛著一絲得意洋洋的表情，淡淡道：「剛陞官發財的安將軍啊！我們本來也當你在咸陽城是個人物！哼！從小到大都是那樣，輸了便賴帳，項統領才不會學你那樣，連接受評選的勇氣都欠缺。」

項少龍別回頭去，與安谷傒對視無奈苦笑，昌平君湊到他耳旁低聲道：「她們自封為內王廷，舉凡外王廷，嘿！即不是她們鬧著玩的那個王廷封出來的將軍，都須經她們作二度評選，以決定是否有那個資格。」

嬴盈不耐煩地道：「少說廢話，項少龍你快出來和丹兒比拚誰好酒量。」說到「丹兒」時，神氣地翹起拇指，朝身旁的美少女指點。

項少龍的眼睛不由落到鹿丹兒的俏臉上，首次凝神打量鹿公的刁蠻孫女兒。

鹿丹兒亦瞇起眼睛對他行注目禮，嘴角笑吟吟的，美目則閃動著興奮、愛鬧和驕傲的神色。不過她確生得很美，年紀絕不超過十六歲，在這時代來說，剛到出嫁的年齡，可是只要看到她野在骨子裡的厲害樣兒，少點斤兩的丈夫休想制得住她。

比起嬴盈，她矮了小半個頭，可是身段均勻，腰肢因大量運動的關係，沒有半點多餘脂肪，見到她的男人若不湧起摟上手溫存一下的衝動，就不是正常的。

她和嬴盈渾身青春火熱、活力無限，皮膚吹彈得破，白裡透出嬌豔健康的酡紅，誘人至極。比對下嬴盈稍勝秀氣，她卻多了一分豔媚。

看戲看全套，項少龍慣性地目光下移，落在她傲然聳挺的酥胸上。正暗讚「秦女豐隆」時，鹿丹兒粉臉微紅，垂下目光。

安谷傒正籌謀反擊之法，見狀大笑道：「哈！丹兒害羞臉紅，確是咸陽最罕有的異事。」

嬴盈愕然往身旁的夥伴望去，跺足嗔道：「丹兒！」

鹿丹兒狠狠瞪了令她失態的項少龍一眼，昂然道：「誰臉紅？只是天氣太熱吧！拿酒來！」

項少龍這時已摸清楚這批女兒軍只是咸陽城愛玩鬧事、來自各王族大臣的貴女團，由於她們身份均非同小可，又被寵縱慣了，故能「橫行無忌」，弄致人人頭痛。

當下擁出十多個嘻嘻哈哈的女孩子，搬來長几、酒罈，準備戰場。

安谷傒來到項少龍旁，笑道：「你的酒量如何？這妮子的酒量可不是說著玩的。」

項少龍奇道：「為甚麼要鬥酒？」

嬴盈踏前兩步，興奮地道：「凡你們男人自以為勝過我們女子的，我們都要和你拚個高低，明白了沒有？」

安谷傒發出一連串嘲弄的「啐啐」聲，哂道：「神氣甚麼？不過是想灌醉項統領後，再趁他醉醺醺時逼他比試，勝了便可到處宣揚，這種詭計，我安谷傒大把有得出賣。」

鹿丹兒正心嗔安谷傒揭破她失態的事，以令人恨得牙癢癢的揶揄神態笑嘻嘻道：「敗軍之將，何足言勇？那趟射箭比賽輸了，不怪自己學藝不精，只懂賴在別人身上，真沒有出息。」

安谷傒向項少龍苦笑道：「現在你該明白哩！」

項少龍惟有以苦笑回報。

嬴盈威風凜凜地指揮道：「除比試者外，其他人全給回席。」帶頭領著手下女兒兵們返回席位去。

昌平君在項少龍耳旁道：「好自為之了！」與昌文君和安谷傒返席去也。

鹿丹兒有點怕項少龍的目光，坐了下來，取起放在她那方的酒罈道：「我們先喝掉一罈酒，然後到後園在月色下比箭術，快點啊！究竟你是不是男人，扭扭擰擰的！」

女兒軍那裡立時爆出一陣哄笑，交頭接耳，吵成一團。

項少龍摸摸肚皮，暗忖自己由今早到現在沒有吃過半點東西，空肚子喝酒乃是大忌，自己又非豪飲之人，比試下必敗無疑，把心一橫，道：「女娃兒這麼沒有耐性，只是這項，已輸了給我。」故意狠狠盯鹿丹兒胸脯一眼，往獨佔一席的嬴盈走去，在她對面坐下，據几大嚼起來。

嬴盈蹙起黛眉，道：「你餓了多少天哩？」

眾女孩又是一陣震天嬌笑。

項少龍懶得理會她，自顧自狼吞虎嚥，同時心中奇怪，安谷傒乃好酒量的人，為何竟喝不過個年輕女娃兒。

忽地靈機一觸，想起二十一世紀的酒吧女郎，喝的是混了水的酒，既可避免喝醉，又可多賺點錢。想到這裡，長身而起，回到「戰場」，在鹿丹兒對面坐下來，順手把身旁那罈酒拿起放到刁蠻女身前几上，指了指她抱著的那罈道：「我喝你那罈酒，你喝我這罈！」

全場立時變得鴉雀無聲。

鹿丹兒方寸大亂，嬌嗔道：「哪一鑊都是一樣，快給本小姐喝！」

安谷傒哈哈大笑跳起來，捧腹道：「原來如此！原來如此！難怪我上次竟比輸了！」

鹿丹兒氣得俏臉通紅，怨懟地橫項少龍一眼，旋又「噗哧」嬌笑，放下鑊子，溜了開去。

昌平君等一聲歡呼，擁出來把項少龍這大英雄迎回席內，比打了場勝仗更興高采烈。

眾女全笑彎了腰，一點沒有因被揭破奸謀感到羞愧。

嬴盈與鹿丹兒一輪耳語後，走過來道：「這個算兩下扯平！」

昌文君奇道：「明明是少龍贏了，怎來個兩下扯平？」

嬴盈不屑地道：「二哥有眼無珠，連項統領肩上被本小姐的靴底印下的泥漬都看不到，怎麼不是兩下扯平？要定勝負，還須重新比過。」

安谷傒奇道：「這是甚麼一回事？」

嬴盈橫蠻地道：「是好漢的就不准賴帳，來！我們現在比力氣。」

項少龍愕然道：「比力氣？」

嬴盈嬌笑道：「當然甚麼都要比，看你們還敢否整天說『弱質女流』這類不自量力的氣人話兒。」言罷返回己方去。

昌平君向項少龍道：「千萬不要輕敵，男婆子天生蠻力，咸陽城沒有多少人鬥得贏她。」

項少龍看到對席走出個生得比男人還要粗壯的女子來，另有人取出長索，又劃地為界，顯是要來一次拔河競賽。

項少龍心中奇怪，無論女人生得如何粗壯，總受先天所限，或可勝過一般男人，但怎都不能壓倒像昌平君這類武技強橫之輩，不由朝她的鞋子望去，又見地上有層滑粉一類的粉末狀東西，登時心中有數，昂然步出場心，向男婆子道：「為防範舞弊欺詐，我提議雙方脫掉鞋子，才作比拚！」

眾娘子軍皆靜了下去，無不露出古怪神色。

贏盈像首次認識到項少龍般，呆瞪一會兒後，跺足嗔道：「又給你這傢伙看破，你讓讓人家不可以嗎？」那種嬌憨刁蠻的少女神態，連她兩個兄長都看呆了眼。

話尚未完，眾女笑作一團，嘻哈絕倒，充滿遊戲的氣氛。

項少龍啼笑皆非的回到席上，三位老朋友早笑得東歪西倒。

安谷傒喘著氣辛苦地道：「今晚的餞行宴真是精采，甚麼氣都出掉了。」

鹿丹兒在那邊嬌呼道：「不准笑！」

雙方依言靜下來。

昌平君道：「看你們還有甚麼法寶？」

項少龍此刻才明白到這批女兒兵，只是一群愛鬧的少女，終日千方百計的去挫折男人的威風，其實並無惡意，故此人人都對她們愛憐備至，任她們胡為。

鹿丹兒道：「假功夫比過，算項少龍你過關，現在我們來比真功夫。」

安谷傒哂道：「還有甚麼好比，你們能贏得王翦嗎？少龍至少可與老翦平分秋色，你們還是省點功夫算了。來！丹兒先唱一曲給你安大哥聽聽，看看有沒有進步？」

鹿丹兒扮個鬼臉，不屑道：「我們剛才只是要試試項統領是否像你那般是個大蠢蛋吧！現在卻是來真的。」

安谷傒為之氣結。

項少龍笑道：「比甚麼都可以，但題目要由我來出，否則拉倒算了。」

鹿丹兒嬌媚地道：「先說來聽聽！」

嬴盈再不敢小覷項少龍，扯扯鹿丹兒的衣袖。

鹿丹兒低聲道：「不用怕他！」

今次輪到安谷傒等爆出一陣哄笑，氣氛熱鬧之極。

項少龍取起酒杯，喝了兩大口，火辣的酒灌入喉頭裡，不由又想起善柔，心中一痛，歎了一口氣。

昌文君湊到他耳旁道：「少龍是否有心事呢？」

項少龍搖搖頭，勉力振起精神，朝鹿丹兒道：「首先我要弄清楚，你們派何人出戰，不過無論是誰，我都當她代表你們全體，輸了就是你們全體輸，以後再不能來纏我比這比那的。」

眾女聚在一起，低聲商議起來，對項少龍再不敢掉以輕心。

項少龍向擠在他那席的三人道：「射人先射馬，擒賊先擒王，你們看著吧！」

安子傒讚歎道：「少龍真行，為我們咸陽城受盡欺壓的男兒漢吐氣揚眉。」

眾女這時已有定計，嬴盈站起來，挺起聳彈的酥胸，昂然道：「若是動手過招，由本小姐一應接過。不過你只可以設法打掉我的劍，不可以碰到我身體，免得傷我時，你負擔不起那罪責。」

項少龍早領教夠她們為求得勝，不講道理和公平的蠻來手段，不以為怪道：「由你來與我動手過招嗎？好極了！讓我們先摔個跤玩兒看！」

眾女一起譁然。

嬴盈氣得臉也紅了，怒道：「哪有這般野蠻的。」

昌平君等則鼓掌叫好。

安谷傒顯然與她們「怨隙甚深」，大笑道：「摔完跤後，盈妹子恐要退出女兒兵團嫁入項家，否則那麼多不能碰的地方給人碰過，少龍不娶你，怕才真承擔不起罪責呢！」

項少龍切身體會到秦人男女間言笑不禁的開放風氣，禁不住有點悔意，若如此挑動嬴盈的芳心，日後將會有一番頭痛。

另一方面卻大感刺激，似是回到了二十一世紀，與浪女們調笑挑逗的狂野日子裡。

鹿丹兒「仗義執言」道：「若是征戰沙場，自是刀來劍往，拚個死活，但眼前是席前比試，難道大夥兒互相廝扭摔角嗎？當然要比別的哩！」

眾女譁然起鬨，自然是維護嬴盈，亂成一片，吵得比墟市更厲害。

項少龍一陣長笑，吸引所有人的注意力後，從容道：「戰場之上，無所不用其極，例如要擒下敵酋，有時自然要借助其他手段，難道告訴對方，指明不准摔跤才動手嗎？」

眾女聽得好笑，一時忘了敵我，哄堂嬌笑，氣得鹿丹兒跺腳嬌嗔，才止住笑聲，不過間中忍俊不住的「噗哧」失笑，卻是在所難免。

項少龍步步進逼道：「給我拿蓆子來，你們既說男人能做到的，你們女兒家都可做到，便莫要推三阻四，徒教人笑掉牙齒。」

嬴盈先忍不住笑起來，白他一眼，道：「算你厲害，不過此事尚未完結，我們暫時鳴金收兵，遲些兒再給你見識我們大秦女兒家的厲害。撤退！」

在四人目瞪口呆中，眾女轉瞬走得一乾二淨，不過沒有人泛上半點不快之色，都是嘻嘻哈哈的，顯是對項少龍大感滿意。

四人大樂，把酒談心。直至兩更天，才依依不捨地結束歡聚。

項少龍與安谷傒一道離開，走在街上時，項少龍收拾情懷後正容道：「有一事想請安兄幫忙！」

與他在夜靜的街道上並騎而行的安谷傒笑道：「我和少龍一見如故，喚我作谷傒便成，說出來吧！只要力所能及，我定會為少龍辦妥。」

項少龍見前後侍衛相隔不遠，壓低聲音道：「我想谷傒你為我封鎖與楚境連接的邊防，任何想與那邊通訊的齊人，都給我扣留起來。」

安谷傒微震道：「少龍想對付田單嗎？」

只此一個反應迅捷的推斷，就知安谷傒能當上禁軍統領，絕非僥倖。

項少龍低聲道：「正是如此，但真正要對付的卻是呂不韋。儲君和鹿公均知此事，不過此乃天大秘密，有機會安兄不妨向他們求個證實。」

安谷傒道：「何須多此一舉，少龍難道會陷害我嗎？這事可包在我身上。」

沉吟片晌又道：「我有方法可令現時駐於楚國邊疆的齊、楚兩軍後撤十多里，這樣做會否有用處呢？」

項少龍奇道：「谷傒怎能做到此事？」

安谷傒胸有成竹地道：「我們和楚人的邊境，是山野連綿的無人地帶，誰都弄不清楚邊界在哪裡，大約以河道山川作分野。只要我炮製幾起意外衝突，再找來齊、楚將領談判，各往後撤，那田單離開我境後，仍要走上大段路程才可與己方人馬會合，那時就算楚境的齊人收到風聲，逼近邊界，我仍可藉他們違約之實，把他們圍起來或加以驅趕，方便少龍行事。嘿！我們大秦怕過誰來？」

項少龍大喜，與他擬定行事細節後，才依依分手。

回府途中，項少龍又生出來到這時代那種夢境和真實難以分辨的感覺。

想起自己由一個潦倒街頭的落魄者，變成未來秦始皇身邊的首席紅人，又與權傾大秦的呂不韋形成分庭抗禮之勢，現在還用盡手上籌碼，與名震千古的田單展開生死之爭，不由百感叢生。

命運像一隻無形之手，引導他以與史書上的事實吻合無間的方式，創造歷史。可是史書上明明沒有他項少龍這號人物，這筆帳又該怎麼算？他的下場又是如何？他禁不住糊塗起來。

第三十六章　有情無情

回到烏府，滕翼仍未睡覺，一個人在廳中獨自喝悶酒，卻沒有點燈。

項少龍知他仍在傷痛善柔的噩耗，坐到他身旁，默然無語。

滕翼把酒壺遞給他道：「田單今天到相府找呂不韋，直至午飯後才離開，應是向呂不韋告你的狀。後來田單又找李園，三弟一句話，嚇得田單屁滾尿流。」

項少龍灌一口酒下肚，淚水又不受控制地淌下來，沉聲道：「那就最好不過，呂不韋為安他的心，必然告訴他會在田獵時把我除去，那樣縱使李園先一步回楚，田單亦不會離開，因為他怎也要待我被害身亡，才放心經楚返齊。」

滕翼酒氣熏天地道：「我倒沒有想到這點，可見柔兒在天之靈，正在冥冥中向奸賊索命。」

項少龍問道：「嫣然那封假信起草了嗎？」

滕翼點頭道：「收到了，我立即以飛鴿傳書寄返牧場。據嫣然說，只須一晚工夫，清叔等便能依據那封春申君給趙穆的舊信，假冒一封出來，保證李園看不出任何破綻。」

飛鴿傳書，是項少龍引進到烏家兵團的秘密武器之一，使訊息能在牧場和咸陽烏府間傳遞，最近才實際應用。

項少龍默默再喝兩口酒，抹掉眼淚，沉聲道：「告訴荊俊了嗎？」

滕翼歎道：「明天吧！總要給他知道的，他得了燕女後心情大佳，讓他多快樂一天吧！」旋又問道：「李園接信後，真的會立即趕返楚國嗎？」

項少龍冷笑道：「李園之所以拿美麗的妹子出來左送右送，就是為效法呂不韋女色奪權，異曲同工。若聞得考烈垂危，哪還有空理會田單，呂不韋更會慫恿他立即趕回去進行奸謀，不過今次他要殺的卻是自以為是第二個呂不韋的春申君，此君真是既可憐復可笑。」

滕翼歎道：「三弟你愈來愈厲害，每一個環節均照顧周到，絲毫不漏。」

項少龍冷笑道：「為了善柔和二哥的血仇，我縱使粉身碎骨，也要和田單分出生死。而能否殺死莫傲，乃事情關鍵所在，否則若有此人出主意，我們可能會一敗塗地，被呂不韋藉田單來反咬我們一口。」

滕翼道：「你說的正是我擔心的問題，若呂不韋派出人馬，護送田單往楚境與齊軍會合，事情勢將非常棘手。」

項少龍胸有成竹地道：「記得我和二哥說過高陵君嬴傒與趙將龐煖暗中勾結嗎？若我猜得不錯，這兩人應會在田獵這段時間內發動叛變，那時呂不韋自顧不暇，怎還有空去理會田單，只要我們令田單覺得咸陽是天下間最危險的地方，他惟有立即溜往楚境，那時我們的機會就到了。」

說到這裡，天色逐漸亮起來，兩人卻半點睡意都沒有。

項少龍長身而起，道：「不知如何，我心中很記掛嫣然她們，趁天色尚早，我到琴府去探望她們，二哥好應回去陪嫂子。」

滕翼哂道：「你去便去吧！我還想思索一些事情。」

琴清在園內修剪花草，見項少龍天尚未全亮便摸上門來，訝異地把工具小心翼翼地放入一個精緻的銅盒子裡，著下人拿回屋內，淡然道：「她們尚未起榻，聽說項統領有夜睡的習慣，累得嫣然妹等都慣了遲登榻，不若陪我走兩步好嗎？」

項少龍難道可說不行嗎？惟有陪她走在花香滿溢、處處奇花異卉的大花園裡，漫步於穿林渡溪、連亭貫榭、縱橫交錯的小道上。

鳥鳴蟲叫中，園內充滿生機。

琴清神色漠然地領路，帶點責怪的口氣，道：「項統領頭髮蓬亂、衣冠不整、肩帶污漬，又兩眼通紅、滿身酒氣，是否昨晚沒有闔過眼呢？」

項少龍倒沒有想過這些問題，愕然道：「你只偷瞥我一眼，竟能看出這麼多事來？」

琴清別過俏臉，白他一眼，道：「你這人用詞既無禮又難聽，誰偷瞥你？」

項少龍聽她嗔中帶喜，知她並非真的怪責自己，苦笑道：「我現在的頭腦仍不大清醒，唉！我這樣子實不配來見琴太傅，免得我的酒臭污染太傅的幽香。」

琴清倏地止步，轉過身來，尚未有機會說話，宿酒未消、失魂落魄的項少龍撞入她懷裡。

兩人齊聲驚呼，往後退開。

看著俏臉火炙的琴清，項少龍手足無措道：「唉！真的對不起！是我糊塗！有沒有撞痛你呢？」

說這些話時，琴清酥胸充滿彈跳力和軟如棉絮的感覺，仍清晰未褪地留在他胸膛處。

琴清狠狠橫他一眼，回復淡然的樣兒，輕輕道：「大家是無心之失，算了吧！不過舊帳卻要和你計較，一個守禮的君子，怎能隨便提及女兒家的體香呢？」

項少龍搔頭道：「我根本不是甚麼君子，亦沒有興趣做君子，坦白說！我真有點怕見琴太傅，因怕犯了無禮之罪，自己還不知道哩！」

琴清俏臉沉下來，冷冷道：「是否因為怕見我，所以勸琴清到巴蜀去，好來個眼不見為淨？」

項少龍大感頭痛，投降道：「只是說錯一句話吧！琴太傅到現在仍不肯放過在下嗎？不若我跪下叩頭謝罪好了。」

琴清大吃一驚，忙阻止道：「男兒膝下有黃金，哼！你在耍無賴。」

項少龍伸個懶腰，深吸一口氣後，離開小路，越過花叢，到附近一條小橋下的溪流旁，跪了下來，用手掬起清水，痛快地敷上臉孔。

琴清來到他身後，皺起眉頭看他粗放豪邁的動作，俏目卻閃耀著大感有趣的光芒。

項少龍又用水拍濕頭髮，胡亂撥幾下，精神大振地站起來，仰望天上的藍天白雲，舉手嚷道：「今天是我項少龍餘下那半生開始的第一天，我定不可辜負它。」

琴清細唸兩遍，終把握到他的意思，嬌軀輕顫道：「難怪嫣然常說你是個深不可測的人，隨口的一句話，都可啟人深思，回味無窮。」

項少龍灼灼的目光打量她一會兒後，笑道：「想不到無意中竟得到與琴太傅一席話的機會，可惜我有要事趕去辦，不過已心滿意足。」

琴清綻出一個罕有清甜親切的笑容，柔聲道：「是琴清的榮幸才對，其實我是有事想和項統領商量，統領可否再撥一些時間給琴清呢？」

項少龍其實並沒有甚麼迫切的事，只是怕對著她久了，忍不住出言挑逗，惹來煩惱。琴清魅力之大，可不是說笑的一回事。現在看到她似有情若無情的動人神態，心中一熱，衝口而出逗她道：「原來是另有正事，我還以為琴太傅對我是特別一點。」

琴清立時玉臉生霞，杏目圓瞪，嬌嗔道：「項統領！你怎可以對琴清說輕薄話兒哩？」

嬌羞中的琴清，更是使人心動。項少龍雖有點悔意，又大感刺激。

換了以前的琴清，聽到這番話必會掩耳疾走，以後都不會再見他，但現在琴清似嗔還喜的神態，適足以挑起因昨夜的情緒波動和失眠，仍是如在夢中的感覺。

幸好尚有一絲理智，項少龍苦笑道：「琴太傅請勿生氣，是我糊塗，以致口沒遮攔吧！」

琴清平靜下來，低聲道：「昨天太后向我提及儲妃的人選問題，還詢問我的意見。」

項少龍清醒過來，微震道：「太后有甚麼想法？」

琴清移前少許，到離他探手可及處俏生生立定，美目深注地道：「她說呂不韋力陳儲君迎娶楚國小公主的諸般好處，可破東方六國合縱之勢，只是因以鹿公、徐先等為首諸大臣的反對，才使她有點猶豫難決。」

項少龍不自覺地朝她移近點，俯頭細審她像不食人間煙火的清麗容顏，沉聲道：「琴太傅給她甚麼意見呢？」

琴清顯然受不住他「侵略性」的距離，挪後小半步，垂頭輕輕道：「琴清對她說，政儲君年紀雖小，但很有主意和見地，何不直接問他？」

項少龍鼻端處滿是由她嬌軀傳過來的芳香，神魂顛倒地再踏前半步，柔聲道：「我猜太后定會拒絕去詢問儲君的意見。」

琴清再退後少許，訝道：「你怎猜得到的？」

項少龍忽然很想看到她受窘的羞嗔樣子，不能控制地逼前少許，使兩人間達至呼吸可聞的近距離，有點放肆地梭巡著她因低垂著頭，由後衣領似天鵝般探出來優美修長的粉頸，輕輕道：「這叫『作賊心虛』，這些天來，她都盡量避免面對政儲君。」

這回琴清再沒有移後躲避，但連耳根都紅透，低聲道：「琴清最怕酒氣哩！」

項少龍一震下醒過來，抹了一額冷汗，知道自己差點情不自禁侵犯她，歉然退後兩步，頹然道：「我還是告退好了。」

琴清抬起霞燒雙頰的玉臉，美目閃動前所未有的異采，默默地凝視他，卻沒有說話。

項少龍立時招架不住，手足無措道：「嘿！琴太傅為何這樣看我？」

琴清「噗哧」嬌笑道：「我想看看你為何話尚未說完，又像以前般嚷著要走？是否也是作賊心虛哩！」

項少龍暗叫聲「我的媽啊」，這與紀嫣然齊名的美女，不但風姿獨特、高貴優雅，最引人的卻是她的內涵，每與她多接觸一次，愈覺得她美麗誘人，難以自持。

他今天晨早到這裡來，是要藉紀嫣然等的魅力來沖淡心中的傷痛，而潛意識中亦有點希望見到琴清，那是一種非常複雜和矛盾的心態。

正如紀嫣然所說，琴清乃秦人高高在上的一個美麗的典範、玉潔冰清的象徵，是沾惹不得的絕世佳人。但偏是她特別的地位和身份，使他有著偷吃禁果那無與倫比的興奮和刺激。

對一個二十一世紀的人來說，那並不存在道德上的問題。琴清並非屬於秦人，而是屬於她自己。

項少龍勉強壓下內心的衝動，口上仍忍不住展開反擊，瀟灑地聳肩擺手道：「我尚未偷過任何東西，何來心虛的問題？」

琴清顯是控制情緒的絕頂高手，回復止水不波的雅淡，若無其事地道：「項統領問心無愧便成，怎樣哩？你仍未表示對秦、楚聯婚的意見啊！」

項少龍苦惱地道：「對這種事我不大在行，琴太傅可否點醒末將其中關鍵所在？」

琴清嗔道：「你這人有時精明厲害得教人害怕，像是有先見之明的異能，有時卻糊塗得可以。儲妃的問題，自是關係重大，徐先、王齕均屬意鹿公的孫女鹿丹兒，好使未來的太子有純正的血統，而呂不韋則蓄意破壞他們的願望，因為他本身並非秦人，故望能藉此事來擊破我們秦人這心態上的堤防，項統領明白了嗎？」

項少龍恍然大悟，說到底這仍是來自大秦的種族主義和排外的微妙情緒，對他這「外人」來說，自是沒有相干，但對秦人來說，卻是代表秦族的堅持，及與呂不韋的鬥爭，一個不好，會使小盤陷進非常不利的處境。

琴清歎道：「我勸太后切勿倉卒決定，至少要待一段日子，看清形勢，方可以定下儲妃的人選。」

項少龍道：「這是沒有辦法中的辦法，鹿丹兒確長得很美，卻是頭雌老虎，非常厲害。」

琴清失笑道：「你終於遇上那批紅粉兵團了。」

項少龍苦笑道：「昨晚的事。」

琴清白他一眼，道：「你不是陪她們通宵達旦吧！」

項少龍淡淡道：「我哪來的閒情。」

琴清低聲道：「那究竟發生甚麼事故，昨夜嫣然獨自一人在園內弄簫，簫音淒怨激憤，令人聞之欲淚。是否仍把琴清當作外人，不肯說出來讓人家為你們分憂？」

項少龍淒然道：「是因剛接到故人的噩耗，不過此事只有嫣然知曉，琴太傅……」

琴清點頭道：「明白了！項統領要不要去看看嫣然她們呢？該起來了吧！」

項少龍搖頭道：「我想先回官署打個轉，若有時間再來看她們吧！」

琴清道：「統領最好和政儲君談談關於儲妃的事，我相信他有能力作出最好的決定。」

項少龍點頭答應，告辭去了。心中卻多添沒法說出來的悵惘，其中又隱隱然夾雜著難以形容的刺激和興奮。

無論是他自己又或琴清，均曉得兩人正在一條「非常危險」的路上偷偷的走著，而雙方都快沒有自制的能力。

第三十七章　巧佈圈套

項少龍回到都騎官署時，腦際仍充滿對琴清的甜美回憶。亦在生著自己的氣，不是打定主意再不涉足情關嗎？但偏在善柔噩耗傳來，心情惡劣、徹夜無眠、宿酒未醒這種最不適當的時候，反情不自禁，有意無意地挑惹琴清，真是沒來由之極。

人確是難解的動物，他對自己的行為感到莫名其妙。假若琴清擺起一向的架子，直斥己非，那倒「相安無事」，偏是這以貞潔美行名著天下的絕代佳人，也是神態曖昧，似嗔還喜，欲迎還拒。

兩人間現在那種微妙的關係，本身已具有強大的誘惑力。

神思恍惚間，在大門處撞上荊俊，這小子神秘地道：「三哥！昨夜釣到一條大魚！」

項少龍一呆道：「甚麼大魚？」

荊俊得意洋洋地道：「你聽過呂邦這人嗎？」

項少龍清醒了點，低聲道：「是否呂不韋的人？」

荊俊道：「不但是呂家賊子之一，還是呂雄的寶貝兒子，這傢伙不知如何，看上人家美麗的嬌妻，竟當街調戲，剛好徐先路過才解了圍。哪知這小子心有不甘，人家小夫妻已離城避開他，色鬼仍鍥而不捨，漏夜率領十多名家將追出城去，截著人家，打傷了男的，正要對女的行淫時，給我及時趕到，將他和一眾從犯當場逮捕。哈！你說這條魚夠大嗎？」

項少龍訝道：「你怎能去得那樣及時？」

荊俊更是眉飛色舞，笑道：「全賴陶公的情報組，知道此事後立即通知小弟。我最清楚呂邦的性格，他看上的東西從不肯罷休。於是乎著人監視他，這小子果然給逮個正著。今趟確是萬分精采，秦人對奸淫之徒，刑法嚴峻，只要將呂邦解送都律所，他怎樣都逃不了刑罰，最好給他來個閹刑，只要想想呂雄心痛的樣子，可為倩公主她們稍出一口惡氣。」

項少龍思索半晌，問道：「現在呂邦等人被扣押在哪裡，相國府的人知道這件事嗎？」

荊俊拉著他穿過衙堂，往後堂走去，興奮地道：「昨夜我把有關人等，包括那對年輕夫婦，全部秘密送到這裡來，呂邦和他的人給關在牢裡。唉！不過卻有個頭痛的問題，這小子當然矢口不認，推得一乾二淨，最糟糕是那對受害的小夫妻知道呂邦是相國府的人後，慌了起來，不肯挺身作證，只是求我放他們走，說以後再不想踏足咸陽城了。」

項少龍立即頭痛起來，若沒有人證，給呂邦反咬一口，可能會弄到得不償失。問道：「二哥呢？」

荊俊歎道：「他今早的心情看來不佳，問呂邦沒夠兩句就賞他一個耳光，現在去向那小夫妻軟硬兼施，真怕他會忍不住揍人。」

項少龍最明白滕翼現時的心情，忙道：「先去看二哥再說。」

項少龍加快腳步，隨荊俊往扣押那對小夫妻的內堂走去。

尚未跨過門檻，傳來滕翼悶雷般的喝罵聲，守在入門處的烏言著等人一臉無奈的神色，不用說是到現在尚沒有結果。

項少龍步進等若辦公室的內堂，與那對呆立在滕翼跟前的年輕夫婦打個照面，同時愕然。

兩人叫道：「恩公！」

項少龍暗忖又會這麼巧的，原來是那天赴圖先約會時，在市集遇到給惡漢追打的那對夫婦，當時項少龍不但給他們解圍，還義贈他們一筆錢財。

滕翼愕然問道：「你們認識項大人？」

項少龍誠懇地道：「這事遲點再說！賢夫婦差點為奸人所害，何故卻不肯指證他們？豈非任由惡人逍遙法外，說不定很快又有別的人遭他們的毒手。」

周良和嬌妻對望一眼後，毅然道：「只要是恩公吩咐，愚夫婦縱使為此事送命，亦不會有半點猶豫。」

滕翼大喜道：「兩位放心，事後我們會派人送兩位離去，保證沒有人可以傷害你們。」

項少龍淡然道：「最遲明天早上，賢伉儷應可遠離險境。」

就在這刻，他擬好了對付呂雄的整個計劃。

趙倩等人之死，呂雄是主要幫兇之一，現既有此千載一時的報復良機，他肯放過嗎？

小盤聽畢整件事後，皺眉道：「犯事的只是呂邦，況且他又沒有真的姦淫那婦女，只可將他重重打幾杖，很難真的拿他怎樣。」

李斯笑道：「微臣看項統領胸內早有奇謀妙計！」

項少龍失笑道：「想瞞過李大人確是難比登天，我現正安排把消息巧妙地傳入他爹呂雄的耳內，騙呂雄說他的寶貝兒子犯了姦殺良家婦女的頭等大罪，只要他情急下闖進都騎官署來要人，我或有方法教他入彀。」

小盤深思熟慮地緩緩道：「呂雄究竟是怎樣的一個人？」

項少龍和李斯對望一眼，交換心中驚異之意。這政儲君愈發不簡單，開始有自己的思考方式和見地。

項少龍從容道：「此人是個急功近利、好大喜功的庸材，自到秦國後，便以呂不韋之下呂族中的第二號人物自居，氣焰逼人，據聞今趟他雖當上都衛副統領，卻是非常不服氣給管中邪騎在頭上，見到管中邪也不肯致敬施禮。」

小盤訝道：「項卿竟對相府的事如此清楚？」

項少龍當然不會把與圖先的關係抖露出來，輕描淡寫地道：「呂不韋可以收買我的人，臣下自不會對他客氣。」

小盤沉吟片晌，思索著道：「呂雄若是這麼一個人，確是可以利用。」轉向李斯道：「李卿家立即使人把呂不韋、鹿公、徐先、王齕、蒙驁、蔡澤、王綰等人召入宮來議事，寡人務要令呂雄求助無門，好教他魯莽行事。」

李斯欣然領命去了。

小盤待書齋內剩下他和項少龍，才露出興奮之色，道：「此事鬧得愈大愈好，我可藉此事立威，一殺呂不韋的氣焰，這奸賊最近得到太后的支持，更是趾高氣揚，竟向太后進言要正式把他策封為攝政大臣，確是無恥之尤。」

項少龍皺眉道：「太后怎麼說呢？」

小盤忿然道：「太后給嫪毒迷得神魂顛倒，除在師父的事上不肯讓步外，對他總是言聽計從，曾兩次找我去說話，唉！為了這事，我兩晚睡不安寢。」

項少龍想起在電影裡的呂不韋，人稱「仲父」。「仲」喻指的是春秋時齊國的一代賢相管仲，又含有另一個父親的意思，乃呂不韋自比賢如管仲，又儼然以儲君父親身份自居之意。忍不住笑起來，道：「那不如給他打個折扣，只封他為仲父，順便害害他。」

小盤精神大振，連忙追問。

項少龍道：「此事必須在滴血認親後方可進行，否則會招來反效果。」

於是把「仲父」的喻意說出來，又解釋這稱謂的另一個意思。

小盤皺眉道：「我豈非真的認賊作父嗎？」

項少龍輕鬆地道：「這不外是個虛銜，全無實質的權力，卻有兩個好處。首先是安奸賊的心，教他再難以提出更狂妄的要求；另一方面卻可使鹿公等對他更是不滿，由於有滴血認親的如山鐵證，鹿公等大臣只會認為是呂不韋硬把自己捧作『假王父』，使他更是位高勢危，沒有好日子過。」

小盤大訝道：「師父為何竟能隨意想出這麼特別的名銜？」

項少龍有點尷尬地道：「我也不知道，只是腦海裡忽然冒出這個名詞。」

小盤看了他好一會兒，徐徐道：「此事待我想想，師父啊！我並非不採納你的意見，只因事關重大，還該聽聽李斯的想法。」

項少龍欣然道：「儲君開始有自己的灼見，我高興還來不及，怎會不高興？看著你長大成人，已是我最大的欣慰。」

起立告退，道：「呂雄應接到消息了，我該回去應付他。」

小盤站起來，有點難以啟齒地低聲道：「師父可否見見母后，只有你可使母后脫離嫪毒的控制。」

項少龍苦笑道：「看看怎辦吧！」

剛離開書齋，立即給昌文君截著，這傢伙道：「少龍先原諒我洩露你行蹤的過錯，舍妹正在宮門處候你，嘿！你該知她不會有甚麼好事做出來的。」

項少龍急著趕回都騎官署對付呂雄，聞言嚇了一跳，道：「那我只好由別處溜走。」

今次輪到昌文君嚇了一跳，道：「萬勿如此，那樣她就知是我洩露她的事，你還是去敷衍敷衍她吧！當是賣個人情給我，今晚我來找你去喝酒，以作賠罪。」

項少龍失笑道：「我聽過有對子女二十四孝的老爹，似你般對妹子二十四孝的親兄，就從所未聞也。」

昌文君以苦笑回報，低聲道：「我看舍妹對少龍很有好感，當然哩！她嘴上怎也不肯承認，但只要看到她昨晚見過你後興奮雀躍的樣子，便瞞不過她哥哥我一對銳利的眼睛。哈！她算不錯吧！」

項少龍搖頭苦笑道：「莫要說笑，先讓我去看她又有甚麼耍弄我的手段。」

兩人談笑著往正宮門走去，穿廊過殿，轉入正門廣場前，昌文君才溜掉。

項少龍硬起頭皮往正守待他的十八鐵衛走過去，隔遠看到嬴盈和鹿丹兒兩個刁蠻秦女正在試騎他的愛騎疾風，旁邊烏舒等鐵衛拿她們沒有半點辦法。

嬴盈隔遠看到他，一抽馬韁，朝他奔來，笑意盈盈地道：「項將軍你好，我們姊妹不服氣，又來找你較量了。」

看著她那刁蠻可愛、充滿青春活力的誘人樣兒，項少龍真想跳上馬背，箍著她的小蠻腰，靠貼香背，繞城痛快地馳上一個大圈，可惜此事只可在腦中想想，苦笑道：「這事何時才完結呢？」

疾風在他旁停下，伸長馬頸，把頭湊過來和他親熱。

項少龍愛憐地摟拍疾風，拉著牠和馬上的嬴盈朝鹿丹兒等人走去，苦笑道：「我認輸投降好了，大小姐可否高抬貴手，放過在下？」

嬴盈不悅道：「哪有這麼無賴的，項少龍你是否男子漢大丈夫？我不管你，快隨我們到城外去先比騎術，再比其他的。」

鹿丹兒笑著迎上來，道：「是否又多個膽怯沒用的傢伙哩！」

項少龍為之氣結，忽地心中一動，道：「算我怕你們，比甚麼都可以，但我要先返官署處理一些事後，才陪你們玩耍。」

嬴盈矯捷地跳下馬來，嗔道：「誰要和你玩耍？只是見你還勉強像點樣兒，本姑娘才有興趣秤秤你的斤兩。」

鹿丹兒接口道：「男人都是這樣，給點顏色當作大紅，嘿！臭美的！」

項少龍擺出毫不在乎的高姿態，道：「不讓我回去官署便拉倒，你們不稀罕就算了。」

兩女失聲道：「稀罕？」

大笑聲中，項少龍躍上馬背，大嚷道：「不管你們要怎樣也好！弟兄們，我們回署去了。」

輕夾疾風，箭般往大門馳去。

項少龍和兩個刁蠻女跳下馬來時，無不感受到官署內有股特別的氣氛。大堂處擠滿都騎軍，人人臉露憤慨之色，堂內隱約傳來喝罵的吵聲。

項少龍心中暗喜，領兩女往大門舉步走去，擠在入口處往裡張望的都騎軍，見項少龍回來，忙讓出路來，有人低聲道：「統領，都衛的人來鬧事。」

「統領大人到」的聲音響起時，項少龍在開始感到有趣的兩女陪伴下，昂然進入大堂。

堂內壁壘分明。

一端是以滕、荊兩人為首的十多個都騎軍高級將領，另一邊則是呂雄和二十多名都衛親兵。

項少龍使個眼色，烏舒等十八鐵衛扇形散開，堵截呂雄等人的後方處。

呂雄頭也不回，冷笑道：「可以說話的人終於回來了。」

這句話配合呂雄的神態姿勢，可看出他不但不將項少龍當作高上兩級的上司，甚至乎根本不把他放在眼內。

嬴盈對秦國軍制相當熟悉，把小嘴湊到項少龍耳旁低聲道：「都衛不是你轄下的人嗎？」

給她如蘭的芳香口氣吹進耳內，又癢又舒服，項少龍柔聲道：「你兩個乖乖留在這裡，不要讓他們知道，好給我做個見證。」

兩女更是興奮，並不計較項少龍吩咐的口吻，擠在入門處看熱鬧。

部署妥當，項少龍來到滕、荊兩人中間，對著臉如火炭般的呂雄故作驚奇道：「呂大人口中那個『可以說話的人』，未知指的是何人？」

滕翼和荊俊為挑起他的怒火，故意哄笑起來，其他都騎軍應聲附和。

呂雄眼中閃過充滿殺機的怒火，一字一字地道：「指的當然是項統領，你不是可以話事的人嗎？」

項少龍目光一凝，毫不留情地喝道：「好大膽！」

堂內的細語和笑聲立時斂去，變得鴉雀無聲，氣氛更趨緊張。

呂雄想不到項少龍竟敢對自己這個相府紅人如此不客氣，臉色大變，但又知自己確是說錯話，逾越身份，一時間失去方寸，不知如何應付。

項少龍淡淡道：「呂雄你見到本將軍，不施軍禮，已是不敬，還口出狂言，沒有上下尊卑，是否知罪？」

呂雄自有他的一套，傲然冷笑道：「統領若認為我呂雄犯錯，大可向呂相投訴。」

在場的都騎將士，全體譁然。

荊俊嬉皮笑臉道：「異日呂雄你若被派往沙場，是否亦只聽呂相一人的話，只有他才能管你呢？或事事派人回咸陽找呂相評理？」

都騎軍又發出一陣哄笑，夾雜嬴盈和鹿丹兒的嬌笑聲。

呂雄被人連番哂笑，面子哪掛得住，勃然大怒，道：「荊俊你算甚麼東西，竟敢……」

滕翼截斷他，哂道：「他若不算東西，你更不算東西，大家是副統領，說起來荊副統領還比你要高上半級。」

這些話出來，登時又是哄堂大笑，兩女竟然鼓掌叫好，一副惟恐天下不亂的樣子。

呂雄和他的手下們的臉色更難看。

項少龍不容他有喘息定神的機會，大喝道：「呂雄你太放肆，給我跪下！」

堂內外處雙方近七十人，立時靜下來，屏息以待。

呂雄愕然退後一步，聲色俱厲道：「項少龍你莫要逼人太甚！」

滕翼知是時候，下令道：「人來，給項統領把違令狂徒拿下！」

眾都騎軍早摩拳擦掌，登時撲出十多人來。

呂雄目的本是來要回被扣押的寶貝兒子，豈知在項少龍等蓄意挑惹下，陷入進退維谷的境地裡，兼又一向恃著大靠山呂不韋，看不起任何人，此時怎容給人當犯人般拿著，「鏘」的一聲拔出佩劍，失去理智的狂嚷道：「誰敢動手？」

他的隨從都是來自呂族的親兵，平時橫行霸道，心想有呂不韋做後盾，哪怕你小小一個都騎統領，全體亮出兵器，佈陣環護呂雄。

項少龍與滕、荊兩人交換個眼色後，先喝止不知應否動手的都騎兵，搖頭歎道：「呂副統領若不立刻放下手中兵器，跪地受縛，休怪我手下不留情。」

呂雄獰笑道：「你能拿我怎樣？」

項少龍從容一笑，打出手勢。十八鐵衛敏捷一致地解下背上的弩弓，裝上勁箭，搶往戰略性的位置，瞄準敵人，把呂雄一眾硬逼往一邊牆壁處。

到退無可退時，呂雄醒覺過來，喝止手下們示弱的行為，厲聲道：「項少龍！你這是甚麼意思？」

荊俊怪笑道：「你手上的長劍是甚麼意思，我們手上的弩箭就是那種意思，你說是甚麼意思？」

由於氣氛有若箭在弦上，一觸即發，沒有人敢弄出任何聲音來，只有嬴盈和鹿丹兒兩女哪理得這麼多，給荊俊的語調說話逗得「噗哧」嬌笑。

今趟呂雄當然察覺到她們的存在，往入門處望去，沉聲道：「這兩個女娃兒是誰？」

其中一個都騎軍的校尉官叱喝道：「竟連這兩位鼎鼎有名的女英雄嬴盈小姐和鹿丹兒小姐都不識芳駕，呂雄你當甚麼都衛副統領。」

呂雄總算有點小聰明，聞言臉色遽變，大感不妥。

若沒有都騎軍以外的人在場，無論他犯甚麼錯誤，事後總可推個一乾二淨，現在當然不是那麼一回事。

項少龍鑒貌辨色，知他生出退縮之意，豈容他有反悔機會，大喝道：「呂雄你若不立即棄劍下跪，我會教你後悔莫及！」

他始終堅持呂雄下跪認錯，就是要教他難以接受。

呂雄猶豫片晌，尚未有機會答話，項少龍下令道：「射腳！」

機栝聲響，十八枝弩箭電射而出。

在這種距離和室內的環境裡，根本避無可避，呂雄的手下登時倒下十八個人，都是給勁箭透穿大腿。

弩箭再次上弦架好。

呂雄雖沒有受傷，不過銳氣全消，更怕項少龍公報私仇，憤然擲下長劍，厲聲道：「算你狠！我倒要看你怎樣向呂相交代。」

他身後七名尚未受傷的手下，紛紛棄劍投降。

贏盈和鹿丹兒想不到項少龍真敢痛下辣手，都看呆了美麗的大眼睛。

項少龍打個手勢，都騎軍擁上去，把呂雄等八個沒有受傷的人綁個結實，硬逼他們跪下來。在咸陽城裡，都騎軍一向自視高於都衛軍，怎受得如此閒氣。項少龍這種敢作敢為的手段，正大快他們心懷。

項少龍不理倒在血泊裡呻吟的人，來到呂雄面前，淡淡道：「呂副統領，這是何苦來由？令郎只不過是打傷個人，為何要鬧得動刀動槍的？」

呂雄劇震抬頭，失聲道：「甚麼？」

項少龍柔聲道：「你聽不清楚嗎？不過甚麼都沒有關係。現在我就和你到呂相處評評理，看看是誰不分尊卑？是誰以下犯上？」

呂雄臉上血色盡褪，剎那間，他知道一時不慎下，掉進項少龍精心設計的陷阱裡。

《尋秦記》卷四終

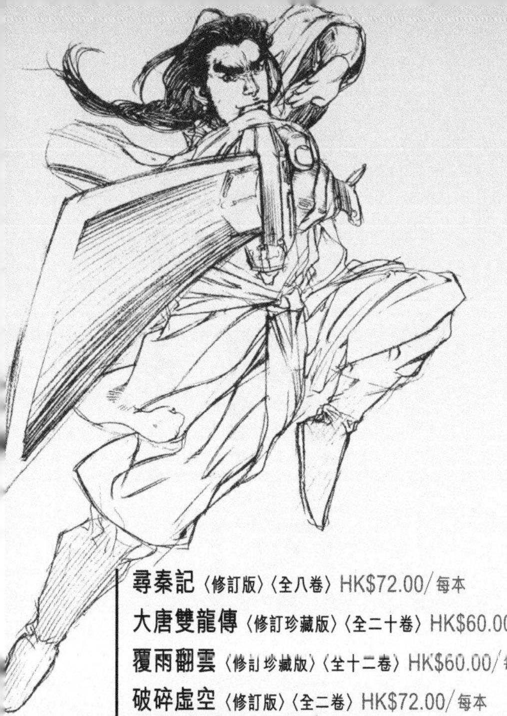

黃易叢書系列

尋秦記〈修訂版〉〈全八卷〉HK$72.00/每本
大唐雙龍傳〈修訂珍藏版〉〈全二十卷〉HK$60.00/每本
覆雨翻雲〈修訂珍藏版〉〈全十二卷〉HK$60.00/每本
破碎虛空〈修訂版〉〈全二卷〉HK$72.00/每本
荊楚爭雄記〈全二卷〉HK$42.00/每本
邊荒傳説〈全四十五卷〉HK$42.00/每本
大劍師傳奇〈全十二卷〉HK$42.00/每本
超級戰士〈全二卷〉HK$42.00/每本
幽靈船 HK$42.00/每本
龍神 HK$42.00/每本
域外天魔 HK$42.00/每本
迷失的永恆 HK$42.00/每本
靈琴殺手 HK$42.00/每本
時空浪族〈全二卷〉HK$42.00/每本
星際浪子〈全十卷〉HK$42.00/每本
雲夢城之謎〈全六卷〉HK$42.00/每本
封神記〈全十二卷〉HK$48.00/每本
文明之謎 HK$42.00/每本
盛唐三部曲之第一部曲 —— 日月當空
〈全十八卷〉HK$72.00/每本
盛唐三部曲之第二部曲 —— 龍戰在野
〈全十八卷〉HK$72.00/每本
盛唐三部曲之第三部曲 —— 天地明環
〈全二十二卷〉HK$72.00/每本

黃易

日月當空

《盛唐三部曲》第一部——全十八卷

《大唐雙龍傳》卷終的小女孩明空，六十年後登臨大寶，以武周取代李唐成為中土女帝，掌握天下。武曌出自魔門，卻把魔門連根拔起，以完成將魔門兩派六道魔笈《天魔策》十卷重歸於一的夢想。此時《天魔策》十得其九，獨欠魔門秘不可測，從沒有人練成過的《道心種魔大法》，故事由此展開。

大法秘卷已毀，唯一深悉此書者被押返洛陽，造就了不情願的新一代邪帝龍鷹崛起武林，與女帝展開長達十多年波譎雲詭、恩怨難分、別開一面的鬥爭。

《日月當空》為黃易野心之作，誓要超越《大唐雙龍傳》，成為另一武俠經典，乃黃易蟄伏多年後，重出江湖的顛峰之作。

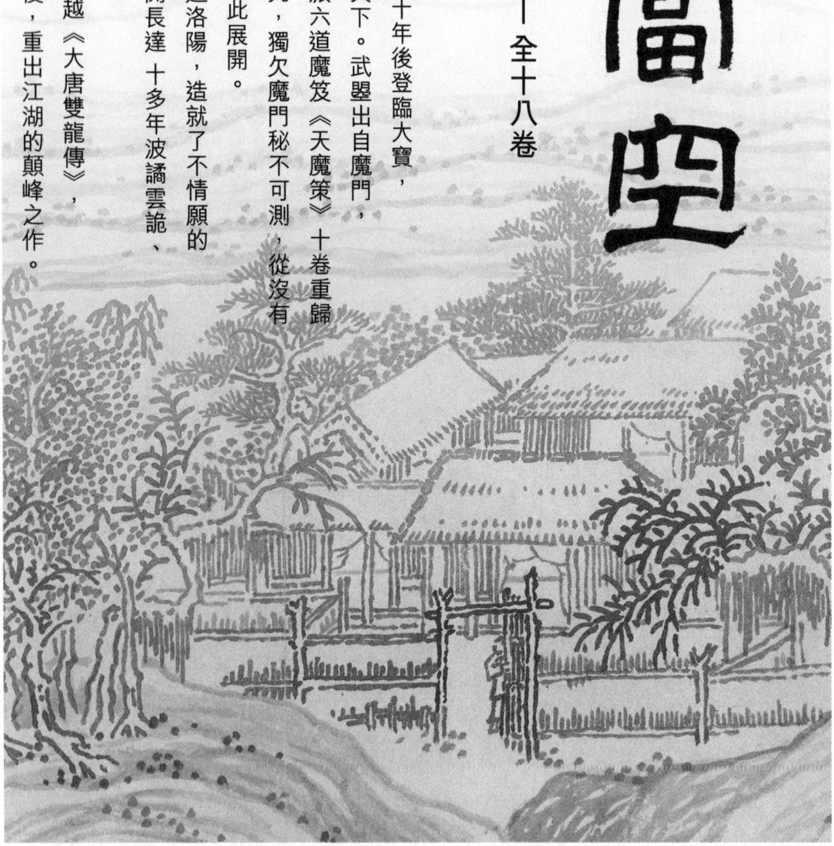

黃易

龍戰在野

《盛唐三部曲》第二部——全十八卷

《龍戰在野》是《盛唐三部曲》的第二部曲，延續首部曲《日月當空》的故事情節。此時武曌的第三子李顯強勢回朝，登上太子之位，成為大周皇朝名正言順的繼承人，群臣依附，萬眾歸心，可是力圖顛覆大周朝由突厥汗王在背後支持的大江聯，亦成功滲透李顯集團。武曌雖仍大權在握，但因她無心政事，撥亂反正的重擔子落到龍鷹肩上。內則宮廷鬥爭愈演愈烈，奸人當道，外則突厥稱霸塞外的無敵狼軍鷹瞵狼視，龍鷹如何能挽狂瀾於既倒？其中過程路轉峰迴，處處精彩，不容錯過。

尋秦記〈四〉

修訂版

作　　者：黃易
編　　輯：陳元貞
特約編輯：周澄秋（台灣）
發行出版：黃易出版社有限公司
通訊處　香港大嶼山
梅窩郵政信箱3號
電話 (852) 2984 2302
印　　刷：SYNERGY PRINTING LIMITED
出版日期：2017年8月
定　　價：HK$72.00

PRINTED IN HONG KONG
ISBN 978-962-491-347-7